滄海叢刊 語文類

清靜的熱鬧

——白馬湖作家群論——

張堂錡 著

東大圖書公司

國家圖書館出版品預行編目資料

清靜的熱鬧：白馬湖作家群論 ／ 張堂錡著.
--初版. --臺北市：東大，民88
面； 公分. --（滄海叢刊. 語文類）
參考書目：面
含索引

ISBN 957-19-2303-6 （精裝）
ISBN 957-19-2304-4 （平裝）

1. 中國文學 - 歷史

820.908 88013380

網際網路位址 http://www.sanmin.com.tw

© 清 靜 的 熱 鬧
——白馬湖作家群論

著作人 張堂錡
發行人 劉仲文
著作財產權人 東大圖書股份有限公司
臺北市復興北路三八六號
發行所 東大圖書股份有限公司
地址／臺北市復興北路三八六號
電話／二五〇〇六六〇〇
郵撥／〇一〇七一七五——〇號
印刷所 東大圖書股份有限公司
總經銷 三民書局股份有限公司
門市部 復北店／臺北市復興北路三八六號
重南店／臺北市重慶南路一段六十一號
初 版 中華民國八十八年十一月
編 號 E 81086

基本定價 陸 元

行政院新聞局登記證局版臺業字第〇一九七號

ISBN 957-19-2304-4 （平裝）

序

李瑞騰

堂錡的文學歷程起始於創作，出版有小說集《青青校樹》、散文集《夢裡的木棉道》。這點和我很像，當大學生的日子，創作是我生活裡主要的部分，詩、散文、小說，樣樣都來，後來詩和散文出了書，小說則始終不敢示人。堂錡好像不寫詩，比較起來，彼此勉強扯平。

我後來在學府和媒體兩棲作戰，堂錡亦然，因工作和興趣的需要，他出過兩本人物報導文集：《生命風景》、《域外知音》，我除在早先零星寫過幾篇報導，近年另有兩冊《文學尖端對話》。有趣的是，堂錡對域外來的漢學家特感興趣，而我當研究生的時候受邀幾次採訪，對象也都是堂錡所謂的「域外知音」。這部分也算不相上下。

我虛長他十歲，原無師生關係，且不相識。他十年前來找我，要跟我一起研究晚清，他後來做了黃遵憲，用功的程度讓我驚歎，掌握資料、解讀原典的能力都不錯。那時我在「文訊」復興南路的舊址有一工作室，他常來，執弟子之禮甚恭，進退得體。我當他是朋友，但心裡高興有了這麼一個開門弟子。

堂錡出身國立臺灣師大國文系，擔任過國中教師，拿到碩士學位，想回母系擔任助教而不可得，當時想必受傷嚴重。那時，他人在《中央日報》副刊任編輯，頗受已故梅新先生的器重，他反應快、下筆也快，做事有分寸，也算是一個行動派，繼續走編輯之路亦未嘗不可，但他似乎比較喜歡學院生活，後來以南社研究計畫考上東吳中文研究所博士班，一邊還在編《中央日報》長河版。

長河版定位在近現代，完全契合堂錡的志趣。這版面之於他，如「文訊」之於我。我在八〇年代初也編過幾年的報紙副刊，在編輯現場是有實戰經驗的，對我來說，編務與學業非但不妨礙，還有相輔相成的效果，堂錡想必亦然。他偶有困惑，便到復興南路來看我，我的結構性思考及務實的特性，對他應有所助益。我便也在這時相往來的過程中更加了解他。

我的晚清文學思想之探討，碰了一點「南社」，建議他博士論文作南社研究，通過晚清這個革命文藝團體去追蹤背後的大時代。他後來改作民國白馬湖作家群，顯然是不想一直停留在晚清，對他來說這是個躍進。我在學校長期教新文學史，堂錡沒上過我這個課，這個部分他完全走自己的道路，我除了在觀念和方法上提供一些建議，讀他論文之際隨手校正幾處筆誤之外，對他幫助不大。平心而論，他的學力已足應付這個研究。

我對文學史的思考，最終都落在作為知識分子的文學作家如何對應外在客觀環境的變化上。堂錡考察白馬湖作家群，把知識、文學、教育當作行為表現，去看其變與不變，個性與群性之間的關聯，他用民間性格與崗位意識兩個主要概念去解析這一群知識分子的行為表現，左徵右引，行文通達，論點深得我心。

堂錡辭報社職寫論文，通過博士學位考試以後，我希望他能來中央大學，結果他靠自己的能力去了政大，我不免遺憾，但也替他高興，木柵有山野之趣，自然與人文之合，使白馬湖成為文學聖地，指南山下應該也是一片可耕可讀的文藝天地。

自序

對「白馬湖作家群」此一研究議題的提出，是近幾年的事。這當然是由於現代文學研究的日益深化所致。微觀地針對這群於二〇年代活躍於上虞白馬湖畔的作家進行專題討論者，只有陳星、朱惠民等少數人。其實，過去但凡研究豐子愷、朱自清、夏丏尊、弘一法師等人，都會觸及到白馬湖，但都未予重視，或受限於資料無法深入探討。筆者曾兩度到白馬湖，並幸運地得到陳星及春暉中學等的協助，獲致一些珍貴資料，而得以完成這部二十餘萬字的論文。

當然，單是資料還不夠，如何詮釋並賦以意義才是重點。本論文主要分成兩部分：一是這群作家所代表的文人型態、思想特質、人格力量，以及與時代對應下所顯現、煥發出的人文精神，作為知識菁英的文化關懷、文學理念、社會意識、人生抉擇等，換言之，以「人」為主體；另一部分則是著眼於他們的作家身分，他們在文學藝術、特別是散文方面的表現，這也是此一群體形成的重要因素，他們是如何實踐著一種清雋、質樸、淡雅有味的文學風格，彼此之間如何激盪出風格相近的作品，有那些作品流露出濃厚的白馬湖風格等等，換言之，這部分是以「作品」為中心。以這兩個大方向為基點，並以文化、地理、教育、出版等為「外視角」，藝文創作的審美心理與藝術特徵為「內視角」，力求能把握住這群作家在思想上與文學上的集體風貌，此為本論文希冀勾勒、完成的理論格局與學術框架。

論文撰寫期間，承蒙指導老師李瑞騰教授的悉心指正，不僅在論文內容上費心批閱，疏通紕繆，且在生活上諄諄教誨，時加督勉，使我得以順利完成學位修讀，師教之恩，將永銘於心。此外，諸多師長、友朋、先進，或提供資料，或相互討論，或啟發借鑑，或支持打氣，這些情誼常令我感動。至於父母、家人長期的體諒協助，更是深感莫名。行政院文化建設委員會對本論文寫作計畫的獎助，東大圖書公司的慨允出版，則在此一併致謝。

民國八十八年十月於蘆洲

清靜的熱鬧

——白馬湖作家群論

目次

第一章 緒論

一、「白馬湖作家群」釋名

二〇年代是二十世紀中國現代文學史上充滿激情與想像的變革時代，也是摸索與實驗的起步階段。「五四」新文化運動的興起，為中國現代文學帶來一次脫胎換骨的變革，並提供了一個全新發展的契機。而在新文學運動的初期，散文的創作成績格外為人稱道，周作人、魯迅、朱自清等人都認為散文的成就在小說、戲曲和詩歌之上❶。事實上，這些名家不斷創作出形式與內容兼

---

❶周作人於一九三四年《人間世》第一期發刊詞中說：「十四年來中國現代文學唯一之成功，小品文之成功也。」魯迅在〈小品文之危機〉一文中也說：「到五四運動的時候……散文小品的成功，幾乎在小說戲曲和詩歌之上。」（引自俞元桂主編：《中國現代散文理論》，廣西人民出版社，一九八四年五月，頁七一）而朱自清也持相同的看法，他在〈論現代中國的小品散文〉中即引東亞病夫在一九二八年三月發表於《真美善》第一卷一二號之〈覆胡適的信〉一文，該文評論那幾年文學的成績說：「第一是小品文

美的散文小品，確實使現代散文在萌芽期即締造了第一個發展的高峰，誠如朱自清所言：「就散文論散文，這三四年的發展，確是絢爛極了：有種種的樣式，種種的流派，表現著，批評著，解釋著人生的各面，遷流曼衍，日新月異。」❷

而在「種種的流派」中，毫無疑問的，「文學研究會」是新文學初期洪流中聲勢最浩大的一支，它是中國現代文學史上第一個純文學團體，自一九二一年成立到一九三二年無形解體，足足叱吒新文壇十一年之久，在中國新文學史上寫下了極其光輝的一頁。他們除了以北京為活動中心外，上海、廣州、鄭州、寧波等地還設有分會，甚具規模。他們的理論旗幟「為人生的藝術」、文學主張「人的文學」等，都是當時文壇、思想界的一大主流，影響深遠。白馬湖作家們，因為經亨頤身兼春暉中學與寧波四中兩校的校長，所以也大多在兩校兼課，成為半週在寧波、半週在驛亭，每週奔走兩地的「火車教員」。當時在寧波執教的文學研究會會員有朱自清、夏丏尊、豐子愷、劉延陵等，而應經亨頤之邀到寧波來講學的文化名流有陳望道、葉聖陶、俞平伯、鄭振鐸等，也都是文學研究會的重要成員。這些人的來到，使寧波一時成了人文薈萃之地。文學研究會

字，含諷刺的，析心理的，寫自然的，往往著墨不多，而餘味曲包。第二是短篇小說……第三是詩……」朱自清表示：「這個觀察大致不錯」。

❷ 見朱自清：〈論現代中國的小品散文〉，本文即《背影》之序，發表於一九二八年十一月二十五日《文學週報》第三四五期。

寧波分會的成立，朱自清的推動、召集發揮了積極的作用，實際上，他也是寧波分會的主持人。分會的同仁刊物《我們》，就是由朱自清主編，俞平伯、葉聖陶、劉延陵助編，豐子愷則為這份文藝叢刊設計封面、插圖。以出版的《我們的七月》（一九二四年）、《我們的六月》（一九二五年）兩輯看來，撰稿者有朱自清、俞平伯、豐子愷、劉大白、葉聖陶等，可見是以「白馬湖作家群」為主，然而，在「寧波分會」的正式社團光芒掩蓋下，此一文人群體的集團風貌與獨立個性便被忽略或一筆帶過，而未能獲得現代散文史上應有的重視與地位❸。

對白馬湖作家所呈現的集體文學風貌予以凸顯並加以闡述，是八〇年代以後的事。詩人兼散文作家楊牧於一九八一年編選出版的《中國近代散文選》中，為史覽之便，將五四以來的散文分成七類，並略述其品類特徵及源流，其中夏丏尊一派，他特別提出「白馬湖風格」此一論點，認為夏丏尊以一篇〈白馬湖之冬〉樹立了白話記述文的模範，並將朱自清與之並列為白馬湖風格派的領袖❹。這是目前所見最早將白馬湖風格獨立審視的記載。一九八五年，在《香港文學》第三

❸ 在大陸出版的各種現代文學辭典、社團流派辭典中，均未見「白馬湖作家群」或「白馬湖派」詞條，也不見以其為獨立對象的討論。唯一可見者，是由范泉主編之《中國現代文學社團流派辭典》（上海書店，一九九三年六月），其中有「白馬湖散文作家群」詞條，作了近五百字的介紹。

❹ 見《中國近代散文選・前言》（臺北：洪範書店，一九八一年八月），頁六。此文後來以〈中國近代散文〉篇名收於楊牧：《文學的源流》（臺北：洪範書店，一九八四年一月），頁五六。

期「盧瑋鑾特輯」中，香港學者黃繼持寫了〈試談小思——以《承教小記》為主〉評論盧瑋鑾（筆名小思）的散文，提到以小思的《豐子愷漫畫選繹》和《路上談》二書，「小思似已可躋身於當年白馬湖畔散文作家之列」，注意到了白馬湖作家的特殊文學風格。

到了九〇年代，相關的論文與書籍開始出現，如陳星（浙江杭州師範學院副教授）於一九九一年一月在《杭州師範學院學報》上發表〈臺、港女作家林文月、小思合論〉，文中提到，「白馬湖散文作家群的作品風格是什麼呢？這在豐子愷、夏丏尊、朱自清等人的作品中可謂表現無遺，即清澈雋永，質樸平易，從不矯揉做作，力求自然暢達。」不久，朱惠民（浙江寧波市區黨校高級講師）也在《寧波大學學報》第四卷第一期中發表了一篇萬餘字的論文〈現代散文「白馬湖派」研究〉❺，直接以「白馬湖派」稱之。一九九三年十月，浙江省上虞市政協文史資料委員會出版了由夏弘宇主編的《白馬湖文集》，將白馬湖作家及有關作品系統整理。而一九九四年五月，由朱惠民選編的《白馬湖散文十三家》出版，為這一議題的研究奠定良好的基礎。一九九五年十二月出版的《朱光潛與中國現代文學》一書，作者商金林撰寫了一篇長文〈朱光潛與「白馬湖派」〉，對朱光潛與春暉中學及其他作家群的互動關係作了詳盡的解析。

一九九五年之後，相關的研究在臺灣也明顯增多，以《中央日報》「長河版」副刊為主要陣

❺ 此文經修改後收入朱惠民選編的《白馬湖十三家》（上海文藝出版社，一九九四年五月）書中，作為「後記」，並改名為〈紅樹青山白馬湖〉。

地，編者張堂錡邀請陳星寫了一些諸如〈令人難忘的「白馬湖作家群」〉，以及相關作家夏丏尊、豐子愷、弘一法師等人文風逸事的文章；一九九六年七月，張堂錡出版《從黃遵憲到白馬湖——近現代文學散論》（臺北：正中書局）一書，內收〈清靜的熱鬧——「白馬湖作家群」的散文世界〉一文，提出了對此一作家群的看法；同年十二月，幼獅出版公司出版陳星《教改先鋒——白馬湖作家群》一書，是第一本較全面探討此一議題的著作，從文學、教育等方面作了詳細的刻劃。這些討論，使得「白馬湖作家群」的研究逐漸為人注意。

在這些研究中，產生了兩個歧義：一是名詞，一是內涵。在名詞方面，如朱惠民、商金林將這些作家稱為「白馬湖派」散文作家，而陳星則稱之為「白馬湖作家群」。雖然二者指涉的對象並無二致，但筆者認為比較周延的說法應是後者，理由是「作家群」的概念較符合文學史的事實，因為，「這些作家主要的依託是文學研究會寧波分會，他們和北方的語絲社的美文系統合流，形成以周作人為主的小品散文流派，因此，若從現代散文史宏觀的角度來看，將其視為周作人散文流派的一翼比較適切。既為派下分支，再稱之為『白馬湖派』並不妥，不如以『群』稱之較無爭議。」❻所謂「文學流派」，是指「一些有著比較接近的思想傾向和藝術傾向，採用大致相同的創作方法，在一個共同的旗號下從事文學創作的作家群體。」❼「白馬湖作家群」雖然有

❻ 張堂錡：〈清靜的熱鬧——「白馬湖作家群」的散文世界〉，《從黃遵憲到白馬湖——近現代文學散論》（臺北：正中書局，一九九六年七月），頁一七六。

著相近的思想與藝術追求，也有相近的文學創作風格，然而他們並無「旗號」，也沒有正式立社結派、發行機關刊物、訂定章程等，因此，稱之為「派」易生誤解。不過，這些作家既然在文學風格的個性與共性的統一上、在藝術風格的多樣性的統一上，具有自己鮮明的特色，且在特定的時空下，有過緊密的文化互動，因此，稱之為「作家群」應無疑義。

在內涵上，也產生兩種不同的看法：朱惠民因把白馬湖派與文學研究會寧波分會等同視之，因此，所有寧波分會的作家都成了該群體中的一員，而與寧波分會有關的刊物也成為白馬湖作家群作品的載體，其內涵十分寬泛；陳星的定義則較嚴格，他認為只能說是二〇年代初期，在上虞縣白馬湖畔春暉中學，以夏丏尊為首的一群可愛的作家。這群作家如夏丏尊、豐子愷、朱光潛、朱自清等固然是文學研究會會員，也多少與寧波有地緣關係，但他們卻有其獨特而鮮明的「個性」，有相近的文學風格，也有共同的教育理想，因此，陳星認為不能將寧波分會的會員都網羅進來。

在名義上，我個人贊成採用「白馬湖作家群」一詞；在內涵上，則傾向於第二種意見。當然，第一種看法也不必排斥，因為，若站在現代散文發展史的角度來看，由於他們大多是文學研究會的會員，作品風格也比較接近以周作人為首的沖淡散文一派，因此歸入此派並不為過，然而，若要將「白馬湖作家群」視為一獨立的研究課題，則對其內涵就必須採取較嚴謹的態度，個

❼ 江邊：《二十世紀中國文學流派》（青島出版社，一九九二年十二月），頁二。

人以為，至少應符合兩項基本條件：一是需領受過白馬湖實際的湖光山色，且彼此間應有文化上的互動；二是需有接近白馬湖沖淡樸實、清麗自然風格的文學表現。在這種涵義下，所謂「白馬湖作家群」指的是二〇年代初，在浙江省上虞縣白馬湖畔春暉中學任教、生活過的一群作家，他們在上虞縣籍的夏丏尊號召下，陸續來到春暉中學任教或講學，包括朱自清、豐子愷、朱光潛、劉叔琴、劉薰宇、匡互生，還有校長經亨頤等。不論時間的先後長短，他們彼此都曾經朝夕相處，在範圍不大的春暉園中把酒論詩、品茗談藝，像一家人似的以真性情相接，互相切磋，共同為教育理想與藝術趣味做一些實際的工作，也因此在文學史上寫下一頁動人的佳話。

以上這些實際在春暉中學任教過的作家，可以視之為此一作家群的主要成員。另外還有一些與這批作家在當時往來密切，也曾到白馬湖短暫訪友或小住的，如葉聖陶、俞平伯、劉大白等，可視之為白馬湖的次要作家群，他們也都留下了一些與白馬湖或這些朋友們有關的作品。至於被朱光潛形容為「不常現身而人人都感到他的影響」❽的弘一法師，出家之後已無意於「作家」之名，將其歸入「白馬湖作家群」之列似有不妥，但是，他的人格力量與宗教信仰對這群作家有極深的潛移默化作用，尤其對夏丏尊、豐子愷更是影響深鉅。他曾多次到白馬湖小住，這群作家還募款集資為他建造一座「晚晴山房」於白馬湖畔，因此，在討論這群作家時也不能不提到他，他

❽ 朱光潛：〈豐子愷先生的人品與畫品〉，《朱光潛全集》（安徽教育出版社，一九九三年二月）第九卷，頁一五四。

就像夏丏尊說的有佛菩薩的後光，這光芒無形中籠罩了他們每一個人。此外，當時在商務印書館任編輯，並曾發起成立「文學研究會」的鄭振鐸，不僅曾與朱自清、葉聖陶等八人出版詩集《雪朝》，也在他主編的《文學週報》上陸續發表豐子愷的畫作，並題為「子愷漫畫」，使豐子愷因此成名，而且還與劉薰宇、夏丏尊、豐子愷等人同組「立達學會」，可說與白馬湖作家們有深厚的友誼、密切的交往，再加上他的部分散文作品如《山中雜記》等，也寫得質樸細膩、清俊秀麗，因此，有論者也將他歸入這一作家群中。但他因沒有到過白馬湖的記錄，在本書中雖偶會提及，但並不將他列為這群作家的一員。

郁達夫曾說：「原來文學上的派別，是事過之後，旁人（文學批評家們）添加上去的，並不是先有了派，以後大家去參加，當派員，領薪水，做文章，像當職員那麼的」❾；擔任《聯合報》副刊主編長達二十年（一九七七—一九九七年）的詩人瘂弦，曾多次拜訪過晚年在臺的梁實秋先生。有一次，他問梁先生：「『新月』是不是個派啊？」梁先生說：「『新月』不是派。」「那『新月』是不是個社？」「『新月』也不是社。」「『新月』是不是一個社團？」「『新月』也不是社團。」瘂弦再問：「那梁先生，『新月』是什麼？」梁實秋先生說：「『新月』就是每個禮拜六，在北海公園嗑瓜子、喝茶的那一票人嘛！」❿梁氏為「新月派」的主要成員，他的說法雖是

❾ 見郁達夫：《中國新文學大系・散文二集・導言》（上海：良友圖書出版公司，一九三五年八月）。此引自俞元桂主編：《中國現代散文理論》，頁四五四。

一貫的幽默口吻，但對文學史流派形成的見解，正與郁達夫（「創造社」主要成員）不謀而合。個人以為，以此來理解「白馬湖作家群」的形成與型態應屬適當。和「新月派」相比，「白馬湖作家群」更為柔性、鬆散，他們的聚散、活動都是很自然的，既無一個有形的組織，也沒有提出任何口號，甚至連定期的聚會形式也不存在，他們自由隨興地往來，以文會友，又在友情的滋潤、支持下，從事共同的文教理想事業，因而有了屬於自己獨特的文學面貌。換言之，它的形成是一群作家共同的文學趣味與美學追求下的結果，而且通過作品揭示了此一文學風格的藝術特徵。他們在創作時雖然未曾有過要創文學流派的想法，但若從作品的藝術特質、作家的審美情趣、生活經歷以及時代、地域、刊物、社團等諸多因素綜合考量，我們雖不必以一嚴格的文學組織視之，但其所透顯出的群體風格卻不能不予以完整、獨立地加以陳述。

因此，本書將以「白馬湖作家群」為一獨立的研究個案，探討的作家與作品都將與白馬湖相關，時間斷限為一九一九年新文化運動風起雲湧、春暉中學籌備建校之校董事會成立開始，一直到一九二九年弘一法師離開白馬湖止。其中必須探討一九二五年創辦的「立達學園」以及一九二六年成立的「開明書店」，雖然其活動重心已轉移到上海，但核心成員仍為「白馬湖作家群」，可以視之為白馬湖時期的延續、尾聲。而這批作家在來到白馬湖之前，部分成員如經亨頤、弘一法

⑩ 瘂弦談梁實秋的一段回憶，見「作家身影」記錄影集（臺北：春暉影業公司製作發行，一九九七年）中的第五集「揮別偶然・徐志摩」。

師、劉大白、俞平伯、夏丏尊等人曾在浙江第一師範學校任教，豐子愷則是在此畢業，因此，浙江第一師範時期可視為「白馬湖作家群」形成的序曲、醞釀期。這些序曲與尾聲，則是宏觀研究此一散文流派不可忽略的發展線索。

二、研究意義與開展空間

大陸現代文學研究者、北京大學教授錢理群，於一九九七年《中國現代文學研究叢刊》第一期上發表了一篇〈我的中國現代文學研究大綱〉，提出了「已經不再年輕，正在走向成熟」的中國現代文學這門學科，必須尋求新的開拓與突破的觀點。他具體指出兩個研究的突破口：一是針對現代文學逐漸「經典化」的發展趨勢，對二十世紀「經典作品」進行精細的文本分析；二是針對二十世紀中國文學的發展（或文學的現代化）產生直接影響和制約作用的三大要素（背景）——出版文化、校園文化與政治文化，開拓新的研究領域。其中在出版文化方面，他建議第一批的研究對象包括商務印書館、北新書局、良友圖書出版公司、開明書店等；而在校園文化方面，他建議第一批的研究對象有世紀初至二〇年代的北京大學，五四時期的浙一師、立達學園等，三〇年代的清華大學，四〇年代的西南聯大、魯迅藝術學院等。雖然他的研究大綱帶有極大的個人性（或小群體性），但是確實提供了現代文學研究具體可行而又深具意義的切入點。

這篇論文的出現，給我許多的啟發與振奮，因為，我所從事的「白馬湖作家群」研究，既討論了出版文化方面的開明書店，也探究了校園文化方面的浙一師與立達學園（春暉中學的重要性，他顯然忽略了）。本議題的研究，可說已落實了他的呼籲，而未來的開展空間也很寬廣，他所提出的出版《二十世紀中國文學與出版文化叢書》、《二十世紀中國文學與大學文化叢書》等，都需要長期一點一滴地投入、進行。在世紀回眸之際，這項學術研究計畫可以成為跨世紀的現代文學研究工程，值得結合更多人力來進行一系列創造性的探索。

即使對「白馬湖作家群」研究的未來開展暫且擱置一旁，改以較微觀的視角來考察本議題的研究價值，也至少可以提出以下四點來加以說明：

1 為現代散文發展史填補空白

長期以來，「白馬湖作家群」似乎處於一種「被遺忘的存在」狀態，並未引起較多研究者關注，他們相當一致的審美情趣與文學風格，研究者也多視而未見。其實，這些作家的散文作品幾乎成了華文世界中學課本上的範文，也是「美文」的最佳範例，而這些作家在白馬湖時期，或開始寫作，或形成風格，或在文壇發光發熱，這一段文學史的被忽略，是宏觀探討他們整體作品的一項缺漏。而且，他們這段時期的文學、藝術創作成果、教育理想的實踐，以及面向時代變遷所散發出的人格風範，確實有可論可述之處。因此，將他們從文學研究會寧波分會的羽翼中獨立出來，正視其獨立的風格與成就，實屬必要。這還談不上「重寫文學史」，但至少是「補寫文學史」。

2為現代散文文類的探研提供一個集體性的實驗樣本

集體風格的呈現，建立在相同基礎的集體書寫上。白馬湖畔的作家們，以一篇篇優美的作品與美麗的湖光水色相輝映，恬淡中有真味，清靜中涵蘊無限生意，確實是一個極佳的研究對象。從他們的諸多散文中，見證彼此淡如水的君子之交，也看到他們為教育、藝術用心的熱情，這種地域性、時間性明顯的文學現象，以及如此多的文學名家交互輝映的盛況，以「輝煌的瞬間」來形容應屬適切，這種現象並不多見，值得加以研究。

3為地域與文風關係的探研提供一個典型實例

關於地域與文風關係的討論，梁啟超、劉師培、汪辟疆等均有專文探討。以區域文化的角度來研究二十世紀中國文學，也已蔚為現代文學研究的顯學之一，京派、海派的討論即是一例。白馬湖位居上虞，地屬浙東，重鄉土、樸質無華、不事雕琢的學風民俗，對浙籍出身的經亨頤、夏丏尊、豐子愷、劉大白、俞平伯等的人格文采的影響是不能忽略的。事實上，浙江自「五四」新文學起來以後，產生了許多領袖級或深具代表性的作家，如魯迅、周作人、郁達夫、茅盾、徐志摩等，這種突出的文學現象是耐人尋味的。「白馬湖作家群」的研究，對這種現象的深究或解釋，提供了一個甚具典型意義的實例，相信對地域與文風關係的進一步探研，可以產生一定的強化作用。

4為文學流派研究提供一個非／外主流的參照系

現代文學研究需要向縱深發展，開拓新的領域，這是無庸置疑的。近十幾年來，對現代文學史上思潮、流派的研究，越來越引起研究者的重視，相關套書也多有出版，這是可喜的現象，有利於從文學藝術的本質和發展規律上，提高現代文學研究的質量。但是，過去的研究多半集中於旗幟鮮明、口號響亮、宗旨明確的社團與流派，不論屬於現實主義、浪漫主義或現代主義文學思潮，這些社團或流派都已成為這個研究領域的「主流派」，其他規模較小、無嚴謹組織的旁支分流，則相對顯得寂寞許多，這不能不說是一種缺憾。本議題的研究，正可以提供一個主流之外的參照系。他們的聚散分合、文學活動、交遊往來，對主流社團、流派的興衰起落，可以相互印證、對照。我始終認為，正規社團之外，作家群彼此之間的自然活動網絡一樣頻密，一樣值得觀察，如開明書店的作者、編者、譯者，在當時即被稱為「開明人」；又如余光中、黃維樑、思果、梁錫華等人於七〇年代末在香港沙田中文大學所形成的「沙田文學」，以及近年來出現的「學院詩人群」、「同志作家」等，都說明了非主流的作家群的文學活動，同樣精彩可觀。希望「白馬湖作家群」的研究，可以跳出（不敢也不必說「調整」或「瓦解」）以往主流社團流派研究的霸權模式，做更多分眾、多元的嘗試。

三、研究思路與進程

為了深掘廣織出這群作家的精神面貌與文學表現，我在面對這許多作家各自殊異的「個性」

時，也同樣致力於突顯他們集體的「共性」。在他們身上，可以體現出一種「典型現象」與「個體特徵」的統一性，而如何將這群具有「類」的典型性的文化人放在二〇年代那社會動蕩不安、文化新舊交替的大背景上來認識，揭示其文化思想上的種種變與不變，探討其心靈的掙扎成長歷程，描繪其與時代對應的生存方式，展示這群知識分子對社會變革、教育發展、文化新生、知識人的存在價值等問題的思考，是我在執筆過程中念茲在茲的中心議題。以《中國新文學史稿》馳名學界的王瑤，曾倡導「通過某一審視點來總攬全局」的研究方法，錢理群也強調「追求研究對象具有更大的『類』的涵蓋面」的觀念⓫，我在研究過程中，就不斷試圖將這群文化人納入「五四」的時代大潮中，不放過「時代精神」(The spirit of Age) 與文化人互動交融的深刻自覺，企圖使這群作家突破時空限制，成為本世紀初新舊文化衝突下的知識分子的一個「類」的典型。

這種典型意義的成形、建立，和他們的文學表現是息息相關的。白馬湖作家們的「群性」特徵之一，是他們寫作風貌所呈現出的相近性。這裏必須說明的是，他們並不是源於某種文學理念的認同而結合，在從事文學活動的過程中，也不特別標榜什麼文學觀或口號，他們的文學風格是自然形成的，也是後人（如我輩）從文學史的發展脈絡所追加的，因此，在章節安排時，我不強調他們的文學理念，而主張描繪他們作品所呈現出的共性，如此或比較接近文學史的「真實」。

⓫ 見錢理群：〈代序：我這十年研究〉，《精神的煉獄——中國現代文學從「五四」到抗戰的歷程》（廣西教育出版社，一九九六年十二月），頁一八。

經過思考與撰寫過程中的修正與調整，我決定了以下的研究進程：

首先，我從這群作家如何形成下手，藉此說明從浙一師、春暉到立達、開明等不同階段的歷史發展，其中也討論浙江、上虞、白馬湖的地理人文對這群作家的影響，進而思索他們在散文創作上共同風格的形成。以文化、地理、教育為「外視角」，藝文創作的審美心理與風貌為「內視角」，二合一地把握住這群作家「群性」形成的主客觀因素。接著，從他們作為一個文人群體所表現出的生活型態加以論述，包括集體的心境追求、文化理想，以及相知相重的情感網路，透過這群文人的人格力量薰染與激盪，清楚呈現他們凝聚、散發出的相近文人氣質與知交情誼。

第四、五章，則在前面歷史背景、發展、生活型態、交遊情誼的基礎上，更進一步地深入思想意識，探討他們對應時代的自處方式。從他們堅持「學在民間」，呼應「到民間去」運動，和部分實踐新村理想等三個不同角度，來說明這群作家的「民間性格」；並從出版、教育兩方面來闡釋他們的「崗位意識」。這種以民間為本位，在崗位上安身立命的人生選擇，在我看來，不僅是二〇年代知識分子的價值取向，同時也是現代知識分子的出路之一。他們的生命體驗與心理指歸，在這一點上，充滿了現代意義。這種深層意識結構的相近，是這群文化人同構與互動的根基，不能不予正視。

這群知識分子有他們各自不同的生命趨向，或偏文學，或重藝術，或近學術，但卻有一個共同的志趣，那就是教育。因此，第六章中論他們提倡新教育的理想及具體實踐，由此也可考察這群文化人呼應「五四」新文化思潮的自覺反省與選擇。第七、八章則將焦點置於他們藝文創作的具體成就。第七章以散文為核心，第八章則分述在舊詩、新詩、漫畫等不同類型的表現。他們以不同的作品，或顯或隱地完成這個群體「共性」的建立。如果以本書的整體架構來說，第二、三章屬於「外視角」，第四、五、六章屬於思想的「內視角」，而第七、八章則是文學的「內視角」。最後，則評述這群作家的影響與現代散文史上的地位。

在書寫的習慣上，我將採取消融材料，但以材料為基礎的夾敘夾議方式，從『史」與「論」的結合中開展自己的思想觸角。而我個人的思路與學術偏好，也就自然地構成了這部論文的理論格局與邏輯框架。

第二章　「白馬湖作家群」形成論

現代文學領域內的流派，一般都以一個社團為中心。它有組織形式，成立時，有宣言，要公布章程；解散時，也要有所交代。甚至有的社團，參加者要有入會（社）的手續，而且經常聚會，並都會有自己的刊物或出版機制作為信息交換、情感交流、作品發表的「陣地」或「地盤」。不過，正如上一章說過的，「白馬湖作家群」的分合聚散，卻不具備以上的各項條件。充其量可以將《春暉半月刊》視為春暉時期的代表刊物（另有《春暉學生》、《白馬嘶》、《我們的六月》等刊物），或將《一般月刊》視為立達時期的代表刊物（另有《立達半月刊》等），但都不是明定的機關刊物。因此，這群作家的形成仍以「偶然」的成分居多。事實上，他們根本就未曾想過要／會成為一個「文人集團」。

雖然，這群作家成為文學史書寫的對象，是屬因緣際會的巧合，但若細加思索、考察，還是可以找出它形成的「必然」因子。因為，如果不是這樣的時代，這樣的環境，這樣的一批志同道合的人，它是不會「成形」的。當這些「偶然」的條件都具備，它也就「必然」的會碰撞出一些集體的看法、主張，然後產生集體的風格、面貌。如果，我們以這種「後設」的觀點來看待「白馬湖作家群」的形成，則至少可以整理出以下四個背景/原因來加以論述：一師學潮的直接催化、春暉辦學的教育需求、地域人文的薰染化育、散文共性的集體呈現。至於離開春暉之後，這群文人們或創辦立達學園，或置身開明書店的出版工作，情感的聯繫與理念的實踐有進一步的發展，可以視為這個群體的延續與深化。以下就這五個部分加以論述。

一、一師學潮的直接催化

「五四」一詞，涵蓋了多重性質不同的運動。在我看來，可以分成三種：一是政治革命的「五四運動」，以學生愛國反帝、反腐敗的救亡為基調；二是思想革命的「新文化運動」，以民主、科學打倒落後傳統的啟蒙為基調；三是文學革命的「新文學運動」，以白話文取代文言書寫媒介為基調，性質以啟蒙為主。這三者的複雜揉合、互動，構成了「五四」豐富的意涵。李澤厚以「啟蒙與救亡的雙重變奏」來試圖說明、描繪這場在後來歷史發展上成為圖騰符碼的運動本質，可說是切中肯綮。這場在北京所掀起的漫天風雨，迅速席捲整個中國大地，連遠在杭州的浙江省第一師範學校也為之震動。思想的啟蒙要求對傳統封建主義徹底劃清界線的新舊之爭，是一師學潮爆發的導火線，而若沒有一師的這場風暴，春暉中學也就不會誕生了。

當「五四」的浪頭打來時，一師的學生走上街頭，吶喊著「還我青島」、「抵制日貨」的愛國口號，反帝的情緒高昂沸騰。當激情冷卻後，愛國救亡的主題逐漸轉向，以啟蒙為訴求的新文化運動便在杭州熱鬧登場，浙一師立刻成為浙江省新文化運動的中心。一師在這場運動中的地位確定，和一師校長經亨頤的大力支持有關。經亨頤（一八七七——一九三八年），字子淵，號石禪。浙江上虞人。一九〇七年留日攻讀數理、教育期間，受聘擔任浙江兩級師範教務長，中斷學業返國參加籌建工作，從此獻身教育事業。辛亥革命後，兩級師範改為浙江第一師範，他繼任校長，同時兼任浙江省教育會會長，一躍而成為全省教育界的核心人物。對於五四新思潮的來臨，他主「迎」不主「拒」，順應時代潮流，提出「與時俱進」口號，展開一連串相應的教改措施：一方面以省教育會的機關刊物《教育潮》作為宣揚新文化的重要陣地，一方面則把一師作為推行教育革新的試驗場。

他的理念清晰、作風積極，在他的主持下，省教育會與一師相輔相成，進行了廣泛而多元的教改工作。以「研究教育事項，力圖發達教育」為宗旨的教育會，舉辦各種演講會，交流教育經驗和學術思想，提倡軍國民教育，推動體育運動的開展；此外，全省遍設通俗教育講演所，宣揚內容包括國民修身、衛生新論、科學知識等，至一九一六年全省共設有一百八十八處，每處每周演講三次，全面推動新文化、新教育的觀念。在一師校內，他提倡「人格教育」，以「勤、慎、誠、恕」四字為校訓，並推行「德、智、體、美、群」五育均衡制，革故鼎新，從學校的組織、教學、管理訓育上，都做了大刀闊斧的改革，使一師面貌發生很大變化，經亨頤也被視為浙江新文化運動的先驅者。而當時在校內積極推行新文化的四名國文教師陳望道、夏丏尊、劉大白和李次九，也因思想前進被舊派人士稱為一師的「四大金剛」。

經亨頤和「四大金剛」的改革主要有兩個方面：一是新文學，一是新文化。在新文學上，經亨頤在「五四」之後立即試行四項教學改革：學生自治、國文改授國語、教員專任、學科制。其中的第二項，是要求教師選讀白話文為教材，學生作文改以白話文書寫。「四大金剛」遂從《新青年》、《每週評論》、《新潮》等雜誌上選了陳獨秀、李大釗、魯迅等人的文章供學生閱讀，還講授新式語法、注音字母、標點符號等，甚受學生歡迎。以夏丏尊為例，在作文教學上，他要求

「言之有物」、不無病呻吟，更不要陳腔濫調，這和胡適〈文學改良芻議〉中的精神完全契合。

他給學生寫的第一篇作文是〈自述〉，強調不准講空話，要老實寫。有一位同學，寫他父親客死他鄉，他「星夜匍伏奔喪」。夏丏尊苦笑著問他：「你那天晚上真的是在地上爬去的？」大家哄堂發笑；又有一位同學發牢騷，主張隱遁，說要「樂琴書以消憂，撫孤松而盤桓」，夏丏尊問他：「那你為什麼來考師範學校？」問得那位同學無言可對。和傳統教學方式不同的是，他還教學生寫大綱，共同討論寫作，一起訂正，學生對這樣的改革教學很快就欣然接受了。夏丏尊在一師的學生豐子愷就說：「多數學生，對夏先生這種從來未有的、大膽的革命主張，覺得驚奇與折服，好似長夢猛醒，恍悟今是昨非。」他並從書寫工具及思考內容的改變，說「這正是五四運動的初步」❶。

在新文化思潮上，一師師生思想上的大解放，說明了新文化運動的燎原之勢，確是銳不可擋。由於校長與新派教師的倡導，學生中掀起了閱讀介紹新思潮的報刊以及追求新思想的熱潮。學生施存統發起組織了「全國書報販賣部」，在校內推銷新書刊，並發表宣言：「我們承認現在發表新思想的書報，是文化運動的健將，是解放束縛的利器；所以我們要盡我們的力量來傳播它，這就是我們要組織這個書報販賣部的緣故。」在濃厚的新文化氣氛下，他們的銷售成績頗佳❷。不久，又有一批學生成立「學生販賣團」，也宣稱要「鍛煉心身，改造社會」。一師學生還先後出版了鉛印八開和十六開的《浙江第一師範校友會十日刊》、《浙江第一師範十日刊》、《浙江第一師範學生自治會會刊》、《錢江評論》、《浙江新潮》等刊物。其中以一師學生施存統、俞秀松、傅彬然、周伯棣、黃宗正等十四人和省一中、甲種工業學校等校學生共二十多人創辦的《浙江新潮》影響最大。它以思想清新、言論犀利而受到全國的重視，陳獨秀就曾在一九二〇年《新青年》第七卷第二號上撰文贊揚《浙江新潮》及杭州青年的革命精神❸。

---

❶ 豐子愷：〈悼丏師〉，《豐子愷文集》（浙江文藝出版社，一九九二年六月）第六卷，頁一五七。

❷ 根據《杭州第一中學校慶七十五周年紀念冊》的記載，當時全校只有四百名學生左右，有一個時期，校內即銷行了《新青年》和《星期評論》四百多份，一師學生訂閱《新青年》一百多份，《星期評論》四百多份，其他還有《每週評論》等。

❸ 陳獨秀在〈隨感錄：《浙江新潮》——《少年》〉一文中說：「《浙江新潮》的議論更徹底，〈非孝〉和

然而，一師的提倡新文化、進行白話文教學，以及一些教育改革的作法，卻引起以浙江省長齊耀珊及教育廳長夏敬觀為首的保守分子的不滿。進步/保守勢力對決的焦點有二：一是非孝，一是廢孔。一九一九年十一月七日，《浙江新潮》第二期出刊，其中有一篇由施存統寫的〈非孝〉一文，主張在家庭中用平等的愛來代替不平等的「孝道」。這篇被陳獨秀稱許為「天真爛漫，十分可愛，斷斷不是鄉愿派的紳士說得出的」文章，立刻引起軒然大波，北洋政府還下令查禁。浙江省議會的議員們視經亨頤為洪水猛獸，列舉了四大罪狀：一、廢孔，二、非孝，三、公妻，四、共產，對他及一師大肆抨擊。當然，他們不會只是因為〈非孝〉這篇文章就「大作文章」，真正讓保守勢力坐立難安的是「廢孔」。以往，每年春秋兩季都會舉行「祭孔」大典，省長與教育廳長是主祭，省教育會會長兼一師校長是主要的陪祭，一師高年級的學生則是祭孔的主要參與者，負責司樂、跳八佾舞等工作。但一九一九年的秋天，「打倒孔家店」的呼聲早已響徹雲霄，《浙江新潮》社的學生首先表明不參加的立場，一方面說服其他學生，一方面向學校提出建議。經亨頤完全支持學生的看法，不顧社會輿論的指責，藉口要到山西出席全國教育會議，提前離開了杭州。這是「舊恨」，〈非孝〉事件則是「新仇」，如此一來，保守勢力開始運作反擊。

攻擊杭州四個報——《之江日報》、《全浙公報》、《浙江民報》和《杭州學生聯合會週刊》——那兩篇文章，天真爛漫，十分可愛，斷斷不是鄉愿派的紳士說得出的。」引自《陳獨秀教育論著選》（戚謝美、邵祖德編，北京：人民教育出版社，一九九五年二月），頁二二三。

浙江省議會的「四大罪狀說」首先發難，接著兩次派員到學校查辦，一些中等學校的校長組成校長團紛紛指責，省長公署還發了公文命令教育廳徹查此事，公文中寫著：「查近有《浙江新潮》報紙，所刊論說，類多言不成理，而〈非孝〉一篇，尤於我國國民道德之由來及與國家存在之關係並未加以研究，徒摭拾一二新名詞，肆口妄談，實屬謬妄。……於文到三日之內，即行切實查明核辦具覆。」浙江當局知道，學生的思想主要是受到經亨頤及「四大金剛」的影響，因此，教育廳長先是逼經亨頤辭職不成，轉而要求開除學生施存統、辭退「四大金剛」。教育廳長對經亨頤說：

> 據本廳周科長查明，貴校教員陳望道、劉大白、夏丏尊、李次九等四人，所選國文講義，全用白話。棄文言而不教，此乃與師範學校教授國文之要旨未盡符合。而此四人，又係不學無術之輩，所選教材，夾雜湊合，未免有思想中毒之弊，長此以往，勢將使全校師生，墮入魔障。本廳責成貴校長立即將此四人解職，並將學生施存統開除。❹

經亨頤的答覆卻做了有力的反駁：

❹ 教育廳長與經亨頤的問答內容，見董舒林：〈震撼全國的「一師學潮」〉，《杭州第一中學校慶七十五周年紀念冊》，頁六四。

我校教師所選文章都是從北京、上海等地公開發行的報刊上選來的，如果使學生讀後會產生「思想中毒」、「墮入魔障」之惡果，政府何以不乾脆取締京滬等地出版之刊物呢？至於教師不學無術，請教何以見得?!且學期中途，如何能隨便解聘！再說，學生未教好，那是教育者未盡到職責，不能以開除了之，開除學生非為教育之本旨；學生即使言論失當，但沒有犯罪，不能開除。何況，新思潮這樣勃發，新出版物這樣多，其感動的力量，實在大得了不得。要想法子禁止，實在是辦不到的。如果空氣能排得盡，新思潮才能禁止。盼官廳明白這一點。

這番鏗鏘有力的答辯，明顯與教育廳長的看法南轅北轍。保守當局遂決定了釜底抽薪的辦法——撤換校長，但懾於經亨頤在浙江教育界的威望，加上擔心學生反彈，只得趁學校放寒假、學生離杭之機，以調任省視學為名，免去其職，並任命原省視學金布兼一師校長。學生聞訊紛紛提前回校，數次請願要求教育廳收回成命，展開轟轟烈烈的「留經運動」。一九二〇年二月十七日，新任校長金布上任，宣布原有教師一律續聘，但是只有兩人接受，其他都予拒絕。在「挽經拒金」運動的過程中，學生一共發表了五次宣言，兩次請願書，多次到省教育廳、省公署、督軍署去請願，浙江學聯和杭州學聯也發表宣言，支持一師的抗爭行動。當局則採用各種威逼利誘的手段，甚至企圖解散一師。三月十三日，全體學生通過宣誓公約：

一、推行新文化運動，堅持到底；

二、無論何人不得施行暴行；

三、校事未妥善解決前，學生概不離校；

四、非軍警押回原籍，誓不離校；

五、「留經」目的不達，甘願犧牲。❺

三月二十四日，教育廳果然公告一師「暫行休業」，學生則「一律即日離校」，翌日立即調派軍警包圍。二十九日清晨，七百多名武裝軍警，在齊耀珊指使下，展開驅趕學生離校行動。三百多名學生立刻向操場集中，堅決留守，軍警開始四人一組，強拉學生，情勢火爆而危急。正在此時，杭州各校的支援隊伍紛紛趕至，衝破封鎖線與一師學生會合，情勢逆轉，軍警不得不終止行動，但仍未撤離。經過時任中國銀行行長、蔡元培之弟蔡元康的居間斡旋，當局終於被迫同意：一、立即撤退駐校軍警；二、立即收回解散學校的命令；三、定期開學，原有教職員復職。關於校長

---

❺ 董舒林的〈震撼全國的「一師學潮」〉文中，只提到四點，這裏的五點公約引自《曹聚仁傳》（李偉著，南京大學出版社，一九九三年六月），頁四六。曹聚仁為一師當年參加抗爭的學生，而且是他機智地到校外與杭州學生會聯繫，集結支援一師的學生，並寫新聞電訊，打電報給《申報》、《新聞報》、《民國日報》，將一師學生被軍警包圍的遭遇公諸媒體。因此，他對誓約內容的記載應屬可靠而完整。

問題，金布的校長派令取消，學生同意只要新任校長能維持一師的革新精神，並取得全體學生同意，他們不堅持非經亨頤不可的立場。這場自二月開始、四月初結束，持續兩個多月的學生抗爭行動，就是轟動全國的「一師學潮」。

關於經亨頤的去留問題，主要的轉變關鍵在於經本人的意願。原本學生強烈表達如果留經不成，甘願犧牲的聲明，令他深為憂慮，擔心這些學生會因此流血，因此，請願學生與他多次聯繫，他都表示堅決不願再留任，學生的態度才軟化。經亨頤曾寫一封信託曹聚仁轉告全體同學，訴說了他內心的想法。信中略云：

「母親」一語，實在當不起。你們把這句話表示無限感情；我就用這句話來比仿，聲訴我的苦衷。這母親是可憐的，黑暗家庭裏三代尊親晚婆壓力之下的媳婦。……到如今，我不得不含著眼淚忍著心腸勸你們幾句話：無論要做什麼事，切不可拘執一種辦法；對象和環境變到怎樣，就應該隨時酌量，我那裏捨得了你們！不過我們所講底人格，和官廳所講底面子，彼此都是寶貴的，所以我的復職，現在無從說起！❻

這番語重心長的表白，顯然打動了學生，才接受調停，同意另外推選校長。最後由頗具聲望、也支持經亨頤教改措施的姜琦出任，加上經亨頤與「四大金剛」的自願離校，這次學潮才正式落

❻ 李偉：《曹聚仁傳》，頁五一。

幕。

從歷史角度回顧這次學潮，顯然不是表面上一個校長的去留之爭，而是延續五四運動的改革浪潮所產生的新舊文化、新舊教育思想之爭。從學生發表的宣言中，可以看出他們正是以這一點作為抗爭的思想主軸。例如第一次宣言說的：「我們因為要鞏固我浙文化基礎，所以不得不挽留本校經校長，本校的種種改革事業，是適合教育新趨勢，順應世界新潮流的。……如果我們的改革事業，今兒受著惡毒勢力的衝擊，一旦無影無蹤地泯滅了下去。不但這個浙江第一師範學校，永遠不會有改革事業發生，恐怕全浙江教育界的改革精神，也快要受著惡毒勢力的摧殘，都泯滅下去了。」❼一九一二年入學一師的老校友陳兼善也說：「五四運動的時候，在北方是北京大學居領導地位，在南方是浙江第一師範放的火。我們的經老師可能是因此丟掉校長職位。」❽

北大校長蔡元培是浙江紹興人，一師校長經亨頤是浙江上虞人。一在北方，一在南方，點燃「五四」的烽火。五四運動後不久，兩人同樣被迫去職，蔡元培赴歐美考察教育，經亨頤則回到故鄉籌辦春暉中學。兩人同鄉，同樣獻身教育，也同樣具有新文化革新思想，因此，當春暉中學成立後，蔡元培鼓勵有加，而經亨頤則將一師未完成的教改理念帶到春暉。春暉的誕生，既有五四新思潮的鼓動激發，又有一師學潮的推波助瀾，它的新生命一開始就充滿了新教育的理想、新

---

❼〈浙江第一師範全體同學第一次宣言〉，收入七十五周年校慶紀念冊第八四頁。

❽陳兼善：〈我的中學生時代〉，《浙江省杭州高級中學八十周年校慶紀念冊》，頁一一。

文學的精神以及新文化的使命，令人期待。

二、春暉辦學的教育需求

春暉中學的創建，為「白馬湖作家群」的形成提供了物質條件的配合。以教學為名，這群作家、教育家們才能名正言順地聚集、往來，也因為教育理念的相近，志同道合的情感、默契與日俱增，文藝上的切磋、提攜自然而頻繁，文學／藝術的形象才會日漸清晰、龐大，而使人不得不正視這個文人集團的客觀存在事實。

如前所述，經亨頤與「四大金剛」在一師的改革遭逢挫敗，夏丏尊應湖南第一師範之聘去了長沙，陳望道回故鄉浙江義烏研究馬克思主義，劉大白則回紹興家中從事寫作，經亨頤離開了多年的一師崗位，也回到家鄉上虞驛亭。其實，經亨頤為「育我虞之英才」，早有在上虞辦一所理想中學的念頭。一九一九年二月，他就曾與熱心桑梓教育的上虞富商陳春瀾磋商辦校事宜。陳春瀾（一八三七－一九一九年），據姜丹書的描述，是「上虞富商之以皮毛骨業起家者也。為人慷慨，年高而有德。」❾早於一九〇八年，陳氏即出資五萬銀圓創辦了「春暉學堂」（即小學），當省教育會成立時，他也慷慨解囊捐銀萬圓❿，和經亨頤情誼深厚，且「惟先生之言是信」（姜丹

---

❾ 姜丹書：〈經亨頤先生傳〉，《姜丹書藝術教育雜著》（浙江教育出版社，一九九一年十月），頁二五三。

❿ 王克昌：〈經商致富，捐資辦學——春暉中學的創辦人陳春瀾先生〉，浙江《聯誼報》，一九九五年四月

書語）。一九一九年，陳氏已八十有三，當經亨頤提出建議，他即表示贊同，獨力出資二十萬元，以十萬元建造校舍，置辦設備，十萬元購置上海閘北水電公司股票作為固定基金。同年十二月二日，成立董事會。一九二〇年一月，董事會推經亨頤為首任校長，籌劃辦學具體事宜。等到四月正式離開一師後，經氏便以全部心力投入勘定校址、徵購土地、招標建築、添置設備等工作。經過一番經營，一九二二年春，仰山樓、一字樓、曲院、科學館、白馬湖圖書館等新式建築風格的校舍陸續落成。九月十日，春暉中學開學，第一批新生五十七人，多數來自寧紹兩地，也有來自蘇南、杭嘉湖地區的。甚至還有慕名遠自江西、湖南、貴州來的。更令他們欣慰的是，「有的已是舊制學校的高中生了，卻甘願前來插班降級就讀。有的已超過了初中學齡，但也不惜從頭學起，跟年輕的同學并肩共學。」[11]而且，「就是遠在東南亞的華僑，也有人慕名送子弟前來入學的。」[12]由此可見，經亨頤的新文化形象與新教育的作風深入人心。

春暉中學成立的同時，也設有春暉附小，第一批招生八人。一九二二年十二月二日聯合舉行開校典禮。為免重蹈一師受制於教育當局的覆轍，春暉中學是私立民辦，不沾一絲官方色彩；而

二十六日。

[11] 見姜建：《大地足印——朱自清傳記》（江蘇教育出版社，一九九三年六月），頁九四。

[12] 經遵義：〈上虞春暉中學〉，《浙江近代著名學校和教育家》（浙江省政協文史資料委員會編，浙江人民出版社，一九九一年九月），頁二〇八。

為了擺脫軍閥勢力的控制，經亨頤主張不向軍閥政府立案，貫徹「反對舊勢力，建立新學風」的宗旨，整個學校浸潤著「五四」革新精神。一九二三年起招收女生，首開浙江男女同校之先河。還有組織協治會，實施民主管理，學生的考核採學分制，修完即准予畢業……。許多的改革，充分顯現出經氏順應時代潮流的開明思想。對他來說，春暉雖然只是一所位於偏僻鄉間的中學，但他的抱負是希望「春日之暉，普及遐邇，豈獨一鄉一邑已哉！」⓭因此，不論是設備、教材、教學方式、師資、學生管理等各方面，他都處心積慮地設法提昇加強。在《春暉中學二十五周年紀念刊》上有一段感人的記載：由於經亨頤辦校的勞苦功高，陳春瀾十分感動，遂為他在學校旁邊蓋了一座精小的洋房「山邊一樓」給他居住，但經氏不同意，卻要求陳春瀾另外給他一萬元的現金報酬。此舉令人費解。後來才知他把這筆鉅款，全部購買了中外新舊圖書，充實白馬湖圖書館⓮。就是這樣以校為家、以教育為生命的精神，春暉中學在二〇年代的硬體設備就已完善而新穎，受到教育界的肯定。

硬體設備的完善，不保證辦學的品質就一定同樣傑出。經亨頤的教育理念需要一批相同理念

⓭ 經亨頤：〈春暉中學計劃書〉，《經亨頤教育論著選》（張彬編，北京：人民教育出版社，一九九三年十月），頁一八一。

⓮ 見徐如願：〈回顧與前瞻——二十五年來的春暉及今後之計劃〉，《春暉中學二十五周年紀念刊》，頁六。

者的支持才可能達成。春暉之所以不到三年就名聞全國，享有「北有南開，南有春暉」的美譽，靠的不是經亨頤一人，更不是一流的校舍、實驗室、足球場或游泳池，而是擁有一群教學嚴肅認真、作風實事求是、注重身教啟發、用心關懷學生的名師碩彥，建立起優良的校風，打響了學校的知名度。這個招攬優秀師資的重任，經亨頤完全放手由同是上虞縣籍的同鄉、也是一師的老同事夏丏尊負責。夏丏尊應經氏之邀，於一九二一年趕到白馬湖，展開首批教職員的聘請工作。二、三年間，當時文壇、學界的一些一流人物先後雲集到幽靜且富有詩意的白馬湖畔，如豐子愷、劉薰宇、匡互生、朱自清、朱光潛、劉叔琴等，再加上透過他們的關係而來白馬湖作短期遊訪講學的弘一法師、俞平伯、葉聖陶、劉大白等，每一個都是學識淵博、文采出眾、深具教育大愛的教育家、文學家或藝術家。他們的到來，「有的自願放棄大學教授；有的辭去書局編輯；有的丟下官銜職位，風塵僕僕來到偏僻山村。」⓯由於他們的身教與言教，春暉校園裏一方面洋溢著民主自由的空氣，一方面瀰漫著濃郁的文藝氣息。而一個所謂「白馬湖作家群」的文人集團就這樣無形中產生了。也因為他們的雲集，白馬湖成了二〇年代人文薈萃的文化勝地。

這群作家與夏丏尊或曾同事，或是老友，他們的到來也就自然以夏丏尊為情感交流、生活聯繫中心。夏氏在〈春暉的使命〉一文中曾說：「你無門無牆，組織是同志集合的。你要做的事情

⓯ 夏弘宇：〈紅樹青山白馬湖——上海文化人一度薈萃之處〉，《寸草春暉》（嚴祿標主編，浙江：春暉中學出版，一九九六年八月），頁八六。

既那樣多而且雜，同志集合，實是最要緊的條件。你不該從此多方接引同志，使你底同志結合在質上更純粹，在量上更豐富嗎？」⓰其實，以夏丏尊為中心的這一批教師，在質與量上早已超出一般中學遠甚。以一九二三年為例，夏丏尊是出版主任兼國文教員；劉薰宇是教務主任兼數學教員；章育文是庶務主任兼數學、手工教員；豐子愷是國畫、音樂、英文教員；劉叔琴教歷史、哲學；葉天底在教務處工作，兼代音樂美術課。一九二四年三月，夏丏尊又邀匡互生來春暉擔任訓育主任，邀朱自清來教語文，不久，朱光潛也應聘教英文。這群作家密切交往所交會出的光芒，就以一九二四年最是璀燦多姿。

以學歷來說，經亨頤曾赴日留學，入東京高等師範學校數學物理科就讀；夏丏尊也負笈東瀛，考入東京高等工業學校；朱自清是北大哲學系畢業；朱光潛是香港大學教育系畢業；豐子愷是浙一師畢業，曾赴日本進修，在「川端洋畫學校」學油畫，去「獨立音樂研究所」學提琴；匡互生與劉薰宇都是北京高等師範數理部畢業；其中匡互生在五四運動時，第一個衝入趙家樓，打開曹汝霖宅，讓愛國學生遊行隊伍蜂擁而入，是火燒趙家樓、嚴懲賣國賊這一歷史事件的著名人物；劉叔琴和經亨頤一樣是日本東京高等師範學校畢業。他們的專業素養與教學精神在春暉都有適才適所的表現，不論是文學、藝術、數理、手工，春暉的師資都屬一流，這一點不得不佩服夏丏尊的獨到眼光與豐沛人脈。

⓰ 同⓯，頁三六。

由於這批革新理念相近的教師大力推動，春暉氣象確實非同一般。例如，當舊式學校的學生還在埋頭啃《古文觀止》、《論說文範》時，春暉的學生早已和一師一樣在讀／寫白話文，《新青年》、《創造月刊》、《語絲》等刊物，魯迅、郁達夫、冰心等人的作品，也早已成為學生最喜愛的課外讀物了。為了開拓學生視野，強化學術研究心得的交流，他們經常舉辦校內專題講座。定期的有每旬一次的「五夜講話」，由本校教師主講；不定期的，多邀校外學者名流主講，如蔡元培、吳稚暉、吳覺農、俞平伯、沈仲九等都曾應邀蒞校演講。至於演講的內容則多元而豐富，有文化思想類的如經亨頤「人生對待的關係」、夏丏尊「道德之意義」、沈仲九「自由與責任」、朱自清「剎那」等；有自然科學類的如劉薰宇「牛頓和愛因斯坦」、章育文「人人必須的科學知識」、匡互生「天空現象」等；文藝方面的有豐子愷「裴德文（貝多芬）及其月光曲」、「藝術的創作與鑑賞」、俞平伯「詩的方便」、朱光潛「無言之美」等。對學生的求知欲有極大的激發作用。

春暉校園裏到處洋溢著他校難得見到的勃勃生氣，老校友魏風江有一段真實的描繪：「春暉有著一系列不同於別地學校的措施，具體的表現是師生感情融合，學生自治活動廣泛開展，學生的代表參加校務會議，各種集會上人人踴躍發言，毫無顧慮。校內的文學藝術氣氛，特別濃厚，走廊裏貼滿著各班級的壁報，圖文並茂，表露著學生們渴求進步的思想。」⑰一九二四年到白馬

⑰ 魏風江：〈從春暉中學到立達學園的匡互生先生〉，《匡互生與立達學園》（北京師範大學校史資料室

湖探訪朱自清的俞平伯，在日記上寫著「學生頗有自動之意味，勝一師及上大也。」⓲對春暉的評價高過一師及上海大學，即可證春暉在他們的用心耕耘下，確實繳出了一張漂亮、傲人的成績單。不管夏丏尊的意識裏有無「以大學師資辦中學」的構想，俞平伯的肯定，說明了二〇年代的春暉中學的確是首屈一指的。朱光潛有一篇論述深刻的文章〈說校風〉，指出學校的校風應至少要有以下四個特點——家庭的和樂空氣、愛護紀律、濃厚的研究學術的空氣和宏毅正直的胸襟氣宇，才能稱得上是校風「優良」⓳，若以此來衡量春暉的校風，相信「優良」一字是當之無愧的。

春暉的誕生，是「白馬湖作家群」形成的動因、基礎，他們的來到白馬湖，為的是教育工作，奉獻所長。他們的表現，也沒讓經亨頤、夏丏尊這兩位創校元老失望。從文學史上，我們以「白馬湖作家群」來定位這批人的文化屬性；但是若從二十世紀教育史的角度來觀察，稱他們為「白馬湖教育家群」，也是合乎客觀事實的。因此，「白馬湖作家群」的意涵中，文學與教育二者

編，北京師範大學出版社，一九八五年五月），頁一五二。

⓲ 俞平伯：〈憶白馬湖寧波舊遊——朱佩弦兄遺念〉，原載一九四八年十月出版之《文學雜誌》第三卷第五期。轉引自朱惠民選編：《白馬湖散文十三家》（上海文藝出版社，一九九四年五月），頁二〇一。

⓳ 見《朱光潛全集》（安徽教育出版社，一九九三年二月）第九卷，頁七〇、七一。原載《國立武漢大學周刊》第三二一期，一九四一年三月。

是不可分開的，缺其一，這個群體的精神與價值都將破碎而不完整。

三、地理人文的薰染化育

不同地域的文學，在形式與內容上常會有不同的傾向，造成各自殊異的地域風格。古代《隋書・文學傳序》就曾針對南北朝文學風格的殊異說：「江左宮商發越，貴於清綺；河朔詞義貞剛，重乎氣質。氣質則理勝其詞，清綺則文過其意。理深者便於時用，文華者宜於詠歌。此其南北詞人得失之大較也。」近代的劉師培〈南北文學不同論〉中亦云：「大抵北方之地，土厚水深，民生其間，多尚實際。南方之地，水勢浩瀚，民生其際，多尚虛無。」梁啟超〈中國地理大勢論〉也有相同的看法：「燕趙多慷慨悲歌之士，吳楚多放誕纖麗之文，自古然矣。」這些議論，都說明了作家風格的形成，地域性的影響是不容忽視的因素之一。汪辟疆也有一文〈近代詩派與地域〉具體地指出：詩人、詩派受到水土、風俗及聲音（即方言）的影響。他把近代詩派按地域分成六派：湖湘派、閩贛派、河北派、江左派、嶺南派、西蜀派，其中論江左派時，他說：「江浙山水，既以錦遠清麗勝，故人物秀美，詩境清新，有一唱三歎之音，無棘句鉤章之習。文章的江山之助，其信然歟！」[20]對江浙的自然人文多所贊美，對江浙人、文受山水之滲透、浸潤所形成的特性也分析精闢。

---

⑳ 見《汪辟疆文集》（上海古籍出版社，一九八八年），頁三〇九、三一〇。

當然，我們對地域性的理解，不能只局限於地理概念，而應該是「敏銳地把人文、社會政治等重要因素包容進來，深層上考慮潛在的心理空間。」㉑在這個理解上，小至白馬湖，大至整個浙江，它們的自然山水等地理環境，與浙江的教育、社會風氣、文學風氣等人文環境，對「白馬湖作家群」的形成多少都產生了一定的作用。事實上，「白馬湖作家群」作為一個文學研究的命題，一開始就標明了地域文學現象的鮮明特性。在文學史上，京派、海派是兩大地域文化的代表，但是，除了京、海派之外，其實還有徽派等的存在。民初有沒有「浙派」的說法，需進一步查證，但是，有一些數據與現象卻很耐人尋味。欒梅健在《二十世紀中國文學發生論》中，曾根據現代一百九十一位著名作家的籍貫做了統計，最多者為浙江，有魯迅、茅盾等四十人；第二是江蘇，有錢鍾書、劉半農等二十七人；第三是廣東，有李金髮、淩叔華等十七人。而上海市僅有張愛玲、趙家璧等七人；北京市僅有老舍、張志民二人㉒。這個數字揭示了現代作家地域分布的

㉑ 彭曉丰、舒建華：《「S會館」與五四新文學的起源・導言》（湖南教育出版社，一九九五年十一月），頁一九。

㉒ 欒梅健的統計數字是以《中國現代作家傳略》（徐州師範學院編，四川人民出版社，一九八一年）上、下冊中所收錄的現代作家為主要依據，並參考了徐瑞岳等編《中國現代文學辭典》中的材料，所反映出一九一九—一九四九年間中國現代作家的總體概貌。見《二十世紀中國文學發生論》（臺北：業強出版社，一九九二年四月），頁一九二—二〇九。

不均衡，江浙二省加上過去一直隸屬江蘇的上海，即占了總數的百分之三十以上。雖然和過去江浙文人幾乎壟斷文壇的現象相比略有改變，但仍無損其管領文壇風騷的首要地位。

如果要以區域文化的角度來研究二十世紀中國文學，浙江的區域特性無疑的是一重要的切入口，不亞於京派或海派。浙江自「五四」新文學起來以後，產生了許多領袖級或深具代表性的作家，例如：魯迅（紹興）是現代文學的奠基人，雜文、散文詩的開山祖；周作人（紹興）倡導「人的文學」，是現代美文的開路人；郁達夫（富陽縣）是創造社主將，私小說與頹廢文學的創立者；茅盾（桐鄉縣）是文學研究會的健將，剖析社會現象的小說巨匠；徐志摩（海寧縣）是新月社的中堅詩人，新格律詩的倡導者；以象徵詩馳名文壇的雨巷詩人戴望舒（杭州），堪稱八〇年代大陸「朦朧派」詩風的鼻祖；豐子愷（崇德縣）是漫畫的第一人，沖淡散文也具代表性。此外，還有艾青、劉大白、夏衍、魯彥、唐弢、俞平伯、柔石等等。這不得不令人發出一個疑問：浙江的「人傑」是否真的是來自「地靈」？大陸研究現代文學有成的學者嚴家炎也如此問道：「如果說五四時期文學的天空群星燦爛，那麼，浙江上空的星星特別多，特別明亮。這種突出的文學現象應該怎樣解釋？除了越人自古以來自強不息、恥為人後這些文化心理因素之外，是不是和最近百多年浙江得風氣之先，反清救國走在前列，去外國的留學生也特別多有關係呢？」㉓

㉓ 這是嚴家炎為湖南教育出版社出版的一套《二十世紀中國文學與區域文化叢書》所寫的一篇總序。這套書包括了《「S會館」與五四新文學的起源》、《江南士風與江蘇文學》、《黑土地文化與東北作家群》等

在「白馬湖作家群」中，籍貫為浙江者就有經亨頤（上虞）、夏丏尊（上虞）、豐子愷（崇德）、俞平伯（德清）、劉大白（紹興），朱自清生於江蘇，但原籍浙江紹興。他們不是留日，就是赴英。這個現象和浙江的地域特性所孕育出的人文發展不謀而合。再結合上述浙江那麼多的新文學大師的現象，地理人文的薰染化育，對「白馬湖作家群」的形成確有其或隱或顯的影響：隱的一面，是浙江整體的歷史沿革、風俗民情、教育狀況、語言鄉音等；顯的一面，則是他們朝夕面對、生活賞玩的白馬湖清麗風光。嚴家炎認為：「對於二十世紀中國文學來說，區域文化產生了有時隱蔽、有時顯著，然而總體上卻非常深刻的影響。不僅影響了作家的性格氣質、審美情趣、藝術思維方式和作品的人生內容、藝術風格、表現手法，而且還孕育出了一些特定的文學流派和作家群體。」㉔這個看法在「白馬湖作家群」身上可以得到一些印證。例如，他們質樸雋永的散文風格和清麗的白馬湖山水交輝相映；他們吟詩屬文、飲酒作畫的心境和靈性，多少受到白馬湖的啟發薰陶；他們筆下多篇以白馬湖為歌詠對象的美文佳詩，更是文學與地理融合無間的直接表現。

我們還可以再精細地討論上虞一地的人文特性。梁啟超在〈近代學風之地理的分布〉一文中，探討有關文化地理問題時說：「文化愈盛之省分，其分化愈複雜——如江南之與江北，皖南

多種。

㉔同㉓。

之與皖北，浙東之與浙西，學風劃然不同。」㉕這種以錢塘一江之隔而民風文氣迴異的情況，自唐宋以來一直明顯呈現。浙東與浙西的文風不同，論者多矣，如《紹興府志》云：「西鄉稍尚縟禮，東鄉乃近樸」；《浙江潮》第四期匪石〈浙風〉一文也說：「東西浙之各自殊尚而已。……浙西以文，浙東以武；浙西之人多活潑，浙東之人多厚重；浙西人好為表面之事業，浙東能為實地之研究。」㉖當然，梁啟超也強調「交光互影，有不能一概論者」的現實性。不過，相對來說，浙西的文風偏於深溫徐婉，這種風格明顯地呈現在郁達夫、徐志摩、戴望舒等人的創作中；浙東則重剛韌、平淡、清逸、蒼潤，這種風格在魯迅以及自稱「我的浙東人的氣質終於沒有脫去」（《雨天的書・自序》）的周作人身上可以看見㉗。紹興、寧波、上虞地屬浙東，重鄉土、樸質無華、不事雕琢的學風民俗，不僅使周作人將樸素自然的生活態度視為他審美理想中崇尚的境地，我想，對夏丏尊、經亨頤、劉大白等的人格文采的影響也是不能忽略的，而白馬湖主要作家們所呈現的清淡風格，不正巧妙地對浙東文風作了再一次的印證嗎？

㉕ 梁啟超：〈近代學風之地理的分布〉，《飲冰室文集》之四十一，收於臺灣中華書局版第一四冊，頁四九。

㉖ 同㉑，頁二〇七。

㉗ 關於浙東、浙西文風之不同的論述及代表作家，主要參考《「S會館」與五四新文學的起源》一書之第八節。

以空間向度切入五四新文學研究的探討，是一有趣且值得深入剖析的課題。但是，在作為這個作家群形成的大背景的敘述之後，我們必須停止討論，而將焦點微觀地集中於「白馬湖」這個「小背景」上。

白馬湖位於浙江省上虞縣，從杭甬線上的驛亭站下車，步行十來分鐘即可清楚看見。群山環抱，湖光瀲灩。陳星〈人文薈萃白馬湖〉一文，對其地理位置、得名由來有如下的一段敘述：

> 白馬湖位於浙江省上虞縣城西北五公里處。舊名漁浦湖，周二十餘公里，三面環山，重岫疊巘。濱湖諸山三十六澗，悉會於湖。湖中有癸巳山、羊山、月山，湖邊有漁村農舍，一派田園風光。據《水經注》云，該湖創始時，塘堤屢坍，民以白馬祭之，故名白馬潭；另一說晉時縣令周鵬舉乘白馬入湖中不出，人以為地僊，故名。白馬湖的美，美就美在它的野趣，美在桃花源似的寧靜，它的超凡秉性，使自己成了千丈紅塵中的清涼世界。[28]

除了《水經注》的白馬潭說，以及《上虞縣志》的周鵬舉入湖說外，還有兩種說法：「傳說金兵南侵時，康王趙構逃難至此，有白馬負之過湖；又說這湖的形狀，似一匹平臥的白馬，因而得名。」[29]這些富有傳奇色彩的說法，使白馬湖憑添了幾分迷離之美。朱自清就說周鵬舉騎白馬入

---

[28] 陳星：《拜訪文學的故鄉》（臺北：幼獅文化公司，一九九四年四月），頁八八。

[29] 同[11]，頁九三。

湖仙去的說法，「也是一個不壞的故事」。白馬湖如世外桃源之美，在他們未去之前是罕為人知的。朱自清說：「白馬湖在甬紹鐵道的驛亭站，是個極小極小的鄉下地方。在北方說起這個名字，管保一百個人一百個人不知道。但那卻是一個不壞的地方。」㉚一九二四年三月第一次來白馬湖的朱自清，顯然被這個「不壞的地方」深深吸引，而忍不住寫下〈春暉的一月〉，大加贊美：

> 我右手是個小湖，左手是個大湖。湖有這麼大，使我自己覺得小了。湖在山的趾邊，山在湖的唇邊；他倆這樣親密，湖將山全吞下去了。吞的是青的，吐的是綠的，那軟軟的綠呀，綠的是一片，綠的卻不安於一片；……湖邊繫著一條小船，四面卻沒有一個人，我聽見自己的呼吸。想起「野渡無人舟自橫」的詩，真覺物我雙忘了。

詩意濃郁的筆調，將白馬湖的美景如繪般地呈現在讀者面前。作家的整個心境已被湖水勝景緊緊纏繞，不覺而有「物我相忘」的感受。朱自清說，春暉給了他三件禮物：美、真誠與閒適，這也說明了白馬湖何以能吸引那麼多文人的原因。靈山秀水，加上才子名士，地理與人文的密切關係確實能激盪出如山水般靈動的詩篇。

豐子愷在比較了住上海與春暉兩地的感受時說道：「我覺得上海雖熱鬧，實在寂寞；山中雖

㉚ 朱自清：〈白馬湖〉，《朱自清全集》第四卷，頁二八四。

冷靜，實在熱鬧，不覺得寂寞。就是上海是騷擾的寂寞，山中是清靜的熱鬧。」（〈山水間的生活〉）這是真正體會了山居生活後的自白，對白馬湖的贊賞表露無遺。此外，以一篇代表作〈白馬湖之冬〉享譽文壇的夏丏尊，則對白馬湖的冬天情味，特別是多風的地理特性作了直接而有力的刻劃，他說：「白馬湖的所以多風，可以說有著地理上的原因。那裏環湖都是山，而北首卻有一個半里闊的空隙，好似故意張了袋口歡迎風來的樣子。白馬湖的山水和普通的風景地相差不遠，唯有風卻與別的地方不同。風的多和大，凡是到過那裏的人都知道的。」雖然「呼呼作響，好像虎吼」的風讓人心驚，但是文人的詩興也常在寒風怒號中生發激昂：「我於這種時候深感到蕭瑟的詩趣，常獨自撥劃著爐灰，不肯就睡，把自己擬諸山水畫中的人物，作種種幽邈的遐想。」由於這篇散文的膾炙人口，白馬湖從此出了名，而「白馬湖作家群」也找到了與其藝術特色相符的名稱。可以這麼說，沒有白馬湖令人神往的清秀景致，則這些作家們的筆下將減去不少絢麗的光采；但若沒有這些才氣縱橫、富教育愛與人性美的文人投身其間，則白馬湖的美名將褪色許多，甚至可能為人所不知了。

春暉的設立，選定白馬湖這個地點，是深有見識的。經亨頤的眼光令人佩服。但是，幽雅的山水環境，卻也讓這位教育家產生困擾。經亨頤在一九二四年九月春暉中學開學典禮上，說了一段內心的憂慮：「我甚愛白馬湖，我所愛的是白馬湖自然的環境，極不愛白馬湖人的環境。概言之，愛鄉村的自然的環境，不愛鄉村的人的環境。」他認為，由於白馬湖的偏僻，學生日日生活其間不免染上「淺」和「漫」的習慣。淺是指氣量狹淺，斤斤計較；漫是指過於散漫，缺乏刺激。他感歎：「長此過去，漸漸加甚，那是我要歎一聲，春暉設在白馬湖，鑄成大錯了。」因為這種習性，學生對軍閥統治的惡行，也逐漸麻木不仁，經亨頤激動地說：「放棄公民權……這種態度，近來知識階級中最多，浙江人尤其有這種怠性！西湖游玩，阿彌陀佛念念，一點振作的氣象都沒有。所以我認為地理環境，和人生有極大關係。唉！白馬湖尤其偏僻啊！」[31]他的這番苦心，在一九二九年秋天春暉舉辦的秋季運動會開幕式上，又再一次表露出來，他強調說：「本校處山青水秀之中，環境非常靜寞。當時擇定地點，我就有一種顧慮，青年在此清幽環境之中，難免有頹唐的趨向。」[32]經亨頤的憂慮並非個人獨有，夏丏尊在〈春暉的使命〉中也表達相同看法：「這種環境，一不小心，就會影響你的精神，使你一方面有清潔優美的長處，一方面染蒙滯昏懶的壞習的！」這兩位教育家有關「教育地域學」的發言，自然有其求好心切的教育動機，也從不同的角度說明了白馬湖自然景致的不凡，確實會對人的性格、思想與行為有一定潛移默化的作用。對思慮敏銳、情感豐沛的作家、藝術家們，當然會有更直接而深入的精神洗禮與靈性的引導了。

當然，這群作家在白馬湖的時間都很短暫，除了經亨頤與夏丏尊兩人卒後葬於象山，葉落歸

[31] 經亨頤：〈勖白馬湖生涯的春暉學生〉，《春暉》第三二期。

[32] 經亨頤：〈秋季運動會開會辭〉，《春暉學生》創刊號，一九二九年。

根地長伴白馬湖水外，其餘的都只是過客。要說這裏的山水對他們產生多大的改變是不切實際的。單以地域性而言，我認為，浙江的大背景對他們的氣質類型、文學風格的影響要比白馬湖大得多，只不過，白馬湖恰恰提供了一個和他們的生命情懷、文化氣質、人生體驗相契合、相對應的場所，白馬湖的清新、自然、純樸、質實，和這群作家的淡泊、真摯、素樸、率直，在短暫的時間裏有了美麗的交會，因此，即使這些人的性格各自殊異，還是微妙地把白馬湖的毓秀匯成一川清流，湧進五四新文學的大潮，以及現代文學史的長流中。

四、散文共性的集體呈現

「白馬湖作家群」的文學創作特徵，楊牧曾簡單地指出是「清澈通明，樸實無華，不做作矯揉，也不諱言傷感。」㉝基本上，這已抓住了此一文人群體的散文風格。一如白馬湖清新、靜謐的湖水，他們的散文也流露了相同的意境。上述所引的朱自清〈春暉的一月〉、豐子愷〈山水間的生活〉、夏丏尊〈白馬湖之冬〉等文，即是對「白馬湖風格」作了最佳詮釋的作品。情濃而墨淡，在疏密之間揮灑自如，宛如一幅幅的寫意畫，令人愛不釋手。

他們的作品，當然有其個人獨特的創作傾向，但是都內涵著一種清淡雋永的神韻共性。他們的散文特色，毫無疑問的，是繁華落盡後的天然風姿，是返樸歸真。這種美學上的一致追求，可

㉝ 楊牧：《中國近代散文選・前言》（臺北：洪範書店，一九八一年八月），頁六。

以說是他們在藝術上的共同風貌。樊德三《文學概論》書中論及文學風格時說：「文學風格的中心是作家風格。……文學作品的風格，則是作家風格具體的藝術的顯現。……它帶著作家的精神個性的鮮明印跡。」㉞所謂「文如其人」，在以表達真實情感、生活為主體的散文體裁上表現得尤其明顯。作家的個性與人格，可以透過作品內容與形式的綜合表現顯示出來，藝術之獨創性在此，其可貴也在此。「白馬湖作家群」的散文「共性」，來自他們長期藝術涵養與實踐的「個性」。他們彼此親近、相仿的人格力量與薰染，使他們的「個性」特質「大同而小異」，體現在散文寫作上，也就有了「異中有同，同中有異」的集體風貌，而形成「白馬湖作家群」此一文學集團的藝術特徵。主張以「白馬湖派」稱呼這群作家的學者商金林，就認為「這些文章清新恬淡，樸實無華，字裏行間，充溢著作者真誠坦率的情感和獨到的藝術見解，給人以美的享受。……這些文章『樹立了白話記敘文的模範』，形成了一個『白馬湖派』」㉟，說明了這群作家的藝術同調與殊途同歸的精神聯繫。在「五四」這個「自我表現」意識真正覺醒的時代，這群作家的創作實踐鮮明映現了這種藝術觀。有趣的是，他們「自我表現」的交響樂中竟有著令人驚訝的相似主旋律。

散文被譽為「白話美術文的模範」的朱自清、俞平伯二人，他們寫作的主旋律即是樸實清

㉞ 樊德三：《文學概論・文學風格、流派和思潮》（長春：東北師範大學出版社，一九九二年六月）。

㉟ 商金林：《朱光潛與中國現代文學》（安徽教育出版社，一九九五年十二月），頁九。

新，詩文互化。這一點，從他們同題寫作的散文〈槳聲燈影裏的秦淮河〉中可以看出。朱、俞二人都是以詩跨入文壇的寫手，兩人於一九二三年八月的一個晚上，坐船同遊秦淮河，回來後各寫了一篇傳誦至今的精彩遊記。在朱自清的筆下，「秦淮河的水是碧茵茵的，看起來厚而不膩，或者是六朝金粉所凝麼？」船行到河中，他覺得「河中眩暈著的燈光，縱橫著的畫舫，悠揚著的笛韻，夾著那吱吱的胡琴聲，終於使我們認識綠如茵陳酒的秦淮水了。此地天裸露著的多些，故覺夜來的獨遲些。從清清的水影裏，我們感到的只是薄薄的夜——這正是秦淮河的夜」。這些描繪，雖然不免有一些絢麗之美，但他筆下的秦淮河一點也不庸俗、華豔，反而充滿著清柔的嫵媚。作者發自內心的真摯情感、樸實的風采，在這幅娟秀的工筆畫中不時出現。至於俞平伯眼中的秦淮河，也是看似濃郁實則平淡，他寫道：

> 我們，醉不以澀味之酒，以微漾著、輕暈著的夜的風華。不是什麼欣悅，不是什麼慰藉，只感到一種怪陌生、怪異樣的朦朧。朦朧之中似乎胎孕著一個如花的笑，……這麼淡，那麼淡的倩笑，淡到已不可說，已不可擬，且已不可想。但我們終久是眩暈在它離合的神光之下的。

俞平伯與朱自清的散文一樣，表現了秦淮河夜色的絢麗，但仍不失其素樸的內涵。兩人內心的情思折射於外在風華萬千的秦淮河之夜，反更顯其朦朧、清淡的詩的意境。

這兩篇被稱為「現代散文史上的一段佳話」的同題之作，當然也有其不同的個性呈現。如細加比較，朱自清的文筆相對簡樸親切，俞平伯則稍細膩委婉；又如兩人對待歌妓的態度也不同，朱自清較受「道德律的壓迫」，內心矛盾交加，俞平伯則比較超脫。這是兩人人格特質的不同，但對如水夜色的細描勾勒，都是如詩的畫境重現。這兩篇文章後來刊登於這群作家合力編輯的《我們的七月》雜誌中。

和〈槳聲燈影裏的秦淮河〉、〈溫州的蹤跡〉相比，朱自清稍後寫的〈背影〉、〈兒女〉等文就更顯出一種平淡之美。而俞平伯的〈西湖的六月十八夜〉、〈眠月〉、〈打橘子〉等文，寫的是日常之事、友朋之情，卻是淡而有味的好文章。其他如夏丏尊的〈貓〉、〈春暉的使命〉、〈我的畏友弘一和尚〉等文，寫出了他在白馬湖生活中的快慰與悲懷，我們彷彿可見其悲天憫人的生活態度。讀豐子愷的〈漸〉，可看出他的時間哲學；他的〈兒女〉一文，流露出對子女的欣喜讚美，而〈懷李叔同先生〉更是描繪弘一法師的名作，字裏行間充滿了對其恩師的懷念與讚歎。這種重情重義的自然表現，完全是發自他們純正的人格力量。須有如此之人，才有如此之文。這不是文詞的藻飾可以做到，也不是故作瀟灑狀就算，而是真正的「出於自然」的「自我表現」。也就是這種人格力量的顯現，才有了白馬湖作家群清淡如水的文風。讀者之喜愛他們的文章，有很大部分的理由是喜愛這群可愛的人。

也是白馬湖常客的弘一法師，早在一九二四年秋，就應夏丏尊之邀，捲著一席舊鋪蓋，在白馬湖過了一段粗茶淡飯卻喜悅不改的日子。佛理的體驗，使他的散文超凡絕俗，沒有人間煙火塵味，如〈白馬湖放生記〉、〈給夏丏尊的信〉、〈我在西湖出家的經過〉等，就是從絢爛歸於平淡後的代表作，宗教的意蘊極濃，可以說是他恬淡人格的自然流露。朱光潛發表於《春暉》的〈無言之美〉一文，哲理處處，強調文學的美感還在於「無言的意蘊」，認為「這個世界之所以美滿，就在有缺陷，就在有希望的機會，有想像的田地。」這種寓深理於平實之文的寫作方式，也是白馬湖風格下的產物。而這種文學觀，也正是白馬湖作家們所服膺、實踐的中心思想。其他如劉薰宇、匡互生等人的論理、議時之作，娓娓道來，不說教，不奪理，不以機鋒能辯示人，而似老友談天般自然，和上述諸人相比，雖有題材上的不同，但其不矯飾、不做作、力求自然暢達的態度並無二致。

當然，白馬湖不是真的避秦亂世的桃花源，這群作家的雲集白馬湖，也不是要當武陵人。他們依然關懷國是，做入世的事業，在他們的一些與時局世運相關的作品中，我們仍可以嗅出濃濃的火藥味與知識分子責無旁貸的高度期許，這是不能一筆抹煞的。只不過，在這段時期，這類作品不多，因此，以散文美學的藝術風格來論，平實雋永、真而有味，仍是他們創作的基調、魅力之所在，而這與他們的生命情調、文人特質也是貼切相融的。這種顯而易見、心領而神會的散文共性，是「白馬湖作家群」之所以構成一個獨立文學個體的內因。人、文兼美，文學意義上的「白馬湖作家群」才於焉成形。

五、同事‧同志‧同道：立達、開明的延續深化

一如「一師學潮」的催生春暉，一九二四年在春暉發生的「氈帽事件」則催生了立達學園。春暉時期這群作家的「領導中心」是夏丏尊，到立達時期，則轉為匡互生。但第二年創辦開明書店後，夏丏尊與葉聖陶先後成為書店的靈魂人物。不過，立達學園仍同時存在，由匡互生與這群作家們苦心孤詣地經營著。不管「中心人物」與「活動陣地」是如何轉移，這是一個群體，沒有群性的互動就不成為一文人集團。他們彼此的情誼深厚、理念相近，在教育崗位上是同事，在文學創作、編輯、活動上是同志，在人生理想、趣味選擇上則是同道。這「三同」特性，在春暉時期固然發揮得淋漓盡致，就是到立達、開明，也不曾疏離、遜色。因此，如果拉長了時間來觀察，「白馬湖風格」在立達、開明得到了延續與深化，反而使「白馬湖」的文學光熱散得更亮更遠，也更確立了這個文人集團看似鬆散、實則一脈相承的內在凝聚力。可以說，立達與開明的餘緒，使「白馬湖作家群」在文學史上的面目更為清晰，定位也更具說服力。

所謂「氈帽事件」，只是表面化的導火線，真正促使這群作家毅然離開的主因，是他們一向堅持的「純正教育」開始受到政治力的介入，以及學校當局保守勢力的掣附，讓他們下定另闢理想的「自己的園地」的決心。在政治力的介入方面，當時的學生魏風江曾提了一件事例說：

學校一再被迫要添置「黨義」一課，要做紀念周，要唱黨歌。提倡李叔同（弘一法師）所作歌曲最熱烈的豐先生首先表示對教「黨歌」敬謝不敏。匡先生、豐先生立即與省裏派來的一些「貫徹始終」的先生們有了分歧。在一個寒冬的早晨，黃源同學戴了一頂大氈帽上早操，一位「貫徹始終」的老師叫他除下，他不肯，並且與之爭論，那幾個「貫徹始終」的先生惱羞成怒，要小題大做，乘此壓抑學生的活動，從而排擠匡先生、豐先生等幾位為學生所親近的老師。經過激烈的風潮，雖然壓低了那幾個「貫徹始終」的先生們的氣燄，但匡先生和豐先生認為白馬湖上蒙上濃霧，已非實施一個教育理想的園地了。[36]

白馬湖教育家對政治勢力的入侵校園非常排斥，這除了源於對教育理念的堅持外，一師慘痛的教訓不遠也是原因。至於保守勢力的掣附，「氈帽事件」的當事人黃源描述道：「校內已有一股不協調的暗流潛在著，學生中也已感到教職員工中有保守和改革二股力量在接觸著。……校長經子淵不在校，學校的行政實權卻落在一般正規的保守派手中，對學校的生動活潑的氣象時予衝擊。……在這一學期臨終前，這衝擊卻在我的身上爆發出來了。」[37]事件爆發當天，黃源戴著一頂上虞、紹興一帶流行的黑色氈帽上早操，在同學間並未引起混亂，但體育老師一看到，就大怒勒令

---

[36] 同[17]，頁一五三。

[37] 黃源：〈最使我感激、給我鼓勵的老師匡互生〉，《匡互生與立達學園》，頁一四四。

他脫掉，說這是不成體統，不准上早操。於是師生產生言語衝突，並導致匡互生的憤而辭職。黃源回憶說：

> 「戴著並不妨害上早操。」我抗議的說。
>
> 「我說不准戴就不准戴。」體育教師用比喊口令更嚴厲的口氣命令著。
>
> 「校章上有沒有規定學生不准戴氈帽上早操。」我也用強硬的說理態度對答著。
>
> 「不管校章有沒有規定，在我的早操課上，就不准戴氈帽。」
>
> 這樣爭執著，這堂早操課如何結束，我已記不清。事後據說學校行政當局要對我作記過或開除處分。匡先生站出來過問了。學校行政當局堅決要處分，匡先生憤而辭職，立即離校。

這段敘述以匡互生為主，黃源並回憶了當時送行的情景：「同學們緊跟在他身後揮淚送行，群情激憤，送行回校後，不知誰宣布罷課，學校當局也立即採取對策，宣布提前放寒假，師生陸續離校了。」然而，另一位同學魏風江的敘述略有不同：「在一個曉風殘月的早晨，匡先生、豐先生等幾位突然離去的老師們，帶著不多的幾件行李，站在驛亭火車站上候車，幾個最先獲知先生們去意而來送別的學生，依依地立在老師們的身邊，有兩三個靠在柳樹下嗚咽起來。」似乎他們「幾位」是同時離開，而非如黃源所說是匡互生一人立即離開。這個細節倒也不必追究，因為，放寒假後，匡互生、夏丏尊、豐子愷、朱光潛、劉薰宇等都離開了白馬湖。朱自清因為三月才來任教，遂續任了半年，一九二五年的暑假，經由俞平伯推薦，到北京清華大學任中文系教授。一九二七年一月，他把留在白馬湖的家眷接往北京。從朱自清離開白馬湖起，春暉時期就告一段落，而進入立達時期了。

前面說過，「氈帽事件」只是個「衝突點」，保守／革新勢力的對抗才是白馬湖作家們離開春暉的「基本面」。朱自清談夏丏尊的一段話可為佐證：「但是理想主義的夏先生終於碰著實際的壁了。他跟他的多年的老朋友校長經先生意見越來越差異，跟他的至親在學校任主要職務的意見也不投合；他一面在私人關係上還保持著對他們的友誼和親誼；一面在學校政策上卻堅執著他的主張，他的理想，不妥協，不讓步。他不用強力，只是不合作；終於他和一些朋友都離開了春暉中學。」（〈教育家的夏丏尊先生〉）夏丏尊的離開是具有象徵意義的，這位春暉時期的代表人物從此對辦學灰心，但因不能忘情於青年教育事業，他和一些朋友創辦開明書店，並以此作為他日後安身立命的崗位。匡互生、豐子愷、朱光潛、劉薰宇等人則到上海江灣辦起了立達學園。

立達學園成為「白馬湖作家群」另一個新的情感理念與文學活動的中心，是經過一番艱辛耕耘的。為籌辦校經費，豐子愷賣去了白馬湖畔的「小楊柳屋」，得七百餘元，加上大家東拼西湊，共有一千餘元，就於一九二五年初春，在上海虹口租了兩幢房子，掛起「立達中學」招牌。創校初期，物質條件極差，完全是理想的熱力在支撐著。所謂「中學」，其實只有兩三張板桌和幾張長凳。豐子愷、匡互生、朱光潛等人自稱是「幾個飄泊者」，頗有悲劇英雄的味道。他們為教育犧牲的精神，豐子愷是極佳的代表：「那時豐子愷白天仍在上海專科師範任教，等那邊放了學，吃過晚飯，就乘電車，從市區的南端穿向北端，趕到老耙子路的房子裏來籌辦建校工作。……直到深夜，再乘電車回到他的寄宿處去睡覺。」㊳由於校風自由，辦學認真，學生漸多，那年夏天，匡互生提議在江灣自建校舍，改名為「立達學園」。建造校舍需要三萬元，他們一方面把尚未建成的校舍抵押得一萬五千元，再設法籌借另一半經費，可容納五、六百名學生的校舍落成後，為了還債，每位老師不論薪資多少，每月一律支二十元薪水，如此刻苦幾年才還清債務。

當時立達的師資陣容並不差，除了豐子愷擔任西洋畫科負責人外，還有匡互生、朱光潛、夏丏尊、劉薰宇、劉叔琴、陳望道、夏衍、方光燾、陶元慶等。學生方面，也有許多是從春暉轉來加入的，例如魏風江說：「匡先生和豐先生接著在上海籌建了立達學園，春暉有幾個學生聞訊以後，先後轉學到上海立達學園，繼續接受匡先生、豐先生的教育。我即其中之一人」（〈在白馬湖時的匡互生先生〉）；黃源也到立達，而且還發函通知春暉的同學可以來報名。因此，立達既是「白馬湖作家群」所創辦，師生亦多來自春暉，將它視為春暉時期的延續是合理的。學園成立後不久，他們還成立「立達學會」，校內外知名的教育、文化界多人加入，如茅盾、夏丏尊、劉大白、朱自清、朱光潛、豐子愷、胡愈之、夏衍、周予同、許杰等。學會並創辦了《一般月刊》，一九二六年九月創刊號誕生。在它誕生的前一個月，開明書店成立，因此，《一般》的發行、廣

㊳潘文彥、胡治仁、豐陳寶等：〈立達學園初創時的幾件事〉，同㊲，頁二一八。

告便透過開明來運作。《一般》的命名令人想起夏丏尊的「平屋」。「平屋」寓有平淡、平凡、平民之意，和《一般》的具有平常、普通、平凡、大眾的寓意相同，很可以看出這群人淡泊自許卻又不離民間的思想性格。《一般》的發刊詞〈《一般》的誕生〉中云：「好在我們無甚特別，只是一般的人，這雜誌又是預備給一般人看的，所說的也只是一般的話罷咧。」雜誌的主要撰稿人有夏丏尊、劉叔琴、劉薰宇、葉聖陶、朱自清、豐子愷等。當時已去英國留學的朱光潛，也把他所寫的《給青年的十二封信》寄給《一般》發表，深受青年讀者歡迎。刊物先後由夏丏尊、方光燾、劉叔琴、劉薰宇等人負責編輯。這也讓人想起了《春暉半月刊》，這份由白馬湖作家們費心創辦的校內刊物，主要的編輯群、撰稿人正是這批人。從《春暉》到《一般》，我們輕易就可以看到它們之間神似的風采。

至於開明書店的成立，雖由浙江紹興章錫琛、章錫珊兄弟創辦，但是這個以教育、新文學圖書為出版方針的出版社，其主要作者群還是白馬湖這一群人。以開明書店膾炙人口的代表作來看，即可印證這個說法。如豐子愷的《子愷漫畫》，葉聖陶的童話《稻草人》、《古代英雄的石像》，夏丏尊翻譯的《愛的教育》，豐子愷、弘一法師合作的《護生畫集》，朱光潛的《給青年的十二封信》、《談美》，夏丏尊、劉薰宇合著的《文章作法》，夏丏尊、葉聖陶合著的《文心》、《閱讀與寫作》、《文章講話》等，都是風行一時的口碑之作。再加上由劉薰宇、周為群編的《開明算學教本》，夏丏尊、葉聖陶、陳望道等編的《開明國文講義》，由豐子愷插圖、林語堂編寫的《開明英文讀本》，豐子愷著《開明圖畫講義》、《開明音樂講義》，夏丏尊、葉聖陶合編《國文百八課》，朱自清、葉聖陶等編的《開明新編高級國文讀本》等，廣為各校採用，銷路極廣。不僅如此，開明書店編譯所所長先後由夏丏尊、葉聖陶出任；豐子愷及其學生錢君匋是開明早期書籍的主要裝幀設計者，且兼插圖美編；開明以學生為對象所發行的《中學生雜誌》，夏丏尊是主編之一，豐子愷是編輯之一；另一份刊物《新少年》，夏丏尊任社長，豐子愷、葉聖陶是編輯。從以上的敘述來看，開明與這群作家的關係極為密切，而且在編務、寫作上，這群作家都居於主導的地位。王知伊〈開明書店紀事〉文中即說道：「開明書店的創業人員和贊助人員中，不少是立達學會的人，立達學會會員是構成以後的『開明人』的一個重要來源。」[39]

當開明書店成立二十周年（一九四六年）時，葉聖陶曾賦詩一首云：「書林張一軍，及今二十歲。欣茲初度辰，鑄金聯同輩。開明夙有風，思不出其位。樸實而無華，求進弗欲銳。唯願文教敷，遑顧心力瘁。此風永發揚，厥績宜炳蔚。以是交勉焉，各致功一簣。堂堂開明人，俯仰兩無愧。」[40]詩中提到了「開明人」與「開明風」，王知伊還指出抗戰勝利後上海有報紙曾把開明的編輯、作、譯者稱為「開明派文人」，他也同意「開明人」確實「已成為一個無形的文人集合體，受到社會上的矚目。」[41]對這一點，孫起孟在〈開明氣息〉文中的一段話有進一步的解釋：

[39] 王知伊：《開明書店紀事》（山西：書海出版社，一九九一年九月），頁九〇。

[40] 葉聖陶：〈題開明二十週年紀念碑〉，《葉聖陶集》（江蘇教育出版社，一九八九年五月），頁二〇八。

「開明氣息是不隨大流起哄，不務虛名，孜孜不倦地致力於一些自己能辦到的有益於群眾的事情。……是在組織上有一批氣味相投的核心人物，但又沒有門戶之見和宗派作風，因此能夠廣交朋友，廣結善緣，在社會上取得比較廣泛的好感和贊助。」㊷這個「無形的文人集合體」，和白馬湖作家群的情況顯然頗為類似：他們都有一批志同道合、氣味相投的人，但是也都沒有宗派。除了與白馬湖的作家群多有重疊之外，更值得注意的是二者所呈現的文化屬性與文人風格，也就是「開明風」與「白馬湖風」本質的相近，正如葉聖陶所說的「樸實而無華」，而且一生「唯願文教敷，遑顧心力瘁。」這些贊詞放在春暉、立達或開明諸人身上，都是「俯仰兩無愧」的。他們的行事作風、文學創作傾向、社會文化思想，都是「與時俱進」的「開明派」，也都是淡泊自然、樸實踏實真實的「白馬湖風格」。陳星認為，立達與開明的延續，使「白馬湖作家群」的「隊伍似乎更加壯大，影響更為深遠」㊸，是合乎事實的觀察。從「春暉」、「立達」到「開明」，這群作家走了一條曲折艱辛的奮鬥之路，也豐富、充實了「白馬湖」超乎地理的文化內涵，從而成為二〇年代文學史上一個看似平凡、卻不簡單的文學標誌。

㊶ 同㊴，頁九二。

㊷ 孫起孟：〈開明氣息〉，《我與開明》（中國出版工作者協會編，中國青年出版社出版，一九八五年八月），頁七〇。

㊸ 陳星：《教改先鋒——白馬湖作家群》（臺北：幼獅文化公司，一九九六年十二月），頁一九六。

第三章 「白馬湖作家群」的文人型態

一、「遠離喧嘩」的心境追求

「喧嘩」代表的是一種複雜、混亂、人為的緊張狀態。「遠離喧嘩」則象徵著回歸自然、趨於單純、安於平淡、嚮往和諧的心靈追求。二〇年代的上虞，和寧波這個熱鬧城市相比，只是一個充滿田野風光的鄉村，而與當時文化、政治的中心城市——東方明珠上海相比，更顯出它的落後、偏僻與原始；而驛亭離上虞五公里，難怪朱自清要說它是一個「極小極小的鄉下地方」。這個地方沒有政治煙硝味，沒有商場銅錢味，有的只是未經雕琢的原始風光、自然山水。這批作家從四面八方雲集白馬湖，除了為實現教育理想，與老友相聚的心理因素外，「白馬湖」在地理上，以及心境追求上「遠離喧嘩」的象徵，也是不容忽視的潛在內因。

從大的地理位置來看，白馬湖隱沒於四明山和會稽山餘脈的東山之中。在東晉時期，上虞縣西南四、五十里處的東山一帶，是一代名士、風流宰相謝安出仕前的隱居地，也是他的孫子謝靈運住了三年的始寧別墅之所在。他們在這裏隱居期間，怡山悅水，吟詩作賦，與之往來的，有一批東晉和南朝的清談名士，如王羲之、王獻之父子、孫綽、許詢、王弘之、孔淳等等，他們在謝家園林別墅中談玄論道，品評人物。因此，「東山」這個具體的地名，就成了後世隱遁者高臥棲息之地的代名詞。學者金梅對弘一法師與友人的通信中，常把行腳所至的上虞、紹興、慈溪等地，籠統地稱之為「東山」的現象，就認為「並非隨意出之」❶。白馬湖隱於東山之中，這「隱之又隱」的地理環境，不免讓人興起隱遁的聯想。那麼，這群作家的來到白馬湖有無這種思想傾向呢？答案顯然是否定的。但是，隱居的思想沒有，「遠離喧嘩」的念頭卻是有的。對於白馬湖的寧靜幽美、遠離塵囂，他們是心嚮往之的。例如朱光潛，「他到這裏來主要是慕白馬湖幽靜，自己讀書，等待出國」❷；朱自清是「聽許多朋友說，白馬湖的風景怎樣怎樣好，更加嚮往」，於是「走向春暉」❸。當他在春暉教書時，仍在寧波省立四中、溫州省立第十中學兼課，奔走於三校之間，雖然勞累，但他樂此不疲，因為他說過，春暉有「山間明月」之美，四中有「江上清風」之勝，十中又有「甌江海景」之妙❹，這些精神上的愉悅，使他忘記了身體的勞累與物質的

❶ 金梅：《悲欣交集．弘一法師傳》（上海文藝出版社，一九九七年十月），頁三六九。

❷ 徐伯鋆：〈五十六年前幾位授業老師的片斷回憶〉，《春暉中學六十周年校慶紀念冊》，頁三四。

❸ 朱自清：〈春暉的一月〉，《朱自清全集》第四卷，頁一二一。

❹ 朱丹舟：〈朱自清在寧波的執教生涯〉，《浙江日報》一九八四年十二月十九日第四版。

困窘。在〈白馬湖〉一文中，他說夏夜的美，是可以在湖上划小船，讓他有「蜃樓海市」、「迷離倘恍」的「世外之感」，顯然春暉的美讓他得到了「遠離喧嘩」後身心的舒暢，否則他也不會於離開白馬湖五年後還提筆寫了〈白馬湖〉這首舊詩，心有所感地說：「世網苦繁密，茲來如釋負」❺，恍若尋到了桃源之鄉；弘一法師首肯夏丏尊、豐子愷、劉質平等友生，在白馬湖畔建造「晚晴山房」的原因之一，也是因為此地山光水色，溫潤氣候，適宜休養身體，靜心晉道，甚至使他有「終以此處為久居之地」❻的打算。

至於較早來到春暉，深深領略白馬湖清靜力量的夏丏尊、豐子愷兩人，也有類似的感受。在〈白馬湖之冬〉中，夏丏尊提到他剛移居白馬湖的時候，「還是一片荒野」，「兩三里內沒有人煙」，他們一家從熱鬧的杭州來到這「荒涼的山野」，「宛如投身於極帶中」。但是，他卻能從中體會孤獨的樂趣與清靜的受用。當家人都睡入被窩時，他喜歡在洋燈下工作至深夜，因為「松濤如吼，霜月當窗」，他可以「深感到蕭瑟的詩趣」，「把自己擬諸山水畫中的人物，作種種幽邈的遐想」，這種美好心境的培蓄，恐怕在熱鬧的杭州是不易達到的。他甘於「蕭瑟」，也冀望平凡的生活，因此，在湖畔築室，取名「平屋」。豐子愷則是以上海、春暉的比較，道出內心「遠離喧

❺ 朱自清：〈白馬湖〉，《朱自清全集》第五卷，頁二〇一。這首詩寫於一九三〇年七月。

❻ 見弘一法師一九二九年重陽朝致夏丏尊信，引自《弘一大師李叔同書信集》（秦啟明注，陝西人民出版社，一九九一年七月），頁三五四。

嘩」的渴望，他說：「我覺得上海雖熱鬧，實在寂寞；山中雖冷靜，實在熱鬧，不覺得寂寞。就是上海是騷擾的寂寞，山中是清靜的熱鬧」（〈山水間的生活〉），無疑的，他追求的清靜、平淡，在喧嘩的上海大都會也是不會實現的。巧合的是，朱自清也做過類似的比較，他在〈海闊天空與古今中外〉一文中說：「上海的匆忙使一般人想不到白鴿籠外還有天地；花是怎樣美麗，樹是怎樣青青，他們似乎早已忘懷了」，因此，他的結論是：「我所以雖嚮慕上海式的繁華，但也不捨我所在的白馬湖的幽靜。」

當然，我們同意朱光潛的看法：「你的心界愈空靈，你愈不覺得物界喧嘈，所以習靜並不必定要逃空谷，也不必定學佛家靜坐參禪。」❼然而，面對著軍閥統治的污濁政局，無力改革的失望，經濟條件的惡化，社會人心的動盪不安，這些交錯的「喧嘩」，顯然讓他們感到俗不可耐、勢不可為、志不可伸，而憂心焦慮不已。一九二二年，直奉戰爭爆發，北伐事起，戰火瀰漫；一九二三年，全國學生在上海示威遊行，要求廢除二十一條，曹錕賄選，舉國嘩然；一九二四年，北京學生聯合反對帝國主義，廣州數千人罷工，第二次直奉戰事又起。而在一師校園內，軍閥勢力入侵，經亨頤、夏丏尊等被迫離校。風潮鼓動中，「白馬湖」的出現，無異提供了一個遠離是非風雨的世外桃源，他們渴求安定、單純、自然的生活型態，自是不難理解。不過，白馬湖可以是桃花源，這群作家們卻不會也不願做武陵人。「喧嘩」是可厭、可惡的，但對他們來說又是不

❼ 朱光潛：〈談靜〉，《給青年的十二封信》，收入《朱光潛全集》第一卷，頁一五。

可棄、不可離的。「遠離喧嘩」的目的，不是不食人間煙火，躲入象牙塔去孤芳自賞，而是保持一個距離，讓自己在紛亂的世局中，維持清醒、自在，不致迷失。換言之，他們的「遠離喧嘩」不是要投靠虛無，爭說空有，對人世絕望，恰恰相反的，是要如朱光潛說的：「以出世的精神，做入世的事業」❽；如葉聖陶說的「未改襟懷守益堅」❾。有為有守，清醒自在，遠離喧嘩的同時，他們也在蓄積入世的能量。

白馬湖作家群的文人性格，依我看，正表現在這種不是「純粹文人」的生命情調上。這一點，和周作人是截然不同的。眾所周知，周作人是晚明文學的提倡者，甚至也繼承了晚明文人「純粹文人」的生活型態。當然，這指的是一九二七年以後的周作人，在那之前，他的文風縱然與魯迅有異，但也不至於到如水火般不可調和的地步，因此，周作人的文風是有過轉變的。從「浮躁淩厲」到「沖淡平和」，從五四時期的奮力張揚個性，到後來的極端個人主義，從街頭退回到書齋，周作人一步一步地「遠離喧嘩」，但也一步步地「遠離人間」。晚明被周作人稱為風俗澆薄、人心不古的「亂世」，文人身處亂世，一旦政治環境惡劣，霜刀風劍嚴相逼時，常會退守於內心一隅，轉求於把現實人生藝術化的生存方式。周作人不只一次無奈地說道：「沉默是一切

❽ 朱光潛：〈以出世的精神，做入世的事業——紀念弘一法師〉，《朱光潛全集》第一〇卷，頁五二四。

❾ 葉聖陶：〈丏翁周年祭〉詩中云：「聞訊更當長歎息，摧腸應作九回旋。算來一語差堪告，未改襟懷守益堅。」《篋存集一編》，收入《葉聖陶集》第八卷，頁二一六。

的最好的表示」❿，在沉默中，「閉戶讀書」是保持寧靜最好的藥方。他說：「苟全性命於亂世是第一要緊，所以最好是從頭就不煩悶」⓫，也就是說，不看不聽不聞，心中自然「寧靜」。這當然是世網嚴密時代下，讀書人的道路選擇之一，但是，白馬湖作家們並沒有選擇這條路。「遠離喧嘩」的心境追求，他們比周作人向前跨了一步。在地處邊緣的白馬湖，他們安靜地思索、耕耘、蓄積，以清醒的姿態向時代發聲，與喧嘩對話，企圖在「遠離喧嘩」的位置，以清音稀釋時代的喧嘩，以踏實取代人心的浮躁，以寧靜消滅人世的不安。

這種「寧靜革命」式的思想進路，具體地表現在他們對教育改革、新文化推動、新文學宣揚的積極作為上。他們不是縱情聲色、遊山玩水的晚明文人，也不是附庸風雅、不問世事的山人居士。以琴棋書畫詩酒花等技藝為能事，以講美食、蓄聲伎、建園林、喜禪悅為雅事的純粹文人生活型態，他們並不以為可取、可行。以夏丏尊為例，豐子愷就說：「他看見世間的一切不快、不安、不真、不善、不美的狀態，都要皺眉，歎氣。……國家的事，世界的事，別人當作歷史小說看的，在夏先生都是切身問題，真心地憂愁，皺眉，歎氣。」（〈悼丏師〉）他在「平屋」裏掛有一聯：「天高皇帝遠，人少畜牲多」，用以諷諭軍閥統治下的混亂時政。抗戰期間，夏丏尊簽署

❿ 見周作人〈閒話四則〉（收入《澤瀉集》）、〈沉默〉（收入《雨天的書》）等文。

⓫ 周作人：〈閉戶讀書論〉，原載《永日集》，見《周作人文選》（楊牧編，臺北：洪範書店，一九八三年七月）上冊，頁一六五。

「中國文藝家協會」和「抗戰後援會」主張抗日的宣言，被日軍逮捕問罪，審訊時要他用日文回答，逼其屈服，但他卻義正辭嚴地說：「我是中國人，要講中國話」；一九四八年六月，朱自清簽名拒絕領取美援麵粉宣言，當時，他的薪水雖是教授中最高的，但每月所得僅可買三袋多麵粉，家中食指浩繁，而他的胃病已極嚴重，急需營養和治療，但他仍決定簽名，並要孩子立刻把配給證退回去。兩個月後，朱自清就病逝了。臨死前，他仍諄諄囑咐夫人陳竹隱說：「有件事要記住，我是在拒絕美援麵粉宣言上簽過名的，我們家以後不買國民黨配給的美國麵粉。」[12]一九三七年「八一三」事件後，豐子愷開始埋首緣緣堂書齋中，以漫畫編寫《漫畫日本帝國主義侵略中國史》，希以最廉價格廣銷各地，使略識文字的中國人都能了解，讓未受教育的文盲也看得懂[13]；匡互生的一生，做的工作就是想要達到「己欲立而立人，己欲達而達人」的最終理想，他為立達學園鞠躬盡瘁的精神，從不因戰火威脅、經濟困難而退縮過；即使是遁入空門的弘一法師，也不是萬念俱灰，不問世事。抗戰期間，他在廈門自題其居室曰「殉教堂」，不因戰火而撤離，還聲稱：「為護法故，不怕炮彈。」對於日本的侵略，他也憤慨地說：「吾人所食，中華之粟；吾人所飲，溫陵之水。我們身為佛子，不能共紓國難，為釋迦如來張些體面，自揣不如一隻

---

[12] 陳孝全：《朱自清傳》（北京：十月文藝出版社，一九九一年三月），頁三二二。

[13] 潘文彥編：〈豐子愷年表〉，《豐子愷傳》（豐一吟等著，臺北：蘭亭書店，一九八七年三月），頁一九七。

狗子！」⓮不僅如此，他還到處書寫「念佛不忘救國，救國不忘念佛」。這不是突然的行為，而是在他的性格底蘊中一直就有著積極入世的傾向，所以朱光潛才會說他是「以出世的精神，做入世的事業」。

我無意拿以上這些作家的表現來和周作人於抗戰期間附逆變節的行為做比較，因為，周作人的決定，有其個人性格、婚姻、環境的諸多影響，我覺得同情的諒解態度是必要的。我真正要說的，是他們這群文人，不論在地理上是否「遠離喧嘩」，他們在心理上始終是懷抱著淑世的熱情、清醒的心境，注視著喧嘩，也願盡一己之力來改變喧嘩。只不過，一師風潮方歇，他們的熱情甫遭頓挫，因此，來到白馬湖，宛如找到一個暫時的避風港，可以將那些污濁的喧鬧拋開，一方面耕耘一個理想教育的烏托邦學園，一方面靜靜的沉澱、思索，等待雲開月出，喧嘩不再的時候到來。這種心境的追求，我認為，才是白馬湖這群文人隱於東山、守在春暉的深層心理基礎。唯有了解這一點，我們才能體會在如此「遠離喧嘩」的白馬湖，他們何以還能如此勤勤懇懇、熱情不減地一點一滴耕耘，終於營造出一個「清靜的熱鬧」的局面來！

⓮ 龔望、劉炎臣：〈李叔同——弘一大師的一生〉，《李叔同——弘一法師》（天津市政協文史資料研究委員會編，天津古籍出版社，一九八八年四月），頁九一。

二、名士雅集，文人本色

透過上一節對這群文人的心理基礎加以討論後，這一節中對他們飲酒作詩、遊山玩水的描述，相信不致於產生類似晚明文人生活型態再現的聯想，因為，晚明小品的被周作人等重新「復古」地提倡後，在二〇年代曾經一度復興，處於政局動盪、國事蜩螗的年代，晚明文人縱情山林、與世無爭、醉花賞月的帶有頹廢、放浪色彩的生活方式，顯然是負面的形象居多。這批文人來到風光明麗，如世外桃源的白馬湖，難免有其文人本色的流露，但是，和晚明文人的型態不同的是，他們也憤世疾俗，但熱心文教，不曾稍懈；他們也飲酒賞月，但不脫離現實，不對人生絕望。他們的快樂，來自彼此真心的友情相對，以及生命同調的自然親近，加上作家、藝術家敏銳多感的天性，他們真摯、無飾的素人本色，在春暉的生活中得到了盡情的紓發與交流，使他們這批可愛文人的真性情、趣味的生活美學，為白馬湖增添了濃濃的文化氣息。

經亨頤有一首詠春暉的詩〈春暉〉寫道：「萬紫千紅非所愛，愛他新綠滿平阡。春光迎得同心友，大好湖山詩畫緣。」⑮吐露出他對白馬湖的自然風光與這群可愛文人的到來，充滿了贊歎與歡迎的心情。一群「同心友」，且是舞文弄墨的能手，來到「大好湖山」，共結「詩畫緣」是再平常不過了。而這群同心友之所以雲集白馬湖，且能營造出一種如家庭般溫暖的氣氛，文學沙龍

⑮ 見《寸草春暉》（嚴祿標主編，浙江：春暉中學出版，一九九六年八月），頁三。

般的文化氛圍，不能不歸功於夏丏尊。他似乎具有一種「磁性人格」(magnetic personality)，很自然地吸引了一批人圍聚在他身邊⑯，他本身就是一個「素心人」，因此才能「迎得同心友」。葉聖陶曾有一詩贈給夏丏尊，表示希望老年可以遷居白馬湖，與夏丏尊朝夕相處，他說：「自今想像十年後，我亦清霜上鬢鬚。既靜煙塵生可戀，欲親園圃計非迂。定居奚必青石弄，遷地何妨白馬湖。樂與素心數晨夕，共看秋月酌春酤。」⑰白馬湖與夏丏尊的重疊形象，是如此深深地烙印在這群朋友的心中。

在此，我想先介紹一下這群作家位於白馬湖畔的住家位置。從春暉中學校門的「春暉橋」走過，右轉不遠處，首先可見的是他們為弘一法師修建的「晚晴山房」，隔鄰則是豐子愷的「小楊柳屋」，再走十來步是朱自清家，而夏丏尊的「平屋」與他只有一牆之隔。他們的住處都面向清麗如鏡的白馬湖。不僅如此，「小楊柳屋」還與劉叔琴的寓屋貼鄰，夏丏尊的「平屋」則與劉薰宇的屋舍貼鄰，因此被戲稱為「夏劉」、「豐劉」。據學生形容，他們兩家「建築物的大門頗為別致，猶如『吞吐口』，日後得知那是模仿日本住房的『玄關』建造的。」⑱不到二百公尺的距

⑯ 這是唐德剛稱胡適之用語，說他具有「磁性人格」：「有這種秉賦的人，他在人類群居生活中所發生的社會作用，恍如物理界帶有磁性物體所發生的磁場。」引自唐德剛：《胡適雜憶》（臺北：傳記文學出版社，一九八七年八月），頁一五五。

⑰ 葉聖陶：〈聞丏翁回愁為喜奉贈二律〉，《葉聖陶集》第八卷，頁一四九。

離，竟住了這許多知名的文人作家，如此人文薈萃的「精華地段」，實在令人驚喜、欣羨。這種緊密的住家位置，為他們的往來交遊提供了最便利的條件。這樣高文學密度的地段，在現代文學史上恐怕是罕見的。

夏丏尊的「平屋」是這群文人密切往來的最佳處所。它位於春暉中學東北面，後依象山，前傍白馬湖，幾間平房，按照日本建築風格設計，簡單無華。他的孫子夏弘琰說：「取名為『平屋』，這既是記實，又含有平民、平凡、平淡的意味，體現了祖父不求華麗、崇尚實在的為人秉性，也反映出他只靠教學筆耕，收入有限，經濟上不夠寬裕。」⑲雖然，在房屋陳設、外觀上樸實無華，但夏丏尊卻能使它散發出令人愉悅的力量，充滿文人雅致的情趣。朱自清的描寫就是最好的印證：「我們幾家接連著，丏翁的家最講究。屋裏有名人字畫，有古瓷，有銅佛，院子裏滿種著花。屋子裏的陳設又常常變換，給人新鮮的受用。他有這樣好的屋子，又是好客如命，我們便不時地上他家裏喝老酒。丏翁夫人的烹調也極好，每回總是滿滿的盤碗拿出來，空空的收回去。」（〈白馬湖〉）典雅的佈置，待客的熱情，讓「平屋」裏總是充滿了這群文人開懷的笑聲。

俞平伯於一九二四年三月到白馬湖探訪朱自清，住了三天，其中一晚，夏丏尊家宴俞平伯，這是他倆首次見面，朱自清作陪。俞平伯說：「丏佩二君皆知酒善飲，我只勉力追陪耳。……與

---

⑱ 同❷，頁三五。

⑲ 夏弘琰：〈養我者平屋，育我者春暉〉，《春暉中學七十周年校慶紀念冊》，頁五四。

丏公雖是初見，卻非常坦白」⓴，兩人顯然一見如故。事後，他在日記上寫下對平屋的印象是「屋頗雅潔」，此語倒也抓住了夏氏人格與平屋的作風本質。朱自清在〈海闊天空與古今中外〉一文中，細膩而生動地描繪了「平屋」中的盆栽，則使我們微觀地感受到夏家（即文中的S家）極其恬適的文人雅趣，他寫道：

我愛白馬湖的花木，我愛S家的盆栽——這其間有詩有畫，我且說給你。盆是小小的竹子，栽在方的小白石盆裏；細細的幹子疏疏地隔著，疏疏的葉子淡淡地撇著，更點綴上兩三塊小石頭：頗有靜遠之意。上燈時，影子寫在壁上，尤其清雋可親。另一盆是棕竹，瘦削的幹子亭亭地立著；下部是綠綠的，上部頗勁健地坼著幾片長長的葉子，葉根有細極細極的棕絲網著。這像一個丰神俊朗而蓄著微鬚的少年。㉑

夏丏尊的愛花習性感染了朱自清。在一九三〇年寫的〈看花〉文中，朱自清說他到白馬湖後，看到「沿湖與楊柳相間著種了一行小桃樹，春天花發時，在風裏嬌媚地笑著。還有山裏的杜鵑花也

⓴ 俞平伯：〈憶白馬湖寧波舊遊——朱佩弦兄遺念〉，原載一九四八年《文學雜誌》，引自《白馬湖文集》（浙江省上虞市政協文史資料委員會編印，一九九三年十月），頁二四三。

㉑ 朱自清：〈海闊天空與古今中外〉，《我們的六月》（原一九二五年六月上海亞東圖書館出版，上海書店於一九八二年十二月影印再版），頁四八、四九。

不少。」如此美景，日日在他眼前，卻無人鄭重地提議「我們看花去」，令他有些納悶。但夏丏尊例外：「但有一位S君，卻特別愛養花；他家裏幾乎是終年不離花的。我們上他家去，總看他在那裏不是拿著剪刀修理枝葉，便是提著壺澆水。我們常樂意看著。他院子裏一株紫薇花很好，我們在花旁喝酒，不知多少次。」薰染既深，朱自清說：「白馬湖住了不過一年，我卻傳染了他愛花的嗜好。」到了北平清華園教書後，他就常園中賞花，「一天三四趟地到那些花下去徘徊」㉒；當他「心裏頗不寧靜」時，也就自然地去看荷塘月色了。這「愛花的嗜好」正是在白馬湖受夏丏尊的「身教」養成的。豐子愷在白馬湖畔有「小楊柳屋」，是因為「看見人們在湖邊種柳，我向他們討了一小株，種在寓屋的牆角裏，因此給這屋取名為『小楊柳屋』。」㉓他愛柳也畫柳，對自然花木的移情作用自是體味甚深的，不過，他的愛花、愛柳，隨緣的成分較大，他說：「假如當時人們在湖邊種荊棘，也許我會給屋取為『小荊棘屋』。……實際，我向來對於花木無所愛好，即有之，亦無所執著。」㉔

豐子愷對花木不執著，但對酒卻是執著得很。這群作家經常在花前月下飲酒閒談，其中酒量最好、酒興最濃的首推豐子愷。平屋與小楊柳屋是這群文人最常飲酒的地方，只要稍有空閒，便

㉒ 朱自清：〈看花〉，《你我》，收入《朱自清全集》第一卷，頁一五三。

㉓ 豐子愷：〈楊柳〉，《車廂社會》，收入《豐子愷文集》第五卷，頁三八七。

㉔ 同㉓。

會坐在樹下花旁，嘻笑著打開酒罈，伴著幾塊豆腐乾，一直坐到月上中天，酣醉而歸。「豐劉」與「夏劉」因屋舍相通，「這四家人是不分彼此的，日常生活用品互通有無，紹興黃酒成甕地往家裏買，輪著那一家開甕，四人便都聚集在那一家裏喝酒。」㉕朱自清剛到白馬湖時，家眷尚未接來，和朱光潛都住在單身宿舍，但這四人的酒會可沒忘記他們，朱光潛就說：「夏先生、豐先生他們常邀大家喝酒談天。我們都能喝酒，我與朱自清先生總是被人邀請的。當時大家相處得很愉快。」他特別懷念在「極簡單而亦極整潔」的小楊柳屋中喝酒的情景：

同事夏丏尊、朱佩弦、劉薰宇諸人和我都和子愷是吃酒談天的朋友，常在一塊聚會。我們吃酒如吃茶，慢斟細酌，不慌不鬧，各人到量盡為止，止則談的談，笑的笑，靜聽的靜聽。酒後見真情，諸人各有勝概，我最喜歡子愷那一幅面紅耳熱，雍容恬靜，一團和氣的風度。後來我們都離開白馬湖，在上海同辦立達學園，大家擠住在一條僻窄而又不大乾淨的小巷裏。……雖然由山林搬到城市，生活比較緊張而窘迫，我們還保持著嚼豆腐乾花生米吃酒的習慣。我們大半都愛好文藝，可是很少拿它來在嘴上談。酒後有時子愷高興起來了，就拈一張紙作幾筆漫畫，畫後自己木刻，畫和刻都在片時中完成，我們傳看，心中各自歡喜，也不多加評語。有時我們中間有人寫成一篇文章，也是如此。這樣地我們在友誼

㉕ 陳星：《教改先鋒——白馬湖作家群》，頁八〇。

中領取樂趣，在文藝中領取樂趣。㉖

這群文人日常生活聚會活動的情形，在朱光潛筆下得到了生動的呈現。看似平淡的友誼，卻是維持一輩子的君子之交。在酒酣耳熱中，文藝的氣氛還是不自覺的流露出來。這「慢斟細酌，不慌不鬧」八字，道盡了他們的酒品與人品，因為，酒只是他們交流情感的媒介，酒後的真情流露才是他們樂此不疲的原因。

豐子愷在〈立達五周年紀念感想〉中，也提到在繁忙工作之餘不忘喝酒的習慣：「我喜歡喝酒，每天晚上一到立達，從袋中摸出兩只角子來，託『茶房』去打黃酒。一面喝酒，一面商談。」他的女兒豐陳寶的敘述更詳盡：「白天大家忙於校務，到了晚上，豐子愷、夏丏尊、方光燾、匡互生、劉薰宇等等，有時還加上當時在商務印書館當編輯的鄭振鐸，常常一起到江灣小酒店去豪飲，縱談國事、家事、校事。」㉗到了開明書店時期，這習慣不但沒改，反而進一步地「制度化」了。和豐子愷一起為開明書店設計書籍裝幀、美術編輯的錢君匋，事隔半個多世紀後，依然念念不忘「開明酒會」，他回憶道，這個酒會每星期舉辦一次，會員都是當時文壇的知名人物和開明的同仁，如茅盾、葉聖陶、鄭振鐸、章錫琛、章錫珊、夏丏尊、豐子愷、周予同、

㉖ 朱光潛：〈豐子愷先生的人品與畫品——為嘉定豐子愷畫展作〉，《朱光潛全集》第九卷，頁一五三。

㉗ 潘文彥、胡治仁、豐陳寶等：〈立達學園初創時的幾件事〉，《匡互生與立達學園》，頁二二〇。

方光燾等，許多雅事趣談與重要的組稿活動，都發生在酒會上。酒會的會員必須一次能飲五斤加飯酒方得入會，錢君匋的酒量只有三斤半，明顯不能過關，他想入會，開明老闆章錫琛說：「君匋只能喝三斤半，加入酒會還要先鍛煉鍛煉。」但夏丏尊笑著建議打七折破例讓他入會，第一次與會時，錢君匋努力喝到四斤，他們一致認為還可以，就同意接受。後來他果然也毫不費力喝到五斤，成為酒會的正式會員。有趣的是，他們維持了一貫喝酒的方式——「慢斟細酌，不慌不鬧。」錢君匋說：「我們喝酒時並不互相斟酒，每人半斤一壺，自斟自飲。有十把半斤壺翻倒在桌上，就算是飲足五斤了。飲畢散步回家，沒有一人走路是東倒西歪的，口齒也不會說不清。」㉘酒對這群作家來說，早已是「必需品」，也為他們帶來許多愉快的氣氛與美好的回憶。

「開明酒會」成立時，朱自清已到了清華，朱光潛也到歐洲留學，否則這個酒會的陣容會更堅強。對於朱自清的酒品酒態，他們也留下了文字紀錄。春暉學生徐伯鋆談到一個有趣的故事：有一次，朱自清上課談起詩詞與酒的關係，高興地說：「飲酒到將醉未醉時，頭腦中有一種說不出來的韻味、快感，腦筋特別活動，所以李、杜能作出好詩來。」說完，他突然清醒過來，因為面對的是十五、六歲的孩子，於是，他又嚴肅地說：「可是你們千萬不要到湖邊小店裏去試呵，否則大家會罵我在提倡吃酒呢！」朱光潛對朱自清的酒品很稱許，他說：「胃病未發以前他也能喝幾杯酒，在朋友中以酒德見稱，不過分也不喧嚷。他對一切大抵都如此，乘興而來，適可而

㉘ 錢君匋：〈開明酒會與王寶和〉，《文匯報》一九九二年五月五日第六版。

止，從不流連忘返。他雖嚴肅，卻不古板乾枯。聽過他的談吐的人們都忘不了他的諧趣，他對於旁人的諧趣也很欣賞。」（〈敬悼朱佩弦先生〉）朱自清的酒量，據俞平伯說，能喝一斤左右，而俞自己則是半斤。當朱自清喝醉後，多半回宿舍「小眠」。一九二五年新春，俞平伯接到朱自清發自白馬湖的信，提到新春時喝「新酒」，曾「泥醉」一次，弄得「一夜不得安眠，盡是夢想顛倒」，還說：「我自恨筆不能健，不能將那時的難受傳些給苦憶江南的老兄，因為此亦『江南味』也。」（〈憶白馬湖寧波舊遊——朱佩弦兄遺念〉）俞平伯人在北平，白馬湖文人雅集飲酒的歡樂情景，想必令才去過三天的他念念不忘，朱自清才會以此為話題，而這也是朱自清少有的醉酒紀錄。信中淡淡幾筆，兩人如酒醇厚的友誼頓時躍然紙上了。

從以上的敘述可知，他們喝酒追求的是微醺小醉的境界，而非爛醉如泥；他們自然不拘地自斟自飲，卻也克制得很好。豐子愷就曾將《論語》中「唯酒無量，不及亂」的「亂」字，由原本「音樂的末章」解釋為「糊裏糊塗」，認為喝酒不能喝得糊裏糊塗。他自己是做得到的。每天晚上一斤黃酒下肚，他照樣能吟詩作畫，絕不誤事。明代文士張岱說過：「若真能得趣者，則自月夕花朝，青山綠水，同是一酒中之趣。」㉙拿這句話來為白馬湖作家們賞花飲酒、作畫吟詩的生活型態下一註腳，是極合適的。我認為，這一切可以「趣味」二字道盡之。他們嗜花賞景，並非清高隱逸，也不是追求士大夫式的閒情，而是深覺其中有真味，有真趣。朱光潛說：「我生平不

㉙ 張岱：《琅嬛文集》卷四。

怕呆人，也不怕聰明過度的人，只是對著沒有趣味的人，要勉強同他說應酬話，真是覺得苦也。你對著有趣味的人，你並不必多談話，只是默然相對，心領神會，便可覺得朋友中間的無上至樂。」㉚朱自清也強調：「天地間還有一種不可少的趣味，也是簡便易得到的，這是『談天』。──普通話叫做『閒談』。」（〈海闊天空與古今中外〉）談天是一種趣味，飲酒、賞花、看山遊湖都是趣味，因為，這群人都是坦誠、真摯、可愛、有文采、有趣味的人。他們的文人本色在趣味，他們的雅集自然也充滿了趣味。

春暉學生張孟聞對這群白馬湖畔的鄰居、老友、同事的生活，有一段貼切的描述，生動概括了他們在白馬湖的生活情狀及文人型態：「校外這幾家鄰居都是書香人家，不是世家，就是老師，而且室內雅潔，四壁圖書，垂掛的就是他們或他們友儕的字畫，室外是蒔花的院落或家常的菜圃，如〈陋室銘〉所云：『苔痕上階綠，草色入簾青。談笑有鴻儒，往來無白丁。』徜徉其間，流連忘歸。」㉛有書、有畫、有山、有水、有花、有酒，還有這群坦率、熱情、瀟灑的文人，他們共塑了一個格調高雅、趣味盎然的人文境界，而白馬湖水則見證了這一段文學史上難得的君子之交、文人之緣。

他們的文人性格中，「晚明」的影響有多少，透過以上的討論，至少可以肯定是極低的，甚

㉚ 同❼，頁一一六。

㉛ 張孟聞：〈白馬湖回憶〉，《春暉中學六十周年校慶紀念冊》，頁三〇。

至有著本質上的差異。但是，我還感興趣的一點，是日本人的性格、審美意識對他們又有多少影響？夏丏尊、豐子愷、劉叔琴都曾赴日留學的背景，是否如周作人一般連服飾、飲食、生活起居、家中擺設，甚至人生態度都流露出濃濃的日本風呢？夏丏尊平淡簡單的生活型態，愛花賞花的美感情趣；豐子愷、劉叔琴家的以「玄關」相通，以及夏丏尊、豐子愷的嗜讀日本書籍，甚至翻譯日本文學作品等等，我們似乎可以合理的推測，他們的文人性格中有一些日本的風味滲透其中，從而影響了他們的日常生活型態。葉渭渠、唐月梅合著的《日本人的美意識》一書中，將日本人的基本性格與審美意識的主要特徵歸納成四點：一、調和中庸；二、敏感纖細；三、簡約淡泊；四、含蓄曖昧。而且，重視樹木等自然之美、清淡與純真的文學之美[32]。這些特性在白馬湖作家身上是否烙下特別明顯的痕跡呢？豐子愷因為接觸到日本漫畫家竹久夢二等人的作品，並對此畫風一見鍾情，使他走進了漫畫的殿堂；夏丏尊對日本武者小路實篤氏的新村試驗、西田天香氏的建設「一燈園」，都曾表達神往之意。他們的思想來自日本的啟發有多少呢？甚至於，我們可以進一步宏觀地觀察二、三〇年代作家中的日本意識又有多少呢？這些都是很值得探討的問題。

[32] 葉渭渠、唐月梅：《日本人的美意識》（北京：開明出版社，一九九三年九月）。該書討論了日本人的基本性格、審美意識，並從自然、藝術、文學、空間等不同層面加以論證。

三、相知相重，真情實義

白馬湖作家群的文人型態，最具體的表徵當然在於文學、藝術上的相互切磋、扶持上。他們重視友誼，以真情相待，雖然如前所述，他們聚會並不刻意談論文藝，但是，文藝氣息的自然煥發，相知相重的提攜鼓勵，長久薰染下來，自然使他們各自的文藝成就都得到了提昇、張揚。不論在教學、編輯、寫作、生活上，我們都可以清楚地感受到他們之間完全坦誠、相互尊重、真心關懷的深厚情誼。更難得的是，這種清淡似水的友誼，從不曾因環境、地位的改變而褪色，為我們提供了文人之間醇厚友誼的可貴典型。

最早到春暉的夏丏尊，推崇朋友的自然表現讓人不得不佩服他與生俱來的「磁性人格」。例如朱自清受他之邀來春暉，上課前，他向學生介紹說：「朱先生年齡比我輕，但學問比我好，上學期我已介紹幾篇他寫的文章給你們看，不是都覺得很好嗎？現在請他教你們這一年級，我仍然教一年級。」㉝夏丏尊長朱自清十二歲，「五四」時期已是聞名的「四大金剛」，且有譯著問世，並常在報章雜誌上發表推動新文化的文章，套句現在的流行用語，他「出道」比朱自清要早，但他卻在學生面前如此誠懇地說：「朱先生學問比我好」，可見其坦蕩的胸懷與文人相重的風範。

㉝ 關坤英：〈夏丏尊與朱自清〉，《夏丏尊先生誕辰一百周年紀念會專輯》（杭州語文新圃雜誌社編印贈送，一九八六年六月），頁四五。

對夏丏尊，朱自清一向尊敬，夏丏尊常請他到縣城去借書、找人或辦事，朱自清也總是辦得妥當；而當朱自清將自己的詩文編妥想出版時，夏丏尊立刻把它介紹給上海亞東圖書館。一九二四年十二月，朱自清的第一本詩文集《蹤跡》出版，封面是豐子愷的設計。這本書對他來說意義非凡，因為之前所出的新詩集《雪朝》，是文學研究會八個作家的詩歌合集，《蹤跡》則是他個人的專集，集內收有他幾年來創作的新詩三十餘首，及獲得好評的〈槳聲燈影裏的秦淮河〉、〈溫州的蹤跡〉等散文。

當俞平伯來白馬湖探望朱自清時，夏丏尊自然不會放過這位已出版詩集《冬夜》，且與朱自清、葉聖陶、劉延陵等人創辦新文學運動以來第一份新詩雜誌《詩》的傑出詩人，於是邀請他為春暉學生作了一次題為「詩的方便」的演講。夏丏尊在把他介紹給學生時又說：「俞先生年齡比我小，學問比我好，他是一位開闢新紀元的詩人」，再一次說明了夏丏尊虛懷若谷、提攜後進的精神。朱自清與俞平伯是北大同學、一師同事，又一起從事新詩創作、辦刊物，感情十分深篤，白馬湖短暫相聚的情景，很能看出這份真摯的友誼：「飯後借佩弦籠燭而歸。長風引波，微輝繼之。躑躅郊野間，紙傘上沙沙作繁響，趣味殊佳，惟苦冷與溼耳。歸寓暢談至夜午始睡。」（〈憶白馬湖寧波舊遊〉）俞平伯在要離開白馬湖赴寧波時，夏丏尊來送行，並送他有豐子愷繪圖的春暉信紙一盒，令他對豐子愷的畫風留下深刻印象，而他在車站則不忘拿出自己的詩稿〈鬼劫〉給朱自清看，朱很賞識。事後，他回憶起來，不禁感歎：「論文之樂，當時視若尋常。現在想想，很難得的。」

朱、俞二人的友誼，曾歷經一次「考驗」。一九二四年，浙江軍閥盧永祥和江蘇軍閥齊燮元開戰，爆發了江浙戰爭，給老百姓帶來了災難，俞平伯卻寫了一篇〈義戰〉之文，以一種悠閒的態度說了一些風涼話，耿直的朱自清讀後非常不滿，隨手寫下了自己的感想：「他文中頗有調弄文筆之處，將兩邊一筆抹殺。抹殺原不要緊，但說話何徐徐爾！他所立義與不義的標準，雖有可議，但亦非全無理由，而態度亦閒閒出之，遂覺說風涼話一般，毫不懇切，只增反感而已。……因如平伯，幼嬌養，罕接人事，自私之心遂有加無已，為人說話，自然就不切實了。」㉞這個批評是很嚴厲的，但也是義正辭嚴的。許多年後，俞平伯偶然讀到這段評語，非但沒有惱怒，反而視之為珍貴的「勝緣」，而加上跋語道：「詞雖峻絕，而語長心重，對自己、對朋友、對人間都是這般的嚴肅。拜良友之箴規於蟫蠹灰燼之餘，斯非大奇歟？……爰存錄之，以志吾過，並見吾二人之交誼有不局於形跡者，而銘君直諒於勿諼也。」㉟朱自清的不滿，並未向俞平伯透露，顯見珍惜二人的友誼；俞平伯是在朱自清存放他處的書堆裏無意中見到，因覺「似拆人私信一般，深覺慚愧」，遂也未對朱自清提起。跋語寫完後第二年，朱自清病逝，他特地撰文將此事公諸於

㉞ 俞平伯：〈關於「義戰」一文〉（朱佩弦兄遺念），原載一九四八年十月十六日《論語》第一六三期。轉引自《俞平伯研究資料》（孫玉蓉編，天津人民出版社，一九八六年七月），頁一五六—一五八。

㉟ 同㉞。

世，以資紀念，充分顯現出二人的情誼確實深厚，真的是「不局於形跡」。俞平伯說：「他責備我和責備他自己一般的認真，像這樣的朋友更從那兒去找呢？」句句發自內心，讀來令人動容。

俞平伯說「論文之樂」是難得的，事實上，白馬湖作家們是經常享受著這種文人之樂，而且不僅是討論而已，寫序作跋、校對閱讀，甚至編輯設計，都處處可見他們互相鼓勵、切磋、出主意的痕跡。例如夏丏尊在「平屋」裏埋頭翻譯那本讓他自己經常感動得流淚的《愛的教育》一書的過程中，這群作家們就十分關心，主動幫忙。夏丏尊在〈《愛的教育》譯者序言〉中，就對這段情誼感念不忘，他說：「鄰人劉薰宇君，朱佩弦君，是本書最初的愛讀者，每期稿成即來閱讀，為盡校正之勞；封面及插畫，是鄰人豐子愷君的手筆。都足使我不忘。」可以說，三位「鄰人」對這本書的出版都助了一臂之力。

在這群文人出版或主編的文學作品中，豐子愷的插畫常常出現。這既有美觀上的實用性，又可看出這群文人是如何「集體」地將他們的情誼灌注其中，使這些作品更精彩，更具份量。夏丏尊的《愛的教育》，他畫了十幅插圖；俞平伯於一九二五年十二月，由北京樸社出版了新詩集《憶》，內收他回憶童年生活的詩作三十六首，豐子愷就畫了十八幅插圖，或黑白或彩色。全書由俞平伯自書，絲線裝訂，連史紙影印，加上朱自清的跋語，一出版即獲得「雙美」之譽，即內容美與裝幀美。這本介乎今天三十二開至六十四開之間的袖珍本，素樸雅致，令人愛不釋手。這也是這群作家們的傑作之一。在《春暉半月刊》及《一般月刊》上，豐子愷或畫插圖，或設計刊頭，讓這些刊物增色不少。這群作家又編又寫又畫，永遠有聊不完的話題，而情感也就這樣交融滋長了許多。值得一提的是，豐子愷的漫畫之路，始自於白馬湖，更準確的說，是始自於這群文人的鼓勵。在他出版的《子愷漫畫》的序文裏，對這一段有詳細的說明。他開始畫漫畫，是在一次春暉中學的校務會議上，他看到「那垂頭拱手而伏在議席上的各同事的倦怠的姿態」，散會後印象仍深，回家就用毛筆在一條長紙上畫了出來，因怕被學生看到，遂貼在門後。此後，他的畫興萌生，「包皮紙，舊講義紙，香煙簏的反面，都成了我的canvas（畫布），有毛筆的地方，就都是我的studio（畫室）了。」㊱每次畫完，他總能「得到和產母產子後所感到的同樣的歡喜」。有一次，夏丏尊偶然看到，連聲贊賞說：「好！再畫！再畫！」豐子愷受到鼓舞，「心中私下歡喜，以後描的時候就覺得更大膽了。」所以，夏丏尊在豐子愷的第一部漫畫集《子愷漫畫》的序中高興的說：「記得子愷的畫這類畫，實由於我的慫恿。」㊲

朱自清也很欣賞豐子愷的漫畫，他曾替《子愷漫畫》寫序，序中也提到豐子愷的出版漫畫集，有他的一分鼓勵作用在。他說：「你總該記得，有一個黃昏，白馬湖上的黃昏，在你那間天花板要壓到頭上來的，一顆骰子似的客廳裏，你和我讀著竹久夢二的漫畫集。……我說：『你可

㊱ 豐子愷：《子愷漫畫》題卷首〉，《豐子愷文集》藝術卷一，頁三〇。

㊲ 夏丏尊：《子愷漫畫》序〉，原載一九二五年十一月《文學週報》第一九八期。見《夏丏尊文集・平屋之輯》（浙江人民出版社，一九八三年二月），頁五〇。

和夢二一樣，將來也印一本。』」豐子愷沒吭聲，他還不敢想這麼遠，但朱自清卻在一開始就抱著高度期待，而且設法幫忙。朱自清與在北京的俞平伯當時主編一本不定期的文學刊物《我們》，第一本《我們的七月》於一九二四年七月由上海亞東圖書館出版，豐子愷即應邀設計封面，還發表了他的一幅漫畫〈人散後，一鉤新月天如水〉，這是豐子愷正式發表的第一幅漫畫。因此，當《子愷漫畫》要出版時，朱自清感到「正中下懷，滿心歡喜。」㊳不管是夏丏尊的「慫恿」，還是朱自清的「提議」，他們兩人都是《子愷漫畫》的催生者。所以，豐子愷在序言中，便不忘表示：「對於這等畫的賞識者、獎勵者及保護者的我的先生夏丏尊，友人鄭振鐸、朱佩弦、俞平伯、劉薰宇、方光燾、丁衍鏞諸君，謹表私心感謝之意。」這群文人紛紛為這本漫畫集的出版寫序作跋，再一次體現了他們的友誼與相互扶持的熱情。俞平伯在《子愷漫畫》的跋文裏真切地說道：「一片片的落英都含蓄著人間的情味，那便是我看了《子愷漫畫》所感。——『看』畫是殺風景的，當說『讀』畫才對。況您的畫就是您的詩。」㊴這「人間的情味」，正是白馬湖文人間濃郁的友情味，如詩也如畫。

白馬湖作家群中寫作起步較晚的朱光潛，他的開始從事系列說理、談美文章的寫作，就在白

㊳ 朱自清：〈《子愷漫畫》代序〉，《朱自清全集》第一卷，頁二二一。

㊴ 俞平伯：〈以《漫畫》初刊與子愷書〉，《雜拌兒》（原於一九二八年由上海開明書店出版，此引自北京開明出版社一九九二年十二月新版），頁一三二。

馬湖，就在這批文人的影響、鼓勵下進入文壇。這些朋友中，他最敬佩、信賴的是朱自清，視之為「良師益友」。在〈敬悼朱佩弦先生〉文中，他說：「在文藝界的朋友中，我認識最早而且得益也最多的要算佩弦先生。」朱光潛和朱自清同姓，朱自清長他一歲，身材大小肥瘦相若，連性格、興趣都相近，又比鄰而居，因此「有人疑心他和我是兄弟」，張冠李戴的誤會、笑話鬧過不少。朱光潛在香港大學讀了四年教育系，一九二二年畢業後，去吳淞中國公學中學部教英文，不過那時朱自清已離開那裏。江浙戰爭中，中國公學被毀，夏丏尊遂邀他到春暉來教英文，朱自清則比他稍早一些來春暉教語文。春暉友人的文化氣息顯然感染了他，他說：

學校範圍不大，大家朝夕相處，宛如一家人。佩弦和丏尊、子愷諸人都愛好文藝，常以所作相傳視。我於無形中受了他們的影響，開始學習寫作。我的第一篇處女作〈無言之美〉，就是丏尊、佩弦兩位先生鼓勵之下寫成的。他們認為我可以作說理文，就勸我走這一條路。這二十餘年來我始終抱著這一條路走，如果有些微的成績，就不能不歸功於他們兩位的誘導。[40]

雖然，這批朋友在春暉的時間並不長，但「大家奠定了很長久的交誼」。朱光潛指出，立達學園與開明書店都是「由此產生出來的」。朱自清、夏丏尊對他的提攜、照顧，主要在於學問的探求

[40] 朱光潛：〈敬悼朱佩弦先生〉，《朱光潛全集》第九卷，頁四八七。

與寫作的鼓勵上。他曾說朱自清是他的朋友中「和我相知最深的一位」，「請他看稿子他必仔細看，請他批評他也必切切實實地批評。我的《文藝心理學》有一兩章是由他的批評而完全改寫過的。」當他在英國愛丁堡大學讀書時，朱自清曾由清華休假到歐洲旅遊，兩人在英國有過短暫交往，朱光潛當時剛寫完《文藝心理學》和《談美》書稿，朱自清在旅途中還替他細心閱讀，提供意見，並寫了兩篇序。其中在論《文藝心理學》的序中，他給予朱光潛高度的評價：「八年前我有幸讀孟實先生〈無言之美〉初稿，愛他說理的透徹。……現在想不到又有幸讀這部《文藝心理學》的原稿，真是緣分。這八年中孟實先生是更廣更深了，此稿便是最好的見證。我讀完了，自然也感到更大的欣悅。」[41]類似這種在藝文寫作上無私無我、發自真誠的扶持，在這群文人之間是司空見慣的事，但是，這種「平常」看來又是多麼的「不平常」呀！

夏丏尊對朱光潛也一樣相知相重。他風行一時的《給青年的十二封信》，就是夏丏尊主編《一般月刊》時寫信到英國向他約稿而成。這本書在一九四九年以前總銷數在二十萬冊以上[42]，對青年產生廣泛的影響。夏丏尊在這本書的序文中把他稱作「一個終身願與青年為友的志士」，朱光潛則說：「這句話一直銘刻在我心裏，鞭策我必須為人師表。」朱光潛先後在愛丁堡大學、倫敦大學、巴黎大學、斯特拉斯堡大學留學八年，後來又到德國、義大利考察文化，所需經費主

[41] 朱自清：〈《文藝心理學》序〉，《朱自清序跋書評集》（北京：三聯書店，一九八三年九月），頁七九。

[42] 朱光潛：〈答重慶《大公報》問〉，《朱光潛全集》第九卷，頁三一一。

要依靠稿酬。若沒有夏丏尊在開明書店一直提攜，恐怕早因經濟困窘而半途而廢了。朱光潛曾對學者商金林說，夏丏尊是一位有魄力、有眼光的出版家，《文藝心理學》一書的專業性較強，當初讀者很少，但夏丏尊認為這是「文藝研究的要籍，寧可讓開明書店賠錢出書，也要滿足社會的需求。」㊸這其中的考量，既無商業利益可圖，也並非私人交誼的酬酢，完全是以學術價值論。這份知遇之恩，朱光潛自是永生難忘。

從春暉、立達到開明，這群文人辦了不少大小型刊物，總是「全體總動員」地來完成。以《春暉半月刊》為例，一切稿件都是他們「於課外忙裏偷閒地做成」。當時夏丏尊任學校出版主任，組稿、編輯、校對的忙碌可想而知。但劉薰宇、經亨頤、朱自清、劉叔琴等積極撰稿，豐子愷負責插圖，共同讓這份每期發行一千一百份的刊物如期出刊；又如《我們的七月》（一九二四年）、《我們的六月》（一九二五年）這兩份刊物，朱自清、劉延陵、豐子愷、葉聖陶等人出力最勤，豐子愷或畫插圖，或設計封面，撰稿者主要還是朱自清、俞平伯、葉聖陶、劉大白、白采等人；還有《一般月刊》，夏、朱、豐、葉諸人都是主要的筆隊伍，從中可以看到他們水乳交融的朋友情誼、道義。這是長久以文論交，以誠相待所逐漸形成的。在當時或日後的多篇文章中，我們輕易就可以找到他們彼此敬重、欣賞、鼓勵、想念的心聲表白，從日常生活的相處，到談文論

㊸ 商金林：〈朱光潛與夏丏尊〉，原刊《解放日報》一九八五年五月二十二日。轉引自《朱光潛與中國現代文學》（安徽教育出版社，一九九五年十二月），頁一三。

藝、編輯出版，這種相知相重、相攜相持的文人風範，在「文人相輕」的一貫習氣下，堪稱難能而可貴。

四、佛學後光，共結善緣

朱光潛曾說過一句耐人尋味的話：「當時一般朋友中有一個不常現身而人人都感到他的影響的——弘一法師。」（〈豐子愷先生的人品與畫品〉）我說這是「耐人尋味」，是因為弘一在白馬湖的時間不多，出家之後一心向佛，根本不會想做一個「作家」，因此，要說他是「白馬湖作家群」的一員，並不正確。可是，要討論這群作家，又不能不提弘一，因為「人人都感受到他的影響」。這個現象，陳星以「弘一情結」稱之，十分適切。對這群作家來說，弘一的思想人格、藝術涵養，都令他們傾心、折服，甚至追隨、皈依。弘一所散放出來的「後光」，使這群文人共結了一個難得的善緣。他的生活態度、人格力量，也一直無形中給予這些文人或深或淺的生命啟發。

夏丏尊與豐子愷是這群人中受弘一影響最深者。夏丏尊替豐子愷漫畫寫的序中，大部分都在談弘一，這也就為我們留下了弘一在白馬湖生活的片斷剪影。那是一九二五年夏天，夏丏尊邀弘一到白馬湖小住幾日，弘一帶著簡單的行李被安排在紀念春暉創辦人陳春瀾的「春社」中住下。弘一打開鋪蓋，先把破席子珍重地鋪在床上，攤開了被，把衣服捲了幾件作枕，然後拿出黑破不堪的毛巾到湖邊洗臉。夏丏尊忍不住問道：「這手巾太破了，替你換一條好嗎？」但弘一卻答說：「那裏！還好用的，和新的也差不多。」吃飯時，夏丏尊送來飯和兩碗素菜，這素菜不過是些蘿蔔白菜之類，可是，弘一卻「喜悅地把飯划入口裏」，夏丏尊坐在一旁，看到他「鄭重地用筷夾起一塊蘿蔔來的那種了不得的神情」，「幾乎要流下歡喜慚愧之淚」。第二天，經亨頤送來四樣菜，其中有一樣菜很鹹，夏丏尊說：「這太鹹了！」弘一卻說：「好的！鹹的也有鹹的滋味，也好的！」夏丏尊家與春社有一段距離，第三天，弘一說飯不必送來，可以自己去吃，還笑說乞食是出家人的本能。夏丏尊說：「那麼逢天雨仍替你送去吧。」弘一笑著說：「不要緊！天雨，我有木屐哩！」當他說出木屐二字時，「神情上竟儼然是一種了不得的法寶」，夏丏尊覺得有些不安，弘一則說：「每日走點路，也是一種很好的運動。」這幾天的相處，給夏丏尊的心靈帶來極大的震撼。他的反省，道出了弘一之所以深受他們敬重的原因：

> 在他，世間竟沒有不好的東西，一切都好，小旅館好，統艙好，掛褡好，破席子好，破舊的手巾好，白菜好，蘿蔔好，鹹苦的蔬菜好，跑路好，什麼都有味，什麼都了不得。這是何等的風光啊！宗教上的話且不說，瑣屑的日常生活到此境界，不是所謂生活的藝術化了嗎？人家說他在受苦，我卻要說他是享樂。我常見他吃蘿蔔白菜時那種喜悅的光景，我想，蘿蔔白菜的全滋味，真滋味，怕要算他才能如實嘗到的了。對於一切事物，不為因襲

的成見所縛，都還他一個本來面目，如實觀照領略，這才是真解脫，真享樂。

和弘一相比，他不禁自憐自憾起以往囫圇吞棗般的生活狀態：「平日吃飯著衣，何曾嘗到過真的滋味！乘船坐車，看山行路，何曾領略到真的情景！」真是思之憮然，恍然了悟。夏丏尊與弘一曾是一師同事，而弘一的出家又「大半由於這位夏居士的助緣」（弘一語），「沒有我，也許不至於出家」（夏丏尊語），因此，他的感受是格外深切的了[44]。

夏丏尊稱弘一是「畏友」，因為「他出家前和我相交者近十年，他的一言一行，隨時都在給我以啟誘。出家後對我督教期望尤殷，屢次來信都勸我勿自放逸，歸心向善。」（夏丏尊〈我的畏友弘一和尚〉）在一師期間，夏丏尊常對學生說：「李先生教圖畫、音樂，學生對圖畫、音樂，看得比國文、數學等更重。這是有人格作背景的緣故。因為他教圖畫、音樂，而他所懂得的不僅是圖畫、音樂；他的詩文比國文先生的更好，他的書法比習字先生的更好，他的英文比英文先生的更好，……這好比一尊佛像，有後光，故能令人敬仰。」[45]受到弘一人格的啟發，夏丏尊與佛的因緣日增，雖然他不像弘一的學生豐子愷後來拜弘一為師，皈依佛門，但他因此「常親近佛經」，「不敢再謗毀佛法」，對佛教也有深入研究。開明老闆章錫琛說：「臨終的時候，他叫家

---

[44] 夏丏尊：〈弘一法師之出家〉，《夏丏尊文集・平屋之輯》，頁二四四。

[45] 豐子愷：〈悼丏師〉，《豐子愷文集》第六卷，頁一五六。

人替他在旁念佛，不許哭泣，遺囑並命依佛教儀式火化。這可說是他受了弘一法師的影響。」㊻

對豐子愷來說，弘一不只是「畏友」而已，他說：「弘一法師是我學藝術的教師，又是我信宗教的導師。」（〈我與弘一法師〉）在一師讀書時，弘一的人格和學問，令全校師生都敬佩而折服，豐子愷對弘一的崇拜尤甚於他人。他自己分析：「大約是我的氣質與李先生有一點相似，凡他所歡喜的，我都歡喜。」他甚至於曠廢其他一些師範課程，專心於李叔同所喜的文學藝術。有一次，李叔同在房間裏對他說：「你的圖畫進步快，我在南京和杭州兩處教課，沒有見過像你這樣進步快速的人。你以後可以……」豐子愷回憶道：「當晚這幾句話，便確定了我的一生。……因為從這晚起，我打定主意，專門學畫，把一生奉獻給藝術，直到現在沒有變志。」（〈為青年說弘一法師〉）至於宗教的信仰，豐子愷更是完全受到弘一的言行、品格所感召，而於一九二七年農曆九月二十六日二十九周歲這一天，在江灣「緣緣堂」皈依佛教，弘一為他取的法名是「嬰行」。在皈依的那段時間裏，他與弘一相聚了一個月，醞釀出一個弘揚佛法、鼓吹仁愛、勸人從善戒殺的計畫，就是編繪《護生畫集》。由弘一題文，豐子愷繪圖。第一冊於一九二九年二月由開明書店出版，共五十幅，恰好為弘一五十歲生日祝壽。一九三九年，豐子愷為紀念弘一六十壽辰，又著手繪製續集，共六十幅畫，寄給弘一配上文字，出版後，弘一欣慰地寫信給豐子愷說：

㊻ 章錫琛：〈悼夏丏尊先生〉，《懷念夏丏尊專輯》（陳信元編，臺北：蘭亭書店，一九八六年一月），頁二〇。原載《國文月刊》第四八期，一九四六年十月二十日。

「朽人七十歲時，請仁者作護生畫第三集，共七十幅；八十歲時，作第四集，共八十幅；九十歲時，作第五集，共九十幅；百歲時，作第六集，共百幅。護生畫集功德於此圓滿。」[47]這對師生的佛教因緣，就這樣深化於一文一圖、一言一行之中，終生不改。

豐子愷雖然皈依，但並不剃度出家，而是以居士身份來護持佛教，護持弘一。朱光潛說：「在我初認識他時，他就已隨弘一信持佛法，不過他始終沒有出家，他不忍離開他的家庭。他通常吃素，不過作客時怕給人家麻煩，也隨人吃肉邊菜。他的言動舉止都自然圓融，毫無拘束勉強。我認為他是一個真正能了解佛家精神的。」（〈豐子愷先生的人品與畫品〉）豐子愷自己則始終抱著慚愧之心來仰望他的老師，他曾分析人的生活可以分成三層：一是物質生活，二是精神生活，三是靈魂生活。物質生活就是衣食，精神生活就是學術文藝，靈魂生活就是宗教。他自陳：「我腳力小，不能追隨弘一法師上三層樓，現在還停留在二層樓上，斤斤於一字一筆的小技，自己覺得很慚愧。但亦常常勉力爬上扶梯，向三層樓上望望。」（〈我與弘一法師〉）他與弘一相聚的時間也不是很多，但他的生活態度、文藝涵養與人生理念，都可以清楚地感受到弘一的「後光」——強烈，而且無時不在。

除了夏、豐二人深受弘一的影響之外，白馬湖作家們只要與弘一有過接觸，幾乎無不對他崇敬、感念。以朱光潛為例，他只是在春暉教書時，弘一有一次雲遊到白馬湖探訪經亨頤、夏丏尊

---

[47] 陳星：《豐子愷新傳》（山西：北岳文藝出版社，一九九八年一月），頁一六三。

等老友，他因豐子愷引介，與弘一有過一面之緣。對那次會面，他有極生動的描述：「他的清風亮節使我一見傾心，但不敢向他說一句話。」言簡而意深。後來豐子愷轉送一些弘一練字的墨跡給他，他說：「其中有一幅是《大方廣佛華嚴經》中的一段偈文，後來我任教北京大學時，蕭齋斗室裏懸掛的就是法師書寫的這段偈文，一方面表示我對法師的景仰，同時也作為我的座右銘。」㊽葉聖陶於一九二七年因豐子愷、夏丏尊的引見，感情激動地如願見到弘一，因為他透過這些朋友早就對弘一十分景仰。在他寫的〈兩法師〉文中寫道：「他的行止笑語，真所謂純任自然的，使人永不能忘。」自稱「不參佛法」、永遠是「教宗堪慕信難起」的他，對弘一卻是「真誠地敬服」㊾。一面之緣的影響如此深刻，有較多時間相處、追隨的經亨頤、夏丏尊、豐子愷等，自然更是珍惜這份因緣，對他誠心敬仰了。由此看來，他的「磁性人格」比夏丏尊更具吸引力，影響也更為廣遠。

弘一與白馬湖共結善緣的最具體事證，是「晚晴山房」的建造。弘一對白馬湖的自然山水頗為欣賞，也曾想在白馬湖閉關，但四方雲遊，落腳的機會不多。一九二八年，經過夏丏尊、豐子愷、劉質平等人多次提議，弘一終於首肯了友生們建造庵舍的深情厚意。列名倡議者有經亨頤、

㊽ 朱光潛：〈以出世的精神，做入世的事業——紀念弘一法師〉，《朱光潛全集》第一〇卷，頁五二四。

㊾ 葉聖陶：〈兩法師〉，《未厭居習作》（原於一九三五年上海開明書店出版，後於一九九二年十二月由北京開明出版社重新出版），頁一三八。

夏丏尊、豐子愷、劉質平、周承德、朱穌典、穆藕初等七人。除穆藕初外，其他六人都是浙一師的同事或學生。他們在報端發佈〈為弘一法師築居募款啟〉，啟文中說：「弘一法師……披剃以來，刻意苦修，不就安養，雲水行腳，迄無定居。……師今五十矣，近以因緣，樂應前請。爰擬遵循師意，就浙江上虞白馬湖覓地數方，結廬三椽，為師棲息進修之所，並供養其終生。事關福緣，法應廣施。」[50]一九二九年夏，庵舍竣工，弘一以李商隱〈晚晴〉詩句「天意憐幽草，人間重晚晴」，題名為「晚晴山房」。同年九月，他便自溫州前來小住。農曆九月二十日，弘一五十壽辰，幾位友生聚集在經亨頤的「長松山房」吃麵，為弘一祝壽，弘一送給大家剛出版的《護生畫集》。席間，紹興徐仲蓀居士倡議在白馬湖放生，弘一覺得這是極好的祝壽方式，便請劉質平協助促成此事。第三天，他們就在白馬湖邊進行這項放生儀式，觀者喜歎不已，弘一也為眾生消除業障、增長善根而欣悅。事後，他鄭重地寫了一篇〈白馬湖放生記〉[51]，以誌此緣。這種護生惜

---

[50] 同❶，頁三七二。

[51] 〈白馬湖放生記〉短文，見於《弘一大師全集》（編輯委員會編，福建人民出版社，一九九二年九月）第八冊（雜著卷），頁一九。文中寫著：「白馬湖在越東驛亭鄉，舊名漁浦，放生之事，前未聞也。己巳秋晚，徐居士仲蓀過談，欲買魚介放生馬湖，余為贊喜，並同劉居士質平助之。……時分：十八年九月二十三日五更，自驛亭步行十數里到魚市，東方未明。……品類：蝦魚等，值資八元七毫八分。……放生同行者：釋弘一、夏丏尊、徐仲蓀、劉質平、徐全茂及夏家老僕丁錦標，同乘一舟，別一舟載魚蝦

生的悲憫情懷，知者無不深受感動。

這座白馬湖畔的「晚晴山房」，可說是凝聚了這一批友生的深情厚意與慈悲心腸。雖然，自建成後，弘一僅有三、四次短暫地居住過，但它似乎成了弘一淡泊出世的象徵，也是這群作家們一次與佛結緣的精心成果。他們與佛法的因緣或深或淺，但對弘一的人格則一致推崇，引以為榮。這群作家的思想與人格，也多少受到弘一的啟發與激勵。弘一在圓寂之前，給夏丏尊一信，信中有二偈：「君子之交，其淡如水。執象而求，咫尺千里。問余何適，廓爾亡言。華枝春滿，天心月圓。」簡單道出了彼此相交多年的深篤情誼。拿弘一的這段話來形容白馬湖文人們如水之交的君子友誼，也是十分貼切的。以白馬湖的風光作背景，以弘一的人格力量作「後光」，微妙地形塑出這群文人獨特的交遊型態與心靈自然契合的清涼世界。

五、「從邊緣出發」的人間情懷

正如我在第一節中所說的，白馬湖這群文人的氣質與風格是「遠離喧嘩」的典型。他們不是呼風喚雨、熱情奔放的文壇戰士，如魯迅、胡風之類，有著騷動不寧的靈魂。他們大半的時光是在校園中度過，而校園相對來說是比較單純、靜穆、沉潛的場所，這種氣氛、型態與他們的學術氣質、藝術人格是息息相通的。然而，時代的變動與喧嘩，容不得他們躲在書齋中「為文學而文

等。放生時：晨九時一刻。隨喜者：放生之時，岸上簇立而觀者甚眾，皆大歡喜，歎未曾有。」

學」，漫天的戰火使他們必須面對「人間煙火」。其實，梁啟超在《清代學術概論》中曾提倡「為學術而學術」的「學者的人格」，我稱之為「純學者」，但是，梁啟超自己就做不到這一點。二十世紀的中國，文人想做「純文人」，學者想做「純學者」，恐怕是「不合時代潮流」。白馬湖這群文人原想「遠離喧嘩」地好好從事教育、出版等「啟蒙」工作（開明書店的「開明」二字，原從西方 enlightenment 而來，意即啟蒙），然而，時代給他們的考驗是慘酷的：春暉中學內保守與政黨勢力的入侵；立達學園的被毀於戰火，迫使匡互生在奔走重建下積勞成疾而死；開明書店在抗戰期間幾次遷移，機器、圖書被炸毀，瀕臨關門命運。這些都使這群知識分子很快認清了一點：「遠離喧嘩」的心境追求是必要的，但是，「從邊緣出發」的人間情懷也不能喪失。

我無意再重覆第一節中提過的那些白馬湖文人關心國是、書生報國的事蹟與氣節。事實上，在本書接下來的第四、五章中，我會更深入、多面地探討知識分子的文化使命、邊緣化命運與安身立命之道等議題，將可進一步認清「白馬湖作家群」的文人型態。在此，我想再強調一下：「白馬湖」這個「遠離喧嘩」的地點，對這群文人「從邊緣出發」的人生發展所扮演的歷史（包括文學史、藝術史、美學史、教育史等）意義。先談夏丏尊。他的文學創作並不多，《平屋雜文》是代表作，但他卻以一篇〈白馬湖之冬〉「樹立了白話記述文的模範」（楊牧語），白馬湖因此而在文學史上得名，甚至於形成「白馬湖風格」；而當他在平屋中埋首翻譯《愛的教育》的那一刻，他在廣大讀者心中那個熱心教育的「導師」形象也油然而生。至於朱自清這位現代散文大家，在白馬湖畔迎來他登上文壇以來十分重要的時刻：第一本個人詩文集《蹤跡》出版，他在當時也許並未清楚意識到，這本書分成新詩與散文兩輯的安排，意味著「朱自清詩歌創作期的結束和散文創作期的發端」，因為「其中的詩歌部分明顯帶著總結的意味」52。換言之，《蹤跡》可以視為朱自清創作生涯中的一個分水嶺。從白馬湖開始，散文形象的朱自清日益龐大，而詩人朱自清則漸遠漸杳。豐子愷的漫畫始於白馬湖，也揭開了中國漫畫史的新頁，對他個人、對中國漫畫史的發展，白馬湖都是永恆的印記。後來以美學理論馳名學界的朱光潛，他的美學大師的崇高地位，是在白馬湖奠下第一塊的基石。他說：「我在夏丏尊、朱自清、葉聖陶幾位老友的言教和身教下才開始放棄文言文，學寫白話文。」53而〈無言之美〉正是他在白馬湖畔誕生的處女作。他們都在白馬湖找到了振翅高飛的一個起點或是轉折點。

單是這樣，在某種意義上說，白馬湖就已經可以「不朽」了。但是，我們還可看到經亨頤、弘一法師、劉大白、俞平伯、劉薰宇、匡互生等一批文化名人的身影，駐足或跋涉過白馬湖畔，掀起一些美麗的漣漪。地理上的白馬湖並不重要，文化上的白馬湖卻不斷豐富、成長、迷人，這種種的變化，都因為這群可愛、可敬的文化人，以其獨具魅力的人格力量，穿越時空，潛移默化而成。在那個思想異常複雜、「希望與絕望交織的年代」（尉天驄語），我們卻在他們身上看到了

52 姜建：《大地足印——朱自清傳記》（江蘇教育出版社，一九九三年六月），頁九九。

53 朱光潛：〈回憶上海立達學園和開明書店〉，《朱光潛全集》第一〇卷，頁五二一。

「遠離喧嘩」的清醒，以詩酒自娛的真性情，藝文創作上相互扶持的理想性，以及共結善緣的慈悲心。他們「不怨天、不尤人、不求名利、腳踏實地地從事教育的工作」[54]，堅持理想、才情縱橫地從事文學藝術的創作，更重要的，他們總是自覺而肯定地走著一條平凡、踏實、及時認真努力、一步一腳印的人間之路。這正是這群文人的可愛之處，可貴之處。

[54] 尉天驄：〈白馬湖的春天〉，《永遠的弘一法師》（夏丏尊原編，曾議漢增編，臺北：帕米爾書店，一九九二年六月）第二卷，頁五二一。

第四章 「白馬湖作家群」的民間性格

一、重返民間：世紀初知識界的覺醒運動

「民間」一詞是一個多維度多層面的複雜概念。本文所指涉的主要是指與國家機器／官方權力相對的一個概念。在這個意義下，知識分子的民間性格正表現在與當道／廟堂的保持距離，甚至相互抗衡上。在政治意涵上，它比較接近於「朝野」的「野」；在社會意涵上，它指的是「公眾」或「平民」。它不等同於農村，也不是專指民俗等文化範疇，用比較通俗的話說，「民間」較接近於是一個「位置」，是一種「立場」。

中國傳統的知識分子是一個特殊階級，透過科舉制度，入朝可為官，居鄉則為紳，位於四民之首。憑藉知識與學問，士大夫可享一般平民所未曾享受過的政治與經濟上的特權，在心理天秤上，他們毫無疑問地是向廟堂傾斜的，即使身在江湖，也心在魏闕，仕途若不順，則不免失意寡歡，嗟歎有志難伸。回歸民間，往往是被廟堂拋棄之後的無奈選擇。一直要到二十世紀初期這個

大轉變的時代來臨，隨著士大夫地位的急驟下降，知識階級的特權不再時，他們才成為與一般平民無異的「公眾」的一部分。加上五四時期人的覺醒與個性解放的思潮推湧，使他們的心理天秤自然地向民間傾斜。鄭振鐸說得好：「拿筆桿的人們開始明白，筆桿與算盤、犁耙、斧尺等等是同一的謀生的工具，並不比他們更高尚或更能幹。」❶這種自覺，使知識分子開始認識了自己的真實社會地位，也才甘於尋找一個民間崗位安身立命，並且力圖擺脫來自國家/廟堂的控制，建立一個屬於民間的「自己的園地」。

這種「重返民間」的認知，是二十世紀初思想界、知識界的一次普遍大覺醒。白馬湖作家群也不例外。在我看來，白馬湖作家群的民間性格的具體表現有二：一是在民間坐實教育、出版等知識分子的崗位（有關這個部分，在下一章中將有更深入的探討）；二是堅持「學在民間」立場，結合農村改造，甚至從事新村建設、面向人類烏托邦世界的理念與實踐（本章的討論以此為主）。這兩種實踐，都宣示了他們不與當道合流的決心，以及以民間為本位的主動抉擇。以他們為樣本，我們可以觀察到本世紀初知識分子性格的一個真實切面。

---

❶ 鄭振鐸：《〈編輯者〉發刊詞》，《鄭振鐸文集》第四卷（北京：人民文學出版社，一九八五年六月），頁八五。

二、從「學在民間」看白馬湖作家群的民間性格

自孔子首開私人民間講學與著述以來，私學與官學並存的現象便不曾斷過，甚至對中國學術文化的保存與發揚，有時私學比官學的貢獻還大，因此，「學在民間」可說是中國教育的一項傳統。在新式學堂成為政府統一的要求之後，民間的書院、社學、私塾、講堂等也不曾消失❷。而民間辦學的存在，其最大的意義與貢獻，在我看來，正是對一統化的教育體制的對抗。尤其在政治動盪和社會轉型之際，「學在民間」往往成為維繫文學價值與學術道統的重要支柱。二〇年代的中國，在政治上正處於軍閥割據、混戰的局面，加上新舊文化/思想的劇烈衝突，「學在民間」的價值就顯得特別突出，知識分子也特別能體會到，文化學術的存續與發揚，不必然要靠政府的支持，反而可以借助民間的力量，尋求經濟上與思想上的獨立。換言之，透過知識者自身的選擇與努力，學在民間不僅更具活力，更能自由發展，而且更能實踐教育理想。

春暉中學的創辦，正是此一理念下的產物。一九二二年十二月二日，春暉中學舉行開校典

❷ 陳平原在〈中國教育之我見——答日本《文雜誌》問〉一文中曾提到：「一九四九年以前，由於政府經濟及管理能力有限，私學仍長期存在。一九四七年，全國專科以上學校中，私立者佔三八％（上海甚至達到七五％）。中、小學（包括私塾）中，私學也佔有相當大的比例。」見《游心與游目》（四川人民出版社，一九九七年七月），頁九四。

禮，校長經亨頤特別在典禮上向學生闡明這個觀點說：

近年來奔走南北，有一種感觸，覺得官立國立的學校，現在實不能算好，但要怎樣才會辦好呢？這條件回答是很難的。我第一希望社會能同情於春暉，第二希望校董能完全負責，第三希望有安心的教員，第四希望有滿意的學生。這四種是學校辦好的條件，官立國立的學校或不能如此希望，春暉卻是可如此希望的。❸

經亨頤的寄希望於春暉，肇因於之前在浙一師的風波，他顯然認為浙江教育當局落後保守的心態與強勢干涉的作法，是難以改變的，在極端失望下，他才憤而掛冠。也正因為官立學校的不得不受制於當局，無法充分實現他的教育主張，遂決定在白馬湖畔另闢一個新園地來實踐他的理想，而這個新園地所強調的正是「私立」二字。為了徹底排除官方勢力的介入校務，貫徹其「反對舊勢力，建立新學風」的主張，他甚至不向當時的軍閥政府立案❹。在熱心教育的上虞鄉賢陳春瀾的經費贊助，以及一批知名教師的全力投入下，不到三年，這所地處偏僻的私立中學，竟然名聞全國，而有「北有南開，南有春暉」之譽。春暉的辦學成功，原因不止一端，但其民間本位的私

❸ 引自陳星：《教改先鋒——白馬湖作家群》（臺北：幼獅文化公司，一九九六年十二月），頁一八。

❹ 見《春暉中學六十周年校慶紀念冊》（春暉中學六十周年校慶紀念委員會編，一九八一年十二月）中的〈校史〉一章，頁一八。

立性是不容忽視的根本原因。

經亨頤始終認為，要做到教育自主，必須不依附政府。他在春暉如此，在擔任浙江省教育會會長時也是如此。浙江省教育會是當時全省教育界的民間組織，以「研究教育事項，力圖發達教育」為宗旨。清末成立時稱「浙江教育總會」，一九一二年重組，改名「浙江省教育會」。一九一三年經亨頤繼章太炎之後出任會長，此後連選連任，達八、九年之久。他任會長期間，切實貫徹蔡元培制訂的民國教育方針，工作開展得勃勃有生氣，對浙江教育事業的改革和發展多有貢獻。經亨頤領導省教育會，有一個令人印象深刻的作法，即堅持獨立自主精神，不依附於官府，不為官府所左右，他曾公開宣稱：「教育會非官廳之佐治機關，會長非隸屬於官廳之佐治員，故官廳不能以命令行政教育會，亦不能用命令行文教育會長。」❺經氏再三強調教育之不受官方控制的立場，說明了他一貫堅持「學在民間」的思想。

經亨頤民間辦學的理念顯然得到春暉師生的支持。夏丏尊在第二年校慶時寫了一篇〈春暉的使命〉（載一九二三年十二月二日《春暉半月刊》第二〇期），文中呼應道：

你是一個私立的，不比官立的凡事多窒礙。當現在首都及別省官立學校窮得關門，本省官

❺ 張彬：〈與時俱進的教育家——經亨頤〉，《浙江近代著名學校和教育家》（浙江省政協文史資料委員會編，浙江人民出版社，一九九一年九月），頁二八四。

立中學有的為了爭競位置、風潮疊起、醜穢的不可向邇的時候，豎了真正的旗幟，振起純正的教育，不是你所應該做的事嗎？

正因為官立學校的「凡事多窒礙」、「醜穢」，夏丏尊認為要辦「純正的教育」唯有私立民辦才能達成。與當道劃清界線，自籌經費，自編講義，有獨立的思想人格，正是他們民間性格的具體表現。當官方的控制力愈薄弱，他們認為，學術文化教育的純正性就愈能守住。

朱光潛對此也有精到的見解，他的〈私人創校計劃〉傳達出清楚的民間立場。他認為，當時的學制使各學校都無特長而有通弊，要想免去通弊，先得脫去「學制」的圈套，而學制與「官」是相聯的。「在目前政治狀況之下，教育決不能官辦」❻，其理由有二：一是一日戰爭發生，學款會立刻移作軍費，校舍會變成兵房馬廄，教育將因此停頓；二是一旦官辦，教育者便不能行政中立，甚至扭曲人性，逢迎爭位。朱光潛說：「學校既隸於官府，只有會逢迎阿諛的政客可以攫取校長；只有甘與這種校長合作的人肯當教員。這般人都要欺騙良心以媚社會，才能維持位置。他們的人格已根本不能為人師。拿他們來支配教育，只能教天下人剝喪廉恥，相率為非。」❼在二〇年代「教育獨立」呼聲甚高之際，朱光潛的看法有一定的普遍性。他一再強調，當時的官辦

❻ 朱光潛：〈私人創校計劃〉，《朱光潛全集》（安徽教育出版社，一九九三年二月）第八卷，頁一〇六。
❼ 同❻。

教育腐敗，根源在於軍閥政治腐敗，所以要改革教育就必須讓教育擺脫軍閥政府的控制而取得獨立自由的地位。

即使是辦出版社，朱光潛也主張：「一個理想的書店應該脫離官辦與商辦的氣味，由讀書人和著書人自己來經營。」❽以保存、傳播學術文化為主的出版機制，他仍認為應擺脫官方的介入，其「學在民間」的理念可謂一以貫之。可以說，不論辦學或出版，白馬湖作家群的努力已充分顯現出這種民間性格。一九二三年五月三十一日，全國高等教育的領航者、北大校長蔡元培應邀至春暉中學演講，開頭就表示很羨慕春暉中學是個私人創辦的學校，接著又說：「現在中學已多，有官立的，有私立的，諸君所入的中學卻是一個個人創立的學校，尤為難得。」❾他特別舉陳春瀾的辦學熱忱為例，說明春暉中學的民間私立特色，既值得期待，又令人羨慕。身為政府官辦的「國立」大學校長，肯定民間辦學之重要，自是深具意義的。

白馬湖作家群「學在民間」的理念在春暉得到部分實踐，後來因發現當局政治勢力悄然入侵，前述之「醜穢」情狀開始出現，包括豐子愷、夏丏尊、朱光潛、匡互生、劉薰宇等人立刻斷

❽ 朱光潛：〈敬悼朱佩弦先生〉，《朱光潛全集》第九卷，頁四八八。原載一九四八年八月二十三日《天津民國日報》。

❾ 蔡元培：〈在春暉中學的演說〉，收入《白馬湖文集》（浙江省上虞市政協文史資料委員會編，一九九三年十月），頁二〇〇。

然辭職離校，而在一九二五年創辦了完全由這些知識人規劃、籌款而成的立達學園。立達的誕生，比起春暉更進一步地體現了他們的民間性格。《立達半月刊》中說道：「這個學校，立達的辦起來，既不是受了官廳底委派，也不是受了某資本家的資助，完全由現在當其事的人本了自己的意志，為滿足自己的要求的努力。」對於官辦教育的腐敗，更是毫不留情地加以批判：

> 我們堅信腐敗的教育不能解決糾紛的政治；糾紛的政治，更不能改良腐敗的教育；我國官辦的教育，我們承認已無法彌補，對於教育有覺悟又抱決心的志士，在這種積弊之下，不是感受處處牽制的痛苦，就是被融化於這種洪爐烈燄。倘若我們還不及早從倚賴官辦教育的迷夢中警醒，將來病根益固，恐至於無藥可醫的地步了。所以我們決計脫離圈套，另闢新境，自由自在地去實現教育理想。⑩

這段話清楚地說明了國是日非之際，回到民間，才是知識人最好的出路，也只有在民間兢兢業業的耕耘，釋放無窮的活力、鮮活的思維，才能回射到上層當局，促成良性的競爭，進而完成寧靜的教育改革。這是他們的理想，也是他們「書生報國」的另一途徑，不管官方的認同與否，支持與否，不畏懼地堅持，就是他們的知識分子風骨。

---

⑩ 見匡互生：〈立達、立達學會、立達季刊、立達中學、立達學園〉，《匡互生與立達學園》（北京師範大學校史資料室編，一九八五年五月），頁二二一。

三、從「到民間去」看白馬湖作家群的民間性格

二〇年代的中國知識界，曾經出現一個響亮的口號：「到民間去」。許多知識分子接受了十九世紀七〇年代俄國民粹派的理論，開始倡導「到民間去」運動。這裏的「民間」，與前述「學在民間」的意義不同，如果把「到民間去」改成「到農村去」，大致不差。雖然「民間」的場域不同：一在學校、出版，一在農村，但其走向民間這個「位置」的方向並無二致。

李大釗是這場運動的思想領袖。他發表於一九一九年二月的〈青年與農村〉一文，可以視為這場運動的先聲。文中指出，中國是一個農民佔勞動階級絕大多數的國家，而中國農村的黑暗已達於極點，農民若是不解放，就等於全體國民不解放，而他們的苦痛，就是國民全體的苦痛。換言之，只有解放農民才能解放中國，因此，「農村中很有青年活動的餘地，並且有青年活動的需要。」他進一步提出，要改造中國社會，「非把知識階級與勞工階級打成一氣不可」，「知識階級」要加入「勞工團體」。他最後呼籲，青年們要多多到農村去！[11]李大釗的呼籲青年奔赴農村，主要還是起因於列強瓜分和軍閥割據的國家憂患意識，希望能從事農民教育，改善鄉村落後的現狀，進而提昇整體國力，對抗強權。正如另一位鄉村建設理論的先驅梁漱溟一再宣稱的，這不是「替一鄉一邑想辦法」，而是欲「替中國民族在政治上、在經濟上，開出一條路來走。」[12]

[11] 李大釗：〈青年與農村〉，《李大釗文集》（北京人民出版社，一九八四年）上冊，頁六四八、六四九。

在李大釗的號召下，北京大學的一群青年學生率先組織了「平民教育講演團」，成員有鄧中夏、羅家倫、俞平伯等。該團的宗旨是「增進平民智識，喚起平民之自覺心」，他們的活動持續到一九二五年，人數也由最初的三十九人發展到七十人⓭。至於講演團的活動主要是印發傳單、組織正式及非正式的演講會。講演的題目有實用性的「吸煙的危害」、「讀書識字的重要」等，也有政治性的「還我青島」、「山東的危機」、「現在的皇帝倒楣了」等。五四以後，他們的活動範圍便從北京擴展到北京市郊、農村。隨著國家局勢的日漸惡化，鼓勵青年下鄉教育農民的呼聲日漲，二〇年代著名的報刊如《晨報》副刊、《努力週報》等，都曾刊載過「到民間去」一類的文章，鼓吹青年學生投身鄉村改革的行列，擔負起教育農民的責任。

以上的敘述，恐怕還無法說明二、三〇年代「到民間去」、「鄉村改良」運動的浩大聲勢。其實，早在一九〇四年，河北定縣人米迪剛，就曾在家鄉翟城村實行過「村治」實驗。一九一八年，黃炎培等「中華職業教育社」成員，也在江蘇昆山縣的徐公橋開闢了「鄉村改進區」。此後，李大釗、朱其慧、晏陽初、陶行知等一批批知識分子，懷著改造農村的熱情，紛紛跑到農村，投身於形式各異的農村改良運動中。他們有的重視義賑救災，有的側重於鄉村教育或鄉村服

⓬ 見《梁漱溟全集》（山東人民出版社，一九八九年）第五卷，頁一九。

⓭ 講演團的成員還有後來在中共早期黨史上甚具影響的人物張國燾，以後成為《歌謠周刊》編輯的常惠等。參見（美）洪長泰著、董曉萍譯《到民間去》（上海文藝出版社，一九九三年七月），頁二〇。

務，有的從事於農業技術的改良與推廣，形成一股頗具聲勢的農村改良浪潮。當時喊出的類似口號或主張即有「救濟農村」、「建設農村」、「農村革命」、「農村改造」、「救救農村」、「復興農村」、「開發農村」等。有一個具體的數字可以說明這股席捲全國的熱潮，據統計，三〇年代初期，「全國從事鄉村改良運動的團體達六百多個，他們建立的鄉村實驗點或實驗區有一千多處。」⑭

這些鼓吹農村改造者，不僅致力於農村改良理論的宣揚，而且付諸實踐。陶行知的南京市試驗鄉村師範學校，梁漱溟在山東鄒平縣等地的實驗，還有江恒源等人的「中華職業教育社」和晏陽初等人的「中華平民教育促進會」，在二〇年代後期也分別在江蘇、河北進行了實際的鄉村實驗。這一批批的知識分子，滿懷理想地走入農村，走向民間，對在春暉、立達辦學的知識分子產生了一定的啟發作用。從白馬湖作家群相關資料中，我們可以很具體地看到這場運動的廣遠影響，而從這個角度也可以再次印證他們站穩民間立場的屬性。

白馬湖作家群的核心人物夏丏尊在〈春暉的使命〉一文中，曾針對這一點提出他的看法，他說：

---

⑭ 原數字資料見梁漱溟《鄉村建設實驗》（北京：中華書局，一九三五年）第二集，頁一九。此轉引自朱漢國《梁漱溟鄉村建設研究》（山西教育出版社，一九九六年七月），頁一五。

你是生在鄉間的，鄉村運動，不是你本地風光的責任嗎？別的且不講，你可曉得你附近有多少不識字的鄉民？你須省下別的用途，設法經營國民小學、半日學校等機關，至少先使聞得你鐘聲的地方，沒有一個不識字的人，才是真的。至於你現在著手的農民夜校，比起來那只可說是你的小玩意兒，算不得什麼的。

使聽得到春暉中學鐘聲的地方，沒有一個不識字的人，這是多麼令人感動的使命啊！農民夜校、半日學校，這不正是改造鄉村從教育下手的理念嗎？他們真的做到了。一九二二年應聘進春暉中學教務處工作、有時替代豐子愷上圖畫課的葉天底，就寫過一篇〈白馬湖上伴農民讀書半年〉，發表於一九二三年五月一日《春暉》第一一期，文中對農民夜校的活動情形有詳細的記載。夜校是一九二二年十二月十二日——開校典禮舉行後不久開辦的，課程有六門：習字、常識、珠算、時事、農事、國語，以實用為主。葉天底擔任的是一星期四個小時的國語課。他提到，農民的年齡、程度不一，為求達到效果，以寫信、紅帖子、契票等日常用字開始教起，半年下來的成果，他舉了一封學生寫給他的信作了生動而有趣的說明，信是這樣寫的：

葉先生：

你近來貴體康健個嗎？我今日有些事體要拜托你，我的妹妹現在已經好讀第二冊了，費你的心。給我辦一本來，可以嗎？我很要謝謝你，還有明日吃午飯，你請得過來，我家分歲，山邊的路都燥了。你千定萬定要來的。敬祝你貴體康健。臘月二十九。趙漢元上。

葉天底欣慰道：「我讀了這封信，心窩裏感覺著一種不可捺的奇癢，正和當時讀了一封感情最親密的一個女郎寄來的信一樣。」我們有理由相信，當時中國的大江南北，像趙漢元這樣的人定有許許多多。春暉地處偏僻的鄉下，顯然，它毫不遲疑地響應了這個具民間色彩的自發性運動，而且與白馬湖作家群的理念是相契合的。例如朱光潛《給青年的十二封信》中，就有一封信談中學生與社會運動，他說：「總而言之，到民間去，要到民間去，先要把學生架子丟開。」[15]鼓勵青年學生放下身段，走到民間去；又如朱自清那句格言式的吶喊：「覺醒的個人，認清了自我——這些知識分子於是開始的『向民間去』。」[16]他強調「五四」的時代意義在於打倒了權威的「老年代」，建立起獨立的中心的「青年代」，對於青年，對於所有的文藝工作者，他語重心長地提出了以上的呼籲。這是他對歷史的理解及對知識分子的期待，其中流露的還是深深的民間本色。

立達學園在另一位也具有民間性格的匡互生的規劃、推動下，對鄉村改造一樣投以熱烈的關

[15] 朱光潛：〈談中學生與社會運動〉，《給青年的十二封信》（原於一九二九年三月由上海開明書店出版，現收於《朱光潛全集》第一卷），頁二一。

[16] 見朱自清〈文藝節紀念〉，寫於一九四七年五月二十日，收入《朱自清全集》（江蘇教育出版社，一九九六年八月）第四卷，頁四八一。

注。他堅決反對學生和社會完全隔絕，認為這只是死讀書。立達位於上海江灣校舍的鄰近，有模範工廠、婦女救濟會等，其中有不少平民，於是他著手進行「平民教育」的工作。和春暉不同的是，他的教育對象擴大到勞工、婦女，不僅是改造農村，而是教育一切平民。由於學校處於農村中間，學生和農民經常往來，在冬季農閒時期，匡互生不忘舉辦「農民夜校」、「婦女識字班」，進行識字教育。還設立立達小學，免費招收學校附近農村的學齡兒童入學。農教科所辦的附設小學與農民夜校就有十來所，完全由學生負責管理，一方面與農村保持密切聯繫，一方面作為學生的實習所，對農村改造貢獻了不少心血。

在這場「走向民間」的運動中，我們很容易看到李大釗、陶行知、梁漱溟、晏陽初等人的雄辯滔滔，以及實驗所吸引的目光，比較容易忽略了還有一批批默默在鄉村角落奉獻知識、心力的人。經亨頤、匡互生、夏丏尊、朱自清、朱光潛等人的理論與實踐，雖然不是光芒耀眼，但卻也自有其動人的光與熱；他們雖然在不同的民間崗位上，但是，都懷抱著一樣的人生理想，也有志一同地在這條相近的民間之路上，並肩前進著。

四、從「新村意識」看白馬湖作家群的民間性格

從「走向民間」的思想再進一步產生對新村的嚮往，是對白馬湖作家群的民間性格的合理推測。事實上，這兩種「大同小異」的社會思想，在二〇年代便常被一起提起、討論，這也就是何

以身為中國新村運動最積極的鼓吹者與組織者周作人必須在許多場合演講或寫文章時，對這一問題提出解釋的原因⓱。正如前面所述，「走向民間」運動者的走向農村，基本上扮演的是「指導者」、「改造者」的角色，但周作人主張的「新村」中，卻是相互尊重，各盡所能，不分階級，權利平等，沒有改造/被改造問題。新村運動的傳入中國，周作人是最重要的推手，以其在二〇年代如日中天的文壇地位，這場運動迅速風行一時，結合當時政治的混亂，人心的苦悶，這個「烏托邦」的理想，自然成為知識界討論的話題，甚至影響了不少知識分子的社會改革思想。白馬湖作家群中的經亨頤、夏丏尊、匡互生、鄭振鐸等人的新村意識應該就是受到他的言論的啟發。

在周作人的心目中，理想的新村模範是日本的日向新村，而非英國的利處華夫園城。英國式的新村是一種都市的重新規劃，只觸及到形式上的改良，而且必須稍有資產者才能參加，這是後工業化社會中部分人的「自力救濟」，如能普遍實施，當然也是人類理想社會的一種型態，但

⓱ 例如他刊於一九二〇年《新青年》第七卷第二號的〈新村的精神〉一文，就曾提到：「中國近來社會上發生幾種運動，頗與新村相像，原是很可喜的事。但實際上還有幾個異點」。他特別舉當時上海北京新聞雜誌上討論熱烈的「平民新組織」的成立，說明新村與平民新組織的不同：「照那計畫看來，是以改良平民的生活為重，組織的人立於指導者的地位，彷彿與十九世紀中間俄國的『往民間去』那種運動相似。這樣辦法，和新村的注重先自實行人的生活，使人曉得了，可以隨意加入，逐漸推廣，造成合理的社會便很不同了。」

是，置之於工業落後、農村凋弊、戰火連年的中國，其不適用已屬必然。周氏的心儀日式新村，不必然是相互比較後的選擇，主要還是他個人的日本經驗。他到日本留學，娶了日本妻子，對日本文化的嚮往等，使他對日本的種種有心理上的「接近感」，也易於迅速吸收日本的新資訊、新思潮。周作人在留日期間，就已深為「無政府主義」⓲所吸引，對他來說，接受新村思想是很自然的，加上他對武者小路實篤所提倡的和平主義、超越國界的人類之愛等主張深深敬服，遂使他成為新村運動的追隨者，而且在親自走訪了石河內村、日向新村之後，他深受震撼，「感動欣喜，不知怎麼說才好，似乎平日夢想的世界，已經到來。」（〈訪日本新村記〉）他覺得找到了自己的「烏托邦」，於是，回到中國後，他一連寫了多篇文章鼓吹，甚至成立了「新村北京支部」，成為新村運動的代言人。

⓲ 無政府主義思想最早產生於歐洲，到十九世紀五〇年代成為一種思想／政治流派。創始人是法國的蒲魯東，繼之又有俄國的巴枯寧、克魯泡特金等人。作為政治思潮，它反映了一種企圖保留資本主義的條件下實現社會主義的想法。二〇年代初期，無政府主義被一些人視為是一種改造舊中國的「社會主義的新思潮」，而對思想界有過廣泛的影響，李大釗、毛澤東、巴金等均曾受其影響。然而，它很快被認為只是披著「社會主義」、「共產主義」的外衣而已，於是毛、李等人便拋棄了它。不管是無政府主義、新村主義、共產主義，都是五四時期被引進的新思潮。正因為無政府主義、新村主義的「不徹底性」，後來遂被稱為「空想的社會主義」，而與被稱為「科學的社會主義」的共產主義有別。

周作人在這些文章中，反覆強調的基本信念有兩個：一是「各人應各盡勞動的義務，無代價的取得健康生活上必要的食衣住」；二是「一切的人都是一樣的人，盡了對於人類的義務，卻又完全發展自己個性。」（〈新村的精神〉）在這個基礎上，他做了許多闡釋，例如新村的生活型態是「以協力的勞動，造成安全的生活」，「各盡所能，各取所需」，主張勞動與生活不可分割，完全以互助、互相依賴為本，但是「一面提倡互助的共同生活，一面主張個性的自由的發展。」在新村的理想上，他說：「新村的理想，這將來合理的社會，一方面是人類的，一方面也注重是個人的」，「不僅是為個人的自由，實在也為的是人類的利益」，「新村的理想，簡單的說一句話，是人的生活。」至於他主張新村運動的動機，最重要的理由在於它是改良的，而非革命的。他說，新村的人雖然對現今的社會組織有所不滿，也想從根本上去改革它，在終極目的上與別種主張並無太大差異，但在方法上不同，因為新村「不贊成暴力」，希望以平和的方式造成新秩序，而他是喜歡平和的，因此贊成新村的辦法。他甚至直言不諱地說，新村運動的好處是既「順了必然的潮流」，又可免去「將來的革命」，新村是主張「緩進的革命」，反對「翻天覆地，唯鐵與血」的暴力手段⑲。我認為，正是這樣的一種思想，使他一生的道路始終是向著「烏托邦」、「無政府主

⑲ 有關周作人對新村的主張，主要參考其〈新村的理想與實際〉、〈新村的精神〉、〈新村的討論〉、〈日本的新村〉等幾篇文章，分別收入《藝術與生活》（臺北：里仁書局，一九八二年七月）及《周作人集外文》（陳子善、張鐵榮編，海口市：海南國際新聞出版中心，一九九五年九月）下冊。

義」、「空想的社會主義」傾斜，而沒有倒向激烈的、科學的社會主義、共產主義。⓴

在有關白馬湖作家群的資料中，我們很少看到他們對此直接發言的記載，只有鄭振鐸、夏丏尊兩人略有談及。可是值得注意的是，白馬湖作家群不論在浙一師、春暉或立達時期，都有新村意識的部分「實踐」，讓人不得不相信這場運動對他們的思想確乎有著一定的啟發。而他們的呼應，有部分原因還是出在他們本有的民間性格上，使他們接受了這種超越國家意識、面向人類終極理想的新村境界。

先談鄭、夏二人的意見。鄭振鐸曾於一九二〇年六月八日致書周作人，信中表示「我們對於新村運動，很有研究——實行的興味；我個人尤有想去實行的意思。」㉑鄭振鐸並沒有付諸行動，但他對此運動是支持的，後來他邀請周作人到他組織的「社會實進會」中演講了周氏有關此一運動最有系統的一篇報告——〈新村的理想與實際〉，兩人並因此開始密切往來；夏丏尊於一

⓴ 大陸學者錢理群指出，周作人的新村運動主張，得到以李大釗為首的早期馬克思主義者的熱烈贊同，甚至比較年輕的一輩如毛澤東、惲代英、蔡和森等，在他們接受馬克思主義以前，也曾被新村思想所吸引。他認為，新村運動可以看作是他們「走向馬克思主義的一座橋樑」（見錢理群：《周作人傳》，北京：十月文藝出版社，一九九〇年九月，頁二三二）。從歷史的發展來看，周作人的確也只是搭了「一座橋樑」而已，他始終還在自己的「烏托邦」裏，並沒有走向橋樑的那一端。

㉑ 同⓴，頁二二九。

九二三年九月寫於白馬湖、後來發表於《東方雜誌》第二〇卷二〇號的長文〈日本的一燈園及其建設者西田天香氏〉（目前所見夏氏之文集均未收），是他對社會改革立場的自剖，他提到，在日本現代社會改革家中，他最「神往」的人有三位：一是武者小路實篤，「武者小路氏和新村，經周作人介紹以後，國中知之者已多」；二是終身在貧民窟與貧民為伍的賀川豐彥；三是建設一燈園教團，為人服務、光明祈願的西田天香。他介紹了西田天香的生平、一燈園的組織、人生觀與生活方式等，夏丏尊主張和平漸進改革的態度於此也顯現無遺，他指出，社會改造的方式有兩種：一種是壯士、革命者；一種是聖者、宗教者，而日本社會家也有這兩派，「第一派的革命式的運動，時有大規模的動作，可是究未曾十分收效。至於第二派的宗教式的運動，卻常在小範圍中，表現著驚人的奇蹟了。」因此，他特別「神往」的都是具有宗教情懷的社會改革家，自耕自食營造新村的武者小路實篤，與貧民為伍、走入民間的賀川豐彥，甘於人間最下等生活的西田天香，這不正是最素樸、最真實的民間本色嗎？

對於夏丏尊的新村意識，朱自清在〈教育家的夏丏尊先生〉中有清楚的介紹：「夏丏尊先生是一位理想家。他有高遠的理想，可並不是空想，他少年時傾向無政府主義，一度想和幾個朋友組織新村，自耕自食，但是沒有實現。」[22]由此看來，夏丏尊的確是贊同新村理想的，雖然他並沒有真正實現「新村」，但在浙一師及春暉、立達，我們都可以看到一些新村的影子，夏丏尊在

[22] 同[16]，頁四六〇。

其中必然扮演了一定的推動作用。尤其是在春暉中學，朱自清說，經亨頤校長「似乎將學校的事全交給了夏先生」，因此在春暉也最能表現出他的這番理想。在〈春暉的使命〉一文中，就流露了他的新村意識。陳星對此的推論值得參考，他說：

在這篇文章中，他所謂的「鄉村運動」除了沒有提自耕自食的新村理想的主要內容，在其他方面，如幫助不識字的鄉民認字，在別的公立學校風潮迭起、醜穢得不可向邇的時候豎起真正的純正教育大旗，文理農與師範並重，男女同校，以精神力量戰勝物質困頓等，都反映了他理想化的新村思想理念。[23]

當然，新村理想的本質與學校教育是不能等量齊觀的，在學校中必然只能部分實踐，這其中又以勞動互助、自耕自食得到較大的落實，我認為，這與校長經亨頤的認同與支持不無關係。以浙一師來說，它附屬的小學就已經由教師試行了「新村制」，新村中的各級幹部也都經由民主產生[24]，雖然詳細的實行狀況，因缺乏進一步的資料可考，無法得知，但「新村」理念已經進入校園。以勞動互助來說，浙一師「廣大的後校園……由學生開闢為果園和菜園，學生分片包幹，自

[23] 同[3]，頁一五五。

[24] 見浙江省政協文史資料委員會編：《浙江近代著名學校和教育家》（浙江人民出版社，一九九一年九月），頁一〇〇。

覺荷鋤澆糞」[25]，也算是有了具體而微的嘗試。

在春暉的新村實驗，匡互生的投入比夏丏尊更為積極。其實，在就讀北京高等師範數理部期間，他就曾和同學組成「工學會」，這是實行半工半讀的社團，後來匡互生的重視生產勞動教育，肇始於此。一九二〇年，他在湖南第一師範任教務主任，校內事務都由他規劃，但他和幾個朋友都感到學校教育對社會的影響非常緩慢，於是便去職而投入新村實驗，先後在杭州上縴埠、宜興凌家塘進行實驗，半工半學，自耕自食，很有一番規模。然而兩次都因資金不足而失敗。一九二二年時，他便想集合志同道合者自辦學校來加以實驗，但事實不易做到。來到春暉，與曾在湖南一師任教的夏丏尊共事，兩人理念相近，匡互生自然想在春暉大展身手。匡互生的學生魏風江回憶道：「匡先生在春暉時，原定創辦一個農場，設立農科，因為培養學生勞動生產的能力，是他教育理想的主要內容。」[26]

離開春暉，到上海籌辦立達學園，他的新村思想獲得更大的發揮空間。朱光潛說匡互生在春暉時「和無政府主義者有些來往」[27]，無政府主義的反對強權、自由博愛、工作互助等，和新村

---

[25] 見杭州一中七十五周年校慶籌備辦公室編：《杭州第一中學校慶七十五周年紀念冊‧本校簡史》（一九八三年五月），頁六。

[26] 魏風江：〈從春暉中學到立達學園的匡互生先生〉，《匡互生與立達學園》，頁一五四。

[27] 朱光潛：〈回憶上海立達學園和開明書店〉，《匡互生與立達學園》，頁一一九。

思想並無太大差異，匡互生都深受影響。例如一所學校，總會有校長，但立達學園沒有，雖然他是大家一致公認的精神上的校長，但是名義上的校長沒有，也不設主任等職，這正是匡互生受到無政府主義中主張「無首領、無官吏、無代表」影響的結果。至於新村運動的自耕自食等主張，在立達有十分廣泛的嘗試，尤其是一九二九年成立農村教育科以後，工讀並行的特色更為明顯。養雞、養鴨、養豬、養蜂、養魚，種植蔬菜、花卉，農場分為雞場、蜂場、製造場和園藝四部，經營得有聲有色，規模可觀。匡互生指出，一九三二年立達校舍受「一二八」戰火炸燬以前，農場每年至少可獲純利一萬二千元，農教科學生每人每月至少可生利三十元㉘，可見立達的新村實驗已有不錯的發展基礎，要達到完全自耕自食是很有可能的。

匡互生於一九三三年積勞成疾而逝。他沒有想到，他在立達的理想會香火傳承下去。信仰無政府主義、自稱「安那其主義者」的巴金，在五十年後，對匡互生有一段極為生動的描述，讓我

㉘ 一九三二年的上海「一二八」戰爭，使立達學園的校舍幾乎全燬，師生必須避難遷徙，戰事平息後，匡互生在大家都不看好的情形下，多方奔走重建，將立達又恢復起來。他曾寫一篇〈立達學園恢復的經過〉，詳述此事，其中對受災之前立達農場的經營成績，使我們看到「自耕自食」的具體清單。他指出，當時雞場有價值萬元以上的種雞三千餘隻，價值萬餘元的產卵雞七百餘隻，還有雛雞八百餘隻，大小雞舍五十餘間，價值一萬五千餘元，還有其他各種機器設備；而蜂場也粗具規模，有種蜂百餘箱，用具若干種，純蜜一千餘瓶；園藝部有大小水蜜桃千餘株，花卉數十種，蔬菜十餘畝。規模確實不小。

們感受到在民間角落，新村理想的微弱之光，竟曾散發出一些溫暖而美好的亮光：

我沒有在立達學園待過，但我當時（按：一九三三年）正住在那位廣東朋友創辦的「鄉村師範」裏（按：在廣州），跟教師和同學們一起生活。學校設在小山腳下三座並排的舊祠堂內，像一個和睦的家庭，大家在一起學習，一起勞動，一起作息，用自己的手創造出四周美麗的環境，用年輕的歌聲增添了快樂的氣氛。我作為客人住了五天，始終忘記不了在這裏見到的獻身的精神，真誠的友情，堅定的信仰和樂觀的態度。我和廣東朋友談起，說了幾句贊美的話，他說：「我是匡先生的學生，不過照他培養人、教育人的思想辦事。」㉙

這種民間的力量，看起來微弱，卻是最扎實、最持久的。如果以官方的力量來強制實施，反而會揠苗助長，未蒙其利卻先受其害，毛澤東於一九六六年起推動的文化大革命最終失敗，就是一個例子。一九二〇年四月七日，當時正起草完建設新村的計畫書的毛澤東，到北京拜訪了中國新村運動的倡導人周作人，周作人後來放棄了這個年輕時的夢想㉚，但毛澤東卻在中國大地上不計後

㉙ 巴金：〈懷念匡互生先生〉，寫於一九八三年八月二十二日，收入《匡互生與立達學園》，頁七六。

㉚ 周作人於一九三一年二月由上海群益書社出版的《藝術與生活》一書的序文中說：「我以前是夢想過烏托邦的，對於新村有極大的憧憬，……但覺得這種生活在滿足自己的趣味之外，恐怕沒有多大的覺世效

果地將他的新村理想付諸實踐。十年文革浩劫，我們看到了政治力強制介入、完全悖離民間所付出的慘烈代價。這不是很耐人尋味嗎？

五、走向民間：世紀末知識分子的一種可能

從夏丏尊到匡互生，從春暉到立達，我們看到了一些些無政府主義的影子，一些些新村理想的影子，但卻看到了徹徹底底的民間性格。在民間的位置上，在這些知識分子身上，我們看到了他們對「理想邦」(eutopia) 鍥而不捨地追求，雖然這個理想似乎逃避不了最終成為「絕望邦」(dystopia) 的宿命，但是建構人間美好夢土，尋找平等、自由、互助的桃花源，替人類的未來打造一條出路，至今仍是每一個世代知識分子念茲在茲的懷抱。

二〇年代，白馬湖畔的這群知識人，堅持著「學在民間」的理念，有的投入「鄉村重建」的行列，有的追隨新村運動的步伐，有的一生守著教育的崗位，有的從事寫作、出版的良心事業。他們以「開啟民智」為己任，獻身於平民教育的推廣工作，秉著知識與良知，或議論時政，或鉤沉學術。他們站穩了民間的立場，敢於向軍閥惡勢力挑戰，向日本軍國主義還擊，向各種污濁的政治鬥爭抗議。他們來自民間，走向民間，為我們走出了一條至今仍值得深思的道路。

力，人道主義的文學也正是如此。」對於新村理想的實踐已感到失望。

第五章　「白馬湖作家群」的崗位意識

一、廟堂・廣場・崗位：知識分子三種價值取向

大陸學者陳思和於一九九三年十一月《上海文化》創刊號中發表〈知識分子轉型期的三種價值取向〉長文，提出「廟堂」、「廣場」、「崗位」三種意識，說明二十世紀中國知識分子在經歷一個由士大夫傳統向現代知識型轉化的過程中，所建構、尋找的三種安身立命之所。這三種知識分子的價值取向，陳思和將之概括為三種意識：失落了的古典廟堂意識、虛擬的現代廣場意識，以及還原自我的知識分子的崗位意識。這三種分法，雖不免有為說明之便而過於簡單化的不足，但卻也能清楚地理出一條線索來說明二十世紀知識分子自身處境的轉變、發展與自省。我覺得其中的「崗位意識」很能說明白馬湖作家群的人生道路選擇與價值取向，因此，我以下的論述便以陳思和的這個觀點為基礎❶，以白馬湖作家群為例，說明崗位意識的時代意義與人生價值，並藉以

❶近人對知識分子的性格、命運、歷史發展、當前處境等問題的討論甚多，如余英時、金耀基、徐復觀、

開展出我個人對二十世紀中國知識分子在摸索前進的路上那孤獨身影、坎坷命運的觀察。

所謂「廟堂意識」，是指知識分子以通過政治途徑來實現自己的學術理想。但是隨著科舉的廢除，知識分子已無傳統仕途可進入廟堂，參與決策立法，即使廁身廟堂，也很難真正參贊機要。例如以翻譯出版《天演論》，為中國近代思想啟蒙立下功勳的嚴復，晚年因「籌安六君子」的列名，而蒙上一生污點，這其中固然有「當道」（袁世凱）的利用，但不可否認的，傳統士大夫的「遺老情結」使他對廟堂仍存有幻想產生了一定作用；又如王國維，對一去不復返的封建時代，似乎不無留戀之情，這只要看他民國之後依然腦後留著一條小辮子即可窺知。有趣的是，一向主張學術應當脫離政治、不願步入仕途的他，當清廢帝溥儀封他一個小小的五品官時，他卻受寵若驚，甚至當馮玉祥將溥儀趕出紫禁城時，他還約柯紹忞等人準備共投神武門外御河以殉清❷。這種心理，不能不說他沒有一點「學而優則仕」、「為當道所用」的廟堂意識在裏頭。他最

牟宗三、殷海光、龔鵬程等，都對這些課題做過思考。本文的論述重點不在此，而只想以陳思和的觀點來看白馬湖作家群的價值取向與自處之道，因為他的分析清楚具體，既能切中這群作家的知識性格，也能不失積極地指出一條未來可行之路，尤其在觀察二十世紀中國知識分子發展過程的轉變軌跡上，他的說法是能夠直探問題核心的。

❷ 陳寅恪與王國維相知甚深，是王國維晚年少數能傾談心事者，因此，在吳定宇著《學人魂——陳寅恪傳》（臺北：業強出版社，一九九六年十一月）中，對王國維也多所著墨，此處所述王國維封官的欣喜

後還是投水自盡了，廟堂這條路似乎真的是此路不通。

再看時代近一些的胡適，這位具有自由主義政治思想，在文學革命與思想革命上都有傑出貢獻的一代學人，因著對知識分子建立學術道統的使命感，而自我警惕要「二十年不談政治，二十年不幹政治」，也認同傅斯年所說的「與其入政府，不如組黨；與其組黨，不如辦報」❸，但是，我們卻看到了他創辦《努力週報》，提倡「好人政府」，出任「駐美大使」，最後還成為總統候選人，一步一步地從自己的學術研究崗位，進而辦報、為文宣揚理念，以「青年導師」自居，建立了廣場，最後又一度被捲入了政治的漩渦中。胡適在一九四八年的除夕，約傅斯年共度歲末，想起前途茫茫，進退兩難，不禁同吟起陶淵明的〈擬古〉第九首，其中有句「本不植高原，今日復何悔」，兩人吟罷，淒然淚下❹。這「高原」似乎正象徵了「廟堂」，而這對師生的對泣，從某個意義上來看，不也說明了現代知識分子以廟堂為價值取向的艱難嗎？

既然廟堂走不通，「廣場」便被視為是可以取代廟堂的場所。知識分子以自己的理想營造出

之情，見於該書頁一一七。

❸ 見胡適：〈胡適致傅斯年〉，《胡適來往書信選》（香港：中華書局，一九八三年），共三冊，下冊，頁一七〇。

❹ 詳細的描述可參看沈衛威：《無地自由——胡適傳》（上海：文藝出版社，一九九四年十一月），頁三三六。

一個看似光耀、實則虛幻的廣場，扮演著啟蒙者的角色，企圖從大眾仰望的熱切神情中，彌補被廟堂拋棄的失落感。如果說，廟堂意識是指知識分子「為帝王師」的政治追求，那麼，廣場意識可以看作是知識分子「為群眾師」的菁英心理。魯迅是很好的廣場代表。他以一種文化戰士的姿態，議論時政，批判社會，企圖形成一種足以與廟堂對抗的力量，然而，魯迅最終仍不得不感到絕望與虛無❺。魯迅「廣場」的巨大形象，有其歷史的偶然。若非他的「死得其時」（一九三六年），則「新中國」成立之後，這位「精神導師」恐怕將是另一個胡風，成為以言賈禍的「臭老九」。在廣場的上頭，廟堂始終是虎視眈眈。從二十世紀初的「五四」到世紀末的「六四」，歷史清楚地告訴我們：廣場一旦成形，就避免不了被廟堂壓制的悲劇下場。知識分子要想以「廣場」來取代廟堂，尋找依託來安身立命，恐怕是不切實際的。

---

❺ 陳思和對此有獨到的見解，他認為魯迅「從進化論到階級論，從尼采學說到俄式馬克思主義，二十世紀最流行的學說他都認真接受過，但又都被他老辣地看出了破綻；他與代表著革命主張的政黨先後都攜手合作過，但又始終保持了現代知識分子的獨立人格和自由追求。這就使他一生都在悲涼和痛苦中渡過。所謂『絕望之為虛妄，正與希望相同』這種令人毛骨悚然的警句，正是中國現代知識分子精神世界最深刻的寫照。這種以懷疑、絕望、虛無的反叛精神來開創現代知識分子的實踐道路，本身就決定了知識分子廣場意識的虛妄性。」見其〈我往何處去〉，《還原民間——文學的省思》（臺北：東大圖書公司，一九九七年六月），頁一五。

「五四」時期，廣場意識確實曾有過一段輝煌風光，然而，不消多久，「五四」的激情立刻面臨落潮的窘境，知識分子再度面臨價值取向茫然的「十字路口」。在廣場上被喊出的「民主」與「科學」口號，事實上「並沒有在實踐中形成一套思想體系與價值體系，而僅僅是一些模糊的、但又相當光亮的概念。」❻這種光亮曾經讓知識分子有過很短暫的興奮，但更大的挫折與失望緊接而來。「周氏兄弟」中的周作人是很明顯的例子，尤其在北伐戰爭結束以後，周作人的思想開始消沉、退縮，最後在「自己的園地」中喝苦茶，聽雨聲。曾經在廣場上振臂高呼、汲汲行走的身影逐漸遠去，最後只成一場虛妄的幻夢。

更近一點的例子是「六四」。這場自一九八九年四月起至六月四日止，發生於北京天安門廣場上，以學生為主軸，工人、市民、知識界人士共同參與，爭取與政府理性對話為主要訴求的民主運動，在我看來，也是另一個廣場意識的具體表徵。以教師劉曉波為首的「廣場四君子」，也曾經「人格分裂」（劉曉波語）地以為替中國找到了新希望。在廣場上奮臂一呼、八方響應的激昂場面，真可謂是風起雲湧，轟轟烈烈。具有浪漫理想本質的學生們，認為他們的廣場運動，正是延續了「五四」未竟之事業。然而，企圖在一夕之間解決所有問題的廣場意識，終究是注定要

❻ 陳思和：〈知識分子轉型期的三種價值取向〉，原載上海《上海文化》一九九三年創刊號，後收入《犬耕集》（上海：遠東出版社，一九九六年二月），又收入《還原民間——文學的省思》一書，本文所引為《還原民間》，頁三一。

失敗的。柴玲、吾爾開希等學生，在成千上萬群眾掌聲包圍下，以為可以以此對抗戒嚴令，可以與政府對話，可以改變現狀，可以爭取民主，但廣場的象徵「民主女神塑像」倒塌了，象徵政權的毛澤東像依然高掛在天安門廣場上。一場光芒四射、一度燃起全球華人希望的運動，最後以鎮壓、流血、流亡收場。檢討起來，這場運動的失敗原因很多，但其中一個很重要的原因，正是「廣場意識」的虛幻性。熱情有餘，改革無力，企圖「畢其功於一役」的廣場意識知識分子，最終還是逃不開這悲劇性的宿命。

因此，從二十世紀知識分子走過的實際道路來看，廟堂很難走通，廣場只是「實擬虛境」，其實並不存在，知識分子唯一能守住的是自己的專業學術崗位，也就是在價值取向上，必須接受由政治文化中心向「邊緣化」轉移的現實，同時也必須放棄不切實際的激情，回到自己的工作崗位上。套句胡適的話：「只有努力工作一條窄路，一點一滴的努力，一寸一尺的改善。」❼與「廟堂」相對立的概念是「民間」，與「廣場」相對立的概念是「崗位」，陳思和所主張的「還原民間」，堅守崗位，確實是當今知識分子能走、該走且不得不走的一條活路。當代西方知識界饗譽盛名的學者艾德華・薩依德(Edward W. Said)在一部專論知識分子角色的專書《知識分子論》(*Representation of the Intellectual*)中說：「知識分子並不是登上高山或講壇，然後從高處慷慨陳

❼ 見胡適：〈青年人的苦悶〉，胡頌平編撰：《胡適之先生年譜長編初稿》（臺北：聯經出版公司，一九九〇年十一月）第六冊，頁一九七五。

詞。知識分子顯然是要在最能被聽到的地方發表自己的意見，而且要能影響正在進行的實際過程。」❽這個看法巧妙相似地同時認為高山／廟堂、講壇／廣場的不切實際，而其所謂「最能被聽到的地方」，在我看來，也正是看似寂寞、卻最能發揮影響力的「崗位」。

這裏所說的「崗位」，陳思和對其含義的解釋可概括為三點：第一，知識分子的謀生職業，即可以寄託知識分子理想的工作。而其中又以教育與出版被他視為是當代社會最重要的兩個知識分子領域，因為這兩個崗位中充分寄寓著人文理想與道德信念；第二，批評是知識者的神聖權利，在形成輿論上，知識分子有義不容辭的職責，這也是一種本己的崗位；第三，所謂崗位，其中還孕含另一層更深刻、內在的意義，即知識分子如何維繫文化傳統的精血。換言之，這裏的「崗位」絕不是消極、無奈的最後選擇。當知識分子遠離了廟堂，從虛幻的廣場撤退之後，崗位恰恰是最踏實的依靠。知識分子的光與熱，是可以在自己的人文學術研究、教育工作、編輯出版活動、文學藝術創作等實踐中散發綻射，將知識分子歷年來所形成的道義、精神、文化傳統，繼絕存亡，薪盡火傳的。當知識分子能認清自己的處境、角色，能知道自己的價值取向在那裏，保持一種自由、清醒、民間的心態，善盡學術責任與社會責任，則二十世紀以來，知識分子地位的「邊緣化」就不會是一種悲劇。

當然，陳思和的說法仍有可討論的空間。例如，以教育、出版為主的「崗位意識」，也許與

❽此書由單德興譯，臺北：麥田出版公司，一九九七年十一月。文引自該書頁一三九。

廟堂意識的交集較少，但與廣場意識卻不容易一刀劃清。透過教育，學生可以在老師身上得到的，絕不僅僅是知識而已。一種人格力量的感染，人格榜樣的塑造，其意義遠大於知識。同樣的，透過出版、編輯，文化理想的傳播更為迅捷、廣泛，知識分子從著作出版中，往往也會獲得群眾的景仰與追隨。教育與出版二者，恰好是啟蒙過程最有作用的手段。因此，我認為，知識分子在崗位上一樣可以建立起廣場，只是，這是一個真實、具體的「小廣場」罷了。一間課室，一家出版社，一份雜誌，它就是一個廣場，一個可以一點一滴努力經營的廣場，不必非要「奮臂一呼而武人倉惶失措」不可，也不必動輒以「大宗師」、「青年導師」自許❾。在這個廣場上，我們看到的是一個孜孜不倦、以傳遞文化薪火為己任，有人格，有骨氣的知識分子形象，而不是高高在上、仰望不能及、冷冰冰的「大師」。只要守住一個知識分子的崗位，不要被「大廣場」的假象所惑，是可以擁有一個不離人文本位的「小廣場」的。

以教育為職志，以出版為專業，二十世紀中國知識分子幸而有了這一片淨土，有這一個可守可為的崗位，讓人文理想在政治漩渦、連天烽火以及經濟大潮的衝擊下，仍能弦歌不輟，擎文化

❾ 大陸學者陳平原在〈學者的人間情懷〉一文中，對此也有類似的看法，他說：「那種以『社會的良心』、『大眾的代言人』自居的讀書人，我以為近乎自作多情。帶著這種信念談政治，老期待著登高一呼應者景從的社會效果，最終只能被群眾情緒所裹挾，湮沒在一片震天動地的口號聲中。」該文收於其所著《游心與游目》（四川人民出版社，一九九七年七月）一書，頁三二。

薪火於不墜。白馬湖作家群，這個從春暉中學、立達學園到開明書店，一直致力於教育紮根、文藝創作、文學出版的文人群體，在我看來，完全可以稱得上是知識分子崗位意識落實、發揚的極佳代表。他們的成就在此，可貴在此。他們的文學成就、文化影響，是無法與魯迅、周作人、胡適等人相提並論的，開明書店的成立也在商務、中華之後，立達學園的興辦更是始終在風雨飄搖當中，然而，這樣的知識分子恐怕為數更多吧！正因為是默默耕耘腳下的土地，而不是在空中樓閣中慷慨激昂，他們走過的路才會如此踏實，樹立的典範才會歷久彌新，才會讓人在可親之外，油然滋生可敬之感。這種尊敬，說穿了，是對他們堅守知識分子崗位、不屈不移精神的肯定。

以下，我將分教育與出版這兩方面來說明白馬湖作家群的崗位意識及其實踐的過程，他們所走過的奮鬥歷程，相信可以提供我們觀察二十世紀中國知識分子尋找安身立命之所、追求價值取向的一個富啟示性的樣本。

二、教育：白馬湖作家群的崗位之一

白馬湖核心作家群幾乎都是以教育為一生的專業。夏丏尊自二十二歲（一九〇八年）擔任浙江兩級師範學堂（浙一師前身）通譯助教起，到四十歲時開明書店成立、參加編輯工作止，有近二十年的時間是在教育崗位上盡心盡力，包括了浙一師、湖南一師、春暉中學、立達學園、寧波省立四中、國立上海暨南大學等。豐子愷一生閉門著譯的時間比教書多，但他對教育的熱愛毫不遜色，二十一歲（一九一九年）自浙一師畢業後，他就與劉質平、吳夢非在上海辦起了上海專科師範學校，開始教美術，而後，他歷任吳淞中國公學、春暉中學、立達學園、桂林師範、浙江大學、重慶國立藝術專校等，雖說時間並不長，但卻都發揮了一定的影響。朱自清短暫五十年的一生，也是從二十二歲（一九二〇年）起就沒有離開過教育崗位，曾任教於浙一師、吳淞中國公學、臺州浙江省立第六師範、溫州第十中學、寧波浙江省立第四中學、春暉中學等。從二十七歲赴北京清華大學任教起，朱自清的後半生基本上是與清華分不開的。朱光潛也是如此，他於一九二三年畢業於香港大學後，即到吳淞中國公學教英文，又陸續在上海大學、春暉中學、立達學園、北京大學、四川大學等校貢獻他在美學、英文方面的專長。

不以文學創作名世，但有其個人學術研究專業，或是在教育工作上貢獻所長的還有經亨頤、匡互生、劉薰宇、劉叔琴等人，他們在春暉中學留下了不可磨滅的深遠影響。劉薰宇與劉叔琴都是高等師範出身，原就是以從事教育為畢生職志的，後來在立達學園的創建上都出過力，他們的資料不多，但我們可以看到他們在《春暉半月刊》中所寫的有關數理、科學的小品文章，以及〈教育者底淚〉、〈所希望到春暉來的學生〉、〈人身犧牲〉、〈課餘〉等具有教育期許的短論。至於經亨頤，這位浙一師、春暉中學的校長，一生熱愛教育，有其一套教育改革的思想體系，他所推動的教學改革，使他成為我國教改的先驅人物，以後他還曾任國民政府教育行政委員會委員、代理中山大學校長、北京高等師範學校教授等職，毫無疑問的，教育成為他一生理想實踐的崗位。

立達學園的創辦人匡互生，雖然今人多津津樂道於他在五四運動時，首先衝入趙家樓，打開曹宅大門，讓學生隊伍蜂湧而入，可說是火燒趙家樓、嚴懲賣國賊這一歷史事件的著名人物，但是，我倒認為，他身為知識分子最大的價值意義，或者說，他一生最大的成就其實不在那光芒四射的一刻，而在於慘澹經營立達學園，為教育嘔心瀝血，使這所由知識分子自發創建、充滿理想色彩的新式學校具有相當規模，而且在社會上享有盛名，培養造就了一大批有才華有成就的優秀人才，甚至於，匡互生還為此獻出了寶貴的生命。他一生堅守知識分子的崗位，雖然只活了四十三歲，但那八、九年的立達歲月，使他成為人文教育理想的一個溫暖典型。

和這群作家往來密切的還有俞平伯、葉聖陶、鄭振鐸、劉大白、弘一法師等，他們異中有同的價值取向也很值得觀察。一九二〇年畢業於北京大學的俞平伯，和傅斯年一起乘船赴英國留學，但不到兩個月，他就因費用缺乏而回國，然後他到浙一師任教，此後陸續任教於上海大學、燕京大學、清華大學、北京大學、中國大學等，教育是他謀生的職業，也是他安身立命之所。研究《紅樓夢》，寫散文，活得自由而有尊嚴。當俞平伯三十九歲在中國大學教《論語》、清真詞時，他的收入微薄，生活清苦，但是當偽北京大學校長錢稻蓀邀請他到該校教授時，他拒絕了。在教育工作上，他那知識分子的骨氣、勇氣是如此讓人感佩。葉聖陶也是歷經吳縣高等小學、中國公學、北京大學、立達學園、武漢大學等多所學校的教職，他以教育界的現象為題材的小說使他成為文學史裏不能忽略的一個重要成員。鄭振鐸的主要成就在於編輯與出版，也出版了不少文學論著，整理了不少古籍，毅力驚人，但他也沒忘了教育的崗位，他在復旦、暨南、燕京、清華等大學都曾任教過。劉大白教了長時期的小學，靠著自學，曾執教於浙一師、浙江第五中學、上海大學、復旦大學等校。五十歲那年（一九二九年）就任教育部常務次長，不久任政務次長，第二年因為教育部長蔣夢麟辭職，他還暫代過部長。雖然位居廟堂之中，我們不能忽略掉他的《白屋說詩》、《白屋文話》、《五十世紀中國歷年表》、《秋之淚》等書也在這一、二年中出版，說穿了，他從來沒放棄過他的文學研究或創作的專業崗位，從政的時間很短，劉大白的一生主要是在勤力著述中度過的。弘一的價值取向較特別，他於一九一〇年畢業於東京上野美術學校，返國之後，隨即從事教育工作，教授圖案、國畫、文學與音樂等課程，歷任天津高等工業學堂、城東女學、浙一師等校，留下了身教與言教的良好楷模。一九一六年，三十七歲的他決心出家，從此佛法宣教成了他一生奉獻的「勝業」，這也是他在那個時代洪流裏所選擇的一個立足點，一個讓自己的知識、理想、愛心與信仰得以實踐的「崗位」。

白馬湖作家群以教育為價值取向的崗位意識，在春暉中學及立達學園都有充分的發揮與具體的實踐。因為不以廟堂、廣場為思考本位，回歸個人價值便成為他們從事教育的根本立場。一切的教學手段、教育理念，都是以「人」為本位，這當然是與五四以來文化界高舉「人的發現」的大趨勢有關，可以說，他們呼應了這個潮流，也可以說他們落實了此一五四精神中極重要的思想表徵。因為把教育視為安身立命的崗位，他們的教育愛便自然流露，把學生視為己出，以培養健全人格的「人」為首要目標。也因為選擇教育為崗位，他們對教育事業自然表現出認真、負責的態度。對自己，他們嚴格自我要求，主動充實新知；對學生，則採取尊重、引導、關愛的方式。師生和樂融融，使學校成為如家庭般有情有義的溫暖「崗位」。

以夏丏尊來說，他對教育是有著極高的自我期許的。他在春暉中學期間，寫了一篇〈近事雜感〉，刊於《春暉》第二八期，他認為「教員」與「教師」這兩個名詞很有不同，而「教育畢竟是英雄的事業，是大丈夫的事業。夠得上『師』的稱呼的人才許著手，僕役工匠等同樣地位的什麼『員』，是難擔負這大任的。……我們作教員的，應該自己進取修養，使夠得上『師』字的稱呼，社會及學生雖仍以『員』待遇我們，但我們總要使他們眼裏不單有『員』的印象。這是一件非常辛苦艱難的事，也是一件偉大莊嚴的事。」[10]夏丏尊不僅有這種認知，而且身體力行，他在浙一師時認真授課，把全副精神都用在教育學生，甚至自願擔任舍監，對學生視如己出。他說自己「每日起得甚早，睡得甚遲。……我不記學生的過，有事不去告訴校長，只是自己用一張嘴和一副神情去直接應付。」[11]教導學生之餘，他不忘充實自己，他說：「我在那時頗努力於自己的修養，讀教育的論著，翻宋元明的性理書類，又搜集了許多關於青年的研究的東西來讀，非星期

[10] 見《春暉半月刊》第二八期，一九二四年五月一日。

[11] 夏丏尊：〈緊張氣氛的回憶〉，《夏丏尊文集・平屋之輯》（浙江人民出版社，一九八三年二月），頁一六八。

日不出校門，除在教室授課的時間外，全部埋身於自己讀書與對付學生之中，自己儼然以教育界的志士自期。」⓬後來，他到立達學園兼課，不取報酬，不領旅費，每週往返於白馬湖與上海之間，甚至還捐款興學。這也就難怪朱自清會推崇他是「以宗教的精神來獻身於教育的」，是「始終獻身於教育，獻身於教育的理想的人」，因為，教育事業「是他安身立命之處」⓭。

再看朱自清，好友葉聖陶對其教學之認真神態也有描繪，他寫道：「在學校裏，課前的預備，我見你全神貫注，表現於外面的情態是十分緊張。及到下課，對於講解的回省，答問的重溫，又常常紅漲著臉」⓮；這種認真性格，也具體表現於他「在清華任教二十四年，除掉休假，他從沒有放棄過他的崗位。」（朱光潛〈敬悼朱佩弦先生〉）曾在春暉中學就讀的谷斯範，寫過一篇回憶春暉的文章，其中提到李叔同在浙一師期間教學的認真情形，令人印象深刻，他說：「李叔同在浙江兩級師範學校和浙江第一師範任教，由風流瀟灑的藝術家一變為嚴肅、沉默、工作認真的名教師，穿著樸素，灰布長衫，黑布短褂，平底鞋，教書七年，從來不請假。」⓯至於豐子

⓬ 同⓫。

⓭ 朱自清：〈教育家的夏丏尊先生〉，《朱自清全集》（江蘇教育出版社，一九九六年）第四冊，頁四六一。

⓮ 葉聖陶：〈與佩弦〉，《未厭居習作》（北京：開明出版社重印新版，一九九二年十二月），頁一三一。

⓯ 谷斯範：〈湖光山色入夢來〉，《白馬湖文集》（浙江省上虞市政協文史資料委員會，一九九三年十月），

愷，且不論他透過漫畫說出他對教育的看法，在實際教學上，他也是一絲不苟，例如上音樂課，他會先將歌曲教唱一遍，然後蓋上鋼琴跑到教學大樓外面去聽學生在教室內的合唱，如果有什麼地方唱得不整齊、不正確，他就又跑回教室去逐一糾正，要求重唱，務求盡善盡美。從這個小地方，就可看出他對教育的盡職與熱愛。我們今天還可以從他寫的《教師日記》中，感受到他以教師為榮的教育愛⑯。

因著對自己理想、價值的認知與追求，這些可愛的文人、可敬的教育工作者，始終有一份開展文化的使命感，「造次必於是，顛沛必於是。」（《論語・里仁》）這種文化使命感，一方面有著天命在我的理想性，一方面又有承先啟後的莊嚴感，於是他們可以不屈不撓，永往直前。當一九三二年「一二八」淞滬戰役爆發，江灣首當其衝，立達在日軍炮火中幾乎全毀，連屋頂都沒了。夏丏尊的名作〈鋼鐵假山〉，寫的就是他到立達學園去視察被害實況，在滿目悽愴的環境中徘徊幾小時，歸途中拾了一片鋼鐵塊所引起的聯想。而一手催生立達學園的匡互生，在烽火中幾度出生入死，或安頓師生，或搶救教具。上海戰役一結束，他又忙著籌款重建校舍，在很短的時間內

頁三四。

⑯ 豐子愷：《教師日記》，收錄他一九三八年十月二十四日至一九三九年六月二十四日的日記，初版於一九四四年重慶萬光書局，今收於《豐子愷文集》（浙江文藝出版社，一九九二年六月）第七冊，內容多寫他從事教學的實務經驗，包括音樂、美術等。

復學，終因積勞成疾，於第二年四月罹患直腸癌病逝。在他住院期間，學生去看他，他總諄諄叮囑學生要「老老實實做人，老老實實做人」，學生都忍不住落淚。每讀這些資料，我總不免要思索：二十世紀知名的知識分子名單中，匡互生不知要排列在多麼後頭，今人知之者想必寥寥，但他卻將知識分子的價值實踐得如此徹底！在他一九三一年寫給朋友的一封信中，他有感而發地寫道：「我們雖知道自己的力量微乎其微，然而成為江海的來源，終是那許多人們不曾看見的涓滴，我們此後就努力盡些涓滴之責任好了。」⑰守住教育崗位，盡涓滴之力，匡互生的形象正是知識分子實踐崗位意識的最佳詮釋，這也就難怪巴金在匡互生逝世五十年後，撰文追念他，特別強調說：「立達學園不是他一個人創辦的，可是他一個人守著崗位堅持到底。」⑱正是這種崗位意識的全力實踐，白馬湖作家群的知識分子形象才會如此真實，如此突出。

三、出版：白馬湖作家群的崗位之二

傳統封建社會機制裏，知識分子要實現其自身價值的主要途徑，是要通過廟堂，也就是要「在其位」、「謀其政」，藉此將知識力量轉為經世濟民的動力，或者立其思想，開其學統，傳其文化。然而，似乎自孔了以來，知識階層被排斥在時代中心勢力以外的時間就佔大多數。孔子的

⑰ 引自後可：〈匡互生先生的思想〉，《匡互生與立達學園》，頁二六〇。

⑱ 見巴金：〈懷念匡互生先生〉，寫於一九八三年八月。收於《匡互生與立達學園》，頁七七。

周遊列國，而後退而講學、著述，可說是知識分子離開廟堂之後，尋找自我崗位的典型。在教學與著述這兩條退路上，中國知識分子的身影始終是前仆後繼的。

隨著現代出版機制的進步、健全，二十世紀的知識分子比較幸運地找到這個可以大大發揮自身理想的文化陣地。著書立說，隨著編輯、出版事業的活絡，影響力大增。教育與出版，這兩種在古代是退而求其次的「第二渠道」，在今日，卻可以成為知識分子的「第一選擇」。白馬湖作家群在春暉、立達講學不輟之餘，始終沒忘記編輯與出版，透過開明書店的出版教科書，結合了教育與出版，整整影響了一代人。陳思和說：「二十世紀開始，許多知識分子都是集學問、教育、出版於一身，在三方面同時為現代文化建設做出了貢獻」⑲，觀諸白馬湖作家群，特別是由夏丏尊、葉聖陶等人主持下的開明書店，陳思和的說法並非虛語。

這裏所謂的「出版」，更嚴謹的說法應該是指「編輯」⑳。當然，從著述、編輯到出版，這

---

⑲ 陳思和：〈現代出版與知識分子的人文精神〉，《犬耕集》，頁二七。

⑳ 如果是以二十世紀下半葉的知識分子來加以考察，則可以將「編輯」改成「媒體」，這個說法會更全面而精準。編輯或出版工作者之外，新聞從業人員、電視或廣播節目主持人、企劃等，也都是知識分子得以安身、發揮所長的崗位，出版不過是這大眾傳播媒介中的一環而已。對這一點，艾德華・薩依德曾引用法國知識分子德布雷(Regis Debray)所出版的一本名為《教師・作家・名流：近代法國知識分子》的書中觀點說：「大約在一九六八年，知識分子大都捨棄了出版社的守護，成群結隊走向大眾媒體——成為

三者常是一以貫之的。專業寫作，閉門著述，也是知識分子另一個足以安身立命的崗位。因此，此處的「出版」採取的是比較寬泛的定義。編輯方面，從編寫講義、編校刊，到對外公開發行雜誌；寫作方面，或是個人專業研究、文藝創作，或是推廣文化教育；出版方面，或是寄身出版機構，以此為謀生職業，或是與出版業者合作，企劃編寫刊物，共同實現文化理想。這些都是知識分子在二十世紀現代出版型態發達之後可以安身立命的新的生存方式。胡適、陳獨秀、魯迅、巴金、周作人、茅盾、朱自清、徐志摩等一大批知識分子，沒有一個不是「學而優則寫」、「學而優則編」，然後「編寫優而出版」的。胡適與《獨立評論》，陳獨秀與《新青年》，徐志摩與《新月》，林語堂與《宇宙風》、《人間世》，茅盾與《小說月報》，朱自清與《詩》，鍾敬文與《民俗周

新聞從業人員、脫口秀的來賓和主持人、顧問、經理等。他們不但擁有廣大的閱聽大眾，而且他們身為知識分子畢生的工作都仰賴閱聽大眾，仰賴沒有面目的消費大眾這些『他者』所給予的讚賞或漠視」（見艾德華・薩依德：《知識分子論》，頁一〇六）。雖然德布雷描述的是法國當地的情境，然而也和世界大眾傳播事業的發達與知識分子地位改變的密切互動大致符合。當代知識分子與傳播媒介的關係確實已密不可分。本文採取「出版」一詞，是因白馬湖作家群的活動主要是在二、三〇年代，當時最重要的傳媒是報刊、雜誌與書籍出版等平面媒體，而開明、商務、中華、世界等出版社，也的確在文化宣揚、文學倡導上居於舉足輕重的地位，透過出版，那一代的知識分子獲得了文化價值上自我實現與肯定的主要渠道。

刊》，鄭振鐸與《文學週報》，吳宓與《學衡》，周作人與《語絲》等，都是文學史上相互輝映的響亮標誌。他們且編且寫，思想才情得以發揮，文化理想得以實踐，人文關懷得以傳達。換言之，在這個崗位上，他們可以守住知識分子出處自如的傳統。即使是在商業機制下的出版行業，主其事者往往也能將文化精神融匯其中，相得益彰地推動新文化的向前發展。嚴復、林琴南的翻譯著作，是在商務印書館張元濟的支持下，得以一本接一本地出版，使知識界視野為之大開；也是在他的擘劃下，編制了小學用最新的現代教科書，開啟教育的新紀元。亞東圖書館的老闆汪孟鄒，深刻掌握了時代脈動，陸續出版《胡適文存》、《吳虞文存》、《獨秀文存》、《嘗試集》等具有歷史意義的名作。而開明書店以青年學生為對象，在出版家章錫琛的推動下，結合夏丏尊、葉聖陶等人的教育經驗與熱忱，邀集名家編寫多種輔助教育的教科書、雜誌，更是學問、教育、出版「三合一」的典範，知識分子的社會價值、崗位意識，於此有一令人激賞的表現。

白馬湖作家群的編輯經歷是豐富的。以夏丏尊來說，他在浙一師時期，就大力支持學生創辦《浙江第一師範校友會十日刊》、《浙江第一師範十日刊》、《浙江第一師範學生自治會會刊》、《浙江新潮》、《錢江評論》等報刊，並實際指導㉑。在春暉中學時所編寫的講義，經劉薰宇補充修訂成《文章作法》一書，由開明書店出版。而後立達時期的同仁刊物《一般月刊》，也是由他主

㉑ 姜丹書在〈夏丏尊先生傳〉中提到：「八年冬，學生自治會出刊物，每編竣，須送稿受審於先生。」引自《姜丹書藝術教育雜著》（浙江教育出版社，一九九一年十月），頁二七五。

編，開明書店發行。其後更投入開明書店的編輯出版行業中，創辦《中學生雜誌》，企劃推出《開明青年叢書》等，和葉聖陶、陳望道、宋雲彬合編《開明國文講義》等中學國文教材，加上林語堂極暢銷的《開明英文讀本》，對一代青年的影響是十分廣遠的。一九四七年四月，曾任開明書店編審部主任、《中學生雜誌》主編的傅彬然，寫了一篇〈夏（丏尊）先生一周年〉的文章中說：「社會原是一個複雜的集合體，要使社會有進步，還得靠人們從多方面去努力。最主要的自然是認識時代，辨明群己的關係，一切以求取廣大人群的幸福為大前提。於是，各人就自己的能力、習性、興趣，擇定一個崗位，不畏強壓，不受逼誘，切切實實，認認真真，努力做去。盡一分力，自會收一分效果；盡十分力，自會收十分效果。夏丏尊先生的一生，就是咱們的一個好榜樣。」㉒這段話正是說明了夏丏尊以開明書店為崗位的踏實精神。

更生動的例子是葉聖陶。他和夏丏尊一樣，以作家、教育家、編輯出版家著稱於世。曾任商務印書館、開明書店編輯。編纂出版有《開明初小國語課本》（八冊）、《開明高小國語課本》（四冊），以及與夏丏尊等合作編寫的《國文百八課》、《開明國文講義》、《初中國文教本》、《文章講話》、《國文教學》、《開明新編國文讀本》等暢銷的教科書與國文讀物，並曾主編過《小說月報》、《婦女雜誌》、《文學月刊》、《中學生戰時半月刊》、《國文月刊》、《國文雜誌》等風行一時的

㉒ 轉引自王知伊：〈記傅彬然的編輯思想〉，《開明書店紀事》（山西：書海出版社，一九九一年九月），頁三八。

刊物，編輯出版生涯超過一甲子。他始終認為，「編輯」一事「殊非便易」，絕非「大雅所不屑道」的瑣事，因此，他一生兢兢業業，對從審稿、寫稿、校對到發稿付印的每一個環節都全力以赴，絕不含糊。開明書店許多老員工的腦海裏有一幅鮮明的形象，即葉聖陶戴著老花眼鏡親自認真校對的情景㉓。開明書店出版的書，錯字一向較少，這和他「編校合一」的主張及重視校對的態度很有關係。

「出版」這個崗位之所以能體現知識分子的理想，其實是與編輯出版教科書有關。以葉聖陶來說，他之所以投入出版工作，為的仍是教育。他以出版為第一選擇，是因為出版可以實現他的教育理念。從編印教科書中，他找到了自己的最佳位置。對此，他有一段深刻的體認：「我們也知道教育不是孤立的事業，要改革教育必須其他種種方面都改革，但是改革教育的意識不能不從早喚起，改革教育的工具不能不從早預備」㉔，「開明書店的讀者主要是青年和少年，因而我們

㉓ 王知伊在〈認真從事，一絲不苟——學習葉聖老嚴謹的編輯作風〉一文中說：「我親眼看到他戴著眼鏡仔細地看校樣的時候就很多，甚至可以說，有時還不比閱讀原稿、審改原稿的時候少。他曾說，圖書出版後發現有錯字，這不只是對讀者不負責，也是對不起作者的事，辜負了作者對我們的信任和委託，是我們的失職。」由此可見其對自身工作認真從事的負責態度。同㉒，頁四〇。

㉔ 葉聖陶：〈開明書店二十周年〉，《葉聖陶集》（葉至善、葉至美、葉至誠編，江蘇教育出版社，一九八九年一月）第六卷，頁二二五。

認為，我們的工作是教育工作的一個組成部分，一個不可缺少的重要的組成部分。我們做的工作就是老師們的工作。」㉕把出版工作視為教育工作，把出版工作者視為學校裏的老師，並且深刻體認出版工作對於保存和促進人類文化有重大意義，葉聖陶的這個思想，正是二十世紀知識分子投入編輯出版行列的心理基礎。他們把圖書出版、雜誌編輯、教科書等都看做是配合教育改革的工具，是理解這群作家何以在此崗位上兢兢業業的重要切入點。

除了夏、葉兩人外，這群作家中還有一位終生不離編輯崗位的鄭振鐸。即使他有時是「編輯兼教授」，有時是「教授兼編輯」，其一生倒也真的是堅守著教育與出版這兩個崗位。從二十一歲就讀於北京鐵路管理學校，創辦《新學報》、擔任編輯起，他就一直在編輯、出版工作上綻射他的才華、識見與人格感召力。他曾主編《文學旬刊》、《小說月報》、《文學月刊》、《民主週刊》等，也曾長期任職於商務印書館，除了提攜許多文壇後進外，他對整理文籍可謂以全生命奉獻，不遺餘力，而其成果也是驚人的。有一個例子可以說明他過人的編輯識見與毅力。一九三七年，上海淪入日軍之手，進入「孤島」時期，鄭振鐸選擇留在上海，暗中參與各種政治、文化活動。當日本特務和漢奸將魔掌伸向文化界人士，各種暗殺、綁架事件層出不窮時，他卻能在四處躲藏中，出版了重要專著《中國俗文學史》，開始編選出版《中國版畫史圖錄》，編選影印了《玄覽堂叢書》第一集，參與編選出版《孤本元明雜劇》，參與出版《魯迅三十年集》等，足見其不屈的

㉕ 葉聖陶：〈開明書店創辦六十周年紀念會上的講話〉，同㉔，第七卷，頁三二九。

知識分子風範。

也許，夏丏尊、葉聖陶與開明書店，鄭振鐸與商務印書館的編輯出版活動屬於全國發行，影響力自然較為廣遠，但白馬湖作家群的編輯出版活動並不限於此。對於校園內部或是同仁性質的刊物，他們一樣付出心力來澆灌、培植。以春暉中學來說，目前已知的校園刊物至少有《春暉半月刊》、《春暉的學生》、《白馬嘶》、《春暉學生》等四種。其中以《春暉半月刊》較重要。這份刊物是春暉中學創校初期的校刊，一九二二年十月三十一日創刊，原則上每月一日、十六日出刊，但後來亦有脫期長達一年者。現今已知有四十八期（一九二八年五月三十一日出刊），總發行期數有待查考。這份校刊正是白馬湖作家群在春暉園中活動的第一手材料，也是這些作家發表作品的一個重要園地，如夏丏尊的〈讀書與瞑想〉、〈中國底實用主義〉、〈學說思想與階級〉等；朱自清的〈春暉的一月〉、〈剎那〉、〈教育的信仰〉等；豐子愷的〈青年與自然〉、〈美的世界與女性〉、〈山水間的生活〉等；以及朱光潛的第一篇文章〈無言之美〉正是發表於本刊。校長經亨頤更是經常藉此闡述他的辦學理念與教育方針，劉薰宇膾炙人口的科學小品、劉叔琴的讀書隨筆，也是這份五頁左右的黑白印刷刊物上，受到學生歡迎的文章。刊物是由夏丏尊、豐子愷、劉薰宇、劉叔琴等人指導編輯，以教師作品及校務報導為主要內容，一些專欄的設計如「由仰山樓」是以思想啟迪的論述為主，「五夜講話」是由本校老師或邀請外賓蒞校講演的紀錄，「白馬讀書錄」是教師研究心得的成果展示，「課餘」是教學的補充教材，「曲院文藝」是學生作品的發表園地，「半月來的本校」則是校務活動的新聞報導。這些多元而切合需求的專欄設計，顯示了這些作家老練的編輯技巧與見解㉖。

《春暉的學生》、《白馬嘶》、《春暉學生》等以學生自治會的活動及學生創作為主要內容的刊物，相信是在這些老師們的鼓勵與示範下誕生的。白馬湖作家群的文章不曾在這些學生刊物中出現，這當然是因為有《春暉半月刊》的存在，以及這些作家在外都有其發表管道有關。這三份刊物的專欄可說是《春暉半月刊》的翻版，如《春暉的學生》分成「評論」、「文藝」、「讀書錄」、「記載」等四欄；《白馬嘶》分成「評論」、「文藝」、「課餘」、「雜感」、「讀書錄」等；《春暉學生》則分成「論說」、「文藝」、「校聞」等。可以看出，當時春暉的文風是盛極一時，編輯活動也是熱鬧地進行著。我手中有一份零散不全的《春暉青年》創刊號，是一九四一年由於日軍向餘姚、上虞進犯，春暉中學被迫遷移到比較安全的南鄉山泰嶽寺，繼續教學時的油印校刊。發刊詞有這麼一段話：「我們的《春暉青年》，居然在萬方多難、物質條件不備之下，草率地出版了。這個嬰孩雖出生在安若桃源的泰嶽山麓，可是在它胚胎時期的母體，卻曾經歷過九死一生的危境。」不同筆跡的謄寫、油印，簡陋地裝訂，但內容仍不失樂觀地表明將死守教育崗位，期待戰爭勝利的到來。試想，那是如何的兵荒馬亂、物資艱困之際，但編輯、出版的傳統不曾中斷。當師生一起在油燈下刻著鋼板、手工油印出一份份校刊時，知識的薪火就具體而微地被點燃、傳下

㉖ 有關春暉中學校內幾份刊物的詳細篇目與說明，請參看書末附錄二。

了。

就因為刊物的出版是宣揚理念的絕佳方式，所以，白馬湖作家群每到一處，就會設法辦刊物。《春暉半月刊》是在春暉中學創辦後不到一年就在夏丏尊的大力提倡下誕生的，他認為「近年以來，凡是中等以上的學校，差不多都有出版物」，而春暉中學「僻處山鄉，所能與大家通聲氣者，幾乎大半要靠出刊物了。」一九二四年底，夏丏尊、匡互生、朱光潛、豐子愷、劉薰宇等離開春暉，到上海籌建立達學園。一九二五年初學園成立，不久「立達學會」也成立。第二年九月，這群作家即創辦了《一般月刊》，自一九二六年九月五日創刊，至一九二九年十二月止，共出版了九卷，每卷四期。這份刊物由夏丏尊主編，主要撰稿人是夏丏尊、朱自清、朱光潛、豐子愷、匡互生、劉薰宇、劉叔琴、葉聖陶等，可見立達學會與《一般》已成為白馬湖作家群又一個匯集的園地。除了教書，他們情感的凝聚與理念的宣傳，靠的就是辦刊物。這兩樣成了他們彰顯文化精神的具體表徵，以及藉以呼應社會情勢變化的重要陣地。《一般》之外，立達學園還發行了一份《立達半月刊》，豐子愷的封面設計，劉薰宇等撰文，可知也是這群作家編輯理念的又一落實。但目前無法得知一共出了幾期。我手中僅擁有一期是一九三五年四月號，素淨的十六開黑白印刷品，十二頁，設計有專欄「園訊」、「農場要聞」以及三篇文章：薰宇〈會考問題的檢討〉、耘莊〈漫談〉、一士〈偶然想到的〉。其主要內容可分三類：一是學校及教育界動態報導；二是時事評論；三是思想啟迪。由於刊物的讀者是學生，因此後兩類的文章還是離不開教育主題。立達學園的實際經營者匡互生，曾有一文提到《立達季刊》，但資料闕如，無法評述。

從以上的敘述看來，立達學園在白馬湖作家群的銳意耕耘下，幾乎是在春暉中學的翻版，師生對出版刊物都有著極高的熱情。對這一點，匡互生曾有過解釋：「他們以為人性改造思想改造，是社會改造的基礎。所以他們一方面感著社會改造的必要，但願先從學校和出版物兩方面做點實際的工夫，以求對於思想改造、人性改造或者能裨補於萬一。」㉗換言之，他們相信，教育與出版是對社會人心改造極有效的方式，而這也正是這群作家長年堅持與奉獻的兩個崗位。他們在這個崗位上安頓自己，不論是物質的生存需求，還是精神價值追求的滿足。

當《一般月刊》創辦的前一個月，也就是一九二六年八月，開明書店誕生。白馬湖作家群實際上是這家書店的中堅力量。除了各種書籍的出版，他們一貫的傳統仍沒中斷。一九三〇年，以學生為對象的《中學生雜誌》創刊，夏丏尊是主編之一，豐子愷是編輯之一，主要撰稿者是朱自清、豐子愷、劉薰宇、葉聖陶等人。這份以指導中學生文化學習為主的定期刊物，其前身就是《一般》。一九三六年，開明書店又創辦了一份重要刊物《新少年》，夏丏尊任社長，豐子愷、葉聖陶等為編輯，一九四五年改名為《開明少年》，由葉聖陶主編。這是與《中學生》性質相近的雜誌，只是讀者年齡層設定較低。這兩份雜誌的銷路極廣，至今《中學生雜誌》仍由北京的中國

㉗ 見匡互生：〈立達、立達學會、立達季刊、立達中學、立達學園〉，《匡互生與立達學園》（北京師範大學校史資料室編，北京師範大學出版社，一九八五年五月），頁二〇。

少年兒童出版社在繼續出版中。而開明因為這些刊物以及高水準的教科書等，形成了文化界津津樂道的「開明風度」，這與白馬湖作家群的積極參與有絕對的關係。他們在校園中，辦一、二十頁的小型刊物，到進入大型出版機構編起一、二百頁的全國性刊物，他們都是一樣的用心規劃、積極供稿，知識分子的本份與價值，他們在點點滴滴的工作付出中有了具體而真切的實踐。

葉聖陶在一九四六年為紀念開明書店創辦二十周年曾寫一碑辭道：「書林張一軍，乃今二十歲；欣茲初度辰，鏤金聯同輩。開明夙有風，思不出其位；樸實而無華，求進弗欲銳。惟願文教敷，遑顧心力瘁；此風永發揚，厥績宜炳蔚。以是交勉焉，各致功一簣；堂堂開明人，俯仰兩無愧。」[28]拿這首詩來論斷白馬湖作家群的崗位意識是十分貼切的。他們心力交瘁地為文化教育奔波，從春暉、立達到開明，一貫維持著樸實無華的生活態度與文學風格。尤其令人感動的是「不出其位」，在文教崗位上兢業以赴，不唱高調，不求聞達，但求於人有益，於社會有用，這正是其價值取向的堅持與實踐。

四、崗位意識的時代意義

龔鵬程有一文〈知識人往何處去〉[29]，內中除了對知識分子在今日地位的徹底邊緣化不免傷

[28] 見中國出版工作者協會編：《我與開明》（北京：中國青年出版社，一九八五年八月），書前扉頁。

[29] 發表於臺北：《聯合報》，一九九八年一月九日，第四一版。

懷而更感無可奈何之外，主要論點與陳思和大致相近。他說：「有時知識分子會覺得這個社會似乎已經不再需要那種傳統知識分子了，什麼以天下為己任、主導歷史的動向、引領社會的發展，漸漸成了可悲的笑話。……自我調適之道，一是依附於權勢集團，以其知識夤緣附會於權勢者，以期進入中心。……發現主導社會已不可能，又無力於攀附者，便可能試著安於邊緣位置」，他也認為「新時代的知識人該認清他們新的身分，他們不再是時代的指導者或領航人，邊緣化已是時代的趨勢，傳統知識分子企圖『啟蒙』『教化』社會，其實只是保守的文化菁英理論在作祟。」這個看法其實並未具有太多新意，只是又一次發出本世紀以來許多知識分子相同的喟歎罷了。在該文末尾，他有所質疑：「但邊緣真能安身立命？且這是積極的號角，抑或僅是知識分子業已邊緣化之後的自我解嘲，屬於一種精神上的自慰？」對此，龔氏亦無答案，只是再次表示無可如何的淡然。相較之下，陳思和的意見，在無可如何之外，多少談到了現代知識分子可以著力之處，在感傷之餘還透露了一些些希望的光亮。而如果我們回顧白馬湖作家群在二、三〇年代走過的一些路程，看到這批遠離中心勢力，落腳民間，在邊緣的位置上做了如此讓人感佩的精彩演出，我想，就如我前面所說的，這邊緣化不會是一種悲劇。

文化與教育，對社會人心的影響，即使日漸式微，但這畢竟還是扭轉人心最根本、有效的手段，知識分子對此也總會有舍我其誰的使命感，那麼，就一點一滴地做去，盡責守份，我們相信，這樣的知識分子愈多，社會發展與文化進步的希望就大些。徐復觀在考察了中國知識分子的歷史性格與命運之後，就有感而發地說道：「只今培養大家的人格，尊重中西的文化，使每一人只對自己的良心負責，對自己的知識負責，對客觀問題的是非得失負責，使人人兩腳站穩地下，從下向上伸長，而不要兩腳倒懸，從空吊下，則人心自轉，局勢自變。」[30]是否真的能「人心自轉，局勢自變」，我不敢如此樂觀，但知識分子的特質之一，就是「知其不可而為」，春暉與立達的刻苦辦學，開明書店的純正出版，都談不上轟轟烈烈，但是其影響卻是那個時代不可忽視的。他們對良心負責，對知識尊重，在偏僻的鄉村、簡陋的設備中所散發出的力量，已使他們成為了二十世紀中國知識分子的一個卓然特立的風骨典型，讓人懷念不已。

[30] 徐復觀：〈中國知識分子的歷史性格及其歷史的命運〉，《知識分子與中國》（周陽山編，臺北：時報出版公司，一九八〇年七月），頁二二〇。

第六章　「白馬湖作家群」的教育理念

從浙一師、春暉中學到立達學園，白馬湖作家群的成員無一不是教育崗位上的耕耘者。對應著五四時期的思想解放、政治動盪與社會變化，他們一直是以教育與寫作這兩種途徑來表達對時局的看法與救國的抱負，一如經亨頤提出「與時俱進」口號作為辦學的總方針，他們在教育上扮演了民初「新教育」推動的先鋒。新式學校取代了傳統學堂，考試取代了科舉，園丁式的啟發教育取代了灌輸式的教育，他們的諸多教育理念與實踐，切中時代的召喚，符合社會的要求，毫無疑問的，在本世紀初的各種教育風潮、實驗中，他們的親身經驗，為我們提供了一個極佳的觀察視角，也讓我們明白，在那個「有的高升，有的退隱，有的前進」❶的大時代裏，他們是如何苦心孤詣地尋找出路，又是如何站在歷史發展的浪頭上，向前走去。

以下，我試著分從新、人、愛、動、美這五個角度，來敘論白馬湖作家群的種種新教育試

❶ 魯迅：《自選集・自序》，原載一九三三年三月上海天馬書店出版的《魯迅自選集》。見《魯迅全集》（北京：人民文學出版社，一九八一年）第四卷《南腔北調集》，頁四五六。

驗，並思索他們敢於革舊、勇於創新的教育理念。當然，這樣的分法是為了論述之便，其實它們是一體之多面，環環相扣，兼容並包的。

一、新的教育

「新教育」的浪潮是全面的，本世紀初的知識分子無人不對此一「千秋大業」投以熱烈的關注，「改造社會，要根本從改革教育入手」（朱光潛〈立達學園旨趣〉）幾乎是當時知識界的共識。許許多多的主張、討論紛紛湧現，如教育獨立、新學制、學科制、設計教學、測驗、改良計分、廢止考試、學生自治、男女同學等有關教育制度、教育方法的問題，或者是軍國民教育、實利教育、公民道德教育、美育教育、國家主義等關於教育宗旨的討論，使世紀初的教育界沸沸揚揚，充滿各種可能性。民國首任教育總長蔡元培，就是一位勇於任事的教改先驅，他下令大學取消經科，小學廢止讀經，打破儒家思想的獨尊地位，提出德、智、體、美四育並重，學校裏設美術、勞作、音樂、體育等課程，他有一文〈中國新教育的趨勢〉，指出所謂「新教育」，其意義有三：一是養成科學的頭腦；二是養成勞動的能力；三是提倡藝術的興趣❷。他的教育理念形成了教育政策，北大則成了新教育政策最早也最具特色的實驗場，例如首開大學招收女學生和實行男

❷ 原載《當代名人錄》一九三二年版，引自《蔡元培美學文選》（北京大學出版社，一九八三年四月），頁二一三。

女同校的新措施，實行學生自治，組織平民演講團等，都是開風氣之先的創舉。

與蔡元培在北大共事的陳獨秀，也是鼓吹新教育的旗手。他清楚地說明了新舊教育的不同處：在形式上，舊教育是科舉，新教育是學校；在教材上，舊教育是經史子集，新教育是科學；但真正最大的區別是，舊教育是主觀的、個人的、教訓的，而新教育是客觀的、社會的、啟發的。❸他特別強調「新」指的是方法與精神，亦即「要趨重社會；要注意啟發的教育；要講究實際應用。」❹蔡、陳諸人的大力提倡，掀起了一股教育改革熱。經亨頤就曾多次進京，與先後任教育總長、北大校長的蔡元培商討教育制度的改革，兩人的改革理念顯然十分接近。蔡元培「兼容並包」、「思想自由」、「民主辦校」的辦學方針，經亨頤在浙一師、春暉中學完全照辦，對新文學、白話文的提倡，經亨頤也是不遺餘力。後期的立達學園，在教育理念上更為開放、彈性，這也是他們「與時俱進」的新思想所致。以下我就從新思潮、新文學、新學制這三方面來探討這批知識分子的新教育觀。

1 新思潮

經亨頤的離開浙一師，主要是發生「一師風潮」；而一師風潮的發生，肇因於新舊思想的鬥

❸ 陳獨秀：〈新教育是什麼?〉，原載一九二一年一月三日《廣東群報》，見《陳獨秀教育論著選》（戚謝美、邵祖德編，北京：人民教育出版社，一九九五年二月），頁二八一、二八二。

❹ 陳獨秀：〈新教育的精神〉，原載一九二〇年二月九日《國民新報》，同❸，頁二二九。

爭；新舊思想的鬥爭，則以廢孔、非孝為中心。打倒孔家店，抨擊愚孝，本是「五四」文化新思潮的標誌之一，經亨頤及校內師生都受到這種新觀念的啟迪，其中經亨頤的態度尤具有舉足輕重的「風向球」作用，因為五四期間，浙江新文化運動的中心，以教育界來說是省教育會，以學生界來說是省立第一師範學校，其核心人物正是校長兼會長的經亨頤。廢孔與非孝事件的發生與發展，可以看出他是如何高舉新文化的旗幟，不向舊勢力妥協的堅定立場。

經亨頤等人的新思潮，另一個具體的反映，是他們在春暉中學首開全浙男女同校之例。這個現代早已無人置疑的現象，在當時仍是經過一番努力才有以致之。夏丏尊在〈春暉的使命〉中就說到：「你已男女同學了，這是本省中等學校的第一聲，也是你冒了社會的忌諱敢行的一件好事。」春暉中學是於一九二三年開始招收女生，雖較一九二〇年廣東省立一中首開全國中學男女同校之例為遲，卻是全浙首創。當然，蔡元培在北大招收女學生引起全國轟動之舉，對經亨頤等應有一定的啟發作用。而這一點，在世紀初的中國教育界，仍被極大的保守勢力視為洪水猛獸，荒誕不經。例如一九二一年的《國民公報》上有一「虛虛實實」專欄，一位署名「笑聲」者，就對男女同校做出如此的誣蔑：「既可同板凳而坐，安可不同床而覺，什麼是男女同校，明明是送子娘娘廟。」❺葉聖陶的教育小說〈城中〉，對此也有生動的描寫。小說中的保守人物填伯對新

❺ 張秀熟：〈五四運動在四川的回憶〉，收入《五四運動回憶錄》（北京：中國社會科學出版社，一九七九年），頁八八二。

派教育者丁雨生返回古城要辦新式學校多所疑慮，他諷刺道：「最荒謬的是男女同學。你們想，中學校呢，可是男女同學！」而另一位菊翁也附和道：「不知道世界要變成什麼樣兒才了，不知道人要變成什麼樣兒才了！那丁雨生當時在我跟前，不聲不響的，也算是個馴良的學生。誰知十年之後，竟變成洪水猛獸！」❻招收女生入學的艱難，於此可見，但夏丏尊等人卻一個個自願冒社會的忌諱，成為「洪水猛獸」，且義無反顧。

2 新文學

五四運動爆發後，經亨頤順應此一新的歷史潮流，不僅支持學生上街示威遊行，而且立即在浙一師進行了大刀闊斧的教育改革，其中之一就是提倡文學革命，改革國文教學，以白話文代替文言文。他要求語文課廢止讀儒家經典著作，選讀白話文，學生作文也用白話文寫。經亨頤對此有一生動的比喻，把文言文比作鼎彝瓶鏡之類的擺設品，把白話文比作杯盤碗盞之類的必需品。他說：「入人家室，堂上無鼎彝瓶鏡猶可，廚下無杯盤碗盞可乎？不可。今日學校中之教授國文，是欲以鼎彝瓶鏡而代杯盤碗盞之用，學生苦矣。」❼一九一九年十月，他進一步決定一師和

❻ 葉聖陶：〈城中〉，《葉聖陶集》（葉至善等編，江蘇教育出版社，一九八七年六月）第二卷，頁二一七。

❼ 見張彬：〈與時俱進的教育家——經亨頤〉，收入《浙江近代著名學校和教育家》（浙江人民出版社，一九九一年九月），頁二八九。

附小的國文科教學一律改用白話，同時採用注音字母，為普及白話文掃清道路。十一月，省教育廳派人前來查問，經亨頤再次強調了支持白話文的立場：「我認定中國文字不改革，教育是萬萬不能普及。我做了師範校長，不是單單製造幾個學生；設法使教育可以普及，這是我的本務。想來想去，國文教授，當然是第一個研究的問題，……非提倡國語改文言為白話不可。」❽至於注音符號的推行，他也同時表示「注音字母是國語的福音，本校也實行教授。」最後，他下了一個結論：「我認為提倡白話以後，才可以講教育，本校要講教育，所以決定要改革國文教授」。

經亨頤與文言割裂的大膽主張，說明了他教育思想的前衛性。而他的政策則由夏丏尊、劉大白、陳望道、李次九等同樣具有新教育觀的教師徹底執行。這「四大金剛」的提倡新文學，立即使浙一師成為新文學運動的前哨站。當時一師的國文教材，大多從《新青年》、《每週評論》、《新潮》等雜誌上選用陳獨秀、李大釗、魯迅等的白話文章作為新教材，優秀的古典作品如王充的《論衡》、黃宗羲的《明夷待訪錄》等，則酌量選用部分。一如胡適的提倡白話文，遭到守舊派的大肆抨擊一般，學校中有一些舊派老先生不以為然，認為白話文不教也可以看懂，陳望道等人遂選了魯迅的《狂人日記》給學生閱讀，到講課時，不解釋文章本身，只講一些文藝理論，學生反映看不懂。「四大金剛」即藉此說明白話文同樣需要講授，沒有一定的思想、文化基礎是無法

❽ 見經亨頤：〈對教育廳查辦員的談話〉，《經亨頤教育論著選》（張彬編，人民教育出版社，一九九三年十月），頁二二八。

深入的。他們的主張和作法深獲學生贊同，加上對文章語法、新式標點符號、注音符號的教授，使他們成為大受歡迎的老師。

3 新學制

和上述兩點偏重於思想、文學的啟蒙不同，這批教改先鋒沒有忽略掉一樣重要的形式制度上的改革。當北大在校長蔡元培、文科學長陳獨秀等人的大力改革下，允許學生自由選修、旁聽他門（系）、他年級的課程，廢除一切課程全部必修的規定，調整和增設新課程後，針對學科制度的討論也成了教改的一個熱點。

經亨頤在一師時，就很有一番改革課程的構想。他企圖取消學年制，試行學科制。他認為，學年制的弊病在於不顧學生能力差別，以限定的時間，統一的教材，對大家做同樣的要求。學生若有科目不及格，須留級一年，其餘及格科目仍得重修一遍；若有能力超前者，也要按部就班，無彈性發展空間，其結果是「輕視青年的光陰，束縛學生的能力；尊重辦事的程序，演成劃一的流弊。」❾一九一九年下半年，他和一師全體教師一起研究試行學科制的辦法，計畫將學科分為必修與選修兩種，學生除完成必讀科目外，可根據自己的興趣愛好，任意選擇其他科目進修。這種變機械為靈活、更符合學生學習心理與發展的制度，可惜因「一師風潮」而未能實現，但繼任者姜琦校長予以貫徹實施，足見經亨頤等的學制改革是可行的。

❾ 同❽。

經亨頤等雖然離開一師，但教改理念不曾稍減，不久又把此一理念帶到春暉中學和浙江省立四中。在四中時，經亨頤將學制改為初中二年、公共高中二年、分科高中二年，而且規定初中所設各科均為必修；公共高中主要是必修課，酌設選修課；分科高中則主要是選修課。而春暉中學也是開設多門選修課，以發展學生的愛好。夏丏尊在〈春暉的使命〉中，支持「酌量地方情形，加設文科、理科及農科、師範科等類的職業科」，而且期勉春暉「這條血路，你不是應該拼了命殺出的嗎？」正是呼應了陳獨秀「講究實際應用」的教育主張，而朝著綜合中學與技職學校並行發展的方向在前進。

二、人的教育

郁達夫說過：「五四運動的最大的成功，第一要算『個人』的發見。」❿更早之前的梁啟超也曾大聲疾呼：「新民為今日中國第一急務」（《新民說》），認為無論是「內治」還是從「外競」的角度出發都需要以「新民」為本；魯迅於一九〇八年發表的〈文化偏至論〉一文，對「人」的重要性有進一步闡釋，他說：「歐美之強，莫不以是炫天下者，則根柢在人，……是故將生存兩間，角逐列國事務，其首在立人，人立而後凡事舉」⓫，將救亡之道與立國之本的賭注都押在

❿ 見《中國新文學大系・散文二集・導言》（原由一九三五年八月三十日上海良友圖書印刷公司出版，臺灣重印新版由業強出版社於一九九〇年二月印行），頁五。

「立人」的骰子上。發現「人」的存在意義與價值，是二〇年代思想界的一大主流，影響所及，不論是社會、文化、政治、文學或教育等各個層面，「人學」都成了議題討論不可或缺的基礎。以文學為例，周作人就開宗明義地說：「我們現在應該提倡的新文學，簡單的說一句，是『人的文學』。應該排斥的，便是反對的非人的文學。」[12]而在教育方面，夏丏尊也直言：「我們所行的教育是人的教育」[13]；匡互生的立達學園，乾脆以「立己立人，達己達人」作為校名。這批進步知識分子的「人本主義」教育思想是無庸置疑的。以下，我從人格教育、全人教育、自由教育、啟發教育這四方面來探討他們「人的教育」的理念及實踐。

1 人格教育

人格教育是二〇年代引進的德國教育思潮。此說主要是「注重人的精神生活與理性活動，力

⓫ 見《魯迅全集》第一卷《墳》，頁五七。

⓬ 周作人：〈人的文學〉，《周作人文集・藝術與生活》（臺北：里仁書局，一九八二年七月。據一九三六年上海中華書局版影印），頁一一。

⓭ 夏丏尊：〈教育的背景〉，《夏丏尊文集・平屋之輯》（浙江人民出版社，一九八三年二月），頁三二一。他對此有一番說明：「地理是從面的方面解釋人生的，歷史是從直的方面解釋人生的，數學是鍛煉人的頭腦的，理科是說明人的周圍及人與自然界之關係的，語言文字是了解人與人的思想的，體操是鍛煉人的身體意志的。」換言之，所有教育科目其實都不離「人」這個最根本的課題。

圖矯正由物質文明而引起的現代教育之流弊。它主張教育以養成人格為目的，教授當注意感情陶冶和意志培養。」⓮經亨頤反對束縛個性、壓抑人格發展的舊教育，反對學校成為「販賣知識之商店」，遂採用此一學說來進行教改工作。他認為學校要培養的首先是對社會有用之人，而不是以職業需求為導向。他說：「不患無職業，而患無人格。」職業訓練對社會發展只能治標，人格陶冶才是治本。學生到學校來讀書，不是光讀書本知識而已，「求學何為？學為人而已。」針對師範生的特性，他為一師訂的校訓是「勤、慎、誠、恕」四個字，勖勉學生「不厭不倦，勤之至也；寡尤寡悔，慎之效也；成己成物，誠之極也；盡己及人，恕之行也。」⓯要讓學生達到這些要求，不能採用強制手段，也不宜用空洞說教，必須依靠教師的人格感化，因此，他對教師的選聘極為慎重。因為他堅持教師是第一線上的人格塑造者，其責任不僅在於傳授知識技能，更重要的是以自己的人格力量去感化、影響學生。

夏丏尊也有相同的看法。他在〈教育的背景〉一文中，指責「現在的學校教育是學店的教育，教育者與被教育者的中間但有知識的授受，毫無人格上的接觸。簡直一句話，教育者是賣知識的人，被教育者是買知識的人罷了。……真正的教育需完成被教育者的人格，知識不過人格一部分，不是人格的全體。」他特別舉「以言教者訟，以身教者從」的古訓，說明教育者須有相當

⓮ 同❼，頁二。

⓯ 經亨頤：〈校訓解釋〉，《經亨頤教育論著選》，頁一八。

的人格，被教育者方能心悅誠服，只靠規定是不能奏效的。夏丏尊本身就是一個充滿人格感染力的教師。他的學識淵博，懂得音樂、詩文、繪畫（鑑賞）、金石、書法、理學、佛典以及外文，他沒有正式的學歷，這一切靠的是自學苦讀，單這一點，就已為學生提供了一個力求上進的人格典範。經亨頤本身也具有行事正派、不畏強權、不求名利的卓然品格，而深受教育界敬重。他離開一師去辦春暉中學，不少師生跟隨前往，足見其人格作風感人至深。他兩度聘用夏丏尊，而且邀請夏丏尊一起籌辦春暉中學，完全不以學歷、資格來做評判標準的作風，正是最佳的示範。

夏丏尊、陳望道等「四大金剛」都是思想進步、學問精湛的良師，很受學生歡迎。教圖畫音樂的李叔同，更是博學多才，深諳西畫、音樂、詩詞、書法等，而且教學嚴謹認真，人格力量特強。豐子愷受教於他，不論在文學、教書甚至人生觀上，都一生受其影響甚深。他曾概括李叔同的教育精神是認真、嚴肅、獻身。例如上課前就把黑板上的內容都先寫好；鈴未響即端坐講壇上「恭候」學生，因此學生上畫圖、音樂課絕不敢遲到，往往上課鈴未響，師生都已到齊，鈴聲一響，李叔同站起來一鞠躬，即開始講課；除此之外，李叔同還安排學生課外練習，親自指導。豐子愷說：「李先生的中飯和夜飯必須提早，因為他還須對病發藥地預備個別教授。李先生拿全部的精力和時間來當教師，李先生的教育精神真正是獻身的！這樣，學生安得不崇敬他，圖畫、音樂安得不被重視?!」⑯

⑯ 豐子愷：〈李叔同先生的教育精神〉，《豐子愷文集》（浙江文藝出版社，一九九二年六月）文學卷二，

李叔同一向主張「應使文藝以人傳，不可人以文藝傳」，也就是要「先器識而後文藝」。他認為一個文藝家倘若沒有「器識」，無論技巧如何精通純熟，亦不足道。所以，「要做一個好文藝家，必先做一個好人。」（豐子愷〈先器識而後文藝——李叔同先生的文藝觀〉）他對人格教育的重視，以及身教言教雙管齊下的教學典範，確實樹立了令人仰望的「後光」。李叔同如此，「四大金剛」如此，在春暉任教的朱自清、匡互生、朱光潛、豐子愷、劉薰宇、劉叔琴等亦復如此。他們都是教育界受到敬重的教師，也是學術界卓有聲譽的學者、作家，知識與人格兼備，器識與文藝並重，這或許就是一師、春暉校譽蒸蒸日上的主因吧！

2 全人教育

所謂「全人教育」，是指把人視為一個不可分割的整體來進行教育。不把部分當成整體，而是將人的各種發展潛力、機能、性向、專長等，做一融合式的激發、培養與訓練。所謂德育、智育、體育、群育、美育等，無非是便於言說的一種分別，就全人教育的立場看來，它們彼此有密切的聯絡，互相的補助，決非各自獨立而漠不相關。既然白馬湖諸君子以培養學生健全人格為職志，強調五育全面發展的「全人教育」也就不足為奇了。劉薰宇就說過：「我是主張『全人教育』的，……簡單地說，是『以全人為目標，用教師的全人活動指導學生的全人活動為手段的教育——『全』不是『完全』的意思，是『整個』的意思。」⑰以今日的教育學理論之，此定義的

頁五四三。

確是切中肯綮。劉薰宇強調的「整個」，與匡互生以園藝比喻教育時說的「教育者對於被教育者，又須注意他的全部的發育，決不能偏於一枝一葉，這種工作，正和園藝家的培養花木一樣。」又是如出一轍，可見這群知識分子對「全人教育」理念的有志一同了。

五育均衡發展代表的就是一種「全人教育」。經亨頤在一師期間就大力鼓吹「德、智、體、美、群」五育，企圖改變傳統教育死讀書的偏向，對體育、音樂、美術、手工諸科特別鼓勵學生學習。一師設有專門美術教室三間，音樂教室一間。四周種植花草樹木，環境優美，使學生興趣大增。音樂、畫圖、手工等科目雖非主科，但平常需多練習，經亨頤規定其自修時間與教授時間的比例，和國文、數學一樣，都是二比一。他還建議省當局設立美術專門學校和音樂專門學校。至於體育，經亨頤嚴格要求體育課不准同學無故缺席，因為他強調「體操為本校所注重，尤為時世之要求，不可或忽。」在經亨頤這種全人教育思想的指導下，一師和春暉中學的文藝體育活動都開展得十分熱烈，音樂會、體育競賽經常舉行；「桐蔭畫會」、「漫畫會」、「樂石會」等藝術團體先後成立。在白馬湖畔的課外活動，更是多采多姿，或唱歌演劇，或登山遊湖，或旅行參觀，或組織公益勞動，或上農人夜校教課，使學生身心得到多元的發展。

對於智育，他們自然沒有忽視。春暉中學「試驗儀器的完備，圖書館藏書的豐富，也是當時全國中等學校所少見。」[18]圖書館中不僅有一般中等學校缺乏的經、史、子、集大批古籍藏書，

---

[17] 劉薰宇：〈怎樣解決中等學校的學潮〉，同[16]，頁一五八。

還有日、德、英、法四種外文書籍。充實圖書設備的目的，正是希望提昇學生的智育水準。至於德育方面，上述之人格教育，以及後面將介紹的「愛的教育」部分，都屬於德育感化，此不贅言。朱自清說得好：「我總覺得『為學』與『做人』，應當並重，如人的兩足應當一樣長一般。現在一般號稱賢明的教育者，卻因為求功利的緣故，太重視學業這一面了，便忽略了那一面；於是便成了跛的教育了。」⑲跛的教育，當然就不是「全人教育」了。

提倡群育，主要是因為他們主張「學校即社會」以及「合群互助」的教育／社會觀點。朱自清為此特別在一九二四年十一月十六日《春暉》第三〇期發表了一篇〈團體生活〉，強調「學校原來就是一個群體，一個社會；並非如一般人所想，只是具體而微的群體，只是預備的學校！惟其學校就是社會，所以群育是一日不可無的。」他要求學校的教職員要和學生一起「教學相長」，培養「深而廣的群覺」、「堅強的團體生活的習慣和能力」，如此一來，學校才能成為一個有生機的團體。他並且亟力呼籲：「我相信要一般社會有細密的組織和健全的活動力，非從中等學校下手不可，非先使中等學校有良好有效的團體生活不可！這需要師生的合作，從日常言動中涵養起去！」學校是個群體，社會也是群體，春暉師生走出校門，設立「農民夜校」；立達成立的宗旨首先是「修養健全人格」，然後就必須「實行互助生活」，以「改造社會」。匡互生說：「和

⑱　谷斯範：〈湖光山色入夢來〉，《白馬湖文集》，頁二六。

⑲　朱自清：〈教育的信仰〉，同⑱，頁一〇八。

現社會完全隔絕而只是死讀書，是我們所反對的」，因此，立達師生也走出校門，成立「民眾夜校」、「診療所」，而農教科的設立，更與附近農村形成以立達為中心的「生命共同體」，這正是群育的擴大。經亨頤很早就致力於打破學校與社會的樊籬，一師從一九一三年起，每年至少舉行兩、三次對外公開的學術活動，春季開一次成績展覽會，秋季開一次運動會，有時還開一次音樂演奏會，完全對社會公開，在當時可謂開風氣之先。這不也是最直接、有效的群體教育嗎？校群與社群的距離拉近了，群育的目的也達到了。

關於體育、美育的倡導，還有不少言論與實例，容後再論。總之，他們基於「教育除了人的生活，並不再有其他目的」（劉薰宇語）的認知，要求教育者朝五育均衡的「全人教育」前進，以德育促進德性發展，以智育促進心智發展，以體育促進身體發展，以群育促進群性發展，以美育促進情性發展，唯有五育並進，人的整體發展才可完成。劉薰宇的話可為他們「全人教育」的理念下個註腳：「教育者不將被教育者整個的人格作對象，用自己整個人格來實施，教育是無效的。」[20] 洵哉斯言！

3 自由教育

本著人格教育與全人教育的理念，在訓練方法上，他們主張自由教育與啟發教育。本小節要

---

[20] 見劉薰宇：〈全人教育論發端〉，原載一九二六年三月《教育雜誌》第一八卷第三號，上海商務印書館出版。轉引自《匡互生與立達學園教育思想教學實踐研究》，頁二六七。

討論的是前者。自由教育是指教育者應營造一種主動、自動學習的環境，以充分發展學生的個性，而少用教條式的規則扼殺學生的活動力、創發力與想像力。但是，自由也非漫無限制，自律、自治精神是其一體之兩面，唯有受教者能自動自發學習，不因自由而流於放縱，自由教育的精義才算得到真正實現。

立達的「自由教育」實施得十分徹底。大到學校體制，小到吃飯聊天，立達在匡互生等人的刻意經營下，充滿了民主、自由的和樂氣氛。例如，立達沒有校長，因為他們認為「校長大人的尊嚴我們領教得多了，這種制度的好處不是它特有的，而壞處倒是有許多獨到的，因此我們決定革校長的命。」這不僅在當時，即使是教育發達的今天，都是罕見的。過去校長可以解聘教職員工，可以無理開除和辱罵學生，一切須聽校長的命令行事，但立達卻將教師、職員、學生提高到學校「頭家」的地位，在二〇年代堪稱是一次大膽的民主教育革命。立達由導師會代替校長制，因為他們認為「幾個人的意見總比一人強，而一個人決定總難免發生專斷獨行的弊害。」在這種民主氛圍中，自由的活力、個性的勃發、團體的和融，都有令人欣喜的成績。立達教師沈仲九對此有一針見血的議論：

立達的創始者，深信教育應以發展個性為主要職責，而要發展個性，自由是必要的條件。個性卓著的人，只有在自由的空氣中，才能發榮滋長的。因此，立達的組織，完全根據個人的自由意志；而教授、訓育各方面，也以培養自由的精神為方針。他們只注重學生的自覺、自動、自治，以立自由的基礎；所謂束縛自由的什麼權威，什麼法令，什麼階級制，是完全廢棄而不用的。㉑

正因為體認到積極的引導比消極的規則約束更有效，立達民主辦校的自由學風在當時就引人側目。立達校門可以自由進出，這在當時的中等學校是不允許的；住宿的學生如要外出，只要向導師說一聲，沒有其他限制或手續；圖書室由學生管理，取閱書籍只要自己在閱書借書簿上登記姓名和書名即可；實驗室也是自己管理，在教師同意下，可以自己進行實驗；食堂中男女同桌吃飯，而一般學校是分開的；課餘時間男女同學可以自由來往，一起散步談心；學生可以自由組織學習小組，成立讀書會。這些尊重個性的人性化措施，背後的動力來自這些教師們的自由教育意識。至於實施的結果則頗令他們滿意。「三個月以來，凡是住宿的學生，因為外出很自由，而發生弊病的，簡直可說沒有」（沈仲九語）；「男女之間，師生之間相處的結果，男女同學間的隔膜消除了，感情交流了，生活便顯得更有生氣，更為可愛。也並不有損於『師道的尊嚴』，教師反而更受學生的愛戴。廢除規則的結果，不是『亂套了』，不是一般學校所擔心的造成無政府狀

㉑ 沈仲九：〈關於中等教育之一種小小的試驗〉，收入《匡互生和立達學園教育思想教學實踐研究》（本書編輯組，北京師範大學出版社，一九九三年十二月），頁一三三。

態，出現的卻是生動活潑的新學風。」㉒

經亨頤在一師提倡「自動、自由、自治、自律」，要求學生有自發之活動，自由之服從，自治之能力，自律之行為，反對強迫命令和他律束縛。他把學校訓育分成教師本位之訓育和學生本位之訓育兩種：前者是以教師意志強迫學生服從，屬於法則上的服從，具強制性；後者是使學生自覺自願服從，訓練由他律進於自律。他說：「今後訓育之第一要義，須將教師本位之原狀，改為學生本位，自此始有訓育之可言。」㉓既然是以學生為本位，要養成他們自治的能力和自律的習慣，在他們看來，最好的方法就是成立學生自治會，自己管理自己。如此一來，讓學生在自律、自治中享有自由，既尊重學生的人格，又為社會培養自主、守法的良好公民，實為一舉兩得。

立達稱為「學園」，本身即含有自由教育之義。匡互生有一段話令我十分感動，他說：「教育的真義是引發而不是模造。教育者的責任是要使被教育者在能夠自由發展的環境中，為之去害蟲，灌肥料，滋雨露，使他們能夠就他的個性自由發榮滋長。教育者決不能製好一個模型，叫被教育者鑄入那個模型之中。」（〈立達、立達學會、立達季刊、立達中學、立達學園〉）不預設立場地接納學生，不限定目標地強迫學生，卻又能培養學生自覺、自律、自動地學習，這種自由，

㉒ 同㉑，頁五五。
㉓ 經亨頤：〈今後學校訓育之研究〉，《經亨頤教育論著選》，頁一九七。

我要說它是負責的自由，開放的自由，真正的自由！

4 啟發教育

全人教育理念下的教學方式之一，就是採取開放式、不拘一格的啟發式教學。教育者是園丁，為學生提供發展其潛在智能的具有藝術和美學特色的教育，塑造輕鬆、美好、和諧的環境，讓受教育者在這種環境中得到大量創造「有用的」和「美好的」事物的機會。教育者不是工匠，學校也不是專門灌輸學生知識的地方，而是為學生提供創造和發展自己機會的地方。要做到這一點，生動活潑的教學技巧是必需的。

二〇年代的教育界，非常流行義大利教育家蒙德梭利(Moria Montessori)女士的自動啟發式教學法。她主張用種種遊戲法啟發兒童的性靈，養成兒童的自動學習能力。陳獨秀就曾說：「此種教授法，現在已經通行歐、美各國，而我們中國的教育，還是守著從前被動的灌輸的老法子。教師盲教，學生盲從。」㉔他強烈主張採用以學生為本位的啟發式教學法，因為傳統的灌輸主義教育「不顧學生的心理狀態，只管拼命教去，教出來的人物，好像人做的模型，能言的鸚鵡一般，依人作解，自家決沒有真實見地，自動能力。」㉕他甚至舉了當時歐、美教育界流行的一句話：

㉔ 陳獨秀：〈近代西洋教育〉，原載《新青年》第三卷第五號，一九一七年七月一日。引自《陳獨秀教育論著選》，頁一三〇。

㉕ 同㉔。

「前代的教育是先生教學生，現代的教育是學生教先生」，認為這是「教訓式的教授法和啟發式的教授法不同底界說，是新教育底精神所在。」（〈新教育是什麼〉）換言之，新教育的特徵之一正是啟發式教學。

白馬湖作家們對傳統死板的教師宣講、學生被動接受的教育方式並不贊同，夏丏尊曾對學生說：「求學，就是要學要問。我講你們聽是學；你們提問就是問。若是學而不問，只得個一知半解，淺薄無聊。」❷匡互生也認為，如果不能啟發學生，那麼，「教圖畫的，不過和棋盤街的某某肖像館教學徒畫肖像一般，只注意到技巧；教音樂的也和叫童伶唱皮簧一般；教手工的並沒有比冥器店和刻字店教學徒有什麼兩樣。」（〈青年教育者的修養〉）豐子愷曾畫過一些漫畫諷刺當時教育界的一些弊陋，如其中一幅「教育」，畫一個工匠在大量捏製泥人；又一幅「某種教師」，畫一個老師站在講臺上，頭上罩著一部留聲機。這些都是違背啟發式教育原理的不良示範。豐子愷對此是深有體認，他的教學手法就顯得活潑而多樣化，例如在春暉舉辦的中秋月光晚會上，他在草坪上彈奏貝多芬的「月光曲」，與師生同樂，在演奏之前，他暢談了「月光曲」及作者裴德文（貝多芬）的音樂故事，伴著優美的月光、樂聲，豐子愷做了一次幾近完美的機會教育與生動教學的示範，令春暉校友津津樂道。

❷ 徐伯鋆：〈五十六年前幾位授業老師的片斷回憶〉，《春暉中學六十周年校慶紀念冊》（一九八一年十二月），頁三一。

春暉老校友、也是當時豐子愷圖畫課的學生徐伯鋆回憶起豐子愷上課時的活潑形象道：

> 記得另一次上課時，他教導我們說：「不論畫什麼都要抓住其特點，比如：你們想畫一張我的頭像，就抓住我的前額寬、下顎尖這個特點，像個狗頭似的。」邊說著隨手就在黑板上畫了一個倒置的三角形，添上幾筆之後，黑板上就出現了一個豐子愷的素描。隨即又把眼角嘴邊修改幾筆，然後對大家說：「你們看這是因為你們畫得好，豐子愷笑了。」說完重新改了幾筆說：「這是因為你們畫得不好，豐子愷哭了！」㉗

類此隨機、多樣而生動的教學法，使學習氣氛輕鬆而熱烈，學生也得到人物素描或觀察技巧的啟發。當時的學生魏風江就十分肯定這些教師們的用心，他說：「存在於春暉校園中的那種活潑生動的氣氛，是別的學校所見不到的。這完全是與匡先生、豐先生等幾位老師與學生生活在一起，活動在一起有關係的。」㉘教學效果的突出，說明了他們的教育理念與實踐是經得起考驗的。尊重學生，設計自由、活潑的啟發式教學，其動機當然還是來自於他們「全人教育」的基本教育信仰。

㉗ 同㉖，頁三五。

㉘ 魏風江：〈在白馬湖時的匡互生先生〉，《寸草春暉》（嚴祿標主編，浙江：春暉中學出版，一九九六年八月），頁一二六。

三、愛的教育

白馬湖作家們群集春暉之時，正值國內教育界感化主義興盛的高峰，他們都成了虔誠的信奉者。其實，也並非是有了主義才重視感化教育，這群作家良善、熱誠的本質，對教育真心奉獻的理念，自然而然地形諸於外，給學生留下的就是充滿愛心的溫暖形象。白馬湖作家群之所以為人敬愛的原因，就在於他們不論是身教或言教，都實踐了「愛」的信條，這種人格感化的教育，也就是「愛」的教育。

經亨頤擔任一師校長，對師範學生有極高的期許，因為這些學生畢業後都將為人師表，因此，他在新生入學式上，不忘再三叮嚀：「同學之感情適於兄弟，愛字為教育之要訣。本校以此旨為訓育之中心。即有時不得已出之以干涉手段，亦決無絲毫惡意於其間。」（〈師範學校之特質〉）諄諄之言，流露出真摯的教育之愛。至於春暉中學的校歌，選用唐代詩人孟郊〈遊子吟〉的名句：「慈母手中線，遊子身上衣。臨行密密縫，意恐遲遲歸。誰言寸草心，報得三春暉。」說明了教育者對學生的愛，應該像陽光哺育小草，像慈母關念遊子。這是十分崇高的理想，但白馬湖作家們留下了不少的事蹟，使我們不得不相信他們如春陽般的「愛的教育」是成功的。

李叔同、夏丏尊對學生的愛，被他們一師的高徒豐子愷比喻成「爸爸的教育」與「媽媽的教育」。兩人教學的態度不同，但對學生的愛卻無二致。豐子愷回憶說，李叔同的話不多，以身作則，譬如學生彈琴驗收時彈錯了，他常舉目對你一看，要求下次再來；有時沒說，但學生吃了他一眼，會自動請求下次再來。「他話很少，說時總是和顏悅色的，但學生非常怕他，敬愛他。」㉙對這一點，李叔同的另一個學生曹聚仁也深有同感。有一次，曹聚仁清晨三點鐘起來練琴，有一節進行曲練不好，李叔同便耐心地反覆教。這種精神，感動了學生，「有些學生立志以藝術作終身事業，有些甚至願意跟著他到天涯海角。」㉚「我們的李先生」成為一師學生對李叔同的愛稱。一師同事姜丹書親見頑劣學生在李叔同面前無不敬畏悅服，頗覺訝異地說道：「此種感化力，實為常人所不及，余等輒戲之曰『魔力』也。」㉛這種魔力，來自於李叔同自身完善的人格，崇高的品德。所謂「德高望重」，他的一言一行就是一種無聲的號召，隨時都在吸引周圍的學生去仿效他、信服他。

以夏丏尊「媽媽的教育」來說明這群人的教育愛，應是最貼切不過。他有一個形象化的譬喻說：「好像掘池，有人說四方形好，有人又說圓形好，朝三暮四地改個不休，而於池的所以為池的要素的水，反無人注意。教育上的水是什麼？就是情，就是愛。教育沒有了情愛，就成了無水的池，任你四方形也罷，圓形也罷，總逃不了一個空虛。」（《愛的教育》譯者序言）夏丏尊對學

㉙ 豐子愷：〈悼丏師〉，《豐子愷全集》第六卷，頁一五八。

㉚ 李偉：《曹聚仁傳》（南京大學出版社，一九九三年六月），頁二八三。

㉛ 姜丹書：〈追憶大師〉，《姜丹書藝術教育雜著》（浙江教育出版社，一九九一年十月），頁二七一。

生的有情有愛，幾乎成了白馬湖作家群教育愛的代表。這和他翻譯義大利人亞米契斯風行世界的《愛的教育》一書有很大的關係。此書原名《考萊》，在義大利語是「心」的意思，一九〇四年時已印了三百版。夏丏尊對照著日、英二種譯本，自一九二三年起在平屋裏轉譯而成。這本書中所呈現的教育愛令他十分感動，在序言中，他寫下同樣令人動容的自白：

我在四年前始得此書的日譯本，記得曾流了淚三日夜讀畢，就是後來在翻譯或隨便閱讀時，還深深地感到刺激，不覺眼睛潤溼。這不是悲哀的眼淚，乃是慚愧和感激的眼淚。……讀了這書像醜女見了美人，自己難堪起來，不覺慚愧了流淚。書中敘述親子之愛、師生之情、朋友之誼、鄉國之感、社會之同情，都已近於理想的世界，雖是幻想，使人讀了覺到理想世界的情味，以為世間要如此才好。於是不覺就感激了流淚。㉜

這本《愛的教育》於一九二六年由開明書店出版後，風行不衰，整整影響了一個世代的人。即使是今天，仍然是孩子們極佳的課外讀物。朱自清以這件事說明夏丏尊是「以宗教的精神來獻身於教育」，他說：「他翻譯這本書，是抱著佛教徒了願的精神在動筆的。從這件事上可以見出他將教育和宗教打成一片，這也正是他的從事教育事業的態度。他愛朋友，愛青年，他關心他們的一切。……夏先生才真是一位誨人不倦的教育家。」（〈教育家的夏丏尊先生〉）

㉜ 原載一九二四年十月一日開明書店版《愛的教育》，引自《夏丏尊文集・平屋之輯》，頁四二。

夏丏尊用他自己的教育愛，翻譯了這本書；也用自己的一言一行，實踐了「愛的教育」。在一師期間，他自願擔任被學生卑視的「舍監」一職，有些學生故意為難他，但他已抱著「拼死」的心情來面對：在飯廳中，有學生遠遠地發出「噓噓」的鼓動風潮的暗號，他就立在凳子上去注視發「噓噓」之聲的是誰；飯廳風潮要發動了，他就對學生說：「你們試鬧吧，我不怕！」人群中有人喊「打」，他就大膽地回答說：「我不怕打，你來打吧！」學生無故請假外出，他必不答應，寧願與之爭論一、二小時才止；每晨起床鈴一搖，他就到宿舍去視察，如有睡著未起者，一一叫起；熄燈以後見有私點洋燭者，立刻趕進去把洋燭沒收。後來他在一篇題為〈緊張氣氛的回憶〉文章中提起這一段日子說：「我不記學生的過，有事不去告訴校長，只是自己用一張嘴和一副神情去直接應付。每日起得甚早，睡得甚遲。」還有一件事，很能看出他「拼命」的決心：有一次，宿舍裏有學生丟了財物，他自愧失職，以絕食進行教育。次日清晨，師生來飯廳用餐，他向同學們說：「學生失物，我身為舍監，深覺慚愧苦悶。不找回失物，誓不進食。」日復一日，夏丏尊的真誠與堅毅感動了偷竊的學生，主動自首歸還竊物。這種精神當然也感動了全校四百多名學生。

這種以身作則，以愛感化的「愛的教育」，是白馬湖作家們一致的教育主張。朱自清、夏丏尊、豐子愷、李叔同等，都有具體的實踐，不勝枚舉。因為「愛」的主張，春暉廢除了任何形式的體罰和不尊重人格的管理方式。擔任春暉訓育主任的匡互生，也是強調感化教育，主張以談心的方式與同學互相交換意見，絕不用記過、開除等懲罰辦法，務必使犯錯的學生自己認識到錯誤，自己痛改前非。和夏丏尊一樣，他常「深更半夜，巡查宿舍，替學生蓋棉被、倒茶水，問暖噓寒，以身作則等行動，使學生感到他真像家長一樣愛護備至，心裏充滿著溫暖。」㉝有一件小事，讓我感動許久：每天早上早操鈴響，如果學生還不起床，匡互生就一個一個去叫。學生見他「像外婆般的好說話」，久了就習以為常，即使來叫門也不太起床。校友徐伯鋆回憶道：「有一次我看到一間寢室裏的人連房門都不肯開，先生輕輕地敲著門，耐心地等候著，後來聽到從裏面傳出怨罵聲來了，我見先生竟流著淚哭了。但他還是信奉著、堅持著感化主義教育。」㉞這位從不呵斥學生的訓育主任，就憑著他「外婆」般的教育愛，使春暉秩序井然，友愛團結，蔚然成風。

在春暉教哲學的劉叔琴說，教育的基礎是「愛」，方法是感化；在立達教數學的劉薰宇也說：「教育的基礎要樹在教師和學生間默契的情感上」。看來，以愛教育學生已是這群教育者念茲在茲的共識。不管是匡互生「外婆的教育」，李叔同「爸爸的教育」，還是夏丏尊「媽媽的教育」，因為都是「愛的教育」，春暉與立達也成了師生和樂、真情洋溢的「新天堂學園」了。

㉝ 斯而中：〈憶二〇年代的春暉中學〉，《春暉中學六十周年校慶紀念冊》，頁四五。

㉞ 徐伯鋆：〈匡互生先生在春暉中學的片斷〉，同㉝，頁三五。

四、動的教育

經亨頤於「五四」前夕，在浙江《教育潮雜誌》創刊時發表了一篇〈動學觀與時代之理解〉，談到他主張「動的教育」。他所謂「動的教育」指的是「與時俱進」，將時代與文化聯繫在一起，認為教育必須「瞻前而同時顧後」，不但要維持文化，還要改造文化，如此才是動的態度。我在這裏所用的「動」的教育，並非此義，而是指「勞動」的意思。強調體育活動、體力勞動，本也是經亨頤的一大主張，我稱之為「動的教育」。以下即分成體育活動、體力勞動兩點，說明白馬湖教育家們重視勞動教育的思想及實踐。

1 體育活動

經亨頤在兼任浙江教育會長後，切實貫徹執行蔡元培制訂的民國教育宗旨，大力推動體育活動的開展，策劃舉行中等學校聯合會操及中等學校聯合運動會，提倡軍國民教育。在第一次的聯合會操的開始式上，他勉勵學生道：「自今日起願諸君結合精神，皆以挽救社會重文輕武之積習為前提，如因各校聯合比較競爭，不得已臨時預備，是專為聯合會操而會操，又非本會發起此舉之本意。務望諸君嗣後平日注重體育，並廣為提倡，雖不言軍國民教育，而軍國民教育亦寓乎其中矣」[35]；而在一九一六年舉行第一次全省中等學校聯合運動會後，他寫了〈觀第一次中等學校

[35] 經亨頤：〈省會學校聯合會操開始式訓辭〉，載《教育周報》第一〇四期，一九一五年。

聯合運動會所感〉，文中對運動會大加贊賞：「與會者凡三十餘校，省城外各校，率全體學生遠道而來者亦甚多，事屬創始。到會者如是之踴躍，開會三日，冒雨不止，其精神之奮勉，秩序之整肅，令人喜出望外。不禁為吾浙教育前途三躍。或曰是役也，消耗經費一萬，荒廢功課半月。余將應之曰，抵得教育十年！」三天運動會，抵得過十年教育，經亨頤重視體育的態度十分明顯。

經亨頤的強調體育，使春暉不論在體育設施或活動方面，都有可觀的活動力及成果。雖然春暉只是一所鄉間中學，可是在二〇年代即建造了游泳池、球場、操場等，時常舉辦各類體育比賽，每天早上集合還要做早操；至於每年的秋季運動會，則是體育訓練成果的總驗收，經亨頤總不忘在會上提倡體育運動的重要，他苦口婆心地勸學生說：「諸君在學校中，得有相當設備，豈非鍛煉身體大好時期？本校化許多錢，買這一塊地，來做運動場，如不能收到體育上的代價，犧牲不少農產，豈非辜負？在諸君猶屬自誤，勉之勉之！」他甚至表示：「把體育成績佳良，立為學校考成唯一標準亦無不可」，並建議「利用白馬湖天然佳境，明年春季來開一個水上運動會，競漕和游泳尤有特別價值」，因為，他始終認為「本校如能以體育著聞，卻是深所盼望的事。」㊱他們的用心，顯然在春暉學生身上得到了印證。當年學生魏風江說過一個故事：「春暉一個學生，參加省運動會二千米賽跑，以跑得最慢而堅持跑畢全程而得獎。」㊲運動精神的表

㊱ 經亨頤：〈秋季運動會開會辭〉，載一九二九年十二月《春暉學生》創刊號。

現，足見春暉教育的成功。

2 體力勞動

白馬湖教育家的重視體力勞動，主張生產教育，和他們一些人的新村意識有關。二〇年代的教育界，會流行生產教育思想並不足怪。「五四」時代的特色之一，是把「勞動」與「求樂」連在一起，和過去傳統認知下「勞動是受苦」的態度有所不同㊳。李大釗曾在〈現代青年的方向〉一文中，揭示他這一人生選擇上的改變，他說：「人生求樂的方法，最好莫過於勞動，一切樂境，都向勞動得事，一切苦境，都可由勞動解脫。……勞動為一切物質的富源。……至於精神方面，一切苦惱，也可以拿勞動去排除他。」他把這稱為「樂勞主義」。李大釗的觀點顯然受到當時流行的托爾斯泰的「泛勞動主義」的影響。對白馬湖作家們較有影響的周作人，在〈日本的新村〉文章中，認為托爾斯泰的泛勞動主義只尊重「手」的工作，排斥「腦」的工作，他覺得「不能說是十分圓滿」，周氏強調腦力勞動與體力勞動結合的觀點，符合了白馬湖教育家們「全人教

㊲ 魏風江：〈在白馬湖時的匡互生先生〉，《寸草春暉》（嚴祿標主編，浙江：春暉中學出版，一九九六年八月），頁一二六。

㊳ 錢理群在《精神的煉獄——中國現代文學從「五四」到抗戰的歷程》（廣西教育出版社，一九九六年十二月）一書頁一〇中提到這個看法，他說：「『五四』先進知識分子進一步把『求樂』與『勞動』連在一起，這是很能顯示『五四』的時代特色的。」

育」的發展理論。這一點，和當時國內局勢不靖、學校經費不足，因而主張生產教育的經濟動機也有不同。雖然，這是「一舉兩得」的作法，但白馬湖教育家的主張勞動，還是主要著眼於學生人格教育與全人教育的養成。

經亨頤對勞動的重視，從他聘請教師的條件中可以看出。當他受陳春瀾之委託籌辦春暉中學時，曾寫一〈春暉中學計劃書〉，說明他的治校理念與方針，其中就提到：「任免教員之標準，即能勞動、能研究二語。其資格，其經驗，一概不計。」不僅如此，他還進一步要求「校長與各專任教員，不但應與學生同寢同食，且須實行以身作則。人人有勞動之責，如洗濯、炊事、購物、灑掃、庭園作業等，均由教員、學生合組勞工會分任之。」這可說是將學校「動」的教育提到了一個極高的地位。雖然他在提倡全人教育時只談到「五育」，並沒有「勞」育一項，但他對勞動教育的重視是不容忽視的。

匡互生是這群人中最強調生產教育的。由朱光潛執筆的〈立達學園旨趣〉中，就表達了這種「儉樸、勞動」的立場，他說，人類排除障礙、實現理想的意力，要用刻苦耐勞去培養，而勞動可以養成刻苦耐勞的習慣，因此，「我們立達的師生一方面要極力過儉樸的生活，使精神不易為物質欲所屈服；一方面要實行勞動，每日費若干時間，到工場農場去做工。」可見，匡互生、朱光潛等人的勞動教育是和人格教育相輔相成的。立達學園開辦後三年，即一九二八年，匡互生在學園後面的空地上增設立達農場，從事養蜂、養雞和園藝種植，供全體師生進行生產勞動。一九二九年，又辦起農村教育科。翌年，在南翔柴塘農村中，另闢一較大的農場，勞動實習更為方便。匡互生一向主張的工教合一、半工半讀、手腦並用等教育方式，在立達都有了良好且具規模的實踐。正如朱光潛於五十年後回憶立達時說的：「我們還有教育與勞動相結合的用意，準備由學園師生開墾一個農場，後來這個願望也實現了。」㊴

五、美的教育

談到民初美育的提倡，不能不提蔡元培。蔡元培的民國教育政策，經亨頤是大力支持者，兩人在人格教育、自由教育以及美育等方面，都可說是所見略同。蔡氏的美育思想，在經亨頤經營一師與春暉時，得到了廣泛的落實。對美育的重視，是這兩位教育家共有的真知灼見。經亨頤東渡日本留學攻讀的是教育與數理，但他接任一師校長後，即聘請傑出的音樂美術教師李叔同，與原兩級師範學校美術教師姜丹書一起，培養了大批優秀的音樂美術人才，如豐子愷、潘天壽等；並且設置音樂教室一間、美術教室三間、鋼琴兩架、風琴五十餘架，數量比一般中學多出許多，這就是因為他深知美育的重要性。甚至於，他自己後來也成了書畫名家，成立「寒之友社」，以詩明志，以畫喻節，並有《經頤淵金石詩書畫合集》刊世。

㊴ 朱光潛：〈回憶上海立達學園和開明書店〉，原載上海一九八〇年十二月二日《解放日報》，收入《朱光潛全集》（安徽教育出版社，一九九三年二月）第一〇卷，頁五二一。

一九二三年五月三十一日，蔡元培應經亨頤之邀來春暉中學演講。對於美育的提倡，他多有發揮；對經亨頤的美育成效，他也不忘鼓勵。他說：「美的東西，雖飢不可以為食，寒不可以為衣，可是卻省不來。……求美也和求知識一樣，同是要事。……我們人類不願做醜事，願做美事，就是天性愛美的緣故。」他還說：「美有自然美、人造美兩種，山水風景屬於自然美，繪畫音樂等屬於人造美。人造美隨處可作，不限地方，……至於自然，卻限於一定的地方才可領略」，而「諸君現在處在這樣好的風景之中，真是難得的好機會，我很羨慕。……在這幾年中，務必好好地領略，才不辜負了這樣的好地方。」（一九二三年六月十六日《春暉》第一四期）在經亨頤、豐子愷、夏丏尊等人的精心設計下，春暉所呈現出來的正是一種自然與人造兼美的和諧境地。這也就難怪朱自清來到春暉不久所寫的〈春暉的一月〉文中，會如此大大的贊賞春暉的美：「且說校裏的房屋，格式、布置固然疏落有味，便是裏面的用具，也無一不顯出巧妙的匠意；決無笨伯的手澤。晚上我到幾位同事家去看，壁上有書有畫，布置井井，令人耐坐。這種情形正與學校的布置，自然界的布置是一致的。美的一致，一致的美，是春暉給我的第一件禮物。」[40]這種自然與人造的美有著一致性的特殊條件，使他於春暉任教的七個月後全家搬到白馬湖畔，同享春暉之美。

春暉的自然美，令人陶醉；春暉諸君子談「美」的文章，則令人激賞。朱自清讀 Puffer 的

[40] 朱自清：〈春暉的一月〉，《朱自清全集》第四卷，頁一二二。

《美之心理學》之後，寫了〈文學的美〉一文，分析文學作為「文字的藝術」(Art of words)，它有「一切的思想，一切的熱情，一切的欣喜」作材料，因此而有「迷人的力」。他說：「美的媒介是常常變化的，但它的作用是常常一樣的。美的目的只是創造一種『圓滿的剎那』；在這剎那中，『我』自己圓滿了，『我』與人，與自然，與宇宙，融合為一了。」而文學的美，正因為用了「人生的語言」，產生「迷人的力」，因此可以達到「圓滿的剎那」（載《春暉》第三六期）。他以此文告訴學生，文學與人生的密切關係，文學的美可以產生圓滿人生的作用。由此可以看出朱自清以文學為媒介的美育觀。

朱自清談的是文學之美，豐子愷則有〈青年與自然〉一文，談的是青年如何欣賞自然之美。此文為豐子愷寫於「白馬湖上月下」，後發表於《春暉》第三期。文中提到「青年受自然的感化和暗示最多」，自然中又以「花和月最與人親」，因此，他分成「青年與月」、「青年與花」兩部分來談這個問題。首先，他指出「各人種的起初，大都以月為崇拜的對象，這感情到後來就變為對於『神』和『真』『善』『美』的感情。」在兒童時代對月存在的空想，到了青年期會變成一種「自發的陶冶身心的力」，因此，「月是宗教的感情的必要的創造者」；其次，他認為月暗示了「愛」，月的圓形、溫柔的光，和月下如天國似的世界，都容易喚起青年愛的感情。但是，他也不忘告誡青年：因月懷鄉，因月說愁，或中夜不寐，或對月涕泣等事，也是在青年期出現最多，因此，他特別提醒學生不要陷入「月狂」的狀態。

至於青年與花的關係，豐子愷說「花可說是青年的象徵，所以青年對花分外有同情，分外愛花」；又說「花的形質的清雅不凡，使青年起道德的思想」，如白色花表示純潔，菊花表示整齊等；接著，他進一步強調花會給青年帶來美的感情：「花是自然美中的最顯著的」，因此，「無論家庭學校，凡青年所居的地方，皆宜有花，這是藝術教育上最有價值的事件。」在這個基礎上，豐子愷再對美育的重要性加以呼籲說：「藝術發達的國家校園內的栽植和宿舍內的花卉布置，極鄭重從事的。即使在都會的、地面狹窄的學校，也必設小巧的花臺或窗頭的盆栽。在實利的人們看來以為虛飾，獨不知這是學生的精神的保護者。」從這些細節的描述、講解，他最後的結論是：自然對青年最寶貴的教訓就是「美」和「愛」。這篇文章很可以看出豐子愷對學生的細膩提攜，因為白馬湖的自然美景，很容易使學生沉醉其中，不知進取，夏丏尊與經亨頤等就曾表示擔心學生在清幽環境中，會有頹唐、昏懶的傾向㊶。豐子愷藉此來釐清青年與自然的關係，本身就是一種美的教育——優美，但是不失直接。豐子愷的呼籲，很容易讓人聯想起春暉中學到驛亭之間的那段煤屑路兩旁，經亨頤是如何要求學生一株桃花、一株楊柳地種了整整一條路。這不是最

㊶ 夏丏尊在〈春暉的使命〉中說：「你生在山重水複的白馬湖；你的環境，每引起人們的羨慕。但這種環境，一不小心，就會影響你的精神，使你一方面有清潔幽美的長處，一方面染蒙滯昏懶的壞習的！」經亨頤在〈秋季運動會開會辭〉中也說：「本校處山清水秀之中，環境非常靜寞，當時擇定地點，我就有一種過慮，青年在此清幽環境之中，難免有頹唐的趨向！」

生活化的美育嗎？

對於日後以美學聞名學界、奠定一代美學宗師地位的朱光潛而言，在春暉的美育工作也並未缺席。他的一篇〈無言之美〉發表於《春暉》第三五期上，引起學生高度的閱讀興趣。他從文學、音樂、美術、雕刻等實例，來說明美學上「含蓄」的作用：「拿美術來表現思想和情感，與其盡量流露，不如稍有含蓄；與其吐肚子把一切都說出來，不如留一大部分讓欣賞者自己去領會。因為在欣賞者的頭腦裏所生的印象和美感，有含蓄比較盡量流露的還要更加深刻。換句話說，說出來的越少，留著不說的越多，所引起的美感就越大越深越真切。」這就是無言之美的奧妙。朱光潛的這篇美育論文，論據豐富，闡述生動，並未「含蓄」，而是儘量闡發，清楚演繹，將哲理、美學的抽象與生活實物、體驗完美結合，堪稱美學論文中的佳構。

身為教育工作者，他們深知教育與美感訓練、美學啟發相互應用、輔助的重要性。研究天文學的匡互生也相信，一個青年只要有遠大的理想（如理想的社會之類）或高尚的趣味（如文學科學美術的趣味），就能「從根本上摒除所有一切的煩悶和物質的欲念」（〈中等學校的訓育問題〉）。總之，在美育思想的提倡上，從經亨頤、夏丏尊、李叔同，到豐子愷、朱光潛、匡互生；從一師、春暉到立達，幾乎是一以貫之的教育方針。套句朱自清的話，他們在這一點上，呈現出了「美的一致，一致的美。」

六、教改先驅：一個深耕教育的突出參照系

民初的教育改革，毫無疑問的，啟動教改列車的是以蔡元培、陳獨秀為首的進步知識分子，而出發地點則是國立大學的重鎮「北大」。以民主、科學、自由、自治為中心的教育理論，在大學校園裏被熱烈的討論，各種新式學制、教學方式、原理被不斷的提出、實驗。如果說二〇年代是一個教改的年代，應該可以被接受。有趣的是，過去對民初教育現象、理論的探討，過於偏重於大學殿堂，教改的光芒也幾乎都集中於北大、清大等名校，對於數量更為龐大的中學，便相對地較少注意到。這不能不說是一種遺憾。

事實上，我們可以看到蔡元培、陳獨秀等人是如何風塵僕僕地前往一些中學、師範學校演講、視察的紀錄。他們的教改理念，可以輕易地在北大的實施情況中得到檢驗，然而，在這股他們掀起的教改大潮中，全國各地的中學又是如何因應呢？我認為，浙一師、春暉中學、立達中學的實例，恰好提供了一個突出的參照系（如果能對天津南開中學也進行研究，則參照的視野會更加寬廣）。

幾乎和白馬湖作家們群集於春暉進行教改的同時，本世紀最重要的教育家之一尼爾(A. S. Neill)於一九二四年在英國的《拉姆雷集》(*Lyme Ragis*)建了一所強調自由、民主、愛和學習的「夏山學校」，思考如何改革學校制度，使其更具彈性化；加強情感與人格教育；改善學校環

境；採用寓教於樂的教學方法、自治自律的訓育原則等，引起舉世教育界的注目。假如我們同意，教育的本質是「尊重和給予學習者自由和激發其主動性，以愛為出發和彼此尊重的學習環境中，使人性得以充分開展，發揮生命積極價值的過程」[42]，那麼，春暉、立達的教育理念與實踐，和「夏山學校」一樣，都值得研究本世紀教育者思索與學習。我們常說，教育是百年大計，是樹人的事業，教師是人類靈魂的工程師，是園丁，這是世界一致公認的，可是在具體實踐中卻又常常不是這樣。回頭看看七十年前這批教育理想家所提供的教育成果與深遠影響，實在令人覺得，這是何其不易，何其珍貴呀！

[42] 這是尼爾的主張，引自陳奎熹：〈夏山學校的創始人尼爾〉，《人類航路的燈塔——當代教育思想家》（劉焜輝主編，正中書局，一九九二年三月），頁五五。

第七章　「白馬湖作家群」作品論（上）

一、樸實、清醇、雋永的「白馬湖風格」

「白馬湖作家群」的「共性」，一方面表現在他們相近的價值取向、生命體驗與心理指歸上，一方面則表現在他們一致的審美意識與文學風貌上。這些聚於內、顯於外的共性，是他們同構與互動的基礎。在前述幾章深入探討了他們的深層意識結構後，本章及下一章，將針對他們的作品進行研析。本章以散文為主，下一章則探討散文以外的文學、藝術成就，如經亨頤的舊詩、劉大白的新詩、豐子愷的漫畫等。這群作家中以散文為主要表現媒介的有朱自清、夏丏尊、豐子愷、朱光潛、俞平伯、葉聖陶等六位。這群作家以其不同形式的創作表現，或顯或隱地完成這個群體「共性」的建立。「白馬湖文人」的意義彰顯，主要是在現代散文史的發展上，是通過他們共通的文學風尚、美學追求的藝術風格的特徵來揭示的。這種藝術風格的特徵，主要是清淡雋永的神韻，是清澈通明、樸質無華、真切自然、不做作矯揉的純美意境。這在本論文第二章第四節中已有概括性的討論，可以參看。

這群作家中的任何一位，都是文品與人品兼美的彬彬君子，尤其是以散文創作為主的朱自清、豐子愷等人，都是卓然自成一格的名家，他們的文學藝術表現與成就，早已有一本本的專著在討論，因此，我對他們的作品研究，儘量集中於春暉時期（少數將立達時期納入），如此較能突顯「白馬湖作家群」之取材於白馬湖、表現於白馬湖的特殊意義。以《春暉半月刊》為主要發表園地，我們可以看到朱自清的〈春暉的一月〉、〈白馬讀書錄〉、〈剎那〉、〈水上〉、〈教育的信仰〉、〈課餘〉等作品；夏丏尊的〈讀書與瞑想〉、〈春暉的使命〉、〈無奈〉等；俞平伯的〈詩的方便——在春暉的演講〉；朱光潛的〈無言之美〉；豐子愷的〈山水間的生活〉、〈白馬讀書錄〉等文章。學者商金林說：「這些文章清新恬淡，樸實無華，字裏行間，充溢著作者真誠坦率的情感和獨到的藝術見解，給人以美的享受。……這些文章『樹立了白話記敘文的模範』，形成了一個『白馬湖派』。」❶曾選編過《新月散文十八家》的學者王孫更是直接了當地說：「這些作者的散文都有一種共同的或近似的風格，即像優美的白馬湖湖水一般的清淡自然，雋永純淨。」❷他

❶ 商金林：〈朱光潛與「白馬湖派」〉，收入《朱光潛與中國現代文學》（安徽教育出版社，一九九五年十二月），頁九。

❷ 王孫：《白馬湖散文十三家・序言》，收入朱惠民選編《白馬湖散文十三家》（上海文藝出版社，一九九四年五月），頁二。

們的說法有個一致的交集，即出於自然、不事雕琢的清淡文風，是這群作家文學藝術的共同點與突出點。

當然，深邃、奇巧、絢麗的詩質之美，在他們的部分作品中也可以看到，特別是身兼詩人與散文作家雙重身份的朱自清與俞平伯兩人，這種唯美風格偶爾會不經意地自他們的筆下流瀉而出。但是，整體來說，追求散文風格的樸實美，還是他們主要的文學本色。詩人艾青曾比喻說：「樸素是對於詞藻的奢侈的擯棄；是脫去了華服的健康的袒露；是掙脫了形式的束縛的無羈的步伐；是擲給空虛的技巧的寬闊的笑。」❸這種文學意境的鮮明傾向，在他們身上可以輕易找到。他們的風格，不是隱有波瀾將成潮的豪放雄壯，而比較接近於一彎小溪的清明溫柔，或者是田園牧歌式的閒適自在。因為要做到樸實自然，必須讓自己的真實情感自由流露，不掩飾、不虛美、不迴避自己的個性。朱自清在《背影・自序》中說：「我意在表現自己」❹；葉聖陶也自我期許道：「有什麼感受就寫錄出什麼來，沒有就十年不寫錄也不妨，一任我們創作的衝動指揮著。……所以我們要創作我們所希望的真文藝品，沒有範本可臨，沒有捷徑可走，唯一的方法乃在自己修養，磨煉到一個『誠』字。」❺願意直說真話，直吐真情，與讀者交心，即使樸實，也能親

❸ 艾青：《詩論》（北京：人民文學出版社，一九八二年），頁一七七。

❹ 朱自清在《背影・序》中說：「我自己是沒有什麼定見的，只當時覺著要怎樣寫，便怎樣寫了。我意在表現自己，盡了自己的力便行。」見《朱自清全集》第一卷，頁三四。

切感人。朱光潛真摯的《給青年的十二封信》，豐子愷寥寥數筆卻耐人尋味的漫畫，都具有樸實的美質。夏丏尊的《平屋雜文》，更以「平實」面目示人。這些理論與實踐，正可以看出白馬湖文人藝術創作的基本特徵。

在前面幾章的論述中，我們呈現了他們的「人格」，這兩章的論述，則將表現出他們的「文風」。人格與文風本是兩面一體，他們不同形式的作品，將帶領我們再次親炙他們可敬、可愛的人格風範；而「白馬湖風格」的客觀存在，也將從他們的作品中得到詮釋與印證。這些自然、質樸、雋永的作品，一起成就了「白馬湖作家群」的輝煌，也讓「白馬湖風格」從此成為現代散文史上一個令人喜愛、嚮往的文學境界之一。

接著，我們就追隨這群作家在白馬湖畔走過的「蹤跡」，對他們的作品一一展開文學巡禮。

二、夏丏尊：具象與情緒並重，親切如摯友談心

夏丏尊是「白馬湖作家群」的「情感中心」。他們友誼的建立、凝聚與昇華，夏丏尊常扮演著中介、聯絡、號召的角色。這主要的原因是來自他道德文章兼美的人格力量，使這群朋友自然地親近他、尊敬他。他在教育、出版、寫作等不同崗位上，始終一貫的是真誠待人，熱情付出。不論是春暉建校，立達創辦，開明書店的崛起，他都是積極推動，以身作則，默默耕耘的中堅主

❺ 葉聖陶：〈文藝談〉，《葉聖陶集》第九卷，頁九。

幹。在散文寫作上，他的作品數量少，而且對寫作一事也不積極，他自己就說過：「我對於文學，的確如趙景深先生在《立報・言林》上所說『不大努力』，我自認不配做文人，寫的東西既不多，而且並不自己記憶保存。」（《平屋雜文・自序》）若不是鄭振鐸的不斷慫恿，最能代表他散文藝術表現的《平屋雜文》一書，恐怕也不會結集問世了。雖然如此，他的〈白馬湖之冬〉一文，卻成為詮釋「白馬湖風格」最佳的代表作，而平屋與白馬湖也因此成為現代散文的地標之一。這絕非偶然的幸運，而是源於他的高潔人品、純正思想與真摯情感。

1 說理親切，感染力強

他早期發表於《春暉》上的文字，如〈讀書與瞑想〉、〈春暉的使命〉、〈無奈〉、〈學說思想與階級〉、〈近事雜感〉、〈一年間教育界的回顧和將來的希望〉等，處處可見其耿介的人品，嚴謹的作風，以及由於執著人生、關心現實所產生的「憂鬱」。這「憂鬱」的作風，使他一生追求光明，詛咒黑暗。他的學生豐子愷就形容他「看見世間的一切不快、不安、不真、不善、不美的狀態，都要皺眉。」❻〈讀書與瞑想〉中，他提到每次借用公共圖書的時候，就會覺得「公物雖好，不及私有的能使我完全享樂」，這種「心地的窄隘」，令他「真真愧殺」；又提到「理想的教師應當把真心裝到口舌中去，但無論口舌中有否籠著真心，口舌總不過是口舌，這裏面有著教師的悲哀」❼；〈近事雜感〉中，他說：「冷暖自知！現在學校教育的空虛，只要有良心的教育者

❻ 豐子愷：〈悼丏師〉，《豐子愷文集》第六卷，頁一五九。

和有良心的學生都應該深深地痛感到。」這些都是他「不平之氣」的流露，也是他憂心世事敏銳多感的心靈的展示。

他早期的文章，在內容上都以教育現象的反省為主，因為他說：「我不幸，也是教育界中的一人。」❽說「不幸」是反諷，他對教育的理想一直是崇高的，這種思想具體表現在他對教師的殷殷期許，以及對學生的諄諄訓勉上。對於教師，他說：「希望教育者凡事切實，表裏一致，離了以辦教育為某種事業的手段的惡劣觀念，赤裸裸地照了自己的信念做去。教育在某種意味上可以說是英雄的事業，真摯就是英雄的特色。」（〈回顧和希望〉）另在〈近事雜感〉中，他又再次指出：「教育畢竟是英雄的事業，是大丈夫的事業，夠得上『師』的稱呼的人才許著手，僕役工匠等同樣地位的什麼『員』，是難擔負這大任的。」有一篇短文〈無奈〉最是生動地記錄了他對教育的無力感，他說：「教師生活真不是一件有趣味的事」，同業朋友撰了一幅聯句曰：「命苦不如趁早死，家貧無奈做先生」，他深有同感。但是，他仍打起精神惕勵自己：「橫豎『無奈』了，與其畏縮煩悶的過日，何妨堂堂正正的奮鬥。用了『死罪犯人打仗』的態度，在絕望之中殺出一條希望的血路來！」這就是夏丏尊，總是盡一己之力，不找藉口，不灰心，在絕望中也要抱

❼ 刊《春暉》第三期、第一二期，收入《夏丏尊文集・平屋之輯》，頁三六。

❽ 夏丏尊：〈一年間教育界的回顧和將來的希望〉，原刊《春暉》第二二期，收入《夏丏尊文集・平屋之輯》時改題為〈回顧和希望〉。

持希望。這種精神，使他早期反映教育問題的作品，呈現出洞察人心的啟發性與現實感。

對於學生，他則要求自覺自發，注意人格修養。他說：「學問要學生自求，人要學生自做。」(〈近事雜感〉)「真要字畫文章好，非讀書及好好地做人不可，不是僅從字畫文章上學得好的。」(〈讀書與瞑想〉) 這些說理文章有一個共通點，即不擺臉孔，不空洞說教，而是如摯友談心，親切自然。葉聖陶說得好：「他是個非常真誠的人，心裏怎麼想筆下就怎麼寫，剖析自己尤其深刻，從不隱諱自己的弱點，所以讀他的作品就像聽一位密友傾吐他的肺腑之言。」[9]這種自然散發的感染力，在課堂、在寫作上都是一致的。這和他自己的文學理念有關，他認為：「文學並非全沒教訓，但是文學所含的教訓乃係訴之於情感。……文學之收教訓的結果，所賴的不是強制力，而是感染力。……文學作品對於讀者發生力量，要以共鳴作用為條件。」文學與讀者的關係應如「良師對於子弟，益友對於知己」(〈文學的力量〉)。他那些雖然不多、但給人親切一如知己談心的散文，可以說已經實踐了上述的看法。

2 抒情真摯，具象與情緒並重

夏丏尊認為文學的特性第一是「具象」，第二是「情緒」，二者並重，文學的力量才能充分發揮。「文學的作品並不告訴人家如何如何，只把客觀的事實具象的寫下來，使人自己對之發生一種情緒，取得其預期的效果。」(〈文學的力量〉) 具體的形象呈現，要靠出色的描寫；情緒的感

❾ 葉聖陶：《夏丏尊文集‧序》，頁二。

染，要靠真摯的抒情。他的散文作品中膾炙人口的〈白馬湖之冬〉、〈白采〉、《子愷漫畫》序〉、〈鋼鐵假山〉、〈我的畏友弘一和尚〉、〈懷晚晴老人〉等，都是「能於平凡之中發現不平凡」❿，具有敏銳觀察與豐沛情思的抒情佳構。大陸學者黃濟華指出：「他善於擷取生活或事物的片斷，給以具體形象而又簡潔準確的描寫，並不把要表達的意思直白地說出，而讓人們於平凡細微處咀嚼出不平凡的深長雋永的意味來，這就使他的散文具有含蓄、耐人尋味的特色。」⓫此言不虛。對夏丏尊散文的這項特點，他的好友姜丹書於夏丏尊病逝後寫的小傳中，即曾如此說道：

先生之於文學，最注重研析字義及詞類性質、作文法則等，義理務合邏輯，修辭不尚浮華，其為語體文也，簡潔明暢，絕無一般疵累之習，善於描寫及表情，故其所譯世界名著如《愛的教育》、《棉被》及自撰之《平屋雜文》等，讀之令人心神豁然，饒有餘味，如見其人，如見其事也。⓬

---

❿ 夏丏尊：《文藝論ＡＢＣ・十四、創作家的資格》，《夏丏尊文集・文心之輯》，頁一五六。

⓫ 黃濟華：〈夏丏尊、豐子愷散文綜論〉，《中國新文學大師名作賞析・夏丏尊、豐子愷》（臺北：海風出版社，一九九二年二月二版），頁一四。

⓬ 姜丹書：〈夏丏尊先生傳〉，《姜丹書藝術教育雜著》，頁二七五。夏氏於一九四六年四月逝世，此文寫於五月。

所謂「善於描寫及表情」，正是夏丏尊所強調的「具象」與「情緒」。這兩項特色，往往被他貌似樸素與平淡的文字所遮掩，只有細心的閱讀，才能發現「他的構思是多麼謹嚴，在曲折的層次和波瀾中，蘊含著濃郁的情致，深遠的遐想，比起那些堆砌和雕琢詞藻的文章來，作者的這種工夫要高明多了，他更經得起人們的咀嚼。」⓭

被稱為「白馬湖風格」正宗之作的〈白馬湖之冬〉即是「具象」與「情緒」兼備的上乘之作。文章發表於一九三三年十二月《中學生》上，寫他遷居上海後，回憶一九二一年在白馬湖畔生活的情味。全文共分五段，千字左右，卻寫活了一幅鄉間冬日的寫意圖。「在我過去四十餘年的生涯中，冬的情味嘗得最深刻的，要算十年前初移居白馬湖的時候了。」作者一開篇先破題，但是，他只言情味，卻並未點出「風」，倒是先把環境的偏僻、冷清加以介紹：「當我移居的時候，還是一片荒野。……兩三里內沒有人煙，一家人於陰曆十一月下旬從熱鬧的杭州移居這荒涼的山野，宛如投身於極帶中。」讓我們一開始就感受到如冬的地理環境。第二段，「風」出現了：「那裏的風，差不多日日有的」，但要把無形的風「具象化」並不容易，夏丏尊遂用一連串的事例與描寫將它傳神地捕捉：先說風「呼呼作響，好像虎吼」，而且「風從門窗隙縫中來，分

⓭ 林非：〈夏丏尊的散文〉，《現代六十家散文札記》（天津：百花文藝出版社，一九八〇年三月），頁一〇〇。

外尖削」，再進一步寫道：「風刮得厲害的時候，天未夜就把大門關上，全家吃畢夜飯即睡入被窩裏，靜聽寒風的怒號，湖水的澎湃。」置身於如此荒湖與狂風中，作者卻依然積極工作，並樂在其中：

> 靠山的小後軒，算是我的書齋，在全屋子中風最少的一間，我常把頭上的羅宋帽拉得低低地，在洋燈下工作至夜深。松濤如吼，霜月當窗，飢鼠吱吱在承塵上奔竄。我於這種時候深感到蕭瑟的詩趣，常獨自劃撥著爐灰，不肯就睡，把自己擬諸山水畫中的人物，作種種幽邈的遐想。

這段動靜交加的描寫，將人在風中、物我交融的情趣生動表現出來。冬的蕭瑟和夜的靜謐，作者都深切感受到了，他的心底湧起了一股遠離塵囂的欣慰。當他從中體會到「詩趣」時，不必明言，讀者自能在這含蓄的字裏行間明白其「心不似冬」的志趣所在，也自能咀嚼出深長雋永的意味來，而且也有很大的想像空間和作者一起作「幽邈的遐想」。接著，筆鋒一轉，寫起沒有風的情形：「太陽好的時候，只要不刮風，那真和暖得不像冬天」，全家甚至可以坐在庭間曝日，像夏天一樣在外頭吃午飯。但是，「忽然寒風來了，只好逃難似地各自帶了椅凳逃入室中，急急把門關上。」一連串緊張的用詞，將風來的不預警，及手忙腳亂的情景，與前面的閒適做了強烈的對比。第四段，夏丏尊寫他對雪景的喜愛，但這仍是一種對比，因為「我在那裏所日常領略的冬的情味，幾乎都從風來」，而不是自雪來。白馬湖的多風，他做了地理因素的分析：「那裏環湖都是山，而北首卻有一個半里闊的空隙，好似故意張了袋口歡迎風來的樣子。」最後，他無限深情地說：「白馬湖的風尤其特別」，搬遷到上海後，只要於夜深人靜時聽到風聲，他就會不禁懷念起白馬湖來。結語不僅呼應了首段的「移居」，而且現實與記憶穿插，平實中不失深刻。

夏丏尊在這篇處處蕩漾著情感漣漪的短文中，沒有刻意為文，卻用舒徐自如的筆調創造出一種清幽的意境，這就是他的散文高妙之處，也是白馬湖風格的精神所在。他的文字以白描為主，有時白到幾乎無技巧可言，但他卻能以素樸優美的語言，通過種種場景的描繪，讓我們分明感受到他心靈流動的情緒起伏。全文焦點集中，抓住「風」的特點，又能將自己的主觀情意融入客觀景物中，達到情景交融、如詩如畫的效果。再深一層看，文中的冷、熱對比是十分形象化的比喻。這裏的「冷」，既有僻居鄉野荒林的環境之冷；又有軍閥混亂、風雨如晦，日軍侵吞、政局不靖的時代之冷；再加上與杭州相比反差極大、遠離人煙的寂寞，以及憂心國事的心理之冷，真是冷到了極點。但是，這裏也有「熱」：有撥劃爐灰的熱，更重要的是工作至夜深，對文學、詩趣的熱愛，使他不被寒風冷冬所擊倒。如此冷熱交加、情景交融的深意，寄寓於樸實、清淡的文風，無怪乎此文會受到讀者喜愛，成為「白馬湖風格」的代表作了。

另一篇千餘字的散文〈鋼鐵假山〉，寫立達學園在「一二八」戰火中被日機炸毀，他到廢墟中拾得炸彈碎塊做成「鋼鐵假山」，擺在案頭，以作日軍罪行「鐵證」的經過。這也是將「情緒」表現於「具象」的成功之作。他不直接描寫日軍的暴行，而是把自己強烈的情感蘊涵於一塊小小的鐵片中。他開頭先交代鐵片的來歷：「這已是三年前的事了。日軍才退出，我到江灣立達學園去視察被害的實況，在滿目淒愴的環境中徘徊了幾小時，歸途拾得這片鋼鐵回來。」沒有激情的控訴，但滿腔悲憤盡在言外。這塊鐵片「鋒稜銳利得同刀口一樣」，可以想見其殺傷力不小。全篇最深沉有力的是拾回來後，將其製成假山的曲折經過。首先，他想把它當作假山來擺，但「繼而覺得把慘痛的歷史的證物，變裝為古董性的東西，是不應該的」，於是便從案頭收起。不料搬家時，被家人棄置在雜屑簍裏，為永久保存起見，最後還是去配了架子作成假山擺在案頭。客人見了都稱讚它有畫意，家人也開始重視，不再丟棄。但是，夏丏尊卻覺得它「同時卻不幸地著上了一件古董的衣裳」，遂想寫些文字上去，以顯出其歷史性。他慎重地思考：「我不願在這嚴重的史跡上弄輕薄的文字遊戲，寧願老老實實地寫幾句記實的話。用什麼來寫呢？……照理該用血來寫，必不得已，就用血色的朱漆吧。」而且，他還決定在「一二八」當天來寫。到底要寫些什麼文字，作者並不言明，但讀者已經充分感知了他強烈的思想情感，真是深沉含蓄，饒有餘味。對侵略者的仇恨，對受難者的同情，完全是透過敘事自然而然流露出來，婉曲的筆法，比起直而露的表現更顯深沉、感人。

不論是說理、抒情或敘事，夏丏尊都以其精鍊暢達、樸素嚴謹的文字來表達，這使他的說理文條理清晰，抒情文情意濃厚，敘事文描寫生動，並且整體呈現出不故弄玄虛，不賣弄筆墨，腳踏實地，親切談心的文風。這類散文常需要作者對人生、社會、時代及周遭事物有真切、深刻的觀察與體會，加上思想、功力和嚴謹的技巧，這不是容易的事，而且因其不耀眼奪人，常被人忽略，但是，它在平實中所深藏的智慧，卻使它具有真正、長遠的生命力。夏丏尊說「文學是有力量的」，而我要說：夏丏尊的散文是有力量的，這種力量的形成，正來自於他充實的人格，情感的共鳴，以及純樸清雋如白馬湖水般的文風。

三、豐子愷：瀟灑有餘音，人間情味多

豐子愷是「白馬湖作家群」中寫作時間最長，作品數量最多的一位。他自然隨興、情調瀟脫的文字風格，從一開始就已大致形成，不像朱自清早期作品的雕琢拘謹，也不似俞平伯早期文字的繁縟濃麗。夏丏尊的作品倒是一貫地沖淡味醇，稱他為「白馬湖風格」的代表人物並不為過，但他個性略顯憂鬱，加上作品不多，因此，若只能舉一代表人物的話，個性瀟灑自在、創作質量豐美的豐子愷應該更為合適。有趣的是，豐子愷的寫作與夏丏尊有一定的師承關係，豐子愷說：「以往我每逢寫一篇文章，寫完之後，總要想：『不知這篇東西夏先生看了怎麼說』，因為我的寫文，是在夏先生的指導鼓勵之下學起來的。」（〈悼丏師〉）他們的散文作品有許多神似之處，如「文筆的洗鍊，語言的簡潔，描寫的生動傳神，議理的嚴密透徹，韻味的深長雋永，文風的平易親切，樸素自然等等。」⑭兩人各有所長，但都是「白馬湖作家群」中深具代表性的佼佼者。

朱光潛在評價豐子愷的漫畫成就時，特別強調「平實中寓深永之致」的特色，認為「他的畫就像他的人」（〈豐子愷先生的人品與畫品〉）。我認為，他的畫、他的人和他的散文其實是三位一體，密不可分的。朱光潛借黃山谷稱讚周敦頤「胸中灑落如光風霽月」來讚揚豐子愷「無憂無嗔，無世故氣，亦無矜持氣」的「渾然本色」，還表示「我的朋友中只有子愷庶幾有這種氣象」、「子愷於『清』字之外又加上一個『和』字」。這裏說的「灑落」、「清」、「和」，拿來形容他的人、畫、文都很適切。他自己曾以五首詩自道作畫旨趣與手法，其中第二首說：「泥龍竹馬眼前情，瑣屑平凡總不論。最喜小中能見大，還求弦外有餘音。」⓯他的文章也是同樣的追求弦外之餘音，這就形成了他的散文耐人咀嚼的特色。他的老友葉聖陶對他知之甚深，在為《豐子愷文集》寫的序中有一段深入的觀察：

> 子愷兄的散文的風格跟他的漫畫十分相似，或者竟可以說是同一的事物，只是表現的方式不同罷了。散文利用語言文字，漫畫利用線條色彩。……讀他的散文真像跟他談心一個樣，其中有些話簡直分不清是他在說還是我在說。像這樣讀者和作者融合為一體的境界，我想不光是我一個人，凡是細心的讀者都能體會到的。

⓮ 同⓫，頁二二五。

⓯ 豐子愷：〈代自序〉，《豐子愷畫集》（上海人民美術出版社，一九六三年十二月）卷首。

這和夏丏尊親切如知己談心的文風不是契合無間嗎？這正是這群作家們的「同調」。豐子愷比他們又多了一分灑脫，一分自在和一些趣味，這可能源於他濃厚的藝術氣息，使他的作品充滿想像力與純真的情調，發微顯隱，游刃有餘。

1 說理常帶情感，平凡中寫出深刻

目前所能看到的豐子愷散文，最早的是發表於一九一四年二月《少年雜誌》第四卷第二期上的四篇寓言體的短文：〈獵人〉、〈懷夾〉、〈藤與桂〉、〈捕雀〉，但都是以文言文書寫。白話散文則以作於一九二二年十月的〈青年與自然〉較早，後來發表於十二月一日《春暉》第三期，因此，有人認為他「正式從事散文創作是從白馬湖起步的」⑯。他早期的散文大多發表於《春暉》，如〈美的世界與女性〉、〈山水間的生活〉、〈白馬讀書錄〉、〈英語教授我觀〉等，已經顯現出他獨樹一幟的散文風格。〈青年與自然〉一文，表現出他藝術感興的本質，可以看出他對自然萬物細膩的觀察與詩意的體會，也可見他對青年藝術教育的用心。文章以英國詩人華茲華斯(Wordsworth)的詩句開頭：「嫩草萌動的春天的田野所告我們的教訓，比古今聖賢所說的法語指示我們更多的道理。」他覺得這正是贊美自然對人的感化力，也簡要生動地說明了藝術教育的特質。由於成人對自然的感化已難深入內心，「唯有極盛的青年期受自然的感化最多」，而在自然中

⑯ 見陳星：《教改先鋒——白馬湖作家群》，頁一〇九。

以花和月最與人親，因此，他全文分「青年與月」、「青年與花」兩大主題進行。在「青年與月」中，他提醒青年們「月是宗教的情感的必要的創造者」，對月的崇拜，後來會變成對於神、真、善、美的感情；月同時也象徵愛，「試看瑞煙籠罩的大地上，萬人均得浴月的柔光。這正是表示月的泛愛，且助人與人的愛。」不過，深諳青年心理、教學經驗已豐的他，不忘叮嚀青年因情感的豐富，容易「因月懷鄉，因月生愁，或中夜不寐，或對月涕泣」，「這病影響於消化、發育、睡眠、健康很大。」至於花對青年情感的興發也很大，花可說是青年——特別是女子的象徵，所以青年會格外愛花惜花；此外，「花的形質的清雅不凡，使青年起道德的思想」；更重要的，花可以給青年美的暗示，這對青年的藝術修養極有幫助。總之，在這篇諄諄誘導、即物說理的隨筆中，他再三告誡青年們：月與花的本身是「美」，對青年是「愛」。這愛與美，便是自然給人們最寶貴的教訓。

豐子愷的散文面貌是多元豐富的，或偏於議論說理，或偏於敘事狀物，但他都能夠夾敘夾議地將二者做藝術上有機的結合，使人從他生動傳神的描敘中，體會出哲理的韻味。這篇〈青年與自然〉即是如此。由於他的議論是緣物而發，將物象與抒情結合起來，從而使他的說理，不僅不會讓人覺得空泛和說教，而且富有強烈的感情色彩。〈英語教授我觀〉從題目看，是一篇教學心得的發表，但他在主張「灌輸英文學和英詩的知識於學生」外，特別強調英詩的教授，「應該講求音樂的要素」，能使學生感動，自然能產生學習興趣。他舉英國國歌〈天佑吾王〉、美國民謠

〈馬薩安息在墓裏〉為例，說明思想、語言、旋律結合的教學效果。原本可能枯燥的內容，透過他平實、流暢、形象化的描述，卻能讓人讀來津津有味，他說理常帶情感的散文筆調確實是很有魅力的。

能從平凡事物中寫出深刻的人生哲理，是豐子愷散文一個突出的特點。例如寫於一九二八年的〈顏面〉，談的是臉孔五官的構造、表情，但是，他又能把它與書法、繪畫等藝術連接在一起，得到這樣的結論：「這樣說來，不但顏面有表情而已；無名的形狀，無意義的排列，在明者的眼中都有表情，與顏面表情一樣地明顯而複雜。中國的書法便是其一例。西洋現代的立體派等新興美術又是其一例吧？」又如寫於一九二七年的〈閒居〉，說他喜歡把一天的生活情調比作音樂樂章的變化：早晨的晴雨、冷暖，就像第一樂章的開始；一天中事務的紛忙、意外的發生、禍福的臨門等，就像曲中的長音階變為短音階，C調變為F調，慢板變為快板；如果整天閒居無事，那就是「始終C調的行板的長大的樂章」。以四季氣候來說，他認為：「春日是孟檀爾伸（門德爾頌），夏日是斐德文（貝多芬），秋日是曉邦（蕭邦）、修芒（舒曼），冬日是修斐爾德（舒伯特）。」這種日常生活中的奇想，不僅有其哲理，也有對音樂特性的闡發，從平凡中寫出新意來了。

在他早期寫的說理散文中，最被人稱道的是〈漸〉。此文發表於一九二八年六月《一般月刊》上。他抓住時間的推移，真實展示了人生的不同變化。天真爛漫的孩子變成野心勃勃的青年，慷慨豪俠的青年變成冷酷的成人，血氣旺盛的成人變成頑固的老頭子，這都是時間的推移讓人不知不覺的「變」。因為是漸變，所以人常常被欺騙或遺忘。豐子愷一針見血地說：「使人生圓滑進行的微妙的要素，莫如『漸』；造物主騙人的手段，也莫如『漸』。」他指出「漸」的作用，就是「用每步相差極微極緩的方法來隱蔽時間的過去與事物的變遷的痕跡，使人誤認其為恆久不變。這真是造物主騙人的一大詭計！」將人們常見卻大多感而未察的現象，如「陰陽潛移，春秋代序，以及物類的衰榮生殺」等，以生動的比喻予以揭穿，提出「變」的神秘動力在於人們習焉不察的「漸」的作用。當認清了這一點，有人會意志消沉，因為覺得「時間則全然無從把握，不可挽留，只有過去與未來在渺茫之中不絕地相追逐而已」，像豐子愷就因此覺得「百年的壽命，定得太長」，因為「一般人對於時間的悟性，似乎只夠支配搭船、乘車的短時間；對於百年的長期間的壽命，他們不能勝任，往往迷於局部而不能顧及全體。」如果人的壽命像搭船乘車那麼短暫，「也許在人類社會上可減少許多凶險殘慘的爭鬥」。他這種「人生無常」、「人生不必長」的觀點，看似消極，其實是他對二〇年代政治混亂、爭鬥不休的現象的反彈。不過，他在文章結尾也希望人們能有「大人格」、「大人生」，「能不為『漸』所迷，不為造物所欺。」從正視時間變化，正視人生起伏，到加倍珍惜時光，豐子愷道出了多麼深刻的人生哲理。這篇文章是早期之作，悲歎人生的味道濃些，但他很快就起而認識人生、批判人生，這和他畫漫畫由詩詞風，轉為家常味、人間相的過程是一樣的。所以他才會說：「我作漫畫，感覺如寫隨筆一樣，不過或用

線條，或用文字，表現工具不同而已。」〈漫畫創作二十年〉

2 自得人間情味，常保赤子之心

豐子愷於一九二三年五月，在白馬湖畔的「小楊柳屋」中寫的〈山水間的生活〉一文，道出了在春暉生活一年多的感觸。這篇文章頗具代表性，可以看出他這段時期的心境。夏丏尊在〈白馬湖之冬〉中那種內心冷熱交加的情緒波動，做為湖畔鄰居的豐子愷也有獨到的體會，他說：

> 我曾經住過上海，覺得上海住家，鄰人都是不相往來，而且敵視的。我也曾做過上海的學校教師，覺得上海的繁華和文明，能使聰明的明白人得到暗示和覺悟，而使悟力薄弱的人收到很惡的影響。我覺得上海雖熱鬧，實在寂寞，山中雖冷靜，實在熱鬧，不覺得寂寞。就是上海是騷擾的寂寞，山中是清靜的熱鬧。

他並沒有一味地避世、隱遁，他只是對都會中的「生活恐慌」感到不滿。他明白「凡物都有明暗兩方面的」，都會生活與山水間的生活孰優孰劣，孰利孰弊，他認為可以討論，只是他個人「往往覺得山水間的生活，因為需要不便而菜根更香，豆腐更肥。因為寂寥而鄰人更親。」在清幽生活中有一分自得，從日常生活的瑣屑中悟出一些人間情味，豐子愷「無入而不自得」的修煉使他愛上白馬湖的清風明月。這篇散文仍不脫哲思的影子，但情意抒發的真誠坦率，使作者的藝術心靈充分展現，才是本文讓人吟詠再三的主要原因。

一九二六年十月，《一般月刊》上發表了他的兩篇散文，一記與弘一的法緣，一記與白采的短暫友誼，都是清淡如水、卻又讓人低迴不已的「白馬湖風格」之作。〈法味〉寫他與夏丏尊一起到杭州探望弘一的情形，過程中不斷穿插昔日的種種，情感起伏的波動不小，但寫來冷靜而有節制。如他與弘一見面的情景：「弘一師見我們，就立起身來，用一種深歡喜的笑顏相迎。我偷眼看他，這笑顏直保留到引我們進山門之後還沒有變更。」客堂的陳設十分簡單：「除了舊式的椅桌外，掛著梵文的壁飾和電燈。」談話中，弘一囑他寫封謝絕他人求經的信，豐子愷十分簡潔地描述說：「他回入房裏去了許久，拿出一張通信地址及信稿來，暫時不顧其他客人，同我並坐了，詳細周到地教我信上的措詞法。這種叮嚀鄭重的態度，我已十年不領略了。這時候使我頓時回復了學生時代的心情。」這次晤面閒談，豐子愷內心有很強烈的感觸，回想十年來的心境，他覺得「猶如常在驅一群無拘束的羊，才把東邊的拉攏，西邊的又跑開去。拉東牽西，瞻前顧後，困頓得極。不但不由自己揀一條路而前進，連體認自己的狀況的餘暇也沒有。」而此次能來和弘一見面，他如有所悟地感受到：「我在弘一師的明鏡裏約略照見了十年來的自己的影子了。我覺得這次好像是連續不斷的亂夢中一個欠伸，使我得暫離夢境；拭目一想，又好像是浮生路上的一個車站，使我得到數分鐘的靜觀。」這種真摯的反省、自得，一方面道出自己的心境，一方面深刻地寫出師生之間的情誼，令人擊節。

豐子愷散文的內容、情感，都是如此真樸，因此在表現手法上也是自然不假雕琢，看似不施技巧，信筆所至卻又顯功夫。他的語言平易流暢，娓娓而談中常見洗鍊。他與弘一六年不見，見面的場景自可鋪陳發揮，但他只著力描寫弘一掛在臉上的歡顏。明眼的讀者，於此不得不驚歎作者文筆的老練自如，爐火純青。〈白采〉一文只有八百字，也是精鍊有加。對同是立達同事的詩人白采的英年早逝，他集中描寫一次白采來向他辭行的情景。因為平日的生疏，白采的冒雨道別，令他「懊惱從前不去望望他，同他談談」，為「感激他對我的厚意，慚愧我對他的冷淡」，於是「沽酒辦餚，為他餞別。」不料過了半年，豐子愷在火車上偶然閱報看到他的死訊，十分震驚：「我不肯立刻相信這就是我所認識的白采！仔細再讀，到無可疑議了的時候，我半晌如入夢中，感到了無限的驚訝與悲哀。我偶然認識白采君，偶然與他同事，偶然為他餞別，今又從偶然中得到他的最後的消息！」回到立達學園後，他檢閱白采的遺稿，又偶見油印的講義上有一段日記：「元宵初六，醉別於豐子愷家，雨中登艦……」，這又不禁令他陷入深深的沉思了。全文沒有華麗的詞句，但質樸中見真誠，平易處見精神，因而散發出感人的力量。

師生之情，朋友之誼，山水之樂，豐子愷總是能咀嚼出醇厚的情味。沒有矯情裝飾，一切明白如話，自然精確，難怪郁達夫會說：「人家只曉得他的漫畫入神，殊不知他的散文，清幽玄妙，靈達處反遠出在他的畫筆之上。」⑰豐子愷對人間萬物的有情觀照，和他濃厚的人道主義思

⑰ 郁達夫：《中國新文學大系・散文二集・導言》，原由上海良友圖書公司出版，趙家璧主編。此根據業強出版社一九九〇年三月重印本，見頁一七。

想有關。這種思想一方面體現在對佛教哲學的皈依上，一方面則體現於禮讚兒童、崇拜兒童的傾向上。他的一些描寫兒童的散文，是他作品的一大特色。他對兒童的態度表明他對人的價值和獨立人格的肯定，而這是他人道主義思想中最重要的特徵。不僅如此，對兒童的崇拜，也是他一貫崇尚自然、反對矯飾的美學思想的流露。兒童世界的率直、天真，正好對照出成人世界的虛偽、造作。他在〈漫畫創作二十年〉中說：「在隨筆中、漫畫中，處處讚揚兒童，現在回想當時的意識，這正是從反面詛咒成人社會的惡劣。」他在二〇年代中取材於兒童生活的散文有〈給我的孩子們〉、〈兒女〉、〈從孩子得到的啟示〉、〈華瞻的日記〉、〈阿難〉等多篇。最早的是寫於一九二六年的〈給我的孩子們〉，在這篇文章中，他直言不諱地說：

我的孩子們！我憧憬於你們的生活，每天不止一次！我想委曲地說出來，使你們自己曉得。可惜到你們懂得我的話的意思的時候，你們將不復是可以使我憧憬的人了。這是何等可悲哀的事啊！

他稱讚孩子們是「身心全部公開的真人」，每天唱歌、畫畫都是自動的創作，而且創作力比大人強盛得多。孩子們的天真無邪，使他感歎：「我在世間，永沒有逢到像你們樣出肺肝相示的人。世間的人群結合，永沒有像你們樣的徹底地真實而純潔。」在〈從孩子得到的啟示〉中，他坦承：「推想起來，他們常是誠實的，『稱心而言』的；而我們呢，難得有一日不犯『言不由衷』

的惡德！」在〈兒女〉中，他更是極力推崇兒童的值得學習與仰望：「近來我的心為四事所占據了：天上的神明與星辰，人間的藝術與兒童，這小燕子似的一群兒女，是在人世間與我因緣最深的兒童，他們在我心中占有與神明、星辰、藝術同等的地位。」這種「信仰」真是無比的虔誠。他的人道主義思想，使他重視人的價值與獨立性；因為重視人，他肯定兒童的價值；又因為看清孩子的天然本質，使他慨歎成人社會的虛假不真。對此深自警惕的他，遂要求自己不能沒有赤子之心，希望能「放懷一切地加入你們的真生活的團體」。我認為，豐子愷的赤子之心，一方面使他自在地在污濁人世間尋到清味，一方面也創作出情趣十足、耐人尋味的漫畫與散文來。這一點，只要讀讀〈兒女〉中的一段即可證明我的所言不虛：

> 有一個炎夏的下午，我回到家中了。第二天的傍晚，我領了四個孩子——九歲的阿寶、七歲的軟軟、五歲的瞻瞻、三歲的阿韋——到小院中的槐蔭下，坐在地上吃西瓜。夕暮的紫色中，炎陽的紅味漸漸消滅，涼夜的青味漸漸加濃起來。微風吹動孩子們的細絲一般的頭髮，身體上汗氣已經全消，百感暢快的時候，孩子們似乎已經充溢著生的歡喜，非發洩不可了。最初是三歲的孩子的音樂的表現，他滿足之餘，笑嘻嘻搖擺著身子，口中一面嚼西瓜，一面發出一種像花貓偷食時候的"ngam ngam"的聲音來。這音樂的表現立刻喚起了五歲的瞻瞻的共鳴，他接著發表他的詩：「瞻瞻吃西瓜，寶姐姐吃西瓜，軟軟吃西瓜，阿韋

吃西瓜。」這詩的表現又立刻引起了七歲與九歲的孩子的散文的、數學的興味：他們立刻把瞻瞻的詩句的意義歸納起來，報告其結果：「四個人吃四塊西瓜。」

這是多麼細膩、生動而溫暖的親情寫照！豐子愷的筆調是如此簡潔、自然，不誇張，也不雕琢，卻有著真誠的情感、雋永的風味。原本是平凡無奇的題材，他卻能別具慧眼，以一個充滿愛心的父親的角度來觀察，寫得那麼細緻，那麼動情，又不失供人思索的哲理意味。這就是豐子愷散文的藝術所在，也是魅力所在。趙景深說：「他只是平易的寫去，自然就有一種美。」⑱作為「白馬湖作家群」的核心成員，他這些具有自然美的散文表現已為「白馬湖風格」下了最好、最生動的註腳。

四、朱自清：意在表現自己，風華從樸素中來

朱自清於一九二四年三月來到白馬湖之前，已是一位以詩名世的作家。一九一九年起，在新文學風潮的影響下，他開始創作新詩，那時他是北京大學本科哲學門二年級學生，但已才情洋溢。一九二一年「文學研究會」成立，他加入成為早期會員。翌年一月，他與葉聖陶、俞平伯、

⑱ 趙景深：〈豐子愷和他的小品文〉，原載一九三五年六月二十日《人間世》第三〇期。收入豐華瞻、殷琦編《豐子愷研究資料》（寧夏人民出版社，一九八八年十一月），頁二六三。

劉延陵創辦《詩月刊》，這是中國新文學史上第一個詩刊。六月，他與俞平伯、郭紹虞、葉聖陶、鄭振鐸等八人的新詩合集《雪朝》由上海商務印書館印行，其中第一輯即是朱自清詩十七首。一九二三年三月十日，他的長詩〈毀滅〉發表於《小說月報》，俞平伯立刻為文熱烈讚揚道：「論它風格底宛轉纏綿，意境底沉鬱深厚，音調的柔美悽愴，只有屈子底《離騷》差可彷彿」[19]，但在思想、態度、手法、情調、節奏等方面，朱自清又有自己的獨特之處。這首詩被認為是新詩運動以來，利用中國傳統詩歌技巧的第一首長詩，此詩一出，立刻引起詩壇的注意。因此，他是頂著詩人的桂冠來到白馬湖的。

然而，他在一九二三年八月與俞平伯同遊秦淮河，十月寫成〈槳聲燈影裏的秦淮河〉一文，在次年一月出版的《東方雜誌》第二一卷第二號發表後，曾被時人評為「白話美術文的模範」[20]。經過這次的漂亮出擊後，他開始致力於散文創作。當然，這不是朱自清的第一篇散文，一九二一年寫於上海、後收入《蹤跡》一書的〈歌聲〉，才是他美文創作的開始。但是，在白馬湖的近一年半時間裏，他寫了不少散文，如〈溫州的蹤跡〉、〈春暉的一月〉、〈剎那〉、〈教育的信仰〉、〈團體生活〉、〈女人〉、〈文學的美〉、〈課餘〉、〈白馬讀書錄〉、〈水上〉、〈《憶》跋〉等，這

[19] 俞平伯：《讀〈毀滅〉》，原載一九二三年八月《小說月報》第一四卷第八期。引自樂齊、范橋選編：《俞平伯散文》（北京：中國廣播電視出版社，一九九七年一月）下冊，頁二二五。

[20] 浦江清：〈朱自清先生傳略〉，《文學雜誌》第三卷第五期，一九四八年十月。

在過去是不曾有的。換言之，他在白馬湖的這段期間，完成了由詩轉向散文的創作生命的蛻變。從這個角度來說，探討他在這一時期（早期）的散文創作歷程，毋寧是饒富深意的。

一九二四年十二月，是朱自清創作生涯中值得紀念的一個關鍵時刻。他個人的第一本詩文集《蹤跡》由亞東圖書館出版，內收他自《雪朝》問世以後的兩年間所創作的新詩三十餘首，散文〈槳聲燈影裏的秦淮河〉、〈溫州的蹤跡〉、〈匆匆〉等。《蹤跡》的出版，為他帶來了文壇肯定的掌聲。李廣田稱讚說：「他的作品一開始就建立了一種純正樸實的新鮮作風」㉑；鄭振鐸也說：「朱自清的《蹤跡》是遠遠的超過《嘗試集》裏的任何最好的一首，功力的深厚，已經不是嘗試之作，而是用了全力來寫著的。」㉒不過，《蹤跡》出版之後，他就很少寫詩了。陸續寫的幾首，主題基本上不脫原來思路的延伸。到一九二八年發表〈咫尺〉後，朱自清便收拾起他的詩筆了。朱自清從詩轉向散文的原因，是討論他早期創作不得不談的一個問題。大陸學者姜建對《蹤跡》出版的觀察很有意思：「不知他自己是否意識到，這本書兩輯的安排，帶著某種暗示，它意味著朱自清詩歌創作期的結束和散文創作期的發端，因而不妨把《蹤跡》看作朱自清創作生涯中

㉑ 李廣田：〈朱自清先生的道路〉，收入朱金順編：《朱自清研究資料》（北京師範大學出版社，一九八一年八月），頁一一。

㉒ 鄭振鐸：《中國新文學大系・文學論爭集・導言》，原由上海良友圖書公司出版，此根據業強出版社一九九〇年三月重印本，見頁一六。

的一個分水嶺。」㉓其實，朱自清是對自己的創作才能反省後才有意識地轉變文體。他在一九二八年寫的《背影．序》中坦誠地剖析道：

> 我是大時代中一名小卒，是個平凡不過的人。才力的單薄是不用說的，所以一向寫不出什麼好東西。我寫過詩，寫過小說，寫過散文。二十五歲以前，喜歡寫詩；近幾年詩情枯竭，擱筆已久。前年一個朋友看了我偶然寫下的〈戰爭〉，說我不能做抒情詩，只能做史詩；這其實就是說我不能做詩。我自己也有些覺得如此，便越發懶怠起來。……我所寫的大抵還是散文多。……我自己是沒有什麼定見的，只當時覺著要怎樣寫，便怎樣寫了。我意在表現自己，盡了自己的力便行；仁智之見，是在讀者。

朱自清的轉向，對詩壇是一個損失。但他在散文上盡力「表現自己」，加上把詩情融入散文之中，使他的散文創作充滿詩意，從而在散文領域裏獲得了更大的成功，並對「五四」以來的散文創作產生巨大影響。楊振聲說：「他的散文，在新文學運動初期，便已在領導著文壇」㉔，這個說法是符合歷史事實的。而他文體重心轉變的時候，正是在春暉與寧波四中執教期間。白馬湖畔的歲月，他在《春暉》發表的一些文章，不但可以看出他對文學的見解，更重要的，我們還可以

㉓ 姜建：《大地足印——朱自清傳記》（江蘇教育出版社，一九九三年六月），頁九九。

㉔ 楊振聲：〈朱自清先生與現代散文〉，收入《朱自清研究資料》，頁八。

看到他「詩質美文」初期創作的軌跡。

1 詩質美文，委婉細膩

朱自清的早期散文大體可分成四類：一是反映社會現實生活的，如〈生命的價格——七毛錢〉、〈航船中的文明〉、〈白種人——上帝的驕子〉、〈執政府大屠殺記〉等；二是寫家庭與個人生活的，如〈兒女〉、〈背影〉、〈給亡婦〉等；三是寫對教育、對人生的雜感，如〈教育的信仰〉、〈剎那〉、〈匆匆〉、〈團體生活〉、〈課餘〉等；四是寫自然景致、山水風光，如〈槳聲燈影裏的秦淮河〉、〈溫州的蹤跡〉、〈荷塘月色〉等。這些作品揉合出他早期散文的藝術風貌，主要收在《蹤跡》與《背影》二本書中。

如上所述，朱自清一開始寫散文，仍不脫詩人的氣質，筆下細膩雕琢的痕跡處處可見，尤其寫景之作更是如此。因此，他早期的「詩質美文」便不免犯了「文勝於質」的毛病，如葉聖陶所說：「他早期的散文如〈匆匆〉、〈荷塘月色〉、〈槳聲燈影裏的秦淮河〉都有點兒做作，太過於注重修辭，見得不怎麼自然。」㉕余光中也曾針對朱自清最有名的幾篇散文：〈背影〉、〈荷塘月色〉、〈匆匆〉、〈溫州的蹤跡〉、〈春〉、〈槳聲燈影裏的秦淮河〉，進行細密的文字、句法、意象分析，指出其缺失：「他的句法變化少，有時嫌太俚俗繁瑣，且帶點歐化。他的譬喻過分明顯，形象的取材過份狹隘，至於感性，則仍停留在農業時代，太軟太舊。」而否定朱自清是散文大家的

㉕ 葉聖陶：〈朱佩弦先生〉，原載《中學生》一九四八年九月號。見《朱自清研究資料》，頁四。

評論，認為他只能說是「二〇年代一位優秀的散文家」㉖。葉、余二氏對朱自清早期作品的評論自有其觀點，也確實道出朱自清散文的「部分」缺點。我說「部分」，是因為他們在指陳缺失之際，也不斷說明朱自清散文的傑出之處，如余光中說：「樸實、忠厚、平淡，可以說是朱自清散文的本色。」在評〈白水漈〉時則說：「這一段擬人格的寫景文字，該是朱自清最好的美文。……僅以文字而言，可謂圓熟流利，句法自然，節奏爽口，虛字也都用得妥貼得體。」（〈論朱自清的散文〉）葉聖陶也強調：「稍後的〈背影〉、〈給亡婦〉就做到了文質並茂，全憑真感受真性情取勝。」㉗郁達夫對朱自清的「詩質散文」則有如下的評價：「朱自清雖則是一個詩人，可是他的散文，仍能夠滿貯著那一種詩意；文學研究會的散文作家中，除冰心女士外，文字之美，要算他了。」㉘給予了正面的肯定。這些褒貶不一的看法，倒真應了朱自清自己說的：「仁智之見，是在讀者。」

對朱自清作品加以全面、細部的考察，不是本節的重點，但我們可以看到一個事實：朱自清的散文自二〇年代以來，始終家喻戶曉，享譽不衰，〈背影〉、〈荷塘月色〉、〈匆匆〉、〈溫州的蹤

㉖ 余光中：〈論朱自清的散文〉，《青青邊愁》（臺北：純文學出版社，一九七七年十二月），頁二三六。

㉗ 葉聖陶：《中國現代作家選集・朱自清・序》，寫於一九八二年三月，收於朱喬森編《中國現代作家選集・朱自清》（香港：三聯書店出版，授權書林出版公司在臺出版發行，一九九二年十二月），頁二。

㉘ 同⑰，頁一八。

跡〉一類的散文，不僅成為中學國文課本的必選之作，「朱自清」三字，也已成為白話散文的代名詞了。探究其因，可以長篇累牘，但我只想舉葉聖陶於一九八二年的一段意見來做說明：

> 佩弦兄的散文，我是十分推崇的。我曾經向青年們、少年們作過許多次介紹，還對我的子女們說，寫散文應該向朱先生學。如果有人問我是否有點兒偏愛，我樂於承認。每回重讀佩弦兄的散文，我就回想起傾聽他閒談的樂趣，古今中外，海闊天空，不故作高深而情趣盎然。我常常想，他這樣的經驗，他這樣的想頭，不是我也有過嗎？在我只不過一閃而逝，他卻緊緊抓住了。他還能表達得恰如其分，或淡或濃，味道極正而且醇厚。㉙

這「或淡或濃」，或工筆或白描，朱自清都能寫得「醇厚」，形神畢現，正是朱自清散文的魅力所在。雖然他早期的散文有值得批評之處，但有趣的是，他膾炙人口、傳頌不絕的名篇，大部分是早期的作品。以「濃」為主調的「詩質美文」中，就不乏工細生動、逼真傳神的佳作。如〈槳聲燈影裏的秦淮河〉，全文五千多字，以「槳聲燈影」為寫景的「文眼」，以泛舟秦淮河的游蹤為線索，描寫不同時序的不同景致，完全以形象化的畫面來抒情寫景，敘事說理。朱自清觀物取象，以象造境，將映照在河上的船形、燈彩、天光、水色、月影、樹姿等，以詩意的意象流動融成一幅畫中有意、景中含情的河上月色圖，讓我們充分「領略那晃蕩著薔薇色的歷史的秦淮河的滋

㉙ 同㉗，頁二。

味」。又如〈荷塘月色〉，朱自清通過比興和象徵相結合的手法，以物喻人，託物寄情，創造出一個詩意淋漓、情景交融的境界，這是此文最顯著的藝術特色。在語言上，他一方面運用大量富有表現力的比喻，如以「一粒粒的明珠」、「碧天裏的星星」、「剛出浴的美人」來寫「靜」中顯「動」的荷花情韻，給人清新幽麗的感受；再如，把荷花的「縷縷清香」比擬成「遠處高樓上渺茫的歌聲」，把荷葉和花上的「青霧」，形容為「籠著輕紗的夢」，把「光和影」的和諧說成是「梵婀鈴上奏著的名曲」，把「沒精打彩」的路燈比喻為「渴睡人的眼」等，自然就把夜間荷塘超脫人世的迷離意境，渲染得淡遠靜穆，充滿淡淡的詩意，也蘊藉著一種含蓄不盡的韻致。〈荷塘月色〉中自然流暢、精美純正的白話語言表現，為葉聖陶「味道極正而且醇厚」的說法做了最好的說明，而這也是「白馬湖風格」的正色之作。

一九二四年成篇、發表的〈溫州的蹤跡〉一文，是由〈月朦朧，鳥朦朧，簾捲海棠紅〉、〈綠〉、〈白水漈〉、〈生命的價格——七毛錢〉四個短文組成，其中前三篇都是寫景如畫的「詩質美文」。〈月朦朧〉一文，寫他觀畫的感受，對畫中的圓月，他形容是「一張睡美人的臉」，至於海棠花則是「或散或密，都玲瓏有致。葉嫩綠色，彷彿掐得出水似的；在月光中掩映著，微微有淺深之別。花正盛開，紅豔欲流；黃色的雄蕊歷歷的，閃閃的。襯托在叢綠之間，格外覺著妖嬈了。」完全是如畫如詩的彩筆細描；〈綠〉寫的是梅雨潭的「女兒綠」的美。全文採取移步換景的敘寫手法，有層次地寫他發現及捕捉過程中的內心感受，從「花花花花的聲音」到發現「一帶白而發亮的水」，然後看到「彷彿一隻蒼鷹展著翼翅浮在天宇」的梅雨亭，遠看瀑布，「像一朵朵小小的白梅，微雨似的紛紛落著」；接著，朱自清以感覺的畫筆，一層深似一層地寫出「綠」的女性美，從「少婦」到「處女」，從「妻子」到「西施」，從「女神」到「女兒」，時而「擁抱」，時而「親吻」，一步步地將其內心流動的詩情推向結尾再度感到「驚詫」的高峰；〈白水漈〉也是寫瀑布，但與梅雨潭又有不同，它是「又薄又細」，「有時閃著些須的白光」，然後「白光嬗為飛煙，已是影子，有時卻連影子也不見。」這真是精心細意的觀察。對這樣如影如煙的瀑布，微風一吹便產生了微妙的變化：

有時微風過來，用纖手挽著那影子，它便嫋嫋的成了一個軟弧；但她的手才鬆，它又像橡皮帶兒似的，立刻伏伏貼貼的縮回來了。我所以猜疑，或者另有雙不可知的巧手，要將這些影子織成一個幻網。——微風想奪了她的，她怎麼肯呢？

用微風的纖手與另一隻不可知的手來爭奪瀑布的細絲，維妙維肖地描繪了細薄瀑布被微風吹起的奇景。若沒有細膩的觀察，是不可能有如此委婉新穎的聯想的。一九二五年，他在為孫福熙《山野掇拾》一書寫的書評中，強烈主張作家要深入描寫對象：「他們於一言一動之微，一沙一石之細，都不輕輕放過。……他們所以於每事每物，必要拆開來看，拆穿來看；無論錙銖之別，淄澠之辨，總要看出而後已，正如顯微鏡一樣。這樣可以辨出許多新異的滋味。」㉚無疑的，他自己也是這種主張的實踐者。這些細針密線似的描繪與渲染，不僅逼真地呈現出當時當地當物所獨具之景，而且也抒發了作者自己的審美趣味所最能領略到的藝術境界。朱自清就是如此盡力地「意在表現自己」，寫出一篇篇動人的「詩質美文」。

寫完〈白水漈〉不久，飽含豐沛詩情的朱自清寫了〈春暉的一月〉，歌頌春暉給了他三件禮物：一致的美，一致的真誠，閒適的生活。其中一大段是直接描寫白馬湖迷人的美景，透過他描繪入妙的文筆，我們也彷佛看到了白馬湖的多采丰姿：

> 這是一個陰天。山的容光，被雲霧遮了一半，彷佛淡妝的姑娘。但三面映照起來，也就青得可以了，映在湖裏，白馬湖裏，接著水光，卻另有一番妙景。我右手是個小湖，左手是個大湖。湖有這樣大，使我自己覺得小了。湖水有這樣滿，彷佛要漫到我的腳下。湖在山的趾邊，山在湖的唇邊；他倆這樣親密，湖將山全吞下去了。吞的是青的，吐的是綠的，那軟軟的綠呀，綠的是一片，綠的卻不安於一片；它無端的皺起來了。如絮的微痕，界出無數片的綠；閃閃閃閃的，像好看的眼睛。湖邊繫著一只小船，四面卻沒有一個人，我聽見自己的呼吸。想起「野渡無人舟自横」的詩，真覺物我雙忘了。

㉚ 朱自清：〈山野掇拾〉，一九二五年六月二日作，刊同年六 月出版的《我們的六月》，後收入《你我》一書。見《朱自清全集》第一卷，頁二一五。

這篇文章抒情、敘事、說埋兼具，而此段寫景正是他「詩質美文」的風格：委婉細膩，富有視覺之美；精雕細刻，融情景於一體。這裏有他初見白馬湖的驚喜，也有希求恬靜的心境，二者吻合無間，共同形成靜美淡雅的韻味。湖山的親密，加上人的有情觀照，給人超塵脫俗的「物我雙忘」的世外之感。

從較早的散文詩〈匆匆〉，到贏得無數喝采的〈槳聲燈影裏的秦淮河〉、〈溫州的蹤跡〉，直到〈荷塘月色〉，朱自清的「詩質美文」是他作品中重要的藝術特徵之一。自然外景本質的豐富性，和他心靈感受的豐富性相適應、相融合，產生出作品深厚的情韻，而使他的這類作品具有強烈的藝術魅力。朱自清於春暉時期還寫了不少書評、說理、敘事的作品，〈溫州的蹤跡〉與〈春暉的一月〉是最具代表性的「詩質美文」。一九二五年十月，朱自清於北平寫了〈背影〉一文後，他的散文風格就逐漸由濃轉淡，越寫越素樸，詩意太露的缺失也漸被日益精鍊醇厚的文字表現所取代了。

2 寫實立誠，樸質深秀

朱自清對白馬湖「初見」的美好印象，清楚表現於〈春暉的一月〉中，但顯然他是銘刻於心，念念不忘的，在離開白馬湖三年之後，在北平又以無限深情「再現」了白馬湖當年的勝景，寫下〈白馬湖〉一文，和〈春暉的一月〉前後呼應。雖然，在寫景的刻劃上，仍是「貯滿著那一種詩意」，但相對來說，筆墨已較為疏淡。對白馬湖自然美景的描繪，此文應是寫得最深刻的一篇。他先大體說出湖的好處：「湖水清極了，如你所能想到的，一點兒不含糊像鏡子。」而且，「遇到旱年的夏季，別處湖裏都長了草，這裏卻還是一清如故。」接下來焦點縮聚於春暉中學：「春暉中學在湖的最勝處」，不必明言，讀者就可想見其不俗的景觀。朱自清在湖畔住了一年多，對四季的變化有獨到的觀察，而全文的重心也集中於對季節嬗替下湖光山色的細緻描寫上：

> 白馬湖的春日自然最好。山是青得要滴下來，水是滿滿的、軟軟的。小馬路的西邊，一株間一株地種著小桃與楊柳。小桃上各綴著幾朵重瓣的紅花，像夜空的疏星。楊柳在暖風裏不住地搖曳。在這路上走著，時而聽見銳而長的火車的笛聲是別有風味的。在春天，不論是晴是雨，是月夜是黑夜，白馬湖都好。……夏夜也有好處，有月時可以在湖裏划小船，四面滿是青靄。船上望別的村莊，像是蜃樓海市，浮在水上，迷離徜恍的；有時聽見人聲或犬吠，大有世外之感。若沒有月呢，便在田野裏看螢火。

他在寫景之餘，不忘寫寫老友相聚飲酒的美好回憶：「丏翁夫人的烹調也極好，每回總是滿滿的盤碗拿出來，空空的收回去。」白馬湖一天中最好的時候是黃昏，也是他們喝酒的時候：「我們說話很少；上了燈話才多些，但大家都已微有醉意，是該回家的時候了。若有月光也許還得徘徊一會；若是黑夜，便在暗裏摸索醉著回去。」全篇時而美景，時而人情，消融得自然無痕跡。優美的比喻，恰到好處的情感抒發，語言樸質淡雅，卻自有一種詩意的美感，以形象化的手法綻射出它光彩動人的風華。楊振聲說他的散文風格是「風華從樸素中來」、「腴厚從平淡出來」（〈朱自清先生與現代散文〉），這篇文章就是一例。

朱自清於春暉時期還寫了不少說理、評論文章，關懷的層面以教育、文學為主，當然也有社會現實的反映在內。這是他一貫認同文學研究會「為人生」的寫作信條的具體實踐。如《春暉》第三〇期的〈白馬讀書錄〉中主張：「初級中學國文教授，當以練習各體實用文，即練習從各方面發表情思的方法為主，而以涵養文學的興趣為輔。至於高級中學，那又應當別論。」第三三期有他論沙剎的詩文集《水上》的書評，藉此強調「真的生活」與「自我」對創作的重要性。他專論詩的部分，指出其題材全是戀愛，背景全是西湖，原本應會單調、使人厭倦，但卻能讓他一氣讀完，覺得新鮮、趣味，其主因即在於「作者的純一的心」，有著「一個清新雋逸而富於愛情的『自我』」，因此，他提醒寫作者「去向自己的生活上打主意——培養深厚的同情，豐富的生活」，如此才能捉住這個「自我」，這個「味」。第三四期則有〈教育的信仰〉，有條不紊地道出他對教育亂象的不滿，以及教育工作的理想追求。他抨擊有的教師像軍閥一樣在校內「植黨」，培養「學生軍」，而教育者將教育看作一種手段，更是教育一糟至此的主因。因此，他多方舉例論述，主張採取感化手段的人格教育：「教育者須對於教育有信仰心，如宗教徒對於他的上帝一樣；教育者須有健全的人格，尤須有深廣的愛；教育者須能犧牲自己，任勞任怨。」最後，他語重心長地說：「我斥責那班以教育為手段的人！我勸勉那班以教育為功利的人！我願我們都努力，努力做到那以教育為信仰的人！」在第三五期中的〈課餘〉，則是對當時有些教育者靠著讀雜誌，「博覽些東鱗西爪的知識，便可以眩示於人，做社會的導師」的現象，深表不滿，他自創「雜誌之學」一詞來形容這些不學無術之輩。而在第三六期中，他撰有長文〈團體生活〉，針對中等學校的群育提出看法，指出「要一般社會有細密的組織和健全的活動力，非從中等學校下手不可，非先使中等學校有良好有效的團體生活不可！這需要師生的合作，從日常言動中涵養起去！」表達出他對教育改革理念與實行方法的心得觀察。

朱自清這些談文學、論教育的文章，充滿高度的「現實性」，這是因為他一貫主張認真對待人生，深入觀察事理，切實感受當下生活，「丟去玄言，專崇實際。」他早於一九二三年十一月寫的〈文藝的真實性〉中，就強調「我們所要求的文藝，是作者真實的話」，認為作家要有「求誠之心」，不可「模擬」和「撒謊」，只有說自己的話才「親切有味」㉛，所以，他的這些文章才會既寫實，又立誠，完全「表現自己」。這就使得文中處處傾吐著「自己的聲音」，當我們閱讀時，也處處可以看到一個誠懇、正直、溫和、有理想的朱自清的形象存在於字裏行間，並能真切感受到他獨特的藝術個性所散發出的魅力。沒有賣弄，沒有取巧，只是老老實實，但他的藝術風華、人格力量就在樸實恬淡中完成了。余光中說得沒錯：「他的風格溫厚、誠懇、沉靜，這一點

㉛ 原載一九二四年一月十日《小說月報》第一五卷一號，見《朱自清全集》第四卷，頁九二、九三。

看來容易，許多作家卻難以達到。」㉜

在這段時期的評論、說理文章中，發表於《春暉》第三〇期的〈剎那〉一文，是了解朱自清「剎那主義」思想最清楚、直接的一篇文章。過去論者多從〈匆匆〉一文及他寫給俞平伯的一些書信來論述這一議題，其實〈剎那〉一篇才是最完整的表白。〈匆匆〉主要是詠歎時日不可留，人生苦短的惋惜情懷，儘管他說：「但不能平的，為什麼偏要白白走這一遭啊？」但他仍對「我們的日子為什麼一去不復返」的永恆事實「掩著面歎息」，甚至「不禁汗涔涔而淚潸潸」。雖說他也有催人抓住每一剎那，不能白白走一遭的積極意味，但更多的是悵惘與感傷。〈剎那〉則不同，他努力人生、力求前進的思想在文中有透徹的表達：

> 我們目下第一不可離開現在，第二應執著現在。我們應該深入現在的裏面，用兩隻手撳牢它，愈牢愈好！已往的人生如何的美好，或如何的乏味而可憎；……「現在」都可不必去管它，因為過去的已「過去」了。……「現在」雖不是最好，卻是最可努力的地方，就是我們最能管的地方。因為是最能管的，所以是最可愛的。……好了，不要思前想後的了，耽誤了「現在」，又是後來惋惜的資料，向誰去追索呀？你們「正在」做什麼，就盡力做什麼吧；最好的是-ing，可寶貴的-ing 呀！你們要努力滿足「此時此地此我」！——這叫

㉜ 同㉖。

做「三此」，又叫做剎那。

既不留戀過去，也不幻想未來，只想牢牢地抓住「現在」，盡力於耕耘「此時此地」，使每一剎那都有其價值和意義，這就是朱自清的「剎那主義」。一點也不消極、頹廢，而是積極的人生觀。一如他的長詩〈毀滅〉中所說的：「要一步步踏在泥土上，打上深深的腳印！」這種「一步一腳印」的踏實精神，朱自清以其嚴謹、素樸、真誠的一生行事，不打折扣地實踐了。這篇不長的文章，除了值得省思的人生態度外，朱自清寫來流暢自如，而且以一種親切的談天方式，令人讀來朗朗上口，興味盎然。如他結尾寫道：「言盡於此，相信我的，不要再想，趕快去做你今晚的事吧；不相信的，也不要再想，趕快去做你今晚的事吧！」就是一種諄諄善誘的口吻，很能打動人。朱自清這些談文論理之作，常給人「話家常」的感覺，這也是白馬湖風格中很重要的一個特質，在夏丏尊、豐子愷的散文中都可以找到類似親切的「談話風」。朱自清在〈內地描寫〉一文中曾說：「這種談話風的文章，正是我們所需要的」，具備這種作風，作品才能像「尋常談話一般，讀了親切有味。」顯然地，他是朝這方向在努力的。

朱自清的寫作題材是多方面的，除了摹景、論理，他以家庭生活為材料的敘事、寫人文章，也是濃濃的「白馬湖風格」。例如寫父親的〈背影〉，在作者筆下，父親那歷盡滄桑的無奈心境，無微不至的深沉父愛，都凝聚於「戴著黑布小帽，穿著黑布大馬褂，深青布棉袍」蹣跚於人世間的父親的背影裏。他的敘述語言樸實無華，幾乎沒有修飾語，多採生動自然的口語，但同樣具有很強的表現力。在語言駕馭、題材取捨上，朱自清都展現了高度的技巧，如只寫背影，而沒有寫出父親的面貌；又如父親全篇只說了幾句話，但其中卻蘊含了對兒子的體貼、照顧、難捨之情。〈兒女〉一篇也是同樣文字質樸、形象鮮活的佳作。他和豐子愷一起寫了同題的散文，豐氏流露的是不失赤子之心的真摯關愛，朱自清卻有「蝸牛背了殼」的無奈情緒，內心常有「像鐘擺似的來去」的矛盾，且看他描寫孩子們玩鬧的情景即可窺知：

每天午飯和晚飯，就如兩次潮水一般。先是孩子們你來他去地在廚房與飯間裏查看，一面催我或妻發「開飯」的命令。急促繁碎的腳步，夾著笑和嚷，一陣陣襲來，直到命令發出為止。他們一遞一個地跑著喊著，將命令傳給廚房裏傭人，便立刻搶著回來搬凳子。於是這個說：「我坐這兒！」那個說：「大哥不讓我！」大哥卻說：「小妹打我！」我給他們調解，說好話。但是他們有時候很固執，我有時候也不耐煩，這便用著叱責了；叱責還不行，不由自主地，我的沉重的手掌便到他們身上了。於是哭的哭，坐的坐，局面才算定了。接著可你要大碗，他要小碗，你說紅筷子好，他說黑筷子好；這個要乾飯，那個要稀飯，要茶要湯，要魚要肉，要豆腐，要蘿蔔；你說他菜多，他說你菜好。……我是個暴躁的人，怎麼等得及？不用說，用老法子將他們立刻征服了。

這是多麼真實、誠懇的內心告白，又是多麼生動、活潑的寫實敘事！毫無保留的真摯與坦白，自然給人留下極深刻的印象。從表面上看，這些作品句句明白如話，然而淺中有深，平中有奇，能於平易處見工，故能令人咀味。他的其他作品如〈給亡婦〉、〈白采〉等，也都呈現出他質樸與風華巧妙相容的敘事散文風格。

總之，朱自清以他寫實、立誠的態度，表現自己的真性情，真思維。他的「詩質美文」委婉細膩，情景交融，有雕琢，但不濫情，也不令人生厭，反而因其清新、精鍊，讓人傳誦不絕。論者以「清雕琢」型來形容他這類美文的文字風格，可謂允當㉝。觀察朱自清早期散文的風格，必須把他濃郁的詩情畫意和樸素的格調統一起來欣賞，才不會失於片面，也才能理解蘊藏在作品裏的全部美感深度。他的散文風格有他鮮明的個性，能在多種情調中呈現出統一的和諧感，能抓住屬於自己風格的文體範式和屬於自己文體範式的個性風格，這種直攄自我的情調表現，正是他所創造的風格魅力的所在。溫柔敦厚，樸質有致，清淡雋永的「白馬湖風格」，在他熱情洋溢的「詩質美文」，或是富談話風的抒情、敘事散文，以及哲思深刻的說理文章中，都有或淺或深的

㉝ 見張以英、諸天寅、完顏戎合著：《中國現代散文一百二十家札記》（廣西：漓江出版社，一九八七年五月）上冊，頁一二九中所言：「他的語言是屬『清雕琢』型的，如清朝吳德旋所說的那樣：『功夫成就之後，信筆寫出，無一句吃力，卻無一字一句率易，清氣澄澈中，自然古雅風神。』」

藝術表現。甚至於，他「既像一個良師，又像一個知友；既像一個父親，又像一個兄長」的人格形象㉞，也和他「悉出至誠」、「文潔體清」的散文風格巧妙地結合在一起，使他成為始終深受讀者敬愛的一代散文大家。在「白馬湖作家群」中，他與豐子愷的散文成就最高，而在現代散文史上，他們的成就也是站在頂峰，令人仰望的。

五、朱光潛：以美學為底韻，說理清澈深刻

以研究及譯述評介西方美學為國人所推崇、譽為一代美學大師的朱光潛，在文藝理論方面也是成就斐然，《文藝心理學》、《談文學》、《詩論》等書，都是影響深遠的一時鉅作。他的學術道路是先教育學、心理學、文學而哲學，最後走向了美學。美學成為他溝通各種學術的「聯結線索」，也是他學術生命的底韻、原色。他從自己切身的體驗中領悟到，研究文學、藝術、心理學和哲學，如果忽略掉美學，那是一個很大的缺憾。因此，他一方面從事高深美學理論的鑽研，一方面又不忘積極地向一般大眾以深入淺出的方式來推介美學的種種觀念。這種用心，使他寫的說理文章，經常流露出濃濃的美學觀，以及由此開展出去的人生觀。因為他總是能以一片拳拳之心，懇切真誠的態度來下筆，所以，他的文藝、美學理論的專著，或者是說理隨筆，長期以來，一直擁有廣大的讀者，深受歡迎、喜愛。

㉞ 李廣田：〈最完整的人格——哀念朱自清先生〉，《朱自清研究資料》，頁二五一。

朱光潛未到春暉中學之前，雖曾發表過十幾篇文章，但多為介紹西方心理學和談教育學方面的，如〈福魯德的隱意識說與心理分析〉、〈私人創校計劃〉、〈智力測驗的標準〉等，涉獵文學或美學內容的，一篇也沒有。可見他最初的興趣是在教育和心理學。一九二四年秋，他經由夏丏尊介紹，來到白馬湖，在朱自清、夏丏尊等好友的引導下，才寫下第一篇文藝美學論文〈無言之美〉，並一再強調這是他此後寫作說理文章的「處女作」。他在〈敬悼朱佩弦先生〉一文中回憶說：

> 學校範圍不大，大家朝夕相處，宛如一家人。佩弦和丏尊、子愷諸人都愛好文藝，常以所作相傳視。我於無形中受了他們的影響，開始學習寫作。我的第一篇處女作〈無言之美〉，就是丏尊、佩弦兩位先生鼓勵之下寫成的。他們認為我可以作說理文，就勸我走這一條路。這二十餘年來我始終抱著這一條路走，如果有些微的成績，就不能不歸功於他們兩位的誘導。

朱光潛在白馬湖風格的薰染下，在朱自清、豐子愷等人的帶領下，正式邁入文學殿堂的第一篇文章，就是文末註明「一九二四年冬脫稿於白馬湖畔」、後發表於該年十一月一日《春暉》第三五期的〈無言之美〉。這篇文章應是得到朱自清等人的肯定，才促使他走上寫作說理文的道路。

〈無言之美〉全文七千餘字，從美學觀點探討了「無言」的意蘊，藉此論述文學藝術、倫理哲學以及實際生活上「引人入勝」的「無言之美」。他從許多不同角度來申論，如美術方面，他說：「稍有美術口胃的人都覺得圖畫比相片美得多」；文學方面，他舉古典詩詞中言不盡意的例子來說明「文學上我們並不以盡量表現為難能可貴」；在音樂上也是如此，「無聲勝有聲」就是形容音樂上無言之美的滋味；就戲劇而言，他認為梅特林克(Maeterlinck)的名言：「口開則靈魂之門閉，口閉則靈魂之門開」，是對無言之美最透闢的稱讚；至於雕塑，他也舉中國一句諺語：「金剛怒目，不如菩薩低眉」來解釋，所謂怒目，便是流露；所謂低眉，便是含蓄。從許多例證中，他歸納出一個原則：

拿美術來表現思想和情感，與其盡量流露，不如稍有含蓄；與其吐肚子把一切都說出來，不如留一大部分讓欣賞者自己去領會。因為在欣賞者的頭腦裏所生的印象和美感，有含蓄比較盡量流露的還要更加深刻。換句話說，說出來的越少，留著不說的越多，所引起的美感就越大越深越真切。

他接著進一步分析「無言之美」的理由，是因為「現實界沒有盡美盡善，理想界是有盡美盡善的」，而「美術作品就是幫助我們超脫現實到理想界去求安慰的」，「美術作品的價值高低，就看它能否借極少量的現實界的幫助，創造極大量的理想世界出來」，因此，他肯定地表示：「美術作品之所以美，不是只美在已表現的一部分，尤其是美在未表現而含蓄無窮的一大部分」，而

「文學之所以美，不僅在有盡之言，而猶在無窮之意。」最後，他強調這個美學上的道理，「在倫理哲學教育宗教及實際生活各方面，都不難發現。」尤其在宇宙人生方面，他提出了讓人省思的看法：「這個世界之所以美滿，就在有缺陷，就在有希望的機會，有想像的田地。換句話說，世界有缺陷，可能性(potentiality)才大，這種可能而未能的狀況就是無言之美。」

這篇哲理性的文章，後來被置於朱光潛最獲好評、並因此成名的《給青年的十二封信》一書的附錄中，足見這篇文章的情調、風格是與那親切有味、娓娓說理的書信風格十分接近，才會編在一起成書，而這一點正是此文吸引人的地方。朱光潛有很深的國學素養，從小受過長期的古文寫作訓練，雖然他曾經說自己因為都寫理論文章，「偶爾也想寫點文藝創作，可是總寫不出來，原因在於我慣於抽象思維，就扼殺了形象思維的能力。」並且在總結自己的寫作歷程時表示：「我不是一個文學創作家，一生都只寫些關於寫作的議論文，沒有寫過一部文學創作。」㉟但是，他的說理文卻寫得富有文采，條理分明，布局勻稱，獨具匠心，對聲音節奏也頗講究，流露出文學的氣息與美感。從這篇文章，我們完全可以看出他那清雋、深刻、透徹且深入淺出的文字風格，而這種簡潔有情致的表現，也正是「白馬湖風格」。

朱光潛離開白馬湖之後，便到上海協辦立達學園，不久又到英國愛丁堡大學留學。一到英國，他就收到夏丏尊的信，要他為立達學會創辦的《一般月刊》寫稿，於是，他「就個人在做人

㉟ 朱光潛：〈談寫作學習〉，原載一九八六年《美育》第四期。見《朱光潛全集》第一〇卷，頁六五五。

讀書各方面所得的感觸，寫成書信寄回給國內青年朋友們，與其說存心教訓，毋寧說是談心。」㊱這些書信發表之後，甚受歡迎，夏丏尊後來把這些書信匯編成《給青年的十二封信》交開明書店出版。很快的，「它成為一種銷路最廣的書。裏面一部分文章被採入國文課本，許多中小學校把他列入課外讀物」㊲，風行至今不衰，各種重排新印的版本多不勝數。這些文章的風格從此和朱光潛的形象緊密結合在一起，夏丏尊為該書寫的序中就把他形容為「是一個終身願與青年為友的志士」，也認為這十二封信是《一般月刊》「最好的收穫」。

這十二封信，篇幅都不長，但對年輕人所關心卻又不甚明瞭的切身問題，朱光潛都能以其懇摯的態度，如老友談心般的筆調，正確向上的人生觀，給青年們人生的啟示、智慧的啟發與德性的修煉。例如〈談讀書〉中他建議「初中的學生們宜多讀想像的文字，高中的學生才應該讀含有學理的文字」；〈談十字街頭〉中，他提醒說：「鹵莽叫囂還是十字街頭的特色，是浮淺卑劣的表徵。我們要能於叫囂擾攘中，以冷靜態度，灼見世弊；以深沉思考，規畫方略；以堅強意志，征服障礙。總而言之，我們要自由伸張自我，不要汩沒在十字街頭底影響裏去。」他也特別強調「生活」的重要性：「我時常想，做學問，做事業，在人生中都只能算是第二樁事。人生第一樁事是生活。我所謂『生活』是『享受』，是『領略』，是『培養生機』。假若為學問為事業而忘卻

㊱ 朱光潛：《談修養・自序》，《朱光潛全集》第四卷，頁三。

㊲ 同㊱。

生活，那種學問事業在人生中便失其真正意義與價值。」（〈談升學與選課〉）此外，他還談了作文、情和理、人生、動靜、多元宇宙、社會運動、戀愛等，涵蓋面廣泛，探討議題則深入有見解，能為青年學生指引迷津，解除困惑，所以一出版就非常暢銷，深獲文壇、教育界的重視。

這些書信的魅力，除了說理透徹、見解獨到外，朱光潛不以教訓口吻，而採談天方式的寫法，也是主要的原因。例如信中首稱「朋友」，末署「你的朋友」，使他與讀者的距離拉近了；而他不時流露出認真、關懷的態度，也使讀者容易接受。如「我為了寫這封信給你，特地去調查了幾個英國公共圖書館」（〈談讀書〉）；「你還是一個十八九歲的青年，就這樣頹唐沮喪，我實在替你擔憂」（〈談動〉）；「朋友，我每次寫信給你都寫到第六張信箋為止。今天已寫完第六張信箋了，可是如果就在此擱筆，恐怕不免叫人誤解，……意長紙短，你大概已經懂得我的主張了罷？」（〈談多元宇宙〉）所謂「良師益友」，朱光潛以這些書信見證了這種風範。他這種平易、親切、自然的寫作風格，源於他個人的文學見解，他說過：「我以為切己的話才是切實的話，所以我平時最愛看自傳、書信、日記之類赤裸裸地表白自己的文字」（〈談學文藝的甘苦〉）；「我的最得意的文章是情書，其次就是寫給朋友說心裏話的家常信。在這些書信裏面，我心裏怎樣想，手裏便怎樣寫，吐肚子直書，不怕第三人聽見，……這對於我是最痛快的事。」㊳將高深玄奧的

㊳ 朱光潛：〈論小品文──給《天地人》編輯徐先生〉（一封公開信），寫於一九三六年一月。見《我與文學及其他》（安徽教育出版社，一九九六年九月增訂版），頁八八。

理論，以行雲流水的文筆，妙趣橫生的議論出之，若非學識與人品兼備，決難臻此境界。

傅佩榮在評論《給青年的十二封信》時說：「有些書會隨著時空改變而失去魅力，有些書則彰顯智慧的光芒，歷久而彌新。朱光潛先生的這本書屬於後者，這一點應無可疑。」㊴大陸文學評論家舒蕪也認為「現在重看還覺得是上乘的散文佳作」，至今「很寶重它，常常翻讀。」㊵整體來說，朱光潛的《給青年的十二封信》以及附錄的〈無言之美〉，都稱得上是「白馬湖風格」之作。朱自清、豐子愷、夏丏尊是以敘事、抒情之文來表現，朱光潛則以明白如話、深入淺出、清澈深刻的說理散文來表現。形式不一，但風格則相差不遠。他的說理散文寫作始於白馬湖，以風格來說，他以後的寫作也一直沒有離開過白馬湖㊶。

六、俞平伯：自然適意，灑脫名士風

俞平伯雖然沒有在春暉中學教過書，但他與白馬湖作家們熟稔且友誼匪淺，尤其是與大他一

㊴ 見傅佩榮：《給青年的十二封信・導讀》（臺北：業強出版社，一九九五年二月），頁一三。

㊵ 舒蕪：〈敬悼朱光潛先生〉，原刊《中國文化報》一九八六年四月六日。轉引自錢念孫著：《朱光潛與中西文化》（安徽教育出版社，一九九五年十二月），頁五五三。

㊶ 商金林在《朱光潛與中國現代文學》頁二七中說：「從某種意義上說，他的一生都在追隨『白馬湖的朋友們』的光輝所照的大道而行。『白馬湖的朋友們』和朱光潛一起成就了朱光潛的輝煌。」

歲、低一年級的北大同學朱自清最是往來頻密，相知深篤。兩人不僅曾在浙江第一師範共事，一起創辦《詩月刊》，在新詩創作上相互切磋、提攜，而且一起寫下了膾炙人口的同題散文〈槳聲燈影裏的秦淮河〉。相同的藝術追求，使得文學史上也經常以俞、朱並稱。因此，當一九二四年朱自清來白馬湖教書後，他就專程來探訪，而與白馬湖結緣。雖然只有短短三天，但他結識了這一群朋友，也對白馬湖留下了美好的印象。

來到春暉之前，俞平伯和朱自清一樣，也以新詩創作馳名文壇，不僅與朱自清、葉聖陶、周作人等八人的新詩合集《雪朝》中有他的詩作十五首，而且第一部新詩集《冬夜》早於一九二二年出版，二四年出版第二部詩集《西還》，二五年十二月，第三部新詩集《憶》由北京樸社出版；而且還於一九二三年出版《紅樓夢辨》一書，加上他還寫了不少如〈白話詩的三大條件〉、〈詩底自由和普遍〉一類的詩論文章，可以這麼說，在一九二五年之前，俞平伯的文壇地位與成就是不比朱自清低的，即使以新詩創作來論，俞平伯的藝術表現也高過朱自清。在中國現代文學史上，俞平伯是當之無愧的詩界前驅者之一。但在散文寫作方面，他的質量都不如朱自清。從《俞平伯著譯繫年》加以觀察[42]，可以發現一個有趣的現象：俞平伯在來白馬湖之前，只曾寫過〈東遊雜志〉、〈陶然亭的雪〉、〈槳聲燈影裏的秦淮河〉三篇散文。即使〈槳聲〉一文讓他的散文

[42] 孫玉蓉編：〈俞平伯著譯繫年〉，《俞平伯研究資料》（天津人民出版社，一九八六年七月），頁四一七～五〇八。

表現令人刮目相看，他也並未「乘勝追擊」，而仍以新詩寫作為主。但一九二四年三月離開白馬湖之後，四月起，他就開始熱衷於散文創作了，〈湖樓小擷〉、〈瓶與酒〉、〈芝田留夢記〉、〈西湖的六月十八夜〉等佳作陸續發表，同時，他的新詩創作數量卻逐漸減少了。當然，他並沒有從此在散文的園地裏一直耕耘下去，三〇年代以後，他主要從事於學術研究，學者的俞平伯形象似乎大過了文學的俞平伯，這使得他的散文創作成就往往為人所忽略。但是，只要翻讀他收在《雜拌兒》、《燕知草》、《雜拌兒之二》、《古槐夢憶》、《燕郊集》等集子裏的小品散文，即使數量不多，和同時代的散文作家相比，還是屬於出類拔萃的。

俞平伯的散文風格，整體而言，一九二八年以前比較委婉細膩，一九二八年以後則沖淡古樸。他初期的散文大都收在《雜拌兒》和《燕知草》這兩本集子裏。這時期的抒情散文如〈槳聲燈影裏的秦淮河〉、〈陶然亭的雪〉、〈西湖的六月十八夜〉、〈眠月〉等，都是傳誦一時的名篇，寫的大多是自己的生活際遇，抒發自己的情思，描景狀物，喜用典雅詩詞，很能顯示出綿密婉約的創作個性。如〈槳聲燈影裏的秦淮河〉一文，寫得空靈、朦朧，神思邈遠，唯有細細品味，才能體會出其中微妙曲折的景致心曲。從以下這段描寫中，我們即可看出他善於寫景抒情的深秀筆力：

雖同是燈船，雖同是秦淮，雖同是我們；卻是燈影淡了，河水靜了，我們倦了，——況且月兒將上了。燈影裏的昏黃，和月下燈影裏的昏黃原是不相似的，又何況入倦的眼中所見的昏黃呢。燈光所以映她的穠姿，月華所以洗她的秀骨，以蓬騰的心燄跳舞她的盛年，以餳澀的眼波供養她的遲暮。必如此，才會有圓足的醉，圓足的戀，圓足的頹弛，成熟了我們的心田。

詩意的筆調，瑰麗的想像，富節奏性的句法，將燈影、月色、河水和自己的感受揉合在一起，營造出朦朦朧朧的氛圍。結尾的敘寫很能給人無限回味的遐想：「涼月涼風之下，我們背著秦淮河走去，悄默是當然的事了。如回頭，河中的繁燈想定是依然。我們卻早走得遠，『燈火未闌人散』；佩弦，諸君，我記得這就是在南京四日的酣嬉，將分手時的前夜。」情景交融，耐人尋味。這篇文字的特色，也正如周作人所說的：「以口語為基本，再加上歐化語，古文，方言等分子，雜揉調和，適宜地或吝嗇地安排起來」㊸，給人細膩、曲折、優雅的美感。在繁縟細緻的藝術描寫之外，這篇散文還處處表現著作者對自然人性的大膽追求，以及灑脫超然的名士風。如他在秦淮歌伎走後，有一段內心告白說：「老實說，咱們萍泛的綺思不過如此而已，至多也不過如此而已。你且別講，你且別想！這無非是夢中的電光，這無非是無明的幻相，這無非是以零星的

㊸ 周作人：《燕知草・跋》，《燕知草》（原由上海開明書店一九二八年出版，上海書店於一九八四年四月重印）。

火種微炎在大欲的根苗上。扮戲的咱們，散了場一個樣，然而，上場鑼，下場鑼，天天忙，人人忙。」周作人說俞平伯名士風格的散文是受到明代文人的影響，指的就是這種不拘禮法，不忸怩作態，自然灑脫，充分表現自我的思想特質。朱自清在《燕知草．序》中說：「近來有人和我論起平伯，說他的性情行徑，有些像明朝人。我知道所謂『明朝人』，是指明末張岱、王思任等一派名士而言。這一派人的特徵，……大約可以說是『以趣味為主』的吧？他們只要自己好好地受用，什麼禮法，什麼世故，是滿不在乎的。他們的文字，也如其人，有著『灑脫』的氣息。」這種飄逸灑脫的名士格調，是他抒情散文中一個重要的藝術特色。

和〈槳聲燈影裏的秦淮河〉一樣抒情真摯、寫得雅致深秀的〈清河坊〉，也是俞平伯早期散文風格的代表作之一。在這篇散文中，他還是不改描摹綿密的一貫抒情風，但寫日常瑣事，生活雜感，倒也不失平淡真純之美。他一開頭就說：「山水是美妙的儔侶，而街市是最親切的。」他要傾力描寫的，正是讓人感到十分親切的杭州的街市，焦點則集中於「北自羊壩頭，南至清河坊這一條長街。」這條街雖然「逼窄」、「喧闐」，但他卻能在熱鬧中感受那股「可愛的空氣」，且體會「閒散」的意境，加上「在這狹的長街上，不知曾經留下我們多少的蹤跡」，使他來到北京之後，不禁經常懷想。但是，又覺得這樣是「自尋煩惱」，因為「去了的誰挽得住」，「江南的風雖小，雨卻豪縱慣了的。……早把這一天走過的千千人的腳跡，不論男的女的老的少的村的俏的，洗刷個乾淨。一日且如此，何論旬日；兼旬既如此，何論經年呢！明日的人兒等著哩，今日的你怎能不去！……雲水無心，『人』卻多了一種荒唐的眷戀，非自尋煩惱嗎？」這種論調，讓人想起朱自清〈匆匆〉中的「剎那主義」思想，有些感傷的無奈。不過，他最後還是打起精神，認為「若我們未曾在那邊徘徊，未曾在那邊笑語；或者即有徘徊笑語的微痕而不曾想到去珍惜它們，則莫說區區清河坊，即十百倍的盛跡亦久不在話下了。」提醒自己珍惜走過的每一步，度過的每一「剎那」。朱自清在《燕知草・序》中說這本散文集是「以平淡的面目，遮掩著那一往的深情」，〈清河坊〉正是這一種情調。朱自清還讚歎說，清河坊喧鬧的市聲，想起來只會令他頭暈，「居然也能引出平伯那樣悵惘的文字來，乍看真有些不可思議似的。」但是，朱自清畢竟是他的老友，他的分析，俞平伯想必是贊同的：

> 大半因了這幾個人，杭州才覺可愛的。好風景固然可以打動人心，但若得幾個情投意合的人，相與徜徉其間，那才真有味；這時候風景覺得更好。——老實說，就是風景不大好或竟是不好的地方，只要一度有過同心人的蹤跡，他們也會老那麼惦記著的。……像書中杭州〈城站〉、〈清河坊〉一類文字，便是如此。

這段話拿來解釋朱自清對白馬湖的眷戀，或者是俞平伯風塵僕僕趕到白馬湖探望朱自清的心情，應該都是恰當的。這篇散文從平凡生活中取材，寫來長短句相雜，白話文言相融，豐富多彩，又略帶澀味，體現了俞平伯一貫精雅細緻的藝術特徵，令人回味無窮。

俞平伯散文中所散發出的自然灑脫、細膩委婉、淡雅自然、以趣味為主的風格，使他與「白馬湖風格」產生了無間的契合，而與這群作家站在同一個格調的位置上。這種藝術風格的形成，和他的文學思想有關。俞平伯在白馬湖時，應邀對春暉學生演講的〈詩的方便——在春暉的演講〉，就已揭示了他追求「自然」和「真誠」的文藝觀。這篇講詞發表於《春暉》第二五期，是他和白馬湖結緣的一個美好見證。他所謂的「方便」，是指訣竅，也就是新詩創作的經驗談。他強調「寫詩」是天分，「做詩」是功夫，「真的創作實是具備這兩種方法，是一半兒做，一半兒寫的。草率粗直的不是詩，裝腔作態的也不是詩。」在文字修辭方面，他認為「一切修辭的條例無論如何繁碎，但它們的意義全在求誠一點上。」所以，他的看法是：「自然和真誠是同義異音形的兩個字罷。所以說老實話是創作的第一義」；此外，他還補充兩點：一是文學離不開生活，他說：「詩固是生活的一部分，又是生活的一種綜合表現。它是在生活之中表現生活的！」二是人格與個性的重要，他說：「創作的成功每跟著個性的發達，不知不覺、一頁一頁的展開去，故做詩本無方便，從無方便中想個方便，是從做人下手。能做一個好好的人，享受豐富的生活，他即不會做詩而自己就是一首詩，即使不是其價值豈不猶勝於名為做詩的人。」他的這些看法：真誠、自然、表現自我、與生活結合、強調人格涵養等，完全與朱自清、夏丏尊、豐子愷等人相同，這就使他自然地融入白馬湖風格中了。

俞平伯早期的散文風格，接近於朱自清，有詩的味道，自然的意境，細膩的描寫。俞朱並稱的說法來自於〈陶然亭的雪〉、〈西湖的六月十八夜〉、〈眠月〉、〈湖樓小擷〉、〈芝田留夢記〉、〈雪晚歸船〉等作品；至於後期的風格，則接近周作人，形式上沖淡和平，內容上「都在老老實實地說自己的話」㊹。俞周風格相近的現象，只要將周作人的〈喝茶〉、〈苦雨〉、〈故鄉的野菜〉、〈北京的茶食〉等文章，與俞平伯的〈中年〉、〈進城〉、〈春來〉等篇參看，即可感知。阿英就曾指出，周作人的小品文，形成一個「沖淡和平」的流派，「這一流派的小品文，周作人而外，首先應該被憶起的，那是俞平伯。」㊺朱自清對他兩種不同的藝術風格有一形象化的比喻：「用杭州的事打個比方吧：書中前一類文字，好像昭賢寺的玉佛，雕琢工細，光潤潔白；後一類呢，恕我擬不於倫，像吳山四景園馳名的油酥餅——那餅是入口即化，不留渣滓的，而那茶店，據說是『明朝』就有的。」㊻不管是昭賢寺的玉佛，還是四景園的油酥餅，俞平伯的散文有著屬於自己清晰的面目，如鍾敬文所說：「大概都很豐饒著一種迷人的情味，而使我們一讀，就認得出是作者個性所投射的特殊風格。」㊼這種充分表現自我，在藝術創造上追求委婉、自然、細膩的意

㊹ 見俞平伯為周作人編選之《近代散文鈔》所寫的跋。一九三〇年九月寫於北京。引自樂齊、范橋選編：《俞平伯散文》上冊，頁四一〇。

㊺ 阿英：〈俞平伯〉，《俞平伯研究資料》，頁二九〇。

㊻ 朱自清：《燕知草・序》。

㊼ 鍾敬文：〈雜拌兒〉，原載一九二八年十一月二十五日《文學週報》第三四五期。見《俞平伯研究資

境，而在思想上追求雅致、趣味、灑脫的心境，構成了他獨特的文學特色，其中有與白馬湖風格相通的共性，但也有著他個人風貌強烈的殊異性。

七、葉聖陶：清新簡約，腳踏實地

早於二〇年代，葉聖陶便以其旺盛的創造力、多領域的書寫與鮮明的創作個性，跨入文壇，並大放異彩。他寫過舊體詩、文言小說，也寫過白話小說、散文、新詩、童話、戲劇，觸角既廣，成果亦可觀。其中又以散文、短篇小說、童話的成就最大。一九二一年，他與茅盾、鄭振鐸等十二人發起成立「文學研究會」，該會主張為人生而藝術，提倡寫實主義，葉聖陶的小說敢於直面人生，善於剖析人性，被認為很能代表文學研究會的現實主義特色。至於他的散文，有的如〈五月三十一日急雨中〉、〈薪工〉等，和他小說中諷刺黑暗現實的格調相同，但在他早期的散文集中佔得不多；較多的是如〈沒有秋蟲的地方〉、〈藕與蓴菜〉、〈兩法師〉等深刻觀察生活、抒寫真摯情思、樸質有味的作品，這些作品語言流暢，風神淡雅，充滿濃濃的「白馬湖味」。一九二八年春，原籍上虞的胡愈之赴法國留學，葉聖陶專程到上虞為他送行，停留期間，他曾應邀到春暉中學作了短期演講。雖然，白馬湖作家們已經星散，但他畢竟領略了那一份風光。朱光潛在〈敬悼朱佩弦先生〉一文中，就稱葉聖陶是「當年白馬湖」的朋友。在立達與開明時期，葉聖陶

料》，頁三二六。

和這群朋友們的交往更為密切，進一步深化了他和這群文人的氣類相近與興致趨同，而他的散文創作風格，也確實與這群白馬湖的朋友們相得益彰。

葉聖陶的散文作品不多。一九二四年十一月，與俞平伯合出了一本散文集《劍鞘》，收錄〈沒有秋蟲的地方〉、〈藕與蓴菜〉、〈到吳淞〉等十二篇作品；一九三一年九月，由上海新中國書局出版了散文小說合集《腳步集》，內收〈雙雙的腳步〉、〈與佩弦〉、〈兩法師〉等十一篇散文；一九三五年，他將前兩本集子做了一番篩選，再加入一些新作，由開明書店出版了他早期散文的代表作《未厭居習作》，前述幾篇佳作都收列在這本散文集中。此後一直到一九五八年，他才又出版了散文集《小記十篇》。因此，他的散文創作高峰期是在二〇年代，他的散文風格的形成與確立，也在他與這群朋友交往的期間完成。郁達夫對他的散文有一段精闢的評論：「葉紹鈞風格謹嚴，思想每把握得住現實，所以他所寫的，不問是小說，是散文，都令人有腳踏實地，造次不苟的感觸。所作的散文雖則不多，而他所特有的風致，卻早在短短的幾篇文字裏具備了；我以為一般的高中學生，要取作散文的模範，當以葉紹鈞氏的作品最為適當。」[48]整體來看，他這種「腳踏實地，造次不苟」的藝術風格，自二〇年代起，就一直是他鮮明的創作個性。

以〈沒有秋蟲的地方〉為例，這篇寫於一九二三年的早期散文代表作，就是一篇質樸踏實、寓意雋永的好文章。他先描寫「階前看不見一莖綠草，窗外望不見一隻蝴蝶」的冷漠環境，引發

[48] 同[17]，頁一八。

對秋蟲的尋覓、失望後的感慨。他將枯燥乏味的都市生活濃縮在「沒有秋蟲」這一點上，吶喊出：「啊，不容留秋蟲的地方！秋蟲所不屑居留的地方！」然後，他以鄉間滿耳蟲聲來做對比：「到夜呢，明耀的星月和輕微的涼風看守著整夜，在這境界這時間裏唯一足以感動心情的是秋蟲的合奏。它們高、低、宏、細、疾、徐、作、歇，彷佛經過樂師們的精心訓練，所以這樣的無可批評，躊躇滿志。其實它們每一個都是神妙的樂師；眾妙畢集，各抒靈趣，那有不成人間絕響的呢。」這種「無上的美的境界，絕好的自然詩篇」，說穿了，是因為有「味道」。不管這味道是甜美，是酸苦，「這總比淡漠無味勝過百倍。我們以為最難堪而亟欲逃避的，惟有這個淡漠無味！」所以，蟲聲是令人戀念的，尤其「當這涼意微逗的時候，誰能不憶起那美妙的秋之音樂？」然而，這一切都是空想，因為現實世界是「井底似的庭院，鉛色的水門汀地，秋蟲早已避去惟恐不速了。」這篇散文雖然不免有一些文白夾雜的痕跡，但整體的語言風格，還是充分體現出他清新簡約的特色。對這些早期的散文，葉聖陶曾說「那些散文的情調是承襲詩詞的傳統的」㊾，以這篇散文來看，確是如此。講究文氣和神韻，使人感到一種音樂節奏的美感，詩意的情調。

然而，〈沒有秋蟲的地方〉之所以耐讀、且被視為葉聖陶散文的代表作之一，除了上述藝術表現的突出外，他藉景物的描摹來抒發對現實生活的寄託，對人生的哲理思索，是另一個重要因

㊾ 葉聖陶：〈雜談我的寫作〉，《葉聖陶集》第九卷，頁二九一。

素。本文寫於一九二三年，正是新文化運動風起雲湧後的大落潮時期，原本充滿生機的文壇，一時沉寂許多，加上軍閥的文化專制政治，使作家們的自由思想受到箝制、打壓。「沒有秋蟲的地方」正是一片冷清、枯燥，「井底」與「鉛色」是當時整個中國缺乏生機的象徵，而「眾妙畢集，各抒靈趣」的秋蟲聲，在人間成了絕響，其不滿的寓意是十分深刻的。論者指出：「這篇散文藉秋蟲抒發的，是對於冷漠、隔膜的人生社會的詛咒，是對於充滿『愛』和『生趣』生活的呼喚。」[50]說明了此文託物言志的特色。葉聖陶的散文，抒情意味濃烈，無論是敘事、寫景、議論，筆端都常帶情感，而且，他的個人情感又能與時代共呼吸，這就構成了他的散文具有時代典型意義的特性。

〈藕與蓴菜〉一文，可以更生動說明其清新樸實、語言流暢的散文風格。這篇作品主要是通過對鄉村和城市品嘗藕和蓴菜的不同感受，來訴說思戀故鄉之情，並寄託自己對生活的思考。文章一開篇就緊扣主題：「同朋友喝酒，嚼著薄片的雪藕，忽然懷念起故鄉來了。」接著，他就以相當精鍊的筆墨，為我們描繪出一幅江南水鄉新秋時節的迷人清景：

> 每當新秋的早晨，門前經過許多的鄉人：男的紫赤的臂膊和小腿肌肉突起，軀幹高大且挺

---

[50] 韋也平：〈託物言志，簡約清新——讀「沒有秋蟲的地方」〉，收入其選編之《中國新文學大師名作賞析・葉聖陶》（臺北：海風出版社，一九九一年一月），頁二一二。

直，使人起健康的感覺；女的往往裹著白地青花的頭巾，雖然赤腳，卻穿短短的夏布裙，軀幹固然不及男的那樣高，但是別有一種健康的美的風致；他們各挑著一副擔子，盛著鮮嫩的玉色的長節的藕。在產藕的池塘裏，在城外曲曲彎彎的小河邊，他們把這些藕一再洗濯，所以這樣潔白。……過路的人就站住了，紅衣衫的小姑娘揀一節，白頭髮的老公公買兩支。清淡的甘美的滋味於是普遍於家家戶戶了。

這真是生氣盎然的畫面，一股生活氣息在輕描淡寫中迎面撲來。正是這種鄉土味與人情味，使他對故鄉興起神往的依戀。尤其，當他來到上海後，看到的藕「不是瘦得像乞丐的臂膀，便澀得像未熟的柿子」，讓他覺得「實在無從欣羨」。如此對比，戀鄉之情益顯濃厚。「因為想起藕，又聯想到蓴菜」，葉聖陶再次用家鄉與上海、昔時與今日的對比手法，進一步強化他對故鄉風土人情和親朋故舊的思念：「在每條街旁的小河裏，石埠頭總歇著一兩條沒篷船，滿艙盛著蓴菜，是從太湖裏去撈來的。」他懷念起蓴菜「嫩綠的顏色與豐富的詩意，無味之味真足令人心醉。」在作品最後，他終於將心底深處的情感直抒出來：「向來不戀故鄉的我，想到這裏，覺得故鄉可愛極了。」但是，作者筆鋒一轉，由物及人，再深一層寫出真正戀鄉的理由是「故鄉的幾個人把我們牽繫著罷了」，而不是完全因為藕或蓴菜。文章至此，似可完結，但作者卻另有一番體悟：「所戀在哪裏，哪裏就是我們的故鄉了。」富哲理韻味，給讀者遐想的空間。全篇結構嚴謹，形象鮮明，意在言外的生活感受，透過富有真情實感的素描，就如藕與蓴菜，耐人咀嚼，且回味無窮。抒情、寫景之外，葉聖陶在人物描寫上也有相同的功力與表現，往往能以寥寥數筆就勾勒出令人印象深刻的人物。如〈與佩弦〉中寫朱自清，集中於「慌忙」與「認真」兩點，寫活了朱自清「永遠的旅人的顏色」；又如〈兩法師〉中的弘一法師與印光法師，兩人的性格特徵完全不同，作者筆下雖都有讚詞，但他也以一些行事、思想、外貌的細節描寫，道出了兩人的差異：「一個是水樣的秀美，飄逸；而一個是山樣的渾樸，凝重」；發表於《一般》一九二六年十月號的〈白采〉，全文僅千餘字，卻將白采直爽而又體貼別人的性格以出色的敘述使之躍然紙上。不論是敘事、寫人、議論或抒情，他都能以縝密的構思，以乾淨、精準的文字，寫得層次分明，首尾呼應，呈現出嚴謹、踏實的風格。

葉聖陶「腳踏實地，造次不苟」的散文特色，素樸而又堅實的風格，使他能寄感情於輕描淡寫中，見精神於日常瑣事裏。這種真摯、深沉、自然的風格，也正是「白馬湖風格」的藝術追求。而這種風格的形成，和他對生活、創作的基本態度有密切的關聯。他在〈誠實的自己的話〉中說：「我們作文，要寫出誠實的自己的話」，具體的作法是：「從原料講，要是真實的，深厚的，不說那些浮游無著不可徵驗的話；從態度講，要是誠懇的，嚴肅的，不取那些油滑輕薄十分卑鄙的樣子。」[51]在〈愛好和修養〉中，他對寫作者的生活也有這樣的要求：「一個人過生活，

[51] 葉聖陶：〈誠實的自己的話〉，《葉聖陶論創作》（上海文藝出版社，一九八二年一月），頁九一。原載一

本該認真和踏實，對於自己和他人，都要對得起，都要無愧於心。一般的修養，目標就是如此；要想試作文藝的青年，當然也該向這方面努力。」[52]他腳踏實地、認真不苟的生活態度，清新簡約、自然有味的散文特質，可以說，已經替「白馬湖風格」做了典型的示範，即使他來白馬湖造訪的時間較晚，也無損於他成為當年白馬湖的朋友中的一人。

九二四年一月十日《小說月報》第一五卷第一期。

[52] 葉聖陶：〈愛好和修養〉，《葉聖陶集》第九卷，頁一二八。

第八章　「白馬湖作家群」作品論（下）

一、大好湖山詩畫緣：經亨頤詠白馬湖舊詩

歷任浙江第一師範、春暉中學、寧波第四中學校長、浙江省教育會會長等職的經亨頤，毫無疑問的，是位傑出的教育家。他同時也是一位政治性格鮮明的知識分子，曾先後被選為國民黨第二、三、四屆中央執行委員，並任國民政府委員。九一八事變後，奮起投入抗日行列。一九三八年病逝於上海，終年六十二歲。除了教育與政治，他也以金石書畫名世，尤其是晚年，更是寄情於藝術天地，或抒閒情雅致，或吐胸中塊壘。他的半生教育事業於一九二五年辭去寧波四中校長後，大致已經結束❶，而在政治方面也常顯得格格不入，有志難伸。唯有書畫藝術，使他進入了白馬湖作家之林，只是因為他的作品都是舊詩，論者多一筆帶過。當然，他不能算是以散文寫作

❶ 姜丹書在〈經亨頤先生傳〉中指出：「後亦雖曾在國立北京高等師範學校及國立廣州中山大學先後執教些時，不啻餘閏耳。」見《姜丹書藝術教育雜著》，頁二五三。

為主的核心作家群之一，但其詩作反映了白馬湖四時風光，又與這群作家們互動密切，列於作家群之一應屬適切。

經亨頤為人剛正恬淡，豪於飲，素善書，尤其是治印，功力深厚，為人稱道。他在五十歲開始習畫，所畫都是竹、梅、菊、水仙、松、石等耐歲寒的題材，用以自勉自表。這也是他在白馬湖畔居所取名「長松山房」的寓意。一九二六年左右，他在上海結合同道，經常雅集聯歡，就成立了「寒之友社」。但這是無組織的組織，舉凡藝林中的志同道合者，皆是寒之友。純屬文人雅集，無規章可言。先後出席聚會的有張大千、黃賓虹、謝公展、鄭曼青、潘天壽、姜丹書、何香凝等，皆一時知名之士。但隨著他的過世，雅集也就無疾而終了。

一九三七年，經亨頤六十歲生日時，影印篆刻及詩書畫墨成《經頤淵金石詩書畫合集》行世，共三冊。他特地設宴於白馬湖畔，當時應邀赴宴的姜丹書回憶道：「所招待者多野叟及清儁之士，……記得在長松雙蔭之下，跨楊梅樹上，摘其垂垂鮮果而食之，闔家驩虞，情景如昨。」❷經亨頤對自己的藝術表現曾評價說：「吾治印第一，畫第二，書與詩又其次也。」❸但是，在這三冊合集中，有一冊是《頤淵詩集》，于右任在序中便不以為然地說：「余誦先生詩，超逸沖淡，佳者上宗陶、孟，下亦出入倪雲林、吳野人之間。大音希聲，擺落塵埃，安得在書畫

❷ 同❶，頁二五四。
❸ 見于右任：《頤淵詩集・序》（浙江古籍出版社，一九八四年十月），頁一。

治印之下？殆先生之謙也。」❹這冊詩集中收其自選之詩約二百四十首左右，時間為一九二七至一九三六年，封面由柳亞子題字，謝無量題扉頁，于右任撰書序。從這裏還可以看出一個現象，即身為「南社」成員之一的經亨頤，與這個活躍於二〇年代上海的革命文藝團體關係十分密切。柳亞子是南社的實際負責人，謝、于二氏亦為南社成員，他們彼此時以詩文唱和、切磋，柳亞子還曾應邀至白馬湖小住。事實上，夏丏尊、李叔同也是南社成員，但他們都與南社保持一定距離，唯有經亨頤例外。分析其原因有二：一是經氏本人的政治理念與南社相近；二是南社成員多以古典詩文酬唱往來，經亨頤的舊詩造詣，自然拉近了他與南社的距離。

經亨頤一生為人行事，大抵稱得上剛正不阿，光明磊落。以松、竹自喻，即可看出他的節操。這種人格，使他的詩作風格以渾穆蒼勁、真氣橫溢為主。但其寫景諸作，又可見其深情至性、瀟灑細膩的一面。他的很多詩作都是在「長松山房」完成，以白馬湖為題或直接以白馬湖、春暉為寫作題材的有二十餘首，寫景、敘事、抒情均有，對白馬湖的不同景觀變化，留下令人神往的刻劃。

以寫景來說，四季皆入其筆下。「萬紫千紅非所愛，愛他新綠滿平阡。春光迎得同心友，大好湖山詩畫緣。」〈白馬湖新綠〉以春天欣欣向榮的景致，道出知己到來的興奮，以及以文會友的期待。春暉中學四周圍繞著一大片農田，「新綠滿平阡」既是寫實，也是生動的譬喻。〈白馬

---

❹同❸。

湖偶句〉中則描述了湖畔季節替換的花木榮枯：「湖居春暮雨濛濛，新綠在梅黃在松。猶有寒花開未盡，山茶殘鬥杜鵑紅。」杜鵑花紅三月天，冬天的寒意卻未盡退，這些花木都是白馬湖畔常見的植物，在他的詩中經常出現。朱自清在〈白馬湖〉一文中曾特別提到春天的夜景：「在春天，不論是晴是雨，是月夜是黑夜，白馬湖都好。……黑夜雖什麼不見，但可靜靜地受用春天的力量。」但是並未進一步作細部的描繪。經亨頤顯然也是愛賞月夜坐的人，好幾首詩對湖畔夜景多所寫生，可以印證朱自清的看法。例如〈白馬湖春夜臥月〉：

月滿山間別有情，早眠亦得享光明。
小窗惟見星三點，遠谷何來梟一聲。
依枕昏花可讀畫，開簾老實不張檠。
悠悠消受春寒夜，夢後吟成未五更。

這真是十分悠閒的湖濱歲月。月光當窗照，不必點燈也可以在明亮的月光下讀畫，安靜地享受春夜的美好。另外一首〈白馬湖夜起觀月〉，也有形象化的特寫：「長松靜寂聊無影，稚蟀依稀乍有聲。隔岸稻香風嫋嫋，當窗草色露盈盈。」這些景致，都是他「愛月早眠夜半起」的觀察體會，別有一番靜謐、超俗的風味。到了初夏梅雨時節，湖上氣候變化萬端，千姿百態：

月白東方日，雞聲叱犢聲。
松濤催倦夢，蛙鼓奏黎明。
槖槖桔槔語，殷殷胼胝情。
倏來雲一片，吹過抱山行。

已入黃梅候，湖濱雨又風。
尺苗千頃綠，丈蕊一庭紅。
山色何其默，村煙分外濃。
只能簷下飲，杯影漾長松。（〈白馬湖初夏〉）

詩的前六句，給人黎明時大地復甦的熱鬧感，但仍不失寧靜。但七、八句的話鋒一轉，有雲吹過，遂帶來風雨連綿。結尾的簷下獨飲，頗有蒼涼之感。此詩寫於一九三四年，當時經亨頤一度是教育部長呼聲頗高的人選，但仍事與願違，後雖安排出任全國教育委員會委員長，但屬空名，其心中落寞可知。黎明中只感蒼涼，委婉寄託了自己的失落的心境。同屬這一年的作品〈白馬湖夜坐感旱〉，經亨頤則為長夏乾旱發愁，夜不能寐，只好起坐，看到「蔓草叢中石尚熱，桔槔韻裏水將窮」，不禁「更深人倦不能寐，仰望一天星斗空」，愁思既深，倦意也濃，對旱象完全束手無策，只好「夜來兀坐奈蒼穹」。這完全是寫實之作，他一連寫了〈感旱〉六首，為白馬湖那年的乾旱留下第一手的記錄，如〈感旱〉其六中說：「白馬湖中盡是墟，秋來昏暑又如何。婉辭近里午招讌，趣聽前村夜打漁。鑿井三年悔不遂，種田一世歎無餘。窮鄉甚且苦天地，難怪朋儕足跡疏。」湖水盡成墟，一語道出乾旱之嚴重。至今春暉中學校園內仍可見一口舊井，據老校友劉克蔚告知，校園幾度重修整建，該井均予以保留，即是當年苦旱，唯有這口井水源不歇，提供了全校用水，度過難關，師生感念，遂闢為古蹟維護以示不忘湧泉之恩。

對湖濱秋景的描繪，經亨頤也有多首意境高遠的詩作。如〈湖居秋思〉：「黃雲白霧一天秋，大旱新涼合外遊。濯濯稻根喧鴨陣，茫茫草際下魚鉤。窮鄉詩料多生趣，豐歲農談仍歉收。猶有餘芳人不覺，野菇開綻蓼花洲。」農村的生活與景致，心境與外境的觸發，都有一種質樸淡遠的高趣。結尾宕開，令人尋味。詩中的「蓼花洲」也是實景。經亨頤育有五女，幼女嫁給廖仲愷、何香凝之子廖承志，兩人結為親家，何香凝一度因政治因素蟄居白馬湖，住所稱為「雙清樓」，一稱「蓼花居」，與「長松山房」相鄰。經亨頤在〈柳蓼〉一詩中說：「先生學種先生樹，春色秋光兩澹如。白馬湖濱何處是，小楊柳屋蓼花居。」對豐子愷、何香凝的人品高潔加以讚美。廖仲愷亦為南社成員，無怪乎經氏會時與南社往來了。

經亨頤有多次離開白馬湖都是在冬季，天寒和離愁常交織成一首首感傷色調濃厚的詩作。如〈惜別白馬湖早梅即景〉：「庭外早梅已可觀，主人欲別故盤桓。方知疏影非云老，細嚼初香不覺酸。渺渺孤鴉入亂藪，霏霏薄雪鬧荒園。夢中一語作何想，天地有心點歲寒。」又如〈雪晴離白馬湖〉：「晴雪清光好大來，倚裝猶可暫徘徊。初陽逼樹隨聲仰，厚水當舟著力開。簷有長晶已若鑿，爐維殘火不添煤。莫忘山野賞心事，珍重寒程酒一杯。」充滿了對白馬湖依依不捨之情。湖上清景，賞心樂事，對照著滿腹的離別愁緒，益發覺得冬寒的冷冽。一九三六年二月，他返回白馬湖，天氣奇寒，他寫〈寒梅〉記之：「豈曰湖濱花較難，今年梅盡不勝看。冰天雪地春安在，大谷長林人乍還。千古奇寒問野鶴，一樽獨醉想孤山。黃昏月上猶如是，疏影蕭蕭度石闌。」以奇寒雪景，映襯內心的孤獨、蕭索，情景交融，獨具韻致。王國維《人間詞話》中說：「一切景語，皆情語也」❺，作家的寫景，往往有其懷抱寄寓其中。經亨頤這些寫景之作，固有以寒梅、孤松自許的堅貞心志，但也不經意間流露出他歎老嗟卑的無奈心境。

不論是抒情或寫景，經亨頤慣以平淡自然的文字來表達，少用典，不艱澀，也不太強調「理」的傳達，多半是觸景生情、以景寄情之作。對於白馬湖的風光與那裏的朋友，他時時掛念，例如〈留別白馬湖〉一詩，即可看出他重情感性的一面：

暫別長松宅，蕭條白馬湖。
主人何太忍，春意只須臾。
僻壤來橫逆，塵懷卻自如。

❺ 王國維：《人間詞話》（臺灣：開明書店，一九八一年十一月臺一八版發行）卷下，頁四七。

消寒隨在樂，奚必愛山居。
書畫添行李，毋忘酒一壺。
鄰朋胡為餞，醉寫順風圖。
花鳥如有意，黎明聞鷓鴣。
庭梅才數點，特地送長途。

友情的留戀，遠離塵囂的清靜，讓他心中波瀾起伏，發而成詩，真摯的情意充塞字裏行間，結尾清新自然，餘味無窮，是平實中寓有深意之作。

身為春暉中學校長，他也留下兩首與春暉有關的作品，而且都以運動會為素材，可見其重視體育活動的教育理念。〈筍竹〉一詩以學生為對象，詩題下注曰：「春暉春季運動會獎品，給學生」，詩云：「卓立清風有主張，朗天化雨若時暘。湖濱春意不須色，惟為出牆競短長。」對學生勉以上進之心；另一首〈松〉則是「春暉春季運動會獎品，給教員」，詩云：「春光猶不足耕耘，樂與長林終歲盟。管領湖山輔眾綠，欣欣益壯樹風聲。」期盼教師們對學生都能加強輔導，專心教職，以求學生長進，校風遠播。諄諄之心，於此可見。

綜觀其詩作，不拘於格律，不務求用典，直抒胸臆，詞真語切。多以耐寒之植物為歌詠對象，以山水自然風光為題材，臨摹靜物，寫真湖山，詩風大氣超拔，簡練峭逸，寄託遙深，一方面可看出他光風霽月的端正人品，一方面也看出白馬湖不同面貌的景物變化。他一生盡瘁教育，廉頑立懦，身後蕭條，還是以遺畫出售所得，方能自上海歸葬於白馬湖邊預置之穴。如今，「長松山房」因年月久遠，已蕩然無存，只剩「一口水井和幾株桃花仍在」❻。但是，在春暉校園中有其塑像屹立，校門口「春暉中學」的牌匾為其所題，筆力遒勁，墨韻磅礴，很能想見其人之風。其人其詩，其畫其印，相信會永為春暉師生所緬懷、所追慕。

二、難得湖山夜色：劉大白詠白馬湖新詩

「五四」新詩草創時期的重要詩人劉大白，一生與詩結下不解之緣，不僅五四之前寫舊詩，五四以後寫新詩，連學術著作也以詩為研究對象，加上深具詩人氣質，可說是五四詩壇出色的代表詩人之一。在其五十二歲的一生中，共出版了《叮嚀》、《再造》、《秋之淚》、《賣布謠》以及《郵吻》等五部詩集，其中前四集是從以前的《舊夢》中分輯而成，五部詩集共有詩作六百餘首，數量十分可觀。❼

❻ 張科：〈白馬湖之春〉，杭州《西湖》雜誌一九八三年第二期，頁四〇。

❼ 劉大白的新詩其實只有兩集問世：一九二四年由商務印書館出版的《舊夢》和一九二六年由開明書店出版的《郵吻》。《舊夢》共有新詩六百餘首，一九三〇年時將之改編為《叮嚀》等四個集子由開明書店再版。《郵吻》則收其後期新詩三十一首。

劉大白在白馬湖的時間集中於一九二二年。他自一九一九年發表〈風雲〉、〈盼月〉、〈思想的監獄〉等第一批新詩後，即不斷創作新詩，到一九二四年出版《舊夢》時，詩作數量已高達五九七首，可知他於這短短五年間是如何銳意於新詩的寫作了。一九二二年期間，他多次往返於杭州、蕭山、白馬湖等地（離他的故鄉紹興都不遠），並創作了不少詩篇，發表於《民國日報・覺悟》、《責任》等刊物上。

根據《劉大白詩集》（北京：書目文獻出版社，一九八三年），以及蕭斌如編〈劉大白生平與文學活動年表〉（《劉大白研究資料》，天津人民出版社，一九八六年），陳孝全、周紹曾選評編輯之《中國新文學大師名作賞析・胡適劉半農劉大白沈尹默卷》末附之〈劉大白年表〉（臺北：海風出版社，一九九〇年），以及《白馬湖文集》等資料，可以看出他於一九二二年時與白馬湖有關之動態和文學創作情形如後：

三　月

十六日／自蕭山抵達白馬湖住下，為其首次造訪，直到四月中旬離開。

十八日／〈小鳥之群〉

二十一日／〈心上的寫真〉

二十七日／〈桃花幾瓣〉

四　月

十　日／〈花間之群・花間〉

中　旬／由白馬湖返回杭州。

五　月

下　旬／第二度到白馬湖住下，直到八月離開。

三十日／〈流螢之群〉

〈謝夢中救我的女神〉

三十一日／〈白馬湖之夜〉

六　月　續住白馬湖。

一　日／〈霞底謳歌〉

二　日／〈看月之群・五〉

三　日／〈看月之群・七〉

七　月　續住白馬湖。

／〈冷風鈔〉六首

／〈夜坐〉（舊詩）

／〈心花〉（舊詩）

八　月　十日時他在蕭山為第一部詩集《舊夢》寫卷頭自題，可知在十日前他已離開白馬湖。

十一月　據載，他有一首新詩〈紅樹〉題記為十一月三日寫於白馬湖，故劉大白有第三度的白馬湖之行，可惜欠缺其他相關資料，無法得知其停留時間與創作情形。

從以上的敘述可知，劉大白與白馬湖結緣是在一九二二年，三度造訪，其中以第二次停留兩個多月時間最長，也寫下較多的詩作。這些詩作中，與白馬湖直接相關的只有〈白馬湖之夜〉與〈紅樹〉兩首，其他或抒情，或論理，雖與白馬湖無關，但可藉此看出他這段時期的心境與想法，特別是他與妻子何芙霞女士之間的情意，透過〈霞底謳歌〉、〈心上的寫真〉等詩篇有清楚的傳達。而他所擅長/慣用之哲理詩的創作，在〈小鳥之群〉等詩中也有持續的思想記錄與發揮。關於這些詩作的分析，詳見拙作〈劉大白與白馬湖〉❽，茲不贅述，僅討論其歌詠白馬湖景物的二首新詩作品。

在劉大白三度造訪白馬湖期間，新詩的創作一直源源不絕，可見其創作欲之強、詩興之濃，其中的〈白馬湖之夜〉與〈紅樹〉，是實景的描繪，也是心靈真摯的謳歌。在歌詠白馬湖的作品中，散文佔大多數，詩作並不多，如朱自清、經亨頤、夏丏尊、何香凝、柳亞子等人雖有詩描寫白馬湖，但都是古典詩詞，唯獨劉大白留下了兩首新詩，彌足珍貴。

---

❽ 本文發表於《中國現代文學理論季刊》（臺北：中國語文學會出版，一九九七年三月）第五期，頁一一四—一二七。

以較早的〈白馬湖之夜〉來說，對白馬湖的山光水色、月夜清景有深情的刻畫，在恬靜閒適的氣氛中，有著詩人觀照自然的激動情緒，其對此湖此山確有一番不同的讚賞：

從蒼茫的夜色裏，
展開在我底面前了，
一幅畫也難肖的湖山。

明月懷疑了：

「這不是我團欒的影子呵！」
一叢散碎的銀光，
在縠紋也似的明漪中閃著。

怎地淬不滅呢？
水平線下，
錯錯落落地浸著熊熊的烈燄，
摹仿那水平線上的漁火。

如此湖山，

難得如此夜色，
更難得看湖山夜色的如此佳容！

偶然吧，
舊遊重到的我，
過去也不曾看得，
未來也怕難再得。

劉大白詩歌藝術的特點之一，是講究鍊字、鍊句，而這又與其舊詩詞的素養有關，「團欒」、「淬不滅」等字眼，使這首新詩脫不開舊詩的痕跡。第二、三段的設問句法，使詩意有起伏，技巧上富有變化，則是此詩意境營造成功的主因。此外，此詩在視角上也頗新穎，第一段是詩人平望，第二段則仰觀明月，月又俯瞰湖中倒影，第三段再回到水平線上的漁舟，這些景致錯落疊現，使詩人不禁感歎「難得」再三，白馬湖優美的夜色，也因著詩人的情感投射，而在讀者心中留下生動的形象。

然而，第四段似顯得畫蛇添足。楊樹芳〈劉大白及其作品〉一文即認為這首詩失之「累贅」，過於纏綿，而指其藝術手腕不完整❾；張露薇〈論劉大白的詩〉曾有一段評論說：「他以

❾ 原載一九三四年三月《師大月刊》第一卷第一〇期，收入《劉大白研究資料》（蕭斌如編，天津人民出

一腔的情熱表現於詩中，有時是很自然的流露，有時流露得太過分一點。……有些極好的詩，但多半是不很完美，在一首詩中，如把它當作藝術品看，並非精美無瑕的，常常有幾節很巧妙地寫著，但最末後一二節總是寫得不好，不是呆笨，就是露骨，致失了全篇的精彩與諧和。」❿以此論點來看這首詩，確實犯了這個毛病。

至於另外一首〈紅樹〉，對白馬湖的秋景塑造了一幅動人的畫面：

謝自然好意，
幾夜濃霜，
教葉將花替！
算秋光不及春光膩，
但秋光也許比春光麗；
你看，
那滿樹兒紅豔豔地！

版社，一九八六年五月），頁二八六。

❿ 原載一九三二年四月六日、十三日《北平晨報》，引自前揭書，頁二五六。

這首小詩，意境之美自然呈現，給人一種新鮮的感受。劉大白抓住了季節與景物的特點，三言兩語就使秋的形象鮮活地浮顯，情韻幽婉，詩意盎然，因此，王夫凡在〈龍山雜憶〉中特別稱揚這首詩，認為「用辭最工，一字不苟，……用韻也異常穩貼入微。」⓫不可否認，這首詩也有舊詩詞的氣味，但已是新詩初期中的佳作了，其字句之清新雋逸，季節流轉之細膩感受，可以看出劉大白的真摯性情與詩作風格。柳亞子後來在白馬湖也題了詩句：「紅樹青山白馬湖」，足見二人對白馬湖畔秋天時紅豔的楓林有著相同的讚歎。

雖然，對劉大白而言，白馬湖之行只是其人生一段短暫的邂逅，但毫無疑問的，那卻是一次「未來也怕難再得」的最美麗的邂逅。

三、詩詞風・家常味・人間相：豐子愷漫畫的獨特魅力

從一九二五年十二月出版第一本《子愷漫畫》至今，豐子愷那寥寥數筆卻意趣無窮的漫畫風格，早已是家喻戶曉；而他一生創作了大量漫畫作品，結集出版的就已多達五十餘種⓬，這在中

⓫　同❾，頁三〇六。

⓬　在《豐子愷文集》第七卷末附有〈豐子愷著譯書目〉，內收其漫畫作品即有五十二部之多，但只收羅至一九八八年為止。後如《豐子愷連環漫畫》（陳星編，寧夏人民出版社，一九九五年十二月）等，仍有不斷出版，足見豐氏漫畫確實是受人歡迎的。

國現代漫畫藝術家中並不多見。不論黑白、彩色，還是單幅、組畫、連環畫，豐子愷的作品一如他平淡中寓深意的散文一般，長期以來廣為知識人所喜愛、傳頌，甚而收藏。

豐子愷的漫畫創作是在白馬湖「小楊柳屋」中開始的，而且得到了春暉同事夏丏尊的「慫恿」，與朱自清、朱光潛等人的讚賞，從而堅定信心，因而才有《子愷漫畫》的誕生。這不僅是他問世最早的第一部畫作，同時也是中國最早的一部現代漫畫作品。它的問世，尤其是「漫畫」二字的命名，在中國漫畫發展史上具有「統一漫畫稱呼」的作用，因此，這部漫畫的歷史地位不容忽視。不過，「漫畫」一詞的確定，豐子愷是被動的，這命名的功績應當歸於鄭振鐸和他主編的《文學週報》。鄭振鐸是催生《子愷漫畫》出版的伯樂。一九二四年，朱自清將豐子愷的〈人散後，一鉤新月天如水〉發表於他和俞平伯主編的刊物《我們的七月》上，這是他正式發表的第一幅作品，立刻引起了鄭振鐸的注意。他有一段話形容這幅畫的魅力：

> 雖然是疏朗的幾筆墨痕，畫著一道捲上的蘆簾，一個放在廊邊的小桌，桌上是一把壺，幾個杯，天上是一鉤新月，我的情思卻被他帶到一個詩的仙境，我的心上感到一種說不出的美感，這時所得的印象，較之我讀那首〈千秋歲〉（謝無逸作，詠夏景）為尤深。實在的，子愷不惟複寫那首古詞的情調而已，直已把它化成一幅更足迷人的仙境圖了。從那時起，我記下了「子愷」的名字。⑬

後來，豐子愷到了上海，他就請胡愈之去向豐子愷要幾幅畫作為《文學週報》的插圖，自一九二五年五月起逐期發表，也就在五月的第一七二期起，鄭振鐸就代為標明「子愷漫畫」四字。因為頗受歡迎，鄭振鐸興起出版的念頭，就和葉聖陶、胡愈之一起到立達學園去找豐子愷，並且挑選畫作。豐子愷將畫一幅幅立在玻璃窗格上、桌上，鄭振鐸內心又感受一次了美的激動：「我們看了這一幅又看了那一幅，震駭他的表現的諧美，與情調的複雜，正如一個貧窶的孩子，進了一家無所不有的玩具店，只覺得目眩五色，什麼都是好的。」當他手夾著作品、坐火車回家的路上，他的心裏仍有「一種新鮮的如佔領了一塊新地般的愉悅」。回家後，與葉聖陶、茅盾一起再看，「覺得實在沒有什麼可棄的東西」，結果，除了三幅之外，其餘都編入書中，即是由文學週報社出版的《子愷漫畫》。一九二六年一月，改由開明書店以文學週報社叢書的形式出版。一九二七年二月，第二本漫畫冊《子愷畫集》由開明書店出版。此後，他的漫畫作品一直不曾間斷創作、出版，終成一別具風格的文人藝術家。

許多人都認為，豐子愷是中國漫畫的創始者，但他自己不以為然。他曾提到在小時候曾在報上看到陳師曾的小幅簡筆畫，留下深刻印象，他認為那才是中國漫畫的始源，但因當時無「漫

⑬ 鄭振鐸：〈《子愷漫畫》序〉，原載一九二五年十一月《小說月報》第一六卷一一期。引自《豐子愷研究資料》（豐華瞻、殷琦編，寧夏人民出版社，一九八八年十一月），頁二四七。

畫」一詞，因此世人不知「師曾漫畫」，只知「子愷漫畫」。所以，他再三強調：「我不能承認自己是中國漫畫的創始者，我只承認漫畫二字是在我的書上開始用起的。」[14]即使是漫畫的創作者，豐子愷對「漫畫」二字的定義、價值，常覺得模糊而難以說清。他說：「我對於『漫畫』這個名詞的定義，實在沒有弄清楚：說它是諷刺的畫，不盡然；說它是速寫畫，又不盡然；說它是黑和白的畫，有色彩的也未始不可稱為『漫畫』；說它是小幅的畫，小幅的不一定都是『漫畫』。……原來我的畫稱為漫畫，不是我自己作主的，十年前我初描這種畫的時候，《文學週報》編輯部的朋友們說要拿我的『漫畫』去在該報發表，從此我才知我的畫可以稱為『漫畫』。」[15]在〈漫畫創作二十年〉文中，他還說：「其實，我的畫究竟是不是『漫畫』，還是一個問題。因為這二字在中國向來沒有。日本人始用漢文漫畫二字。日本人所謂『漫畫』，定義為何，也沒有確說。但據我知道，日本的『漫畫』，乃兼稱中國的急就畫、即興畫及西洋的cartoon和caricature的。」寫於一九六二年的〈作畫好比寫文章〉中，他也表示：「我自知這不是一種正式的繪畫，只是繪畫之一種；至於這種畫價值如何，那我自己實在想不出答語。」[16]雖然如此，他還是對「漫畫」有自己認定的一些看法，例如在〈漫畫創作二十年〉中說：「漫畫二字只能望文生義。

---

[14] 豐子愷：〈漫畫創作二十年〉，《豐子愷文集》第四卷，頁三八七。

[15] 豐子愷：〈談自己的畫〉，《豐子愷文集》第五卷，頁四六一。

[16] 原載一九六二年二月十一日《文匯報》，收入《豐子愷文集》第六卷，頁四九八。

漫，隨意也。凡隨意寫出的畫，都不妨稱為漫畫，如果此言行得，我的畫自可稱為漫畫」；又如〈談自己的畫〉中說：「把日常生活的感興用『漫畫』描寫出來——換言之，把日常所見的可驚可喜可悲可哂之相，就用寫字的毛筆草草地圖寫出來——聽人拿去印刷了給大家看。」這些可以視為他對「漫畫」所下的定義。

雖然對「漫畫」的意義、價值未求甚解，但他確實非常喜愛這種藝術表現形式，也傾注心力投入創作。他的作畫情形，朱自清有一段形象化的描寫：「那時你的小客廳裏，互相垂直的兩壁上，早已排滿了那小眼睛似的漫畫的稿；微風穿過它們間時，幾乎可以聽出颯颯的聲音。」⓱這個「小客廳」就是小楊柳屋。豐子愷後來到立達學園教書，住在上海江灣，葉聖陶在那裏看到他的「畫室」：「畫都沒有裝裱，用圖釘別在牆壁上，一幅挨一幅的，布滿了客堂的三面牆壁。這是個相當簡陋而又非常豐富的個人畫展。」⓲葉聖陶是和鄭振鐸一起去的，所以鄭振鐸也有相同的感受：「這個小小的展覽會裏，充滿了親切、喜悅與滿足的空氣，我不曾見過比這個更有趣的一個展覽會。」⓳

分析《子愷漫畫》在二〇年代受歡迎的原因，主要是別於傳統的表現手法及異於當時流行的

⓱ 朱自清：〈《子愷漫畫》代序〉，《朱自清序跋書評集》（北京：三聯書店，一九八三年九月），頁五五。

⓲ 葉聖陶：〈子愷的畫〉，《葉聖陶集》第七卷，頁二四六。

⓳ 同⓭，頁二四八。

新穎取材。當時的文學界，新文學陣營正與學衡派、鴛鴦蝴蝶派進行激烈論戰，感傷與苦悶的氣息瀰漫著文化界；而在美術方面，除少數報刊的反映時事和政治諷刺畫外，大多是庸俗不堪的美人畫等，脫離現實，手法拙劣。在這種大環境下，豐子愷清新脫俗、充滿生活情趣的漫畫一出現，自然令人感到耳目一新，而獲得極高評價了。論者即稱之為「我國二〇年代的五卅運動和北伐時期個性鮮明，很有典型性的一位作家。」[20]

豐子愷漫畫的特色及其清新之處，一在手法，一在題材，而二者是不可分的。我無意對其一生的漫畫創作加以探討，只想針對他早期在春暉、立達時完成的《子愷漫畫》、《子愷畫集》二書進行討論，特別是在白馬湖開始的第一部作品《子愷漫畫》。我將其分為詩詞風、家常味、人間相三類，這三類不僅可概括其題材內容，也可呈現出他創作的三個先後階段。以下分別說明：

1 詩詞風

以拈取前人詩詞名句為題的作品，在《子愷漫畫》中很多，但到了《子愷畫集》就不再出現。這類「古詩新畫」作品有〈月上柳梢頭，人約黃昏後〉、〈指冷玉笙寒〉、〈人散後，一鉤新月天如水〉、〈燕歸人未歸〉、〈手弄生綃白紈扇，扇手一時如玉〉、〈黃蜂頻撲秋千索，有當時纖手香凝〉、〈臥看牽牛織女星〉、〈翠拂行人首〉、〈無言獨上西樓，月如鉤〉、〈幾人相憶在江樓〉等。畫題常是一句詩或一句詞。豐子愷之所以一開始以古典詩詞入畫，主要是因他自小喜讀詩詞，而古

[20] 畢克官、黃遠林：《中國漫畫史》（北京：文化藝術出版社，一九八六年十月），頁七五。

人詩詞全篇都可愛的極少，他所愛的往往只是篇中一段或一句，「有時眼前會現出一個幻象來，若隱若現，如有如無。立刻提起筆來寫，只寫得一個概略，那幻想已經消失。我看看紙上，只有寥寥數筆的輪廓，眉目都不全，但是頗能代表那個幻象，不要求加詳了。」（〈漫畫創作二十年〉）這類創作要表達的並非古詩詞本身，而是他身為現代人來讀古詩詞的感受。他要表達的是一種意境，而非古人生活的再現，因此他畫中的人物是現代人，傳達出來的氣氛是與現代生活相契的。例如〈幾人相憶在江樓〉，三五人立在江邊小樓中，或以手指月，或垂首望江流，一輪明月高掛，江邊小樹點點，一種時間之流無法挽、知己相遇難再得的人生了悟，便在簡單幾筆勾勒中，生動地呈現出來。葉聖陶就表示，有兩幅詩詞風味的畫讓他「至今還如在眼前」：

一幅是〈今夜故人來不來，教人立盡梧桐影〉。畫面上有梧桐，有站在樹下的人，耐人尋味的是斜拖在地上的長長的影子。另一幅是〈人散後，一鉤新月天如水〉。畫的是廊下欄杆旁的一張桌子，桌子上淩亂地放著茶壺茶杯。簾子捲著，天上只有一彎新月。夜深了，夜氣涼了，乘涼聊天的人散了——畫面表現的正是這些畫不出來的情景。（〈子愷的畫〉）

換言之，豐子愷這類畫是藉古詩詞來表現現代人的情感。當他在《文學週報》上發表〈無言獨上西樓〉時，有人批評說：「這人是李後主，應該穿古裝，你怎麼畫成穿大褂的現代人？」豐子愷回答道：「我不是作歷史畫，也不為李後主詞作插圖，我是描寫讀李詞後所得體感的。我是現代人，我的體感當然作現代相。這才足證李詞是千古不朽之作，而我的欣賞是被動的創作。」（〈漫畫創作二十年〉）然而，這終究是有所本、被動的創作，顯不出豐氏高明的獨創性，所以夏丏尊批評說：「古詩詞名句原是古人觀照的結果，子愷不過再來用畫表出一次，……所以是一種『翻譯』。」㉑俞平伯的批評比較激烈，他認為「就古詩作畫，處處替他人設想，猶八股文之代聖人立言，尤覺束縛。」㉒他舉了十幅畫指出其缺失，如〈臥看牽牛織女星〉一畫，他覺得「於明燭下觀星月」，顯然是一漏洞，且桌上有時鐘，窗間有鐵格子，與銀燭畫屏的氣氛不相調和；又如〈馬首山無數〉一幅，此詩原指雲山千疊，前路迢遙，而非指馬前真有無數之山，豐子愷的畫「太著實」。朱自清在序中也提到，〈樓上黃昏，馬上黃昏〉一幅，「樓上的與馬上的實在隔得太近了」。這些缺失是存在的，它源於古典與現代不易融合的先天性差異。不過，他們的批評主要是鼓勵他往「家常味」、「人間相」這類題材去發展，因為這類題材才是夏丏尊說的「全是子愷自己觀照的表現」，是「創作」而非「翻譯」。葉聖陶的話大致說出了他們這群朋友的共同看法：

> 詩詞是古代人寫的，畫得再好，終究是古代人的思想情感。「舊瓶」固然可以「裝新酒」，

㉑ 夏丏尊：〈《子愷漫畫》序〉，《夏丏尊文集・平屋之輯》，頁五〇。

㉒ 俞平伯：〈關於《子愷漫畫》的幾句話〉，原刊《一般》第二卷一號，收入《雜拌兒》（北京：開明出版社，一九九二年十二月新版），頁一二四。

那可不是容易的事，弄得不好就會落入舊的窠臼。現實生活中可畫的題材多得很，尤其是子愷，他非常善於抓住瞬間的感受，正該從這方面舒展他的才能。(〈子愷的畫〉)

這些朋友們的批評、建議與鼓勵，豐子愷顯然聽進去了，因此，他很快就從「被動的創作而進於自動的創作」，《子愷畫集》的內容便獲得朋友們一致的讚賞了。

2 家常味

從「詩詞風」轉為「家常味」，豐子愷的畫風便從浪漫主義變為現實主義。他多幅從現實生活中取材的作品，是以描寫家裏的兒童生活百態為主。主要的模特兒是阿寶(即長女豐陳寶)、軟軟(即豐子愷姊姊豐滿所生之女豐寧馨，因自幼跟隨子愷，稱其為父，豐氏視如己出)、瞻瞻(即長子豐華瞻)。向來憧憬兒童生活、自稱是「兒童崇拜者」的豐子愷，不論在散文隨筆或漫畫中，都處處讚揚兒童。他在〈談自己的畫〉中就針對這一點有詳盡的自剖：

我企慕這種孩子們的生活的天真，豔羨這種孩子們的世界的廣大。或者有人笑我故意向未練的孩子們的空想界中找求荒唐的烏托邦，以為逃避現實之所；但我也可笑他們的屈服於現實，忘卻人類的本性。……所以我當時的心，被兒童所占據了。我時時在兒童生活中獲得感興。玩味這種感興，描寫這種感興，成了當時我的生活的習慣。

顯然，豐子愷是想以天真爛漫、人格完整的兒童世界來對照成人社會的醜惡。他不直接控訴或揭露，而是從孩子們日常生活中的點滴趣事著手，一方面呈現孩子的純真本性，一方面也展露出他細膩的觀察力與不失赤子之心的人格特質。這類作品有不少，如〈阿寶赤膊〉，兩條胳臂交叉在胸前，簡單幾筆，就把小女孩不必要的嬌羞表現出來；〈花生米不滿足〉中，一個小孩看著前面幾粒花生米的嫌少神情，全在眼睛眉毛那寥寥幾筆，趣味十足；還有〈爸爸不在的時候〉，畫面裏的小孩跑到爸爸書房，學拿毛筆寫字，令人會心；〈辦公室〉裏畫的是兩個小孩擠在一張藤椅上埋頭寫字，模仿大人辦公情景；〈阿寶兩隻腳，凳子四隻腳〉畫的是阿寶拿鞋替凳子穿上的童心；還有孩子們搬東西玩得不亦樂乎的〈快活的勞動者〉；兩把芭蕉扇可以認真地變成腳踏車的〈瞻瞻底車〉等等，每一幅都是我們於平常生活中容易看到的情景，而豐子愷將它巧妙、傳神地表達出來。

除了孩子的天真情態外，一些生活中的場景，經他慧心取材，也成了耐人尋味的作品。如〈病車〉畫的是車輛拋錨，前後數人或推或拉的情景；一隻貓去扯下課鈴，便成為他筆下的〈下課？〉；又如〈兼母的父〉中，那位父親一邊寫字，一邊抱著睡著的小孩，眉頭緊皺的神情，都是那麼熟悉，那麼充滿家常味。朱光潛就稱許這是「從紛紜世態中挑出人所熟知而卻不注意的一鱗一爪，經過他一點染，便顯出微妙雋永，令人一見不忘。」（〈緬懷豐子愷老友〉）葉聖陶也有相同的看法：「有些事物我也曾注意過，可是轉眼就忘記了；有些想法我也曾產生過，可是一會兒就丟開，不再去揣摩了。子愷卻有非凡的能力把瞬間的感受抓住，經過提煉深化，把它永遠保留在畫幅上，使我看了不得不引起深思。」（〈子愷的畫〉）這些從現實生活中取材的作品，因其濃郁的「家常味」，確實很能引起讀者的共鳴。

3 人間相

在豐子愷早期的漫畫中，著重揭露、諷刺的「人間相」作品不多。〈東洋與西洋〉是代表之作。他以敏銳的寫實手法，畫一個出殯隊伍，扛著「肅靜」、「迴避」的行牌，走到十字路口，被指揮交通的印度巡捕攔下，馬路上正有汽車駛過。這真是絕妙的諷刺，東方的和西方的，封建的和殖民的，在十字路口碰上。豐子愷以此具體事例，把當時社會、政治的特點揭示出來了；又如〈教育〉，畫的是一個工匠在做泥人，他板著臉，把一團團泥使勁往模子裏按，按出一個個式樣相同的泥人。畫題為〈教育〉，豐氏對不合時宜的教育方式的諷刺用意明顯可見。雖然《子愷漫畫》中少見此類作品，但到了《子愷畫集》，詩詞風作品沒了，全是家常味與人間相，所以獲得較多的肯定與掌聲。朱自清的意見便很具代表性：

這一集和第一集，顯然的不同，便是不見了詩詞句圖，而只留著生活的速寫。詩詞句圖，子愷所作，盡有好的；但比起他那些生活的速寫來，似乎較有遜色。第一集出世後，頗見到聽到一些評論，大概都如此說。本集索性專載生活的速寫，卻覺得精彩更多。㉓

豐子愷的畫風改變，是經過一番內心的掙扎。他從兒童生活，轉為描寫社會生活，起初都是現實生活中的正面、光明題材，仍具「家常味」。他明知社會中「還有殘酷悲慘、醜惡黑暗的一面」，但「我的筆不忍描寫，一時竟把他們抹殺了。」後來，他想通了：「我想，佛菩薩的說法，有『顯正』和『斥妄』兩途。美諺曰：『漫畫以笑語叱吒世間』。我何為專寫光明方面的美景，而不寫黑暗方面的醜惡呢？……於是我就當面細看社會上的殘忍相、悲慘相、醜惡相，而為他們寫照。」（〈漫畫創作二十年〉）從此，這類題材就成為他日後漫畫創作的一個重心，也使他的作品充滿濃厚的現實主義風格。一九三五年八月，他由上海開明書店出版的畫集，就叫《人間相》。

不論是詩詞風、家常味或人間相，他的畫平易近人卻又蘊含哲理的特色，是幾十年來都擁有廣泛讀者群的主要原因。而這分析起來，還是得歸功於他卓立超群、充滿赤子之心的人品。我們看豐子愷的散文或漫畫，可以清楚地感受到他的個性、觀點與人格。他的人和他的畫、散文是一樣的精彩。他是弘一法師的得意門生，不論在藝術修為或人品素養上，都深受弘一的啟發。弘一曾告誡他要「先器識而後文藝」，也就是「要做一個好文藝家，必先做一個好人」，並且再三強調：「應使文藝以人傳，不可人以文藝傳」㉔，而豐子愷的一生行事與創作，可以說是無愧師

㉓ 朱自清：〈《子愷畫集》跋〉，《朱自清全集》第一卷，頁二三七。

㉔ 豐子愷：〈先器識而後文藝——李叔同先生的文藝觀〉，《豐子愷文集》第六卷，頁五三五。

訓。他的老友朱光潛就說：「子愷從頂至踵是一個藝術家，他的胸襟，他的言動笑貌，全都是藝術的。他的作品有一點與時下一般畫家不同的，就在他有至性深情的流露。……他的畫極家常，造境著筆都不求奇特古怪，卻於平實中寓深永之致。他的畫就像他的人。」㉕這真是一針見血的畫評與「人評」。豐子愷本身人品的可愛，使他那些詩詞風、家常味、人間相諸作，也都自然喚發出吸引人的力量。在白馬湖這群可愛的文人中，豐子愷是極具代表性的一位，我認為，他的可愛人品，才是他的漫畫數十年來風行不衰的真正魅力所在。

四、科學與人生：劉薰宇、劉叔琴、匡互生作品

嚴格的說，這三人較接近於教育家，而不是作家。雖然他們也寫一些文章，但都不是以個人抒情、敘事為主的散文，而是論理性的雜文，甚至有些是學術味濃的論文。這當然與他們的教育背景與學術專業有關：劉薰宇、匡互生兩人都是北京高等師範學校數理部畢業，而劉叔琴是日本東京高等師範學校出身；劉薰宇教數學，劉叔琴教歷史、哲學，匡互生教天文。他們都以教育為職志，而無意成為作家，所寫文章也以科學知識的介紹、人生哲理的闡釋、教育問題的探討為主。他們的理性人格特質，與朱自清、豐子愷、夏丏尊的感性人格特質，恰好形成互補作用。從

㉕ 朱光潛：〈豐子愷先生的人品與畫品——為嘉定豐子愷畫展作〉，《朱光潛全集》第九卷，頁一五四、一五五。

春暉到立達，他們情誼深厚、理念相近，他們的一些看法，相信也可以增進我們對這群文人的了解。以作品數量論，劉薰宇最多，劉叔琴次之，匡互生最少。以下即依序論述之：

1 劉薰宇

劉薰宇的作品在《春暉半月刊》及《一般月刊》中都經常出現。他在春暉中學教書時，所寫的都以教育問題為主，到了立達學園，他的寫作範圍日漸擴大，遊記及生活感觸類作品偶見發表。大抵論述之作，能見人未見，說理暢達，思路清晰；感懷之作則流露出憂心國事的書生本色。他除了曾為開明書店編寫《開明中學數學教本》外，還與夏丏尊合著《文章作法》，對寫作一事顯然頗有自己的見解。

目前所能見到的《春暉半月刊》共有四十八期。第三七期（一九二五年十月出刊）起，劉薰宇、匡互生、劉叔琴等人因氈帽事件離校後，寫作園地即移轉至《一般月刊》，在《春暉半月刊》上便不見他們的作品。在這三十六期中，劉薰宇的文章就出現過十九次，比例不低。內容則清一色與教育有關，如〈學校安全問題〉、〈教育者底淚〉、〈所希望到春暉來的學生〉、〈讀書法〉、〈學潮評議〉、〈數學所給與人們的〉、〈對於本校改進的一個建議〉等㉖。在〈所希望到春暉來的學生〉中，他提醒學生不能圖安閒，不要把求學看得很容易，而必須加倍努力才行。不論男女同學，他的期許是：「家庭和自身抱定了以求切實的普通的常識目的而富於自己進取的精神

㉖ 可參看附錄二：〈春暉中學校內刊物知見篇目〉。

的」；〈數學所給與人們的〉一文，頗富人生哲理，將數學與人生結合，給人思路上的啟發。他除了說明數學與建築、天文、哲學、藝術等都有密切關係外，他特別指出，活在直線世界的人只有前後一條出路，活在平面世界的人則有前後左右二條路，立體世界的人則有前後、左右、上下三條路。愚蠢的人爭尺寸地盤而患得患失，不知精神的生活可以不限於六合以內，「不費一矢，不傷一人，不和任何人相角逐，在立體的世界以外，開拓了第四、第五……條路來。不佔有而享受，精神界底領域何等廣漠！這就是數學所給與人們的。」這篇很有學者散文的味道，將知識生活化、普及化、哲理化，是他在春暉時期最富表現力的一篇佳作。

《一般月刊》由立達學會主編、發行，自一九二六年九月創刊至一九二九年十二月停刊，共出九卷三十六期。白馬湖文人不論在編輯事務或文稿撰寫方面，都是中堅力量，劉薰宇的表現即是一例。他一共在二十期中發表過二十三篇文章，數量不少。內容可分為四類：第一類是針對社會、青年問題的思考與呼籲，如〈青年底生活問題〉、〈我們應當為社會犧牲自己嗎〉、〈告失望的朋友們〉、〈數的啟示〉、〈中國的國家秩序與社會秩序〉等。他能將一些人生問題以生動的事例、流暢的說理，提出自己的看法，釐清一般人心中的困惑，如〈青年底生活問題〉，他以一封青年來信訴說內心的苦悶為引子，勸解青年不要好高騖遠，因為現實生活是「必汗流滿面才得糊口」，如果沒有汽車，就坐電車；沒有電車就僱黃包車；連黃包車也僱不出，就用跑；不能跑就走。總之，不管怎樣慢的笨方法，只要動一點，就離目的近一點。當全心前進時，苦悶自然就不會來了。他的這類文章，和朱光潛《給青年的十二封信》的立意、風格很接近，可惜寫得不多。

第二類作品是遊記。他共發表了〈南遊〉、〈歐行隨筆〉兩篇，每篇都長達數萬字，各分五期刊登。〈南遊〉是記其於一九二六年十二月由上海乘船出發，旅遊香港、西貢、新加坡、馬來西亞等南洋地區的見聞感觸。四個多月的行程，他記下了各地的風俗、民情、華僑生活及旖旎風光，頗能呈現南洋特殊的異國情調。〈歐行隨筆〉則是旅遊義大利、法國的散文手札，其中對法國的描述最詳盡、出色，包括法國的戲劇、咖啡、飲食、大學及中國留學生的處境等都有著墨，也反省了西方的精神文明與東西文化的差異等問題。抒情、敘事、論理兼具，頗富可讀性，也展露出劉薰宇浪漫、感性的一面。第三類是編輯《一般》時寫的〈一般的話〉。這原是編者說明性質的專欄，但所有的編者都不加局限地盡情發揮，劉薰宇寫了四期，內容多是反映時事、針砭社會的短論，如〈兩種飯桶〉、〈窮人怎樣還有生路〉、〈同情〉、〈出路〉、〈賽先生觸霉頭〉、〈新丈夫主義〉、〈讚美苦力〉、〈嗚呼葉錄君〉、〈向上〉等。第四類只有一篇，是短篇小說〈除人〉，這也是他僅見的一篇小說。〈除人〉就是槍決之意，故事描寫一個鄉村「宋鎮」出身的長發，到了熱鬧的「申埠」，因參加敢死隊使某軍順利進城，卻被冤枉陷害，不僅無賞，反而被槍斃。宋鎮裏一個叫阿金的正義青年，到申埠去打聽、營救，最後無功而返。故事情節與人物都很簡單，卻對人性與軍閥的草菅人命有不錯的諷刺、刻劃。

劉薰宇以其數學的專業涵養，卻能將關懷的層面擴大到文化、文學、社會、政治、教育等不同領域，以其獨特的見解、豐富的閱歷，探討人生的諸多問題。他的時論短評，犀利而大膽；文化雜文，也思路綿密，筆力遒勁，可以看出他具有理想主義、人道色彩的現實關懷。在「白馬湖作家群」中，他雖不以文章名世，但他自成一格的學者雜文，還是發揮了一定的影響力。

2 劉叔琴

劉叔琴和劉薰宇一樣，也是興趣廣泛、熱心教育、富有見解的人。他的本行是歷史，上海開明書店曾出版過他編寫的《民眾世界史要》一書，該書「打破古代之歷史編輯法，純以民眾為本位」[27]，頗能看出他不隨流俗、自闢蹊徑的學術研究態度。在他發表的文章中，歷史、經濟、社會、教育、藝術都有，可以看出他的淵博學識。在《春暉半月刊》裏，他除了寫一些〈一年來的課外演講〉等報導外，還發表了〈個人主義與社會主義〉、〈從旅行底感想推論到公民教育〉、〈個人主義的社會及社會主義的社會中經濟原則上根本的不同點〉等學術味道濃厚的文章。此外，他也將自己讀書的一些看法在《春暉》的「白馬讀書錄」專欄中發表，如〈人身犧牲〉、〈崑崙奴〉、〈漢民族西來說〉、〈拉斯欽底經濟思想〉等，篇幅不長，集中談一個問題，對學生視野的開拓很有幫助。如〈崑崙奴〉一文，他多方考證，推斷唐代以後所謂大小崑崙山是指現在的康道耳群島，與「神州極西之山」的「崑崙」無關；「崑崙奴」一詞是指現今的馬來人種之一，不一定是非洲黑人。他的分析，論證有據，也很深入，顯示出他的歷史素養。

---

[27] 見《一般月刊》第九卷十月號上海開明書店廣告辭。

他在《一般》上發表的文章，篇幅就長多了。如〈美術（造型）底社會的考察〉就分三期刊出，其他如〈印度的古代文化〉、〈由一個日本底經濟學者眼中所見到的中日經濟關係和日本底武斷政策〉、〈馬爾薩斯和他底人口論〉、〈談談現代的進化論〉等，短則四、五千字，長則一萬五、六千字，氣勢縱橫，觀點恢宏。值得一提的是，他於《春暉》創刊時寫的〈一般與特殊〉一文，這篇具有替刊物正名作用的短論，針對「一般」與「特殊」的性質，結合生活與文化來立論，強調「一般的特殊化，是生活或文化本身的提高；特殊的一般化，是使大多數人生活或文化的提高。這是一般的人們所應該努力的目標，當然也是我們《一般》同仁此後想要努力的目標，打算猛進的大路。」闡明《一般》的創刊理想與奮鬥目標，是研究這份刊物不能忽略的文獻。此外，還有一篇二千餘字的〈五月一日〉，介紹國際上「勞動節」的產生，以及它的階級性與國際性，他諷刺地表示，在中國除了「放假一天」以外，沒有多大意義。這七篇在《一般》上的文章，都頗具份量，也立論嚴謹紮實，可惜他發表的不多，不易拼湊出他完整的學思歷程。

3 匡互生

匡互生在春暉、立達以教天文學受到學生的歡迎，他本身對此極有興趣，也長期觀察研究，很希望能將天文學知識普及到一般學生，以提振科學研究的風氣。在《一般月刊》上，他只有一篇〈趣味豐富的秋的天象〉，發表於創刊的九月號及十月號上。這篇近萬字的文章，介紹了銀河、隕星、月、潮等與秋天有關的天文知識。匡互生擅於運用中國古典詩詞中關於天象的典故來引起閱讀興味，如《詩經》的「三星在戶」、「七月流火」，杜甫詩中的「玉露團清影，銀河沒半輪」、「北風隨爽氣，南斗避文星」等；有時又借用歷史事件來增強印象，如《左傳》載「隕石於宋五」等，加上他深入淺出的文筆，對秋季豐富的天象變化作了趣味盎然的解說，甚具可讀性。

不過，匡互生畢竟是一位將全副心力都投注於教育事業的教育家，所思所寫，大部分都離不開「教育」的話題。《春暉》中有二篇這類文章，都與當時使用的混合算學教科書有關：一是〈評中國現有的三部混合算學教科書〉；二是〈我們和商務書館交涉的一幕〉。前者詳細分析這三部教科書都不合用的理由，後者則是因為商務印書館的算學教科書只出了二冊，趕不及學校使用，加上錯誤不少，匡互生和劉薰宇便與商務交涉，但獲得的是敷衍與不認錯，此文嚴正表達出他們的不滿。創辦立達學園後，為了闡明他的教育理念，他寫了幾篇相關的文章，如宣揚「人的教育」的〈中等學校的訓育問題〉、強調「人格教育」的〈青年教育者的修養〉等。對立達創辦的艱辛過程，他也留下了〈立達、立達學會、立達季刊、立達中學、立達學園〉、〈立達學園恢復的經過〉等第一手的資料，從中可以體會一個教育工作者為實踐理想所付出的心血與奉獻的精神。

劉薰宇、劉叔琴、匡互生三人，是二〇年代知識分子的一個典型。他們充滿理想性與思想性的文章，很少受到重視，卻不代表沒有價值。從學者散文、文化散文的角度來看，他們那些結合科學（理性）與人生的作品，還是值得細細品味。若從思想史、教育史的角度來看，他們那些反映時局、關懷青年的討論文章，不也是值得參考的重要文獻嗎？

第九章 結 論

一、大潮與分流：「白馬湖風格」在現代散文史上的意義

五四時期散文發展的過程，宏觀地看，是一個從一元到多元、從單調到複調的紛呈狀態。它有如一條奔騰向前的大川巨流，腹地漸廣，支流漸多，形成波瀾壯闊的局面，在新文學的第一個十年（一九一七—一九二七年），凌駕於小說、新詩之上，站在新時代的浪頭，攀登新文學初期的第一個高峰。

五四時期散文的興盛，體現出五四時代特定精神與文化的必然選擇。特殊的時代需要特殊的文體，議論時政、說理尖銳的雜文最先脫穎而出。提倡文學革命的喉舌《新青年雜誌》，於一九一八年初完全改用白話，四月起，開闢「隨感錄」專欄，首次刊出陳獨秀、劉半農等七篇短文，接著又陸續發表李大釗、魯迅、錢玄同、周作人等人短小精悍、潑辣直接的雜感，這些雜文所表現出的強烈自我個性，反應現實的靈活機動，都切中了五四這一變革動蕩的時期。當時，以《新

青年》為陣地，形成了一個「隨感錄」作家群，一時風靡文壇。《每週評論》、《晨報》副刊、《民國日報・覺悟》、《時事新報・學燈》等報刊都爭相仿效，被稱為「隨感熱」。

魯迅曾對雜文在五四時期的崛起原因分析說：「猛烈的攻擊，只宜用散文，如『雜感』之類。」❶這類散文強調批判，以反對舊傳統、舊文化為主題，作者寫得激情高昂，讀者看得激動亢奮。在說理透闢、酣暢淋漓的要求下，這類散文重視的是「為人生」的使命，而較少「為藝術」的追求。這股熱潮大約自五四運動前夕持續到二〇年代初期，這個階段的散文主流，毫無疑問的是批判，控訴，怒吼，抗爭。匡互生有一段話說明了這種時代心態，他指出，在五四運動爆發之前，當時青年們感到最不安的事有袁世凱和日本簽訂的「二十一條」、連年不斷的南北戰爭、歐洲大戰、參戰時與日本所訂損害中國主權的軍事協定、受軍閥操縱的安福系等，因此，「處在這樣一種『災害並至』、『險象環生』的境地當中，怎得不令人慄慄恐懼，由恐懼而悲憤，由悲憤而發生革命思想。」❷青年如此，作家亦然。血與火的殘酷事實，必然使得散文作家起而抗爭，以筆發出怨怒之音。雜文之所以興盛，前述「隨感錄」的作家群之所以提筆上陣，都和時代的動盪不安有密切的關係。這個階段的散文大都是以憤怒為基調，以批判為能事，情緒激昂，思維單一，作品風格呈現較少變化的一元型態，也多少給人形式主義的簡單化印象。

---

❶ 魯迅：《兩地書・三二》，《魯迅全集》第一一卷，頁九七。

❷ 匡互生：〈五四運動紀實〉，《匡互生與立達學園》，頁三。

從二〇年代初期到中期，也就是第一個十年的後半段，現代散文逐漸成熟。風格多樣，感情深化，不再是單一的怒吼，而是出現多元化的複雜趨勢。當然，現實性強、反映時局變動的散文仍佔多數，激情吶喊仍是這十年來散文的主潮，例如一九二五年的「五卅慘案」、一九二六年的「三一八」事件等，就出現了魯迅〈紀念劉和珍君〉、周作人〈關於三月十八日的死者〉、葉聖陶〈五月卅一日急雨中〉、鄭振鐸〈街血洗去後〉、朱自清〈執政府大屠殺記〉等表達控訴的憤怒之音。這種充滿憂患意識，企圖喚醒民眾的熱情，以及對時局失望的鬱悶傷感，構成作家心中「冷熱交加」的複雜心境，這和五四風暴驟起時，散文幾乎只見憤怒大潮的情勢已有不同。風暴一過，現代散文作家們以其個人對社會的看法，自我期許的不同，開始在大潮之外，湧現出支支分流。這個現象，專研散文的大陸學者范培松形容為「從一轟而起到色彩斑斕」❸，是生動的譬喻。「白馬湖風格」的存在，正是五四大潮中的一支分流，是色彩斑斕的散文樣貌中一抹「安靜的色調」。它不是特別的亮麗，也不曾刻意的渲染，但它安靜地存在著。當我們今日重新檢視現代散文發展史時，它已是不容忽視的文學現象。

范培松指出，以魯迅為主的「怨怒散文」逐漸與以周作人為首的「沖淡散文」並構成當時的主流，然而，「散文的趨美變異，導致溫柔散文、儒雅散文和唯美散文另立門庭。」❹他認為，

---

❸ 范培松：《中國現代散文史》（江蘇教育出版社，一九九三年九月），頁七三。

❹ 同❸，頁八四。

冰心以傳播愛為最高宗旨，加上自由的書信形式，形成獨特的「冰心體」溫柔散文；朱自清與葉聖陶等則屬於探索人生現實，剛柔並濟的儒雅散文；而徐志摩則代表了追求精神自由，浪漫理想主義的唯美散文。散文文體在五四時期的嬗變當然不止這些，但這些或沖淡，或溫柔，或儒雅，或唯美的散文新風貌，正說明了散文大潮中支流分源的變化。白馬湖作家群的文學活動恰好就在這支流橫生的裂變時刻。朱自清在一九二八年為《背影》寫的序言中，曾如此評價二〇年代中期的散文發展說：

就散文論散文，這三四年的發展，確是絢麗極了：有種種的樣式，種種的流派，表現著、批評著、解釋著人生的各面，遷流曼衍，日新月異：有中國名士風，有外國紳士風，有隱士，有叛徒，在思想上是如此。或描寫，或諷刺，或委曲，或縝密，或勁健，或綺麗，或洗煉，或流動，或含蓄，在表現上是如此。

不同的樣式，不同的流派，各種思想，各種表現，散文的發展堪稱「極一時之盛」，而也在從一元到多元，從主調到變奏的過程中，現代散文在二〇年代中期，完成了文體自身的革命，以豐富之姿高踞於文學殿堂之上。

微觀地看，將朱自清、葉聖陶等的散文歸為儒雅一派，而不納入以周作人為首的沖淡散文，范培松的看法是正確的。他對儒雅散文的解釋，與白馬湖作家們的生命型態、文學風格恰好是契合的。他說：「這些作家的人生觀比較積極，他們始終注視著人生，時刻為人生的變化所牽動，……這些散文家都是學問家、教師，他們的散文無論從句法章法到文體，力求規範，可以作為人們習文的楷模。他們接近平民，抒寫的情感常和現實緊密相連，能搭準人們的脈搏，因此也就特別為人們所歡迎。」❺在我看來，這個評價就是「白馬湖風格」在現代散文史上的意義所在。

二〇年代中期，現代散文透過自身裂變，完成文體革命，白馬湖作家們以其散文作品構築起一種獨具風格的品類，豐富了現代文學史，成為散文大潮中不可忽視的分流源頭，甚至成為楊牧所提出的散文七種類型之一，其在散文史上的地位已不言可喻。正如「白馬湖作家群」不是當事者自封一樣，「白馬湖風格」的提出也是後人在認識現代散文發展流變中的歸納。隨著他們作品的傳誦，文學評論者的認定，其為現代散文典律的指標之一，已是無庸置疑的。他們不全然接受文學研究會「為人生」的創作準則，也不全然排斥創造社「為藝術」的追求目標，在主義紛陳、冷熱交加的新文學誕生期，這群作家們不過分激情，不消極頹廢，堅持走中性、純美、平實路線，質樸雋永，真實自然的創作風格，一如他們在教育、社會改造中堅守崗位、點滴耕耘的務實、踏實作風。雖不耀眼，卻較持久；雖不是波瀾壯闊的大潮，卻也是不能忽視、難以分割的細水長流。大潮固然壯美，分流也自有麗姿，「白馬湖風格」在現代散文史上的意義正就在此。

---

❺ 同❸，頁八七。

二、顯隱與多少：白馬湖風格「影響」問題的討論

在新文學第一個十年，「白馬湖風格」的存在，是不可抹殺的歷史事實。經過前述幾章的論述，我相信可以使它在未來「重寫文學史」的思考中，從消極的被「承認」，轉為積極的被「重視」。這群作家的雲集、發光，從二〇年代開始，一直延續到三〇年代，雖然自一九二五年「五卅」事件發生後，到一九三七年的抗戰爆發，包括朱自清、夏丏尊、豐子愷、葉聖陶等人的作品中，都不免增強了「戰鬥的氣息」，透射出「匕首」的寒光，以反映時事、探討問題的雜文在他們的散文中佔的比重越來越多，然而，他們在白馬湖階段所形成、散發、薰染的人文風格：包括質樸自然、清雋平淡、不矯揉做作、情理交融、和諧暢達的散文風格；不說空話假話、踏實生活、關心社會、強調人生積極意義的人格特質，終其一生，都是他們生命旋律中的主調，創作和藝術表現上的共同追求。即使他們後來離開了白馬湖這個地點，但濃濃的白馬湖味還是在他們的行事、待人、文學創作與藝術修養上，醞釀，充盈或發揚光大。

當然，我們也必須了解到一個事實，「白馬湖風格」共性的提出，不代表這群作家的文學風貌中沒有個人的殊性。我認為「大同小異」是說明這個事實最恰當的詞彙。以朱自清和豐子愷來說，豐子愷思想中的佛教情調與朱自清的儒家意識便有所不同，在散文風格上也有發展脈絡上的差異。郁達夫在《中國新文學大系．散文二集．導言》中，曾以宏觀的角度粗略地區分朱、豐二

氏在一九二七年以前的散文，他認為朱自清的散文「滿貯著那一種詩意」，而豐子愷則是「富有哲學味」，這種「小異」確實是存在的。而且，在往後的創作歷程中，我們也可以看到朱自清的散文由詩意向思辯傾斜，而豐子愷由說理向閒情蛻變的痕跡。不過，不管是抒情、說理，他們「意在表現自己」、發抒主觀情感的理念還是相近的。換言之，宏觀而論，他們的藝術個性都能體現出一種真誠樸實、醇厚雋永的「白馬湖風」，但若微觀細看，又有各自不同的內涵與相異之處。這是理解「白馬湖風格」時不能忽略的一點。

我們還可以在朱自清與俞平伯身上看到這種「大同小異」。李素伯在比較了朱、俞二人的初期散文後，有一段極有見地的評論，他說：

> 但這所謂相似，是只就印象的大體說的，仔細體味起來，就可發現各自的個性和文字的特質，有著絕不相同的面目。我們覺得同是細膩的描寫，俞先生的是細膩而委婉，朱先生的是細膩而深秀；同是纏綿的情致，俞先生的是纏綿裏滿蘊著溫熙濃郁的氛圍，朱先生的是纏綿裏多含有眷戀悱惻的氣息。如用作者自己的話來彷彿，則俞先生的是「朦朧之中似乎胎孕著一個如花的笑」，而朱先生的是「彷彿遠處高樓上渺茫的歌聲似的」。❻

李素伯道出二者微細的差別，但隨即也表示，朱、俞二人的散文有著同樣的轉變：「那就是摒棄

---

❻ 原載李素伯《小品文研究》（新中國書局，一九三二年一月），轉引自《俞平伯研究資料》，頁三九七。

過分繁縟的修辭和板滯的描寫，而向著自然純樸的方向走著」，他們後來的散文表現，大都是直抒胸臆，看似輕描淡寫，實藏著真摯的深情。由於朱、俞都是詩人出身，用字遣詞不免雕飾，在風格上都經歷了由濃轉淡、由繁入簡的過程。雖然初期的作品有繁複雕琢之弊，但真情實意的流露是更為重要的本質，在這一點上，與「白馬湖風格」並無相悖。

此外，夏丏尊的愛的人格，朱光潛的美學底蘊，葉聖陶的小說背景，劉薰宇的科學傾向，經亨頤的古典偏好等，都使得他們的作品具有個人獨特的色彩。但是，宏觀、長遠的觀察，將他們統攝於這群作家的陣容中，不論從文風或人格來看，都是恰當而有根據的。他們或顯或隱的融入，促成了這個風格的誕生與確立。總之，「白馬湖風格」的客觀存在，已是不必再爭的事實。「它是文學主張、藝術見解、創作風格、美學特徵大致相似和相近的『為人生派』作家群的結合，是以朱自清、夏丏尊、豐子愷為軸心，團結一批志同道合者或師承者的自然形成。」❼它透過這一作家、文人群體的互補、感應而生成，它是個性與共性的混聲合唱，也是地理與人文的自然結合體，甚至於，它成為了現代散文史上一個令人無限嚮往的文學標誌。

「白馬湖風格」既然在二〇年代即已形成，七十餘年來，他對現代散文後來的發展有無具體的影響，是耐人尋味的一個課題。對此進行過討論的有臺灣學者楊牧與大陸學者陳星兩位。楊牧的意見最早也最具代表性，他在〈中國近代散文〉中指出：

❼ 朱惠民：〈紅樹青山白馬湖（選編後記）〉，《白馬湖散文十三家》，頁二六九。

夏丏尊作品不多，但一篇〈白馬湖之冬〉樹立了白話記述文的模範，清澈通明，樸實無華，不做作矯揉，也不諱言傷感，是為其特徵；朱自清承其遺緒，稱一代散文大家，其源出於上虞。郁達夫、俞平伯、方令孺、朱湘、徐訏、琦君、林海音、張拓蕪都可歸入這一派；除外，如林文月、叢甦、許達然、王孝廉等人的作品也多多少少流露出白馬湖風味。❽

這個具有個人獨特觀點的現代散文發展譜系，可以討論之處不少。例如鄭明娳以「文藝腔」為基點，舉出「以冰心為首的抒情散文、以魯迅為首的諷刺散文、以林語堂為首的閒適小品、以周作人為首的學者散文……等等」不同的流派，其中「題材通俗、情感真摯、文字婉麗……讚美親情母愛、兒童、大自然」的冰心體的抒情小品，她認為「影響最廣遠」，承此流亞而具此特色的作家不少，有張秀亞、琦君、胡品清、白辛、林文義、林清玄等❾。楊牧歸入白馬湖風格的琦君，鄭明娳認為更接近冰心；而張秀亞、胡品清、白辛三人，楊牧歸入以徐志摩為首的一派。兩人分類不同，對作家的屬性定位也不一致，因此，形成「各說各話」的現象。這種為求說明之便（楊

❽ 楊牧：〈中國近代散文〉，《文學的源流》（臺北：洪範書店，一九八四年一月），頁五六。

❾ 鄭明娳：〈臺灣現代散文現象觀測〉，《現代散文現象論》（臺北：大安出版社，一九九二年八月），頁四二—四五。

牧說是「為了史覽的方便」）而進行的傳承源流圖繪，在見仁見智的觀點下本就難以周延，況且，這種「後設」於創作的品類嘗試，其準確性本就有待更多直接證據的論證才行。不過，楊牧具有新意的創見，提供了我們思考此一風格流變的線索，將本就充滿變形與延伸的文學發展規律做了有機的貫串、系聯，仍是值得肯定的。

陳星則具體地舉出林文月與香港作家小思作品中所流露出的「白馬湖味」。對林文月的散文風格，他有一概括性的陳述：「林文月的散文中，抒情小品、遊記隨筆、治學札記以及懷人憶舊、立身處世的漫談幾乎無所不包。但這之中都有著一個共同的特點，即在蕩漾著空靈曼妙氣氛的文辭裏，隱伏著一種細膩真摯的情愫，寄託著作者對世相人情的觀照，描繪出了人間祥和與智慧的美好圖景，從而也就向我們這個有情世界傳播著一種真誠而高潔的情操。」[10]他並進一步分析了〈為母親梳頭髮〉、〈午後書房〉、〈三月曝書〉、〈蒼蠅與我〉等文章，指出林文月的散文風格與白馬湖作家們的風格的一致性；此外，她還有不少以教育、學校生活為題材的作品，如〈讀中文系的人〉、〈我所期望於大學生的〉等，也與白馬湖作家們對教育的熱愛一脈相承；加上她曾多次表達出對豐子愷人品與作品的推崇[11]，因此，陳星認為她可說是「白馬湖風格」的傳人。不

[10] 陳星：《教改先鋒——白馬湖作家群》，頁二〇一。

[11] 陳星指出：「林文月有『白馬湖味』不是偶然的，她在散文〈遊子吟〉中就曾有大段文句是讚歎豐子愷的：『他的漫畫不僅畫出童稚的世界，也時常有耐人尋味的人情景物，更有許多取材於現實生活的作

過，他也中肯地表示：「或許她本人並不如此認為，但當年的『白馬湖作家群』中，又何曾有人認為自己如何如何呢？」這說明了要明確談出具傳承性的「影響」並不容易。何況，林文月推崇的豐子愷，在楊牧看來，卻被歸入了周作人一派，而非夏丏尊一派。文學史流變現象的難以一刀劃清，於此可見一斑。

至於小思（原名盧瑋鑾）的散文，因其長期在香港中文大學任教，寫了不少教育隨筆，陳星認為「這一點頗有夏丏尊的遺風」。她的散文集《路上談》再版多次，是頗受香港青年學生喜愛的課外讀物，加上她以豐子愷漫畫為藍本寫了《豐子愷漫畫選繹》一書，又搜集豐氏遺文編了一本《緣緣堂集外遺文》，香港學者黃繼持在評論小思的《豐子愷漫畫選繹》及《路上談》時便認為：「但即使單以此兩輯文章，小思似已可躋身於當年白馬湖畔散文作家之列。」[12]小思本人也

品，也頗有一針見血的題詞，但譏諷卻不落入尖酸刻薄，是緣緣堂漫畫之溫柔敦厚處。』她還在一封書信中說：『我個人也是十分崇敬豐子愷先生的，他的性格、胸襟和文學修養，乃至於漫畫，都是我所敬愛的。他的文章平淡而寓有慈悲仁愛的精神，……所以更加對豐先生有一種親切感。』」同[10]，頁二〇八。

[12] 黃繼持：〈試談小思——以《承教小記》為主〉，《香港文學》一九八五年第三期，頁二八。在文章中，他有一段具體的分析：「二〇年代初，夏丏尊、朱自清、朱光潛、豐子愷等在浙江上虞白馬湖辦春暉中學，其後又在上海辦立達學園、開明書店。他們未必如別一些新文學者捲入社會運動時代漩渦的正中，

表示：「我最感興趣的是豐子愷。自幼就看他的漫畫，初中時讀他的散文，很欣賞他的為人，和他對天地萬物的態度，實際上是喜歡他的人多於他的作品，不過通過他的作品可以更了解他的為人。」⓭陳星總結小思的散文表現說：「她在人品、文品上是有意追求豐子愷一類的散文作家的風格的。這就難怪論者要把她歸入白馬湖作家的行列中去了。」⓮

林文月與小思的人格特質與散文風格，確實具有一些「白馬湖味」。也許她們本身不自覺，但自然流露出的相近氣質，使這樣的聯想並不顯得突兀。不過，仔細分析，還是有一些值得討論的地方。首先，「白馬湖風格」的提出、確定，是晚近的事，七十年來，有的作家的風格與之相近，有的作家風格的形成受了他們作品的啟發，能否因此斷定這些後起作家就是受到他們的「影響」呢？其次，從林文月、小思的例子來看，她們受到的影響（或者說是嚮往的境界）主要來自

卻以誠摯務實的態度，從事青少年教育與文字工作。散文多以人生小品及說理文章見長。小思在六、七〇年代之交的香港寫這兩輯文章，她具體的生活經驗，所面對的學生的心態與問題，當然跟四、五十年前頗有不同，但文中所表現出的理想目標、價值取向、人生感興，還有教育信念，連帶而來的大概文風，幾乎可以說得上一脈相承。」

⓭ 見許迪鏘、朱彥容訪問，並由許迪鏘整理之〈盧瑋鑾訪問記〉，《香港文學》一九八五年第三期，頁二一。

⓮ 同❿，頁二一八。

豐子愷一人。換言之，是個人的、部分的，而非整體的風格。因此，這種「影響」只能說是「多多少少」。當然，豐子愷的文風人品，在白馬湖作家中是具代表性的，所以，我說這是合理的推測，並不突兀。但是，陳星引用唐弢的看法：「我們很難從今人的作品中看到這幾位散文大家的影響，只有在黃裳的作品中看到一點周作人的影子，從楊絳的作品中看到一點豐子愷的影子」⑮，而認為《幹校六記》也有「白馬湖味」，就顯得牽強而欠缺說服力。至於巴金雖然明言自己：「『五四』以後，從魯迅先生起又出現了不少寫新的散文的能手，像朱自清先生、葉聖陶先生、夏丏尊先生，我都受過他們的影響」⑯，但是，我們不會將巴金直言犀利、深銳的作品冠上「白馬湖風」的帽子。

綜上所論，對「白馬湖風格」的影響問題，我認為是一有趣的話題，但爭議在所難免。因為，這個形成於二〇年代的散文風格，是一歷史的存在，它已成為中國現代散文典律的指標之一，懸諸現代文學史的廊廡中，供後人懷念、懸想，或者自覺地學習、模仿，也或者不自覺地薰陶、啟發，在多少與顯隱之間，有些人從這群作家身上得到養分，又將自己的特質、個性融入其

---

⑮ 唐弢：〈我觀新時期散文和雜文〉，原載北京《散文世界》一九八九年第七期，轉引自陳星《教改先鋒——白馬湖作家群》，頁二一九。

⑯ 巴金：〈談我的散文〉，《巴金寫作生涯》（賈植芳等編，天津：百花文藝出版社，一九八四年九月），頁四八一。

中，從而發展出自己的獨特面貌，這種變形與延伸，使我們在討論其「影響」問題時顯得左支右絀，對作品風格的認定、作家人格的歸屬，充滿「自由心證」的極大空間。當然，文學史上其他證據充分、明顯而直接的例子不是沒有，但至少對「白馬湖風格」而言，源流、譜系式的斷定恐怕並不適合。我的看法是，與其說是「影響」，倒不如說是這些後起作家的人品與文風，和「白馬湖風格」產生了自然的「契合」，微妙的「呼應」，而同時，這些風格相近的作品，也從不同角度、不同表現，充實或發揚了此一風格類型的內涵與意義。這樣的理解態度，也許比較符合文學史發展的原來面目吧！葉聖陶有一形象化的比喻或許可供參考，他說：「山中的雲徐徐上升，有時捲舒而類鬢鬢，有時平衍而如波瀾。在雲何嘗有摹擬的意思，更何嘗知有鬢鬢和波瀾？這原是看雲的人在那裏指點比擬的。文藝家應是雲，像什麼像什麼，讓看雲的人去計較就是了。」[17]這「看雲的人」指的就是研究者與評論者，像什麼，像多少，儘可以指指點點，但作家面目的多樣性、作品風格的歧義性，就像來去自如、流動不居的雲，要牢牢的抓住它，可不是件容易的事啊！

三、開拓與局限：本課題研究的階段性總結

作為「現代文學三十年」大潮中的一支，以及現代散文初試啼聲中的響亮清音，我們針對

[17] 葉聖陶：〈文藝談・一〉，《葉聖陶集》第九卷，頁三。

「白馬湖作家群」這一課題，微觀地進行了二十多萬字的論述，現在，這段不算短的文字旅程已到了尾聲。在第一章〈緒論〉中，我所提出的寫作進程，以及企圖達成的研究目標，在結束之前，有必要做一番自我檢視：有無提供新的見解或觀點，論證是否完整綿密，重點是否掌握並呈現出來，對現代文學研究的開拓有無貢獻等等。因此，以下我將每一章節的重點做回顧性的總結，並再次強調我自己的一些看法與不足之處，「得失寸心知」，未來的研究是一條更漫長的道路，需要投注更多的心力，所以，這只能是「階段性」的總結。現代文學的研究雖說已漸趨成熟，但仍算是一個相當年輕的學科，而我的研究才剛起步，局限自屬難免。若這最後的「答辯」，有一些些敝帚自珍的吹擂，或者自圓其說的遮掩，也請給予「同情的諒解」吧！

1 關於「白馬湖作家群」的形成

這個文人群體的形成，是自然、偶然的因緣際會。我整理出四個背景／原因加以論述：一是浙一師學潮發生後，經亨頤返回故鄉上虞創辦春暉中學，直接催生了這個作家群；二是春暉辦學的教育需求，提供了物質條件的配合，使這群作家、教育家們名正言順地聚集、往來，產生志同道合的默契、情誼。在「白馬湖作家群」的意涵中，文學與教育二者不可分，缺其一，其精神與價值都將破碎而不完整；三是地理人文的薰染化育。我嘗試從浙江、上虞、白馬湖三個不同的空間向度來切入這群作家的人文表現，我也認為浙江的地理人文大背景，對他們的氣質類型、文學風格的影響要比白馬湖大，只不過，白馬湖恰恰提供了一個和他們的生命情懷、文化氣質、人生體驗相契合、相對應的場所；四是散文共性的集體呈現。我針對朱自清、豐子愷、夏丏尊、朱光潛、俞平伯等人的作品風格加以討論，指出「白馬湖風格」所內涵的清淡雋永的神韻共性，在美學上返樸歸真的意境追求，以及「表現自我」的創作傾向。這種散文共性，是「白馬湖作家群」之所以構成一個獨立文學個體的內因。人、文兼美，文學意義上的「白馬湖作家群」才於焉成形。

討論完了這四點原因後，我認為必須介紹他們離開白馬湖後，分別創辦「立達學園」與「開明書店」的後續發展，因為，他們的友誼、文學活動等，不僅未疏離、消散，反而力量更為擴大，「白馬湖風格」在立達、開明得到了延續與深化，使這群作家的面目更清晰，定位也更具說服力。因此，我將立達、開明的延續也視為「白馬湖作家群」形成的因素之一。這五點的說明，一方面讓我們了解他們形成的動因，一方面也認識了他們的時代環境、文學風貌、作家群的發展歷程和文學、教育理念等。這五個角度的討論，基本上已充分掌握了他們形成的背景／原因。

2 關於「白馬湖作家群」的文人型態

文學的中心是「人」。因此，對這群文人行事、思想的探討，佔本論文的大部分。本章先討論他們的文人性格與相對應的生活方式與相處之道，包括他們賞花飲酒、作畫吟詩的文人本色，相互提攜的真情實義，對弘一法師高潔人格的敬仰，並因而與佛結緣的人格薰染等。我也從討論中指出他們受「晚明」影響的程度並不高，他們與周作人雖然在文學看法上頗多相似之處，但對晚明思想並不如周作人熱中。此外，由於這群作家中不少人曾留學日本，我對日本人的性格、審美意識對他們產生的影響深感興趣，也有一些探討，可惜資料與學力有限，無法進一步處理。

對於「白馬湖」在地理上，以及心境追求上「遠離喧嘩」的象徵，我也有所述及，並以周作人為參照對象加以討論。我的體會是，他們在世網嚴密下，並沒有選擇周作人「閉戶讀書」式的不看不聽不聞的態度，而是在地處邊緣的白馬湖，安靜地思索、耕耘、蓄積，以清醒的姿態向時代發聲，與喧嘩對話。企圖在「遠離喧嘩」的位置，以清音稀釋時代的喧嘩，以踏實取代人心的浮躁，以寧靜消滅人世的不安。這種「寧靜革命」式的思想進路，具體地表現在他們對教育改革、新文化運動、新文學宣揚的積極作為上。他們這群文人，不論在地理上是否「遠離喧嘩」，他們在心理上始終是懷抱著淑世的熱情，清醒的心境，注視著喧嘩，也願盡一己之力來改變喧嘩。唯有了解這一點，我們才能體會在如此「遠離喧嘩」的白馬湖，他們何以還能如此勤勉誠懇、熱情不減地一點一滴耕耘，終於營造出一個「清靜的熱鬧」局面來。換言之，他們的「遠離喧嘩」並不是消極的避世，而是要「從邊緣出發」。當我們看到他們總是自覺而肯定地走著一條平凡、踏實、及時認真努力、一步一腳印的人間之路時，我們才會明白他們的可愛之處、可貴之處。

3 關於「白馬湖作家群」的民間性格

二十世紀初葉，中國思想界、知識界曾有一次「重返民間」的覺醒運動，白馬湖作家們也沒有置身事外。我認為他們的民間性格的具體表現有二：一是在民間坐實教育出版等知識分子的崗位；二是堅持「學在民間」立場，結合農村改造，甚至從事新村建設的理念與實踐。這兩種實踐，都宣示了他們不與當道合流的決心，以及以民間為本位的主動抉擇。以他們為樣本，我們可以觀察到本世紀初知識分子性格的一個真實切面。有關坐實教育出版的崗位意識，在下一章專門討論；本章以他們的民間性格為論述中心。

我分別從三個不同角度來論述他們的民間性格：第一是「學在民間」。經亨頤不向軍閥政府立案；朱光潛主張「私人創校」；夏丏尊也認為要辦純正的教育，官立學校是辦不到的；葉聖陶在主持開明書店時，也在「國定課本」的金字招牌與堅持知識分子學術良心之間，毫不遲疑地選擇了後者。這些都可看出他們「學在民間」的理念。第二，我從「到民間去」運動的角度，探討他們的民間性格。他們和李大釗、晏陽初、陶行知「到農村去」的本質略有不同，走的是以教育為出發點的鄉村改造之路。在春暉時期，他們辦「農民夜校」，立達時期則還有「婦女識字班」等。我覺得他們與晏陽初等人雖然不在相同的民間崗位上，但都懷抱著一樣的人生理想，在相近的民間之路上並肩前進。第三，我從夏丏尊、經亨頤、匡互生等人的新村意識和實踐，來說明他們的民間性格，並和周作人的思想轉折做一對照。必須說明的是，以上的三個角度，都不是白馬湖作家們全體一致的思想特色，而是比較明顯地表現於其中部分作家身上。像豐子愷，我就找不到可以論證的相關資料。但是，它確實是這群作家一個不可忽視的特色，並且和下一章討論他們的崗位意識相互補充、對照後，對他們站穩民間崗位的理想性將能有更深刻的認識。

4 關於「白馬湖作家群」的崗位意識

大陸學者陳思和曾提出「廟堂」、「廣場」、「崗位」三種意識，說明二十世紀中國知識分子在經歷一個由士大夫傳統向現代知識型轉化的過程中，所建構、尋找的三種安身立命之所。這種三分法，雖不免有為說明之便而過於簡單化的不足，但我認為卻也清楚地理出一條線索來說明二十世紀知識分子自身處境的轉變、發展與自省。其中的「崗位意識」，很能說明白馬湖作家群的人生選擇與價值取向，因此，我就以陳思和的觀點為基礎，以白馬湖作家群為例，開展出我個人對二十世紀知識分子摸索前進的觀察描述，並強調崗位意識的時代意義與價值所在。

從「五四」到「六四」，我舉許多文化人與文化事，指出「廟堂意識」的行不通，「廣場意識」的流於「實擬虛境」，只有「崗位」才是知識人擔當起文化使命薪傳最踏實的選擇。我分成教育、出版兩個角度來論述，因為白馬湖作家們幾乎都是以教育為一生的專業，在春暉中學和立達學園中，我們可以看到他們一點一滴的用心耕耘，也能看到他們在艱難中獻身的強烈理想性；至於出版，是二十世紀現代出版型態發達之後，知識分子可以安身立命的新的生存方式，我以開明書店的創辦、經營，來說明他們投入出版行列的心理基礎，是因為把圖書出版、雜誌編輯、教科書編寫等視為配合教育改革的工具，在「教育救國」的理念下，出版與教學同樣重要。認清這一點，才能理解這群作家何以在此崗位上兢兢業業的真正動機。在對他們編輯刊物的敘述中，我也觸及一些編輯理念的問題，這是可以再深入、專章討論的，尤其是夏丏尊、葉聖陶主持開明書店的諸多作法，都可以再申論，但為顧及結構、篇幅的穩妥，只談了一些重點，將來可以針對這個議題另作發揮。

總之，白馬湖作家群以教育為職志，以出版為專業，一直致力於教育紮根、文藝創作、文化出版，在我看來，完全可以稱得上是知識分子崗位意識落實、發揚的極佳代表。他們所走過的奮鬥歷程，相信可以提供我們觀察二十世紀知識分子追求價值取向的一個富啟示性的樣本。

5 關於「白馬湖作家群」的教育理念

白馬湖作家群的另一個等值的稱呼應該是「白馬湖教育家群」。正如前章所論，他們大多數都以教育為一生堅持、奉獻的崗位，因此，我在本章探討他們的教育理想，下兩章則討論他們的文學創作。作家與教育家這兩種角色，他們都有稱職且精彩的表現。對應著五四時期的思想解放、政治動盪與社會變化，他們的諸多教育理念與實踐，呼應時代的召喚，符合社會的要求，在本世紀初的各種教育風潮、實驗中，他們的親身經驗，為我們提供了一個極佳的觀察視角。

我歸納出五個突出且具代表性的教育理念來加以論述。第一、新的教育：又細分為新思潮、新文學、新學制這三方面來說明他們的新教育觀；第二、人的教育：也分成人格教育、全人教育、自由教育、啟發教育四點來論述；第三、愛的教育：他們認為教育的基礎是「愛」，方法是感化，朱自清、夏丏尊、豐子愷、李叔同等人都有具體而動人的實踐；第四、動的教育：他們重視體育活動，主要來自於健身報國的救亡意識，這在春暉得到積極的貫徹；他們也重視體力勞動，主張生產教育，匡互生在立達學園對「勞育」的提倡不遺餘力；第五、美的教育：白馬湖作家中的朱自清、豐子愷、朱光潛在春暉時期寫了一些提倡美育的文章，而經亨頤、匡互生、夏丏尊、李叔同也多有論及。以上這五種教育理念，從浙一師、春暉到立達，幾乎是一以貫之的教育方針。

二○年代可以說是一個教改的年代，但過去對民初教育現象、理論的探討，過於偏重大學殿堂，教改的光芒也幾乎都集中於北大、清大等名校，對數量更為龐大的中學、師範學校等，便相對較少注意，這不能不說是一種遺憾。我認為白馬湖畔的教改先驅們，為我們提供了一個深耕教育的突出參照系，非常值得今之倡言教改者參考。

6 關於「白馬湖作家群」的作品論

這群作家的「共性」，一方面表現在他們相近的價值取向、生命體驗和心理指歸上，一方面則表現在他們相似的審美意識與文學風貌上。前面幾章的討論以「人」為主體，這個部分就集中於他們的作品加以研析。由於人數不少、文體也多樣，我花了六萬多字的篇幅，分上、下兩章來說明。上章以散文為對象，討論了夏丏尊、豐子愷、朱自清、朱光潛、俞平伯、葉聖陶等六位的作品，下章則探討他們在散文以外的文學、藝術成就，包括經亨頤的舊詩、劉大白的新詩、豐子愷的漫畫、劉薰宇、劉叔琴、匡互生三人富哲理思考、科學精神的說理文章。這群作家以其各自不同形式的文學創作、美學追求、藝術傾向，或隱或顯地完成了這個群體「共性」的建立。

在作品取樣上，儘量集中於春暉時期，以突顯他們「白馬湖」的特殊意義。在散文六家的敘述上，不僅標示出各自的散文風格、特色，也針對具代表性作品進行解析，以挖掘出作品的「白馬湖味」。這些樸實、清醇、雋永的散文意境，創造了在現代散文史上別樹一幟的「白馬湖風格」。至於經亨頤、劉大白的作品，具體反映了白馬湖的優美景致，劉薰宇等人的說理文也是質樸流暢、明白如話，這些作品的探討是過去不曾有的。此外，白馬湖作家群的創作活動或表現，有些是深具文學史意義的，例如夏丏尊的《平屋雜文》是此一風格的代表作，他膾炙人口的《愛的教育》是在平屋中翻譯的；朱自清在春暉時，第一本詩散文合集《蹤跡》出版，而且從此就逐漸由詩轉向散文寫作；豐子愷那令人愛不釋手、清雋有味的漫畫，是在白馬湖開始的；朱光潛美學論文的「處女作」也是在白馬湖完成；而曾經到過白馬湖的俞平伯、葉聖陶，散文也流露出濃濃的「白馬湖味」。這些作家們的「人品」和「文品」，使「白馬湖風格」得到了具體的詮釋和印證。

這群作家的散文作品，其實還有一個特色，即「同題散文」的寫作，似乎頗能表現出這個文人群體的友誼與文風。例如朱自清、俞平伯的〈槳聲燈影裏的秦淮河〉；朱自清、豐子愷的〈兒女〉；朱自清、夏丏尊、豐子愷、葉聖陶、匡互生等人懷念白采的散文，以及夏丏尊、豐子愷、葉聖陶筆下的弘一法師，朱自清、朱光潛、葉聖陶、劉薰宇悼念匡互生的文章等，或是一題兩作，或是題材相同。這個有趣的現象，也見證了他們密切往來的集體性，不過，因考慮到篇幅將因此擴大不少，故未專門探討，只是零散地提及，希望以後有機會可以再加討論。

總體來說，我已針對「白馬湖作家群」的相關問題，包括理論探索與實證分析，做了全面性的闡釋，而且也有自己的發現和見解。我在〈緒論〉中提出的四個希冀達成的目標：為現代散文發展史填補空白，為現代散文文類的探研提供一個集體性的實驗樣本，為文學與地域關係的探研提供一個典型實例，為文學流派研究提供一個非／外主流的參照系，看來也有了初步的成果。現代文學的研究，特別是「三十年」部分，限於資料，在臺灣學術界一向不是熱門的領域，我期待能有更多的學者加入這個行列，以求得在這方面有更多的突破，使現代文學的研究與評論，在多層次、多角度的透視下，能產生更為完善的理論架構，並反映出更縝密、更科學的文學發展的偶然與必然，現象與規律。

徵引及參考書（篇）目

一、專書

《白馬湖文集》　夏弘宇主編　浙江省上虞市政協文史資料委員會　一九九三年十月

《白馬湖散文十三家》　朱惠民選編　上海文藝出版社　一九九四年五月

《從黃遵憲到白馬湖——近現代文學散論》　張堂錡著　臺北：正中書局　一九九六年七月

《寸草春暉》　嚴祿標主編　浙江：春暉中學出版　一九九六年八月

《教改先鋒——白馬湖作家群》　陳星著　臺北：幼獅出版公司　一九九六年十二月

《匡互生與立達學園》　北京師範大學校史資料室編　北京師範大學出版社　一九八五年五月

《匡互生和立達學園教育思想教學實踐研究》　本書編輯組主編　北京師範大學出版社　一九九三年十二月

《我與開明》　中國出版工作者協會編　上海：中國青年出版社　一九八五年八月
《開明書店紀事》　王知伊著　山西人民出版社　一九九一年九月

二

《經亨頤日記》　經亨頤著　浙江古籍出版社　一九八四年一月
《頤淵詩集》　經亨頤著　浙江古籍出版社　一九八四年十月
《經亨頤教育論著選》　張彬編　北京：人民教育出版社　一九九三年十月
《開明國文講義》（三冊）　夏丏尊、葉聖陶、宋雲彬、陳望道合編　上海：開明書店　一九三四年十一月
《夏丏尊文集．平屋之輯》　浙江人民出版社編印　一九八三年二月
《夏丏尊文集．文心之輯》　浙江人民出版社編印　一九八三年十二月
《夏丏尊文集．譯文之輯》　浙江人民出版社編印　一九八四年七月
《懷念夏丏尊專輯》　陳信元編　臺北：蘭亭書店　一九八六年一月
《夏丏尊先生誕辰一百周年紀念會專輯》　杭州語文新圃雜誌社編　一九八六年六月
《平屋雜文》　夏丏尊著　上海書店　一九八六年七月
《夏丏尊散文全編》　本社編　浙江文藝出版社　一九九二年十一月
《護生畫集》（六集）　豐子愷畫　臺北：純文學出版社　一九八一年八月

《豐子愷傳》 豐一吟等著 臺北：蘭亭書店 一九八七年三月

《豐子愷研究資料》 豐華瞻、殷琦編 寧夏人民出版社 一九八八年十一月

《豐子愷文集》（七卷） 豐陳寶、豐一吟、豐元草編 浙江文藝出版社、浙江教育出版社 一九九〇年九月

《回憶父親豐子愷》 豐華瞻、戚志蓉著 臺北：大雁書店 一九九二年十月

《豐子愷連環漫畫》 陳星編 寧夏人民出版社 一九九五年十二月

《豐子愷新傳》 陳星著 山西：北岳文藝出版社 一九九八年一月

《朱自清研究資料》 朱金順編 北京師範大學出版社 一九八一年八月

《朱自清序跋書評集》 北京：三聯書店編輯出版 一九八三年九月

《朱自清傳》 陳孝全著 北京十月文藝出版社 一九九一年三月

《大地足印——朱自清傳記》 姜建著 江蘇教育出版社 一九九三年六月

《朱自清散文藝術論》 吳周文、張王飛、林道立著 江蘇教育出版社 一九九四年七月

《朱自清年譜》 姜建、吳為公編 安徽教育出版社 一九九六年五月

《朱自清全集》（八卷） 朱喬森編 江蘇教育出版社 一九九六年八月

《朱光潛全集》（二十卷） 編輯委員會編 安徽教育出版社 一九八七年八月

《朱光潛美學思想及其理論體系》 閻國忠著 安徽教育出版社 一九九四年十二月

《朱光潛與中西文化》　錢念孫著　安徽教育出版社　一九九五年十二月
《朱光潛與中國現代文學》　商金林著　安徽教育出版社　一九九五年十二月
《朱光潛論》　宛小平、魏群著　安徽大學出版社　一九九六年九月

三

《憶》　俞平伯著　北京：樸社　一九二五年十二月
《燕知草》　俞平伯著　上海書店　一九八四年四月
《俞平伯研究資料》　孫玉蓉編　天津人民出版社　一九八六年七月
《雜拌兒》　俞平伯著　北京：開明出版社　一九九二年十二月
《俞平伯散文》（上下）　樂齊、范橋選編　北京：中國廣播電視出版社　一九九七年一月
《葉聖陶語文教育論集》（上下）　中央教育科學研究所編　北京：教育科學出版社　一九八〇年八月
《葉聖陶論創作》　上海文藝出版社編印　一九八二年一月
《葉聖陶研究資料》　劉增人、馮光廉編　北京十月文藝出版社　一九八八年六月
《葉聖陶集》（二十五卷）　葉至善、葉至美、葉至誠編　江蘇教育出版社　一九八九年一月
《山高水長——葉聖陶傳》　劉增人著　臺北：業強出版社　一九九四年五月
《葉聖陶傳論》　商金林著　安徽教育出版社　一九九五年十月

《李叔同——弘一法師》 天津市政協文史資料研究委員會編 天津古籍出版社 一九八八年四月

《弘一大師李叔同書信集》 秦啟明著 陝西人民出版社 一九九一年七月

《永遠的弘一法師》 夏丏尊原編，曾議漢增編 臺北：帕米爾書店 一九九二年六月

《弘一大師全集》 編輯委員會編 福建人民出版社 一九九二年九月

《芳草碧連天——弘一大師傳》 陳星著 臺北：業強出版社 一九九四年六月

《悲欣交集——弘一法師傳》 金梅著 上海文藝出版社 一九九七年十月

《鄭振鐸文集》（十卷） 北京：人民文學出版社編印 一九八五年二月

《鄭振鐸論》 陳福康著 北京：商務印書館 一九九一年六月

《一代才華——鄭振鐸傳》 陳福康著 臺北：業強出版社 一九九三年五月

《劉大白詩集》 劉大白著 北京：書目文獻出版社 一九八三年三月

《劉大白研究資料》 蕭斌如編 天津人民出版社 一九八六年五月

《中國現代作家選集・劉大白》 蕭斌如編 香港：三聯書店 一九九四年十二月

四

《周作人先生文集》 臺北：里仁書局編印 一九八二年七月

《蔡元培美學文選》 文藝美學叢書編輯委員會編 北京大學出版社 一九八三年四月

《李大釗文集》（上下） 人民出版社編輯部編 北京：人民出版社 一九八四年

《巴金寫作生涯》 賈植芳等編 天津：百花文藝出版社 一九八四年九月
《胡適雜憶》 唐德剛著 臺北：傳記文學出版社 一九八七年八月
《獨秀文存》 陳獨秀著 安徽人民出版社 一九八七年十二月
《梁漱溟全集》（八卷） 中國文化書院學術委員會編 山東人民出版社 一九八八年五月
《中國新文學大系》（一九一七—一九二七年） 趙家璧主編 臺北：業強出版社 一九九〇年三月臺一版
《周作人傳》 錢理群著 北京十月文藝出版社 一九九〇年九月
《一代學人——胡適傳》 沈衛威著 臺北：風雲時代出版公司 一九九〇年十一月
《巴人的生平與創作》 錢英才著 浙江文藝出版社 一九九〇年十二月
《記胡愈之》 陳原著 香港商務印書館 一九九二年十月
《胡愈之傳》 于友著 北京：新華出版社 一九九三年四月
《曹聚仁傳》 李偉著 南京大學出版社 一九九三年六月
《傅斯年：大氣磅礴的一代學人》 岳玉璽、李泉、馬亮寬著 天津人民出版社 一九九四年三月
《仁智的山水——張元濟傳》 吳方著 臺北：業強出版社 一九九五年二月
《曹聚仁文選》（上下） 紹衡編 北京：中國廣播電視出版社 一九九五年二月
《陳望道傳》 鄭明以著 上海：復旦大學出版社 一九九五年三月

《周作人集外文》（上下） 陳子善、張鐵榮編 海南國際新聞出版中心 一九九五年九月
《學人魂——陳寅恪傳》 吳定宇著 臺北：業強出版社 一九九六年十一月

五

《現代中國文學史話》 劉心皇著 臺北：正中書局 一九七一年八月
《中國現代文學史》 唐弢主編 北京：人民文學出版社 一九七九年六月
《文學的源流》 楊牧著 臺北：洪範書店 一九八四年一月
《中國現代文學流派論》 施建偉著 陝西人民出版社 一九八六年十二月
《文學研究會評論資料選》（上下） 錢谷融主編 上海：華東師範大學出版社 一九八六年十二月
《中國現代雜文史》 張華主編 西安：西北大學出版社 一九八七年九月
《中國新文學整體觀》 陳思和著 臺北：業強出版社 一九九〇年三月
《二十世紀中國文學發生論》 欒梅健著 臺北：業強出版社 一九九二年四月
《五四：人的文學》 許志英、倪婷婷著 南京大學出版社 一九九二年十月
《二十世紀中國文學流派》 江邊著 青島出版社 一九九二年十二月
《二十世紀中國文學》 喬福生、謝洪杰主編 杭州大學出版社 一九九二年十二月
《中國現代文學批評史》 溫儒敏著 北京大學出版社 一九九三年十月

《人道主義與中國現代文學》　邵伯周著　上海遠東出版社　一九九三年十二月
《二十世紀中國文學大典》（一八九七─一九二九年）　陳鳴樹主編　上海教育出版社　一九九四年十二月
《日本白樺派與中國作家》　劉立善著　遼寧大學出版社　一九九五年三月
《江南士風與江蘇文學》　費振鍾著　湖南教育出版社　一九九五年八月
《「S會館」與五四新文學的起源》　彭曉丰、舒建華著　湖南教育出版社　一九九五年十一月
《二十世紀中國文學發展史》　蘇光文、胡國強主編　重慶：西南師範大學出版社　一九九六年八月
《精神的煉獄──中國現代文學從「五四」到抗戰的歷程》　錢理群著　廣西教育出版社　一九九六年十二月
《現代中國新文學與新文化》　皇甫曉濤著　山西人民出版社　一九九七年三月
《五卅時期文學史論》　許豪炯著　上海社會科學院出版社　一九九七年九月
《中國現代文學社團流派史》　陳安湖主編　武漢：華中師範大學出版社　一九九七年十二月
《文壇五十年》　曹聚仁著　上海：東方出版中心　一九九七年六月
六
《小品文和漫畫》　陳望道編　未署出版社　一九四五年

《現代六十家散文札記》 林非著 天津：百花文藝出版社 一九八〇年三月
《中國近代散文選》（二集） 楊牧編 臺北：洪範書店 一九八一年八月
《中國現代散文理論》 俞元桂主編 廣西人民出版社 一九八四年五月
《現代作家談散文》 佘樹森編 天津：百花文藝出版社 一九八六年七月
《現代散文縱橫論》 鄭明娳著 臺北：大安出版社 一九八八年九月
《中國現代散文史》 俞元桂主編 山東文藝出版社 一九八八年十一月
《現代散文構成論》 鄭明娳著 臺北：大安出版社 一九八九年三月
《散文美學論》 徐治平著 廣西教育出版社 一九九〇年四月
《小品文藝術談》 李寧編 北京：中國廣播電視出版社 一九九〇年十月
《現代散文現象論》 鄭明娳著 臺北：大安出版社 一九九二年八月
《散文技巧》 李光連著 北京：中國青年出版社 一九九二年十一月
《中國現當代散文研究》 佘樹森著 北京大學出版社 一九九三年四月
《中國現代散文史》 范培松著 江蘇教育出版社 一九九三年九月
《知識分子的心路歷程：中國現代散文名家新論》 席揚著 山西高校聯合出版社 一九九四年一月
《現代散文史論》 汪文頂著 福建教育出版社 一九九四年二月

《現代散文類型論》 鄭明娳著 臺北：大安出版社 一九九七年二月

七

《浙江近代著名學校和教育家》 浙江省政協文史資料委員會編 浙江人民出版社 一九九一年九月

《姜丹書藝術教育雜著》 姜丹書著 浙江教育出版社 一九九一年十月

《人類航路的燈塔——當代教育思想家》 劉焜輝主編 臺北：正中書局 一九九二年三月

《教育學透視》 黃政傑著 臺北：正中書局 一九九二年九月

《中國教育思想源流》 嚴元章著 北京：三聯書店 一九九三年十一月

《中國教育改造》 陶行知著 北京：東方出版社 一九九六年三月

《從浙江看中國教育近代化》 張彬著 廣東教育出版社 一九九六年十一月

八

《鄉土重建·鄉土中國》 費孝通著 未署出版單位及時間

《中國現代化與知識份子》 金耀基著 臺北：時報文化出版公司 一九七七年四月

《青青邊愁》 余光中著 臺北：純文學出版社 一九七七年十二月

《知識分子與中國》 周陽山編 臺北：時報出版公司 一九八〇年七月

《中國漫畫史》 畢克官、黃遠林著 北京：文化藝術出版社 一九八六年十月

《中國近現代學術思想史論》　蔡尚思著　廣東人民出版社　一九八六年十二月

《中國現代思想史論》　李澤厚著　臺北：風雲時代出版公司　一九九〇年八月

《筆走龍蛇》　陳思和著　臺北：業強出版社　一九九一年一月

《到民間去》　（美）洪長泰著，董曉萍譯　上海文藝出版社　一九九三年七月

《日本人的美意識》　葉渭渠、唐月梅著　北京：開明出版社　一九九三年九月

《犬耕集》　陳思和著　上海遠東出版社　一九九六年二月

《懷舊集》　季羨林著　北京大學出版社　一九九六年四月

《梁漱溟鄉村建設研究》　朱漢國著　山西教育出版社　一九九六年七月

《還原民間——文學的省思》　陳思和著　臺北：東大圖書公司　一九九七年六月

《游心與游目》　陳平原著　四川人民出版社　一九九七年七月

《知識分子論》　艾德華・薩依德(Edward W. Said)著，單德興譯　臺北：麥田出版公司　一九九七年十一月

□期（報）刊論文

〈日本的一燈園及其建設者西田天香氏〉　夏丏尊　《東方雜誌》第二〇卷二〇號　一九二三年

〈夏丏尊先生的長衫〉　呂紹華　《新文學史料》　一九八〇年第一期

〈夏丏尊、豐子愷、朱自清在白馬湖畔的文學活動〉　韋葦　《紹興師專學報》　一九八三年第二期

〈白馬湖之春〉　張科　杭州《西湖雜誌》　一九八三年第二期

〈夏丏尊的文學創作〉　張培杰、陳捷　《書林》　一九八三年第三期

〈白馬湖畔一枝柳〉　顧志坤　《浙江日報》第一八版　一九八四年二月十二日

〈盧瑋鑾特輯〉　許迪鏘整理　《香港文學月刊》　一九八五年第三期

〈經亨頤與春暉中學〉　高志林　《學習與思考》　一九八七年第八期

〈俞平伯抒情散文的藝術特色〉　陳星　《湖州師專學報》　一九八八年第二期

〈朱自清在寧波事跡考——兼及上虞白馬湖〉　朱惠民　《寧波大學學報》　一九九〇年第二卷第二期

〈略論夏丏尊的教育思想〉　陳大慶　《徐州師範學院學報》　一九九〇年第三期

〈蓮荷風骨・道德文章——夏丏尊散文簡論〉　韋俊識　《浙江師大學報》　一九九一年第三期

〈朱自清與豐子愷：傳統餘脈的變形與延伸〉　曹萬生　《文學評論》　一九九二年第二期

〈「開明酒會」與王寶和〉　錢君匋　《文匯報》第六版　一九九二年五月五日

〈經亨頤與寒之友社〉　陳星　《中央日報》第一九版　一九九四年五月十七日

〈經商致富・捐資辦學——春暉中學的創辦人陳春瀾先生〉　王克昌　《聯誼報》　一九九五年

四月二十六日
〈豐子愷人道主義思想淺論〉　王文勝　《徐州師範學院學報》　一九九五年第四期
〈新文學開拓者群體的功能〉　張國棟　《內蒙古大學學報》　一九九六年第一期
〈俞平伯：人世無常與剎那主義〉　譚桂林　《中國現代文學研究叢刊》　一九九六年第二期
〈知識人往何處去〉　龔鵬程　《聯合報》第四一版　一九九八年一月九日

□雜誌、紀念冊

《新南社社刊》（一期）　新南社編輯發行　一九二四年
《我們的六月》　O.M編　上海書店影印本　一九八二年十二月
《我們的七月》　O.M編　上海書店影印本　一九八二年十二月
《文學週報》（七冊）　文學研究會編　上海書店重印　一九八四年十一月
《春暉半月刊》　影印本
《白馬嘶》　影印本
《春暉的學生》　影印本
《春暉學生》　影印本
《立達半月刊》　影印本

《一般月刊》　夏丏尊主編　上海：開明書店
《杭州第一中學校慶七十五周年紀念冊》　一九八三年五月
《浙江省杭州高級中學八十周年校慶紀念冊》　一九八八年五月
《春暉中學二十五周年紀念刊》　一九四六年十二月
《春暉中學六十周年校慶紀念冊》　一九八一年十二月
《春暉中學七十周年校慶紀念冊》　一九九一年十二月

附錄一　「白馬湖作家群」文學活動年表（一九一九—一九二九年）

※編例

一、本年表旨在羅列白馬湖作家群之文學活動，並配合相關文壇之大事、重要作家之活動，包括文學作品之發表、出版、社團之分合發展、刊物之創辦變化等，藉以相互對照，具體呈現其各期之主要文學發展面貌。此外，適量加入當時社會背景的說明，提供觀察此一作家群與時代之互動，使讀者有一較全面而完整的認識。

二、白馬湖作家群之活動時間自然是以在春暉中學時期為重心，然之前在浙江第一師範學校的因緣形成，以及離開春暉後分別在立達學園、開明書店的後續發展，也可看出這群作家的文學、教育、出版理念及其社會關懷、家國情操，可說是白馬湖精神的擴散、延伸，因此，本年表的時間自一九一九年春暉中學校董會成立、籌備建校始，迄於一九二九年夏丏尊、豐子愷等為弘一法師募款與建之「晚晴山房」竣工止。這段時間，除了涵蓋春暉時期外，也包括了浙一師時期、立達時期與開明前期（白馬湖作家群之核心人物夏丏尊任開明編輯所所長，豐子愷任開明編輯），對此一作家群之聚合星散已可充分說明。

三、本表按照時間先後排列，依社會背景、文壇紀事、白馬湖作家群活動紀要三項分列。如同一時段有二事以上者，以「△」表示。白馬湖作家群活動紀要部分，包括主要人物朱自清、經亨頤、夏丏尊、豐子愷、朱光潛、劉薰宇、劉叔琴、匡互生等，以及曾到白馬湖講學、訪友，與這群作家有密切情誼的弘一法師、葉聖陶、劉大白、陳望道、俞平伯、胡愈之、白采等。

四、社會背景與文壇紀事部分，主要參考資料為：

1.《二十世紀中國文學大典》（一八九七—一九二九年），上海教育出版社，一九九四年十二月第一版。

2.《中國新文學大師名作賞析》，臺北：海風出版社，一九九二年二月二版。

3.《中國現代作家選集》，香港：三聯書店、人民文學出版社共同編輯出版，一九九四年十二月香港第一版。

4.《中國現代文學運動史料編年》上編（一九一七—一九二七年），劉長鼎、陳秀華編著，山西高校聯合出版社，一九九四年十月。

一九一九年（浙一師時期）

■社會背景

五月	九日	北京大學校長蔡元培辭職離京。
	十三日	南北議和破裂。
十月	十日	孫中山先生改組中華革命黨為中國國民黨。

■文壇紀事

一月	一日	《新潮月刊》創刊於北京，為北京大學新潮社社刊，思想傾向與《新青年》同調，至一九二二年停刊，共出十二期。先後由傅斯年、羅家倫、周作人等主編。
三月		北京大學劉師培、黃侃等人發起組織《國故月刊》，以「昌明中國固有之學術」為宗旨，立意與《新青年》、《新潮》抗衡。
	十五日	周作人在《新青年》發表〈日本的新村〉，這是中國最早介紹日本新村情況及新村主義的文章。文章介紹了日本武者小路實篤所創立的日向新村。
四月	十五日	胡適在《新青年》發表〈實驗主義〉，宣揚杜威的實驗主義哲學。
	三十日	美國哲學家杜威到上海，在中國住了兩年又兩個月，全面系統地鼓吹其實驗主義哲學。

六月	八日	《星期評論週刊》創刊。戴季陶、沈玄廬主編。
七月		胡適在《每週評論》發表〈多研究些問題，少談些主義〉，引起了中國現代文化上的第一次大論戰，即「問題與主義」論戰。
		△周作人赴日本接家眷回國。在日本時，由武者小路實篤、松本長十郎等陪同在日向新村參觀訪問。後作〈訪日本新村記〉，載本年十月《新潮》第二卷一號。文中盛讚這個「烏托邦」式的日本新村。之後，周作人還在北京設立了所謂「新村支部」。
冬		葉聖陶與王伯祥等創辦《直聲文藝週刊》，數期後停刊。

■白馬湖作家群活動紀要

二月	二十九日	朱自清寫詩〈睡罷，小小的人〉，是為其創作新詩之始，時讀北京大學中國哲學系二年級。
五月	四日	五四運動爆發，匡互生在「火燒趙家樓」事件中，首先攀牆破窗而入。
	十二日	響應五四運動，杭州學生聯合會成立，一師學生宣中華被選為理事長，進行抵制日貨等愛國遊行、宣傳活動。
同月		校長經亨頤提出「與時俱進」口號，支持新文化運動，被稱為浙江新文化運動的先驅者，一師也成為浙江新文化運動的中心。
		△豐子愷與姜丹書、歐陽予倩、吳夢非、劉質平等發起成立中華美育會，後在該會會刊《美育》上發表〈忠實之寫生〉、〈文藝復興期的三大畫傑〉

		等文。
六月		陳望道自日本返國。途經杭州時，經沈仲九介紹，應聘至浙江第一師範任國文教員。
夏		校長經亨頤請陳望道、劉大白、李次九及原在一師的夏丏尊四人，進行語文教育革新，被譽為「四大金剛」，受到浙江教育當局的注意。
七月		豐子愷畢業於浙一師。
		△匡互生與劉薰宇畢業於北京高等師範數理部本科。
秋		豐子愷、劉質平、吳夢非在上海共同籌辦上海專科師範學校。豐子愷教美術。吳任校長，這是我國第一所美術師範學校。
十月	十日	經亨頤、夏丏尊、陳望道等出版《浙江省立第一師範校友會十日刊》，主張改革學制、改造社會。
十一月	一日	在十日刊的基礎上，由一師學生施存統、傅彬然等改組出版《浙江新潮雜誌》，這是一份傾向社會主義的報刊，且帶有無政府主義色彩。
	七日	《浙江新潮》第二期出版，刊有學生施存統寫的〈非孝〉一文，引起喧然大波。浙江省長、教育廳長下令查辦，隨後要求四大金剛解聘、施存統開除，並查封《浙江新潮》，但被經亨頤拒絕。
十二月	二日	在經亨頤的奔走，與上虞企業家陳春瀾的出資下，春暉中學校董會成立。
同月		俞平伯畢業於北京大學，準備去英國留學。

一九二〇年（浙一師時期）

■社會背景

一月	十八日	北京大學學生組織的平民夜校開學。蔡元培、陳獨秀蒞臨演說，闡明平民主義及互助博愛主義。
三月	三日	北京政府通令全國，嚴厲取締學生、市民集會遊行。
六月		迫於形勢，北洋軍閥政府教育部訓令全國各國民學校先將一、二年級的國文改為語體文。

■文壇紀事

三月		胡適的《嘗試集》由上海亞東圖書館出版，是為我國第一本白話詩集。
四月		周作人加入新潮社。
六月	十九日	周作人在社會實進會演講〈新村的理想與實際〉。
九月		徐志摩獲哥倫比亞大學文學碩士學位，與劉叔和同去英國，入倫敦劍橋大學研究院做研究生，其時開始寫詩。
十月		英國著名哲學家羅素來華講學，翌年七月離華。
同年		北京大學一些學生組成「批評社」，創辦《批評半月刊》，成員大都信仰新村主義。

		△下半年起，十六歲的巴金開始自稱為「安那其主義者」。

■白馬湖作家群活動紀要

一月		經亨頤被推為校長，籌備春暉中學建校事宜。
同月		俞平伯和傅斯年乘船赴英國留學。三月即因費用缺乏而回國。
三月		一師發生「倒經風潮」，夏丏尊等四大金剛與經亨頤均離去。
同月		北大學生成立平民教育講演團，朱自清被選為第四組書記，曾在通縣、北京作過演講。
夏		朱自清畢業於北大哲學系，攜夫人武鍾謙到杭州第一師範任教。這是他一生服務教育事業的開始。在此與俞平伯相識、訂交。 △俞平伯到杭州第一師範學校任教。
九月		陳望道應聘至復旦大學中文系任教，開設文法、修辭課。
秋		匡互生任湖南第一師範教務主任。 △夏丏尊應聘到湖南長沙第一師範任教。
同年		胡愈之為發展家鄉上虞的文化事業，和同鄉青年湊錢辦起了上虞第一份報紙《上虞聲》。

一九二一年（春暉時期）

■ 社會背景

五月	五日	孫中山先生在南京就任大總統。
六月	三日	北京二十二校六百餘學生齊集新華門，手持有「教育破產」字樣的白旗，要見總統，遭軍警鎮壓，受傷者近二十人，造成「六三」慘案。
十月		中國共產黨在上海成立。

■ 文壇紀事

一月	四日	文學研究會在北京成立。發起人有周作人、鄭振鐸、沈雁冰、葉聖陶、許地山等十二人。提倡為人生而藝術，主張文藝反映人生、改良人生。曾主辦《小說月報》、《文學週報》、《詩》等文學期刊。主要活動中心在上海，在北京、廣州、寧波等地設有分會。
五月	一日	《文學週報》創刊於上海。該刊由文學研究會主辦，出至一九二九年一二月二二日第三八〇期終刊。先後由鄭振鐸、沈雁冰、王伯祥、俞平伯、葉聖陶等主編，以「努力創造中國的文學」為己任。後期曾由開明書店發行。
六月	八日	周作人發表〈美文〉於《晨報》副刊。
同月		創造社在日本東京成立。由留學日本的郁達夫、成仿吾、張資平、田漢等

		組成。以「為藝術而藝術」作標榜。一九二七年後，該社轉向革命。一九三〇年「左聯」成立後停止活動。曾編輯出版《創造》、《創造月刊》等刊物。
同年		魯迅〈阿Q正傳〉、郁達夫〈沉淪〉、郭沫若〈女神〉、冰心〈超人〉等名作，均於此年陸續發表。
		△思想家、翻譯家嚴復去世。

■ 白馬湖作家群活動紀要

春		豐子愷自籌資金東赴日本求學，學習繪畫、日文、英文、音樂，共住十個月，因金盡返國。
二月		夏丏尊離開長沙一師，協助籌備春暉中學建校。
六月		葉聖陶到上海中國公學中學部任教，結識朱自清、劉延陵等。
		△朱光潛於就讀香港大學期間，在《東方雜誌》發表第一篇學術論文〈福魯德的隱意識說與心理分析〉，介紹弗洛伊德的《心理學》。
八月	三日	由陳望道主編的《民國日報》副刊「婦女評論」創刊。
秋		朱自清就聘於吳淞中國公學，任國文教員，在校時開始結識葉聖陶。
		△夏丏尊加入今年初成立的文學研究會。
十一月		朱自清與葉聖陶同至浙江第一師範任教。
冬		豐子愷從日本返國，執教於上海專科師範，並在吳淞中國公學兼課。

同年		△夏丏尊回白馬湖，正式在春暉中學任教，並在學校附近蓋平房定居，題名為「平屋」。
		匡互生試驗新村運動，失敗。
		△胡愈之積極從事世界語運動，並擔任「環球世界語學會」的上海代理員，又和上海的世界語者共同重建了上海世界語學會。

一九二二年（春暉時期）

■社會背景

四月	二十九日	第一次直奉戰爭爆發。
五月	四日	孫中先先生下令北伐。
	十三日	蔡元培、胡適、梁漱溟等十六人發表〈我們的政治主張〉，主張組織「好人政府」。

■文壇紀事

一月	七日	《兒童世界週刊》創刊。鄭振鐸主編，上海商務印書館出版。葉聖陶、趙景深等為主要撰稿人。該刊為我國第一本兒童文學專刊。
	二十二日	周作人在《晨報》副刊發表〈自己的園地〉一組小文，至十月止，計十九篇。

同月		因創辦《學衡雜誌》而得名的「學衡派」組成於南京。該派站在復古主義立場，反對新文化運動和文學革命。一九三三年《學衡》終刊而停止活動。
		△梁漱溟著《東西文化及其哲學》出版。作者主張維護中華民族文化傳統，發揚「東方固有文化」，提出西洋、中國、印度三種文化依次輪流統治世界的文化發展史觀。
四月	四日	「五四」以後第一個新詩社「湖畔詩社」成立於杭州西湖畔，成員多為浙一師的學生，有應修人、馮雪峰、潘漠華、汪靜之、魏金枝等。一九二五年後停止活動。該社得到朱自清的支持。後來馮雪峰、魏金枝等又組織「晨光文學社」，朱自清和葉聖陶均被聘為顧問。
五月	一日	創造社主辦的第一個文學刊物《創造季刊》創刊於上海。出至一九二四年二月第二卷二期停刊，共出六期。由郭沫若、郁達夫、成仿吾輪流編輯，上海泰東書局印行。以「打破社會因襲，主張藝術獨立，願與天下之無名作家，共興起而造成中國未來之國民文學」為宗旨。
	七日	《努力週報》創刊於北京，胡適主編。內容側重於國內政治和文學藝術。翌年十月三十一日終刊，共出七十五期。
七月	十六日	聞一多乘船赴美留學。
九月		汪靜之由上海亞東圖書館出版《蕙的風》，內收詩作一百六十餘首。

■白馬湖作家群活動紀要

一月	十五日	朱自清、俞平伯、葉聖陶等創辦《詩月刊》於上海。這是我國現代第一個新詩詩刊。出至一九二三年五月十五日第二卷二號終刊，共出七期。由劉延陵、葉聖陶負責編輯。
二月	一日	朱自清為汪靜之《蕙的風》作序。
同月		葉聖陶應北大校長蔡元培之聘，到北大預科任講師，主講作文課。 △白采離開江西，開始過「漂泊詩人」的生活。
三月	十六日	劉大白到白馬湖小住，四月中旬離開。
同月		俞平伯出版第一部詩集《冬夜》。 △葉聖陶出版現代文學史上的第二部短篇小說集《隔膜》。 △朱自清、俞平伯、葉聖陶等八人的新詩合集《雪朝》出版。商務印書館印行。共收早期詩作一八〇多首。
五月	下旬	劉大白第二度到白馬湖住下，直到八月離開。
六月		胡愈之和上海世界語學會創辦的世界語刊物《綠光》創刊。
夏		夏丏尊請豐子愷赴白馬湖任教，教藝術課程。豐將自己的住宅命名為「小楊柳屋」。 △朱光潛畢業於香港大學。
七月	八日	鄭振鐸在「一品香」旅舍召開文學研究會南方會員年會，討論會務及其他

		問題，並歡送俞平伯赴美留學。
八月	十三日	陳望道出席「上虞女界同志會」成立大會，並發表演說。同月，在「婦女評論」上發表〈從鴛鴦湖到白馬湖〉長篇遊記。其間並應邀到春暉訪問及演講。
同月		商務出版的《學生雜誌》開闢了「學生世界語專欄」，胡愈之寫了許多介紹和如何學習世界語的文章，還編寫了許多中、世對照的世界語教材。
九月	十日	春暉中學首屆學生入學。
同月		朱自清攜夫人及兩個小孩赴浙江臺州六師任教。任教期間，既要批改六師學生的作業，又要批改杭州一師學生的作業，還要編講義、管書報，創作時間較少。
十月		白采到蘇州訪問葉聖陶，同遊滄浪亭和文廟。
	三十一日	《春暉半月刊》創刊。
十二月	二日	春暉中學舉行開校典禮。

一九二三年（春暉時期）

■社會背景

三月	二十日	全國學生代表在上海舉行大會，通電全國，號召學生舉行示威遊行，要求收回旅順、大連和廢除二十一條。

十月	五日	曹錕以五千元一票的價格賄買國會議員，被選為大總統，史稱「曹錕賄選」。

■文壇紀事

一月		胡適創辦《國學季刊》，發起「整理國故」運動。
五月	十三日	《創造週報》創刊於上海。成仿吾、郭沫若、郁達夫輪流編輯。由創造社主辦，傾向同《創造季刊》。翌年五月十九日停刊，共出五十二期。
六月		周作人、魯迅合譯的《現代日本小說集》由商務出版。
七月	十四日	魯迅與周作人一家分開吃飯。幾天後，周作人又送信給魯迅，斬釘截鐵地要魯迅「以後請不要到後邊院子裏來」，從此兄弟決裂。八月二日，魯迅遷往租賃新居。分裂之因主要是周作人聽信妻子羽太信子的讒言。
八月		許地山赴美哥倫比亞大學研究院研究印度哲學和宗教比較學。翌年得文學碩士學位後赴英入牛津大學研究院研究宗教，至一九二六年十月回國。回國後任燕京大學助教和平民大學教員。
九月		日本文學評論家廚川白村去世。 △周作人《自己的園地》一書由北京晨報社出版。
十二月		《春的歌集》由湖畔詩社出版。應修人、馮雪峰、潘漠華、汪靜之四人合集。
同年		新月社在北京成立。由徐志摩、胡適、陳西瀅等人發起。因印度詩人泰戈

爾詩集《新月集》，取社名為「新月」。成員多為歐美留學生，在文藝思想上，宣揚「純粹的藝術」「藝術至上」等。前期借《晨報》副刊編輯的《副鐫》《劇刊》在國內文壇產生了重要影響。一九三二年解體。

■ 白馬湖作家群活動紀要

一月		春暉校長由經亨頤、朱少卿兩人共任，至五月止。
二月		朱自清到溫州任浙江第十中學國文教員。
三月		俞平伯、葉聖陶、鄭振鐸、王伯祥、顧頡剛、沈雁冰、胡愈之等十人組織樸社。
四月		葉聖陶受謝六逸邀請，至復旦大學、神州女校兼新文學和國文課。
同月		俞平伯《紅樓夢辨》出版。
春		豐子愷將家人接到白馬湖。
		△葉聖陶由朱經農介紹到上海商務印書館國文部當編輯。
六月		春暉校長由經亨頤、章育文共任，至二七年七月止。
八月		朱自清與俞平伯同遊秦淮河。
同月		陳望道應邀赴春暉中學夏期教育講習會演講，講題為「國語教授資料」。同期參加講學的還有黎錦暉、舒新城、黃炎培、豐子愷等。
九月		春暉開始招收女生。

十月	十一日	朱自清與俞平伯作同題散文〈槳聲燈影裏的秦淮河〉，刊於翌年一月《東方雜誌》第二一卷二號。
同月		陳望道與柳亞子、葉楚傖、胡樸安、余十眉、邵力子等發起成立新南社。陳與邵力子、胡樸安三人為編輯主任。
十一月		葉聖陶小說集《火災》由商務出版。同月，童話集《稻草人》由商務出版。
十二月		葉聖陶由楊賢江介紹到上海大學任教。
同年		夏丏尊譯《愛的教育》開始在上海《東方雜誌》連載。同年並作〈一年間教育界的回顧與將來的希望〉，力主改革教育。
		△匡互生譯《通俗天文學》，但未刊行。
		△錢君匋免試入上海藝術師範學校，師從吳夢非、劉質平、豐子愷三人，分別向他們學習裝幀、音樂和繪畫。

一九二四年（春暉時期）

■社會背景

一月	二十日	中國國民黨第一次全國代表大會在廣州召開，孫中山先生以總理身分擔任主席。
六月	十六日	黃埔軍校舉行正式開學典禮。

七月	十三日	北京學生聯合會等五十餘團體聯合組成反對帝國主義運動大同盟，提出「打倒帝國主義的侵略政策」、「廢除一切不平等條約」等主張。
	十五日	廣州數千人舉行罷工，反對英、法帝國主義「不准中國人自由出入租界」的所謂「新警律」。
九月	十八日	第二次直奉戰爭爆發。
十月	二十三日	馮玉祥部秘密回師北京，囚禁曹錕，推倒顏惠慶內閣，驅逐溥儀出故宮，時稱「首都革命」。
十一月	十日	孫中山先生發表「北上宣言」，重申反對帝國主義和反對軍閥的政治主張，要求「召開國民會議，以謀中國之統一與建設」。
	二十四日	段祺瑞就任「中華民國臨時執政府」臨時總執政，並公佈臨時政府條例，任命各部總長。

■文壇紀事

四月	十二日	印度詩人泰戈爾來華訪問，鄭振鐸、徐志摩等人迎接。翌日，文學研究會等團體舉行歡迎會。
七月	二十二日	周作人在《晨報》副刊發表〈苦雨〉，第二日發表〈沉默〉。
八月	二十日	《洪水》創刊於上海。創造社主辦。初為周刊，出一期即停刊。翌年九月一日復刊後改為半月刊，出三十六期，基本傾向與《創造季刊》、《創造周報》相近。一九二七年十二月停刊。

十月	九日	林琴南病逝。
十一月	十七日	《語絲》創刊於北京。語絲社主辦。先後由孫伏園、魯迅、柔石、李小峰編輯。一九三〇年終刊，共出二六〇期。該刊前期「提倡思想自由，獨立判斷和美的生活」、「任意而談，無所顧忌，要催促新的產生，對於有害新的舊物則竭力加以排擊」。後期則戰鬥性逐漸減弱。
同年		朱湘於清華學校畢業前，被校方開除。原因是抵制齋務處在學生早上用餐時點名的制度，經常故意不到，此事轟動全校。
		△英國倫敦大學東方學院在中國聘請一位中國教員，老舍經燕京大學英文教授艾溫士的介紹，前往任教。

■白馬湖作家群活動紀要

二月		劉大白受聘於上海復旦大學，任大學部文科教授，住江灣校舍。次年任文學系主任。
三月	二日	朱自清到白馬湖任教。
	九日	俞平伯應朱自清之邀到白馬湖，三月十一日離開。
同月		劉大白第一部詩集《舊夢》由商務出版。
四月	十二日	朱自清寫〈春暉的一月〉。
同月		俞平伯出版第二部詩集《西還》。
七月	一日	朱自清離溫州經上海到南京，參加東南大學召開的中華教育改進社第三屆

		會議。
同月		朱自清等編《我們的七月》出版。豐子愷在其中發表〈人散後，一鉤新月天如水〉，署名愷，不久改署TK。 △匡互生應夏丏尊之邀到白馬湖，任訓育主任。 △朱光潛應夏丏尊之邀到白馬湖任教。
八月		弘一法師應夏丏尊之請，到白馬湖小住。十月返溫州。
同月		朱自清就聘寧波浙江省立第四中學國文教員。
九月	十三日	舊曆中秋，天氣不好，朱自清第一次學作舊詩，詩云「萬千風雨逼人來，世事都成劫裏灰。秋老干戈人老病，中天皓月幾時回。」
十月	十二日	朱自清偕眷至春暉教書，從此往來寧波與白馬湖，在四中與春暉任教。
十一月	一日	朱光潛在《春暉》第三五期發表〈無言之美〉，這是他最早的文章。翌年赴英入愛丁堡大學文科，於一九二八年七月畢業，獲文學碩士學位。
同月		春暉發生氈帽事件，匡互生、夏丏尊、豐子愷、朱光潛、劉薰宇等於寒假時離開白馬湖。 △葉聖陶與俞平伯合著之散文集《劍鞘》出版。
十二月		朱自清第一本詩與散文合集《蹤跡》出版，豐子愷畫封面。

一九二五年（春暉／立達時期）

■社會背景

月	日	事件
三月	十二日	孫中山先生逝世。
五月	三十日	上海發生五卅慘案。本月十五日，日本資本家鎮壓工人罷工，槍殺工人領袖顧正紅。是日，上海工人學生舉行示威遊行，經南京路時，遭英國巡捕開槍屠殺，死傷數十人，造成震驚中外的五卅慘案。
	三十一日	上海全市舉行罷工、罷市、罷課。胡愈之、葉聖陶、應修人等在鄭振鐸家集會，鄭提議辦一份報紙（即《公理日報》），獲得一致贊同，並於六月初為撰稿和編排而奮戰通宵。
七月	一日	廣州國民政府成立，汪精衛任國民政府主席。
八月	二十日	廖仲愷被暗殺。
十月	一日	國民政府開始第二次東征。翌年二月，廣東革命根據地全部統一。

■文壇紀事

月	日	事件
二月	十八日	湖畔詩社出版文學月刊《支那二月》。這是應修人自費創辦的小型期刊，共出四期。內容以發表詩歌為主，大都歌詠愛情、大自然。翌年五月停刊。

四月	二十四日	《莽原》創刊於北京。先後由魯迅、韋素園編輯。北京未名社印行。一九二七年十二月停刊，共出四十八期。
五月	二十七日	因女師大校長楊蔭榆以校方「評議會」名義宣布開除學生自治會學生劉和珍、許廣平、張平江等六人，周作人、魯迅、錢玄同等六人遂聯名在《京報》上發表〈關於北京女子師範大學學潮宣言〉。
七月	十八日	《甲寅》復刊為週刊。章士釗主辦。為復古派反對新文化運動的主要陣地。一九二七年停刊，共出四十五期。
八月	十四日	由於魯迅堅決支持女師大學生運動，章士釗利用職權呈請段祺瑞罷免魯迅教育部僉事的職務，企圖以此斷絕魯迅生活來源，以退出抗爭。是日公布免職令。
同月		未名社成立於北京。主要成員有魯迅、韋素園、李霽野、臺靜農等。主要從事外國文學尤其是俄國文學的譯介工作。一九三三年春解散。 △良友圖書印刷公司創建於上海。任聯德集資創辦，並任總經理。曾出版《中國新文學大系》（一九一七－一九二七年）和《人間世半月刊》等。一九四六年停業。
九月		「中日教育會」成立，周作人被推為會長。
十月		「沉鐘社」成立於北京。其前身為淺草社，主要成員有陳翔鶴、馮至、林稷如等，被魯迅譽為「中國的最堅韌、最誠實、掙扎得最久的團體」。該刊尤重德國文學的介紹。一九三四年停止活動。

十一月		魯迅第一本雜文集《熱風》由北新書局出版。
十二月		周作人《雨天的書》由北新書局出版。

■ 白馬湖作家群活動紀要

二月	二十五日	立達中學在上海創辦、開學，僅有初中部。
三月	十二日	立達學會在上海成立。夏丏尊為主要發起人兼主幹。同仁有匡互生、朱光潛、豐子愷、葉聖陶等。
同月		豐子愷所譯日本廚川白村的文論集《苦悶的象徵》由商務印書館出版，列為文學研究會叢書之一。
春		弘一大師應夏丏尊之邀赴白馬湖，住在春社。
五月		上海《文學週報》開始連載豐子愷的畫，定名為「子愷漫畫」，是為國內文化界第一次使用「漫畫」名稱。
六月		朱自清作〈血歌〉和〈白種人——上帝的驕子〉，抗議帝國主義者製造的五卅慘案。
同月		朱自清、俞平伯合編的《我們的六月》由上海亞東圖書館出版。
八月		清華學校加辦大學部，成立國文系，俞平伯推薦朱自清為該校教授，於是朱離開白馬湖，赴清大任教，並從此開始研究中國古典文學。
夏		朱光潛取道莫斯科，前往英國愛丁堡大學留學，直至一九三三年夏回國，在英法留學八年。

十月		朱自清作《背影》，載本年十一月二十二日《文學週報》第二〇〇期。
秋		匡互生等創辦「立達學園」在江灣，增有高中部、藝術專門部。
		△夏丏尊到上海立達學園教國文，兼教文藝思潮。
十二月		豐子愷處女作《音樂的常識》一書由上海亞東圖書館出版，為高級中學適用教材。
同月		俞平伯詩集《憶》由北京樸社出版，內收新詩三十六首，附舊體詩詞九首。
同年		俞平伯到燕京大學任教。
		△俞平伯和朱自清等十人集資開辦「景山書店」，專售新文學書刊。

一九二六年（立達／開明時期）

■社會背景

三月	十八日	「三一八」慘案爆發。
六月	五日	國民政府召開會議，頒布出師北伐動員令，並任蔣中正先生為國民革命軍總司令，指揮各軍，進行北伐。
七月	一日	國民政府發表「北伐宣言」。九日國民革命軍在東校場舉行北伐誓師典禮。

■ 文壇紀事

三月	十六日	《創造月刊》創刊於上海。創造社主辦。郁達夫、成仿吾、王獨清輪流編輯。一九二九年一月停刊，共出十八期。
	二十日	周作人往女師大開會。會議在校長許壽裳的主持下，成立了「三月十八日外交請願慘殺案後援會」。周作人在此前後的一兩天裏，接連寫了〈對於大慘殺的感想〉、〈關於三月十八日的死者〉，抗議軍閥政府對學生的殘害。
四月	一日	北京《晨報》副刊的《詩刊周刊》創刊。徐志摩、饒孟侃、聞一多、朱湘等人主辦，共出十一期。
八月	十一日	《沉鐘半月刊》創刊於北京。沉鐘社主辦。格調類似《淺草》，專登創作和翻譯作品。一九三四年停刊，共出三十四期。
十一月	十一日	魯迅接到中山大學聘書。翌年一月十六日乘船經香港到中山大學。

■ 白馬湖作家群活動紀要

一月		由章錫琛創辦的《新女性雜誌》出版。章原本主編商務印書館的《婦女雜誌》，後被商務辭退，遂創辦此刊，並陸續出版了婦女問題研究叢書。
同月		《子愷漫畫》一書由上海文學週報社印行，收漫畫六十幅，是為中國第一本漫畫集。
三月	六日	立達學園新學年開學，增設中國文學系，第二年停辦。

	十八日	「三一八」慘案爆發。朱自清隨清華大學師生隊伍參加示威遊行。
	二十五日	立達學會在大新街悅賓樓舉行全體會員大會。胡愈之、夏丏尊、鄭振鐸等出席。會上，胡愈之提議出版雜誌，議決胡愈之、章錫琛計畫印刷發行事宜；鄭振鐸、夏丏尊、李石岑等籌備編輯事宜。此雜誌即為同年九月出版的《一般》。
同月		夏丏尊譯作《愛的教育》由上海商務印書館初版，再版時改由開明書店印行。迄一九四九年三月止，發行超過四十版以上，是新文學以來兒童文學譯作中之最暢銷書。
七月		章錫琛在朋友胡愈之、吳覺農、鄭振鐸、孫伏園等人的協助規劃下，開始籌辦開明書店。開始出版《未名社叢書》，至一九四三年三月共出譯著七種。
同月		朱自清返白馬湖度假。
八月	一日	開明書店正式成立，並開始和上海光華書局、泰東圖書局合作出版《狂飆叢書》。這書店由章錫琛、章錫珊兄弟合資開辦。杜海生、章錫琛、范洗人等人先後任經理，夏丏尊、葉聖陶先後主持編務。出版以中學生為主要對象的各種讀物，兼及文藝、歷史、工具書、教科書。
同月		夏丏尊在湖南第一師範和春暉中學編的講義，經立達學園同仁劉薰宇補充修訂，題為《文章作法》，由開明書店出版。迄一九四六年九月止，已發行二十二版。 △弘一法師雲遊至上海，豐子愷請其為寓所命名，題寫橫額，遂有「緣緣

		堂」之名。
夏		白采病逝在船上。
九月	五日	立達學會主辦的《一般月刊》創刊。先後由夏丏尊、方光燾主編。在創刊號的〈《一般》的誕生〉中說，該刊「對於各種主義，都用平心比較研究，給一般人做指導，救濟思想界混沌的現狀」。一九二九年十二月停刊，共出三十六期。
同月		葉聖陶經楊賢江介紹，到松江景賢女子中學上海分校任教。
十月		俞平伯撰〈關於《子愷漫畫》的幾句話〉。
冬初		弘一法師由廬山返杭州，經上海，在豐子愷家小住。

一九二七年（立達／開明時期）

■社會背景

四月	十八日	李大釗在北京被北洋軍閥殺害。

■文壇紀事

一月		《中央日報》創刊於漢口。一九二九年遷往南京。
二月	十六日	胡愈之、葉聖陶、鄭振鐸、周予同、豐子愷等人組織成立「上海著作人公會」，其宗旨為「增進著作人之福利及促進出版物之改良」。

春		新月書店在上海成立。由徐志摩、胡適、邵洵美等人籌辦。胡適任董事長。
		△巴金在巴黎開始創作小說。
五月	十九日	開明書店章錫琛及商務印書館編譯所同仁為鄭振鐸及陳學昭餞行。鄭因情勢所迫，決定赴歐避難，臨行前將《小說月報》委託葉聖陶代為主編，《文學研究會叢書》委託胡愈之、徐調孚代為主編。
六月	二日	王國維在北京頤和園投水自殺。
八月	十五日	郁達夫在上海《申報》和《民國日報》刊登〈郁達夫啟事〉，聲明脫離創造社。
同月		朱湘赴美留學。一九二九年二月返國。
		△胡適受聘任光華大學教授。翌年四月，又任中國公學校長。
九月		張作霖解散北京大學，改為京師大學，周作人遂辭北大職務。
十一月	一日	《民間文藝週刊》創刊於廣州。國立中山大學主辦。董作賓、靜君編輯。該刊以「搜集材料供民間文藝研究者研究，精選和編印民間文藝作品，審查作品內容，去蕪存菁以糾正民眾謬誤觀念」為宗旨。翌年一月停刊，共出十二期。
同年		劉延陵因用腦過度，患了腦疾，遵醫囑，少用腦，辭去上海暨南大學的教職到南洋深造。從此，中國第一份白話詩刊的創辦人銷聲匿跡於中國文壇。

一月	一日	朱自清把眷屬從白馬湖接到北京，住清華園西院。
同月		鄭振鐸由開明書店出版《山中雜記》。
二月	五日	豐子愷在《一般月刊》上發表〈畫洋畫的看法〉、〈現實主義的繪畫〉、〈主觀主義的西洋畫〉、〈野獸派的畫家〉等，評介西方畫派藝術流派。
同月		《子愷畫集》由開明書店出版，收漫畫六十三幅。
八月		夏丏尊譯作《國木田獨步集》由上海文學週報社出版，開明書店發行。
九月		開明書店開始出版《微明叢書》，至一九三一年十月共出巴金譯《丹東之死》、巴金著《死去的太陽》等文藝著譯七種。 △夏丏尊任國立上海暨南大學第一任中文系主任。 △陳望道任復旦大學中文系主任。
十二月		夏丏尊、魯迅等譯之《芥川龍之介集》，由夏編輯，開明書店出版。
同年		夏丏尊擔任開明書店編輯所所長。 △匡互生與李石曾、吳稚暉等發起，就江灣的模範工廠「游民工廠」，改設勞動大學。籌備就緒，即辭去。 △俞平伯繼續在燕京大學任教。 △王任叔由上海光華書局出版第一本短篇小說集《監獄》。

一九二八年（立達／開明時期）

■社會背景

六月	四日	張作霖在皇姑屯回奉專車上，被日本人預先埋置的炸藥炸死。
七月	二十六日	國民政府大學院訓令提倡語體文，不准小學採用文言教科書。
十月	八日	中國國民黨中央常務會議通過蔣中正先生為國民政府主席。

■文壇紀事

一月	一日	《太陽月刊》創刊於上海。太陽社主辦。該刊以提倡左翼文藝為主，同年七月被查禁，共出七期。
	十日	《未名半月刊》創刊於北京。未名社主辦。李霽野編輯。該刊以發表譯文為主，創作次之。一九三〇年四月停刊，共出二十四期。
同月		顧頡剛、容肇祖在廣州建立中山大學民俗學會。該學會為國內最早成立的民俗學研究社團。
三月	十日	《新月月刊》創刊於上海。先後由徐志摩、聞一多、饒孟侃、梁實秋等編輯。一九三三年六月停刊，共出四十三期。
十月	中旬	鄭振鐸從巴黎坐船回國，後仍在商務印書館編譯所工作，同時在復旦大學任教。

秋	周作人任北京大學國文系和日文系主任。
同年	學者、翻譯家辜鴻銘去世。

■ 白馬湖作家群活動紀要

一月	王任叔（巴人）到春暉中學教書。
二月	陳望道抵達法國，入巴黎大學法學院攻讀國際法。
四月	葉聖陶與夏丏尊合著《文章講話》，由開明書店出版。
春	胡愈之赴法留學。葉聖陶專程到浙江上虞為之送行。
五月	豐子愷譯《藝術概論》（日人黑田鵬信著），開明書店出版。 △劉大白《舊詩新話》由開明書店出版。
七月十日	《開明》創刊於上海。初為月刊，一九三一年十二月休刊。一九四七年七月復刊後為雙月刊。該刊是開明書店商業性刊物，半廣告半文藝，曾刊登大量書評，也載不少短小的文藝作品。一九四八年九月終刊。月刊、雙月刊共出四十五期。
八月	《山雨半月刊》創刊於上海。王任叔、李鈞之編輯。同年十二月停刊，共出九期。王任叔寫〈發刊詞〉。
同月	俞平伯散文集《雜拌兒》由開明出版。
九月	夏丏尊論著《文藝論ABC》一書，由上海世界書局出版。

同月		劉大白任浙江大學中文系主任。
十月	十五日	陳望道主編的《大江月刊》創刊。
同月		俞平伯辭燕京大學教職，到清華大學中文系任教。
		△朱自清散文集《背影》由開明出版。
十一月	七日	豐子愷於三十歲生辰，在江灣緣緣堂舉行儀式，從弘一法師皈依佛門，法名嬰行。
十二月	三十日	豐子愷加入鄭振鐸、胡愈之等人發起成立的「中國著作者協會」。
冬		夏丏尊、豐子愷、劉質平、經亨頤等共同集資在白馬湖為弘一築「晚晴山房」，以供久居。
同年		「山雨社」成立於浙江上虞。主要成員有王任叔、張孟聞、毛路真等。翌年一月因王赴日而自行解散。
		△立達藝術科停辦。增設農場。
		△由陳望道籌建的「大江書鋪」於下半年正式開業。

一九二九年（立達／開明時期）

■社會背景

三月	十八日	中國國民黨第三次全國代表大會在南京召開，追認訓政綱領，開始實施訓

		政。
五月	五日	粵桂戰爭爆發，李宗仁自稱護黨救國軍總司令。

■文壇紀事

一月	十九日	梁啟超病逝於北京。
四月		中國國民黨召開全國第一次宣傳會議，決議創造三民主義文學。
七月		創造社出版部被查封後改組為江南書店。
九月	十五日	《新文藝月刊》創刊於上海。劉吶鷗、施蟄存、徐霞村、戴望舒編輯。藝術上傾向於現代主義。主要撰稿人除編者外，還有章衣萍、趙景深、章克標、許欽文等。
同年		巴金被選為上海世界語學會理事，繼續參加世界語雜誌《綠光》的編輯工作。
		△梁啟超著《中國近三百年學術史》，由上海民智書局出版。
		△上海商務印書館開始「萬有文庫」，內容包羅萬象，由王雲五主編。至一九三九年共出二千餘種。

■白馬湖作家群活動紀要

一月		王任叔東渡日本，自學日語，研究社會科學。
二月	十日	《開明》第一卷八號出版「兒童讀物專號」，發表顧均正作〈童話在教育

		上的價值〉、李公超作〈童話與兒童心理〉等文及評論《愛的教育》（亞米契斯著，夏丏尊譯）的文章近十篇。
同月		豐子愷《護生畫集》第一冊由開明出版，五十幅護生畫皆由弘一配詩並題寫。
三月		朱光潛由開明書店出版《給青年的十二封信》。夏丏尊作序。
五月		由陳望道、施存統合譯的《社會意識學大綱》在開明出版。
七月		劉大白《白屋說詩》、《白屋文話》二書相繼由開明、世界書局出版。
初夏		弘一在白馬湖之晚晴山房竣工。
八月		葉聖陶出版長篇小說集《倪煥之》。夏丏尊作序〈關於《倪煥之》〉。
九月		弘一來晚晴山房小住。
十月		弘一寫〈白馬湖放生記〉。
同月		劉大白任教育部政務次長。
十一月	二十六日	朱自清夫人武鍾謙病逝揚州家中，遺三子三女。
同年		立達增設農村教育科，提倡生產教育。
		△豐子愷任開明書店編輯，重校一九二二年譯成的屠格涅夫的《初戀》，後交開明書店於一九三一年四月出版。

附錄二　春暉中學校內刊物知見篇目

前言

春暉中學從創校以來，對校內刊物的編輯發行一向十分重視，這種風氣的養成，與創辦初期「白馬湖作家群」的鼓吹與實踐有關。目前存放於春暉中學校史室中的早期校內刊物有五種，依創刊時間先後分別是：《春暉半月刊》（一九二二年十月—一九二八年五月）、《春暉的學生》（一九二四年三月—一九二四年十二月）、《白馬嘶》（一九二五年六月—一九二五年七月）、《春暉學生》（一九三〇年六月—一九三三年六月）、《春暉青年》（一九四一年？月）。最後一種是抗戰期間，春暉中學被迫遷往泰嶽寺時的油印校刊，僅見創刊號一期，內收四篇文章，分別是〈發刊詞〉、〈春暉在泰嶽寺〉、〈我所知道的白馬湖〉、〈一顆火？〉，殘缺不全，僅剩十頁，有否繼續發行仍待查考。其他四種刊物也多有散失。以下表列說明除根據校史室現存資料外，有些篇目從刊物內容中得知，一併列入，以供參考。

壹、《春暉半月刊》（一九二二年十月—一九二八年五月）

*說明

一、本刊為春暉中學創校初期發行之校刊，已知共有四十八期，實際總數有待查明。原件亦為影印，存春暉中學校史室，經筆者兩度前往訪察，並透過豐一吟、陳星諸先生協助，得以影印一份研究。由於大陸現代文學期刊目錄匯編等書中均無收錄，少有人知，更乏人研究，殊為可惜，故列出篇目供有興趣者參考。由於原件不存，有些期數不全，字跡亦有湮漫不清者，則參考作家個別著作及其他資料盡量添補。

二、本刊為八開、黑白印刷之小型校內刊物。一般約五頁左右。插圖不多，以文字為主。出刊日期以每月一日、十六日為準，但時有延擱。一九二四年底的氈帽事件，使夏丏尊、豐子愷、匡互生、劉薰宇、朱光潛等主要撰稿群辭職離校，加上朱自清等因同時在寧波四中兼課，繁忙而無法主編本刊，使刊物因此暫停出刊近一年。復刊後的整體風格與表現已不如前期。三十六期以前的本刊，由於夏、豐、劉等知名作家的積極投入，極富文藝氣息與思想意義，甚有文學史料價值。

三、從本刊中，我們可以看到許多重要的文章，如夏丏尊的〈讀書與瞑想〉、〈中國底實用主義〉、〈學說思想與階級〉等；朱自清的〈春暉的一月〉、〈剎那〉、〈教育的信仰〉等；豐子愷的〈青年與自然〉、〈美的世界與女性〉、〈山水間的生活〉等；朱光潛的第一篇文章〈無言之美〉正是發表於本刊。其他如經亨頤有關教育理念的文章、講辭，劉薰宇介紹科學知識的小品，劉叔琴的讀書筆記等，都很值得探討。尤其透過本刊，可以看到白馬湖作家群在春暉中學內的校務經營與活動概況，對了解這些作家的教育理念與實踐有不容忽視的參考價值。

期別	出刊時間	篇目	作者	備註
一	22．10．31	春暉中學旨趣	經亨頤	其他各篇散佚未見。
		我們將使我們底學生成怎樣的人？	丏尊	
		藝術底慰安	子愷	
二	22．11．16			散佚未見。
三	22．12．1	對於本校改進的一個提議	薰宇 丏尊	
		青年與自然	子愷	
		青年修養問題	經子淵先生演講、陳伯勛筆記	
		讀書與瞑想	丏尊	
		半月來的本校		
四	22．12．16	報告新學制及實施方法之商榷	經子淵先生講演	本期有多篇演講辭，並因此增刊，可惜已散

		對於春暉中學的幾個希望（上）	吳覺農	失，僅見兩篇。
五	23·1·1	中國底實用主義	丏尊	其他各篇散佚未見。
六	23·1·16	從今年起 用？ 數學所給與人們的 美的世界與女性 詩 半月以來的本校	顯謨 薰宇 子愷 執中	子愷一文為寧波女子師範講演稿，發表於本刊。
七		一學期終了對於本校學生的研究 本校底體育教授	薰宇 益謙	其他各篇散佚未見，時間亦不明。
八		寒假入學試驗的經過及各科成績的考察 本校底藝術教育	薰宇 子愷	其他各篇散佚未見，時間亦不明。
九		本校底藝術教育（續）	子愷	其他各篇散佚未見，時間亦不明。
一〇		學和用	經亨頤	其他各篇散佚未見，時間亦不明。
一一	23·5·1	學校安全問題 白馬湖上伴農民讀書半年 阿普羅與蒂婀娜	薰宇 天底 澤民	夏丏尊的文章與第三期同題但內容不同。

		詩	包雪亮	校務報導首見記者署名。
		讀書與瞑想	丏尊	
		半月以來的本校	記者悔如	
一二	23．5．16	教育者底淚	薰宇	其他各篇散佚未見。
		游泳須知	益謙	
一三	23．6．1	人生對待的關係	經亨頤	
		游泳須知（續）	益謙	
		山水間的生活	子愷	
		專件：春暉中學校學則		
		半月以來的本校	記者悔如	
一四	23．6．16	作文教授上的一個嘗試	丏尊	
		唱歌音域底測驗	子愷	
		蔡孑民先生在本校的演說	王執中、孫立源筆記	
		半月以來的本校	記者悔如	
一五	23．7．1	所希望到春暉來的學生	薰宇	
		一種國文測驗：比喻測驗	悔如	
		唱歌音域底測驗（續）	子愷	
		為管理學生底金錢而告學生底家庭	心如	

		專件：本校招生簡章		
		半月以來的本校	記者恂如	
一六	23·10·1	由仰山樓：本年度的本校	薰宇	本期與前期間隔三個月。
		本校底男女同學（始業式演辭）	經亨頤	
		五夜講話：裴德文與其月光曲 ——中秋夜會席上話稿	子愷	本期起增列「由仰山樓」「五夜講話」「課餘」三個固定專欄。
		半月來的本校		
		課餘：兩個投考本校不及第的青年給我的印象	心如	本期起校務報導未署作者。
一七	23·10·16	由仰山樓：叫學生在課外讀些什麼書？	丏尊	本期起增列「曲院文藝」專欄，主要是發表學生創作作品。
		小學部公民科教授的計劃	子梁	
		五夜講話：讀書法	薰宇	
		曲院文藝：		
		一、秋天的一個傍晚	鍾顯謨	
		二、秋晴	無著	
		三、秋日的田野	馬元慶	
		四、中秋日	戚嶼璋	
		半月來的本校		

		白馬讀書錄（一）	MT	本期起增列「白馬讀書錄」專欄，主要是教師發表讀書心得，不寫篇名。第一九期起不標次序，但偶有篇名。
一八	23·11·1	由仰山樓：本校選修科施行的實際	薰宇	
		本校英語教授的我見	王伯勛	
		五夜講話：個人主義和社會主義	叔琴	
		曲院文藝：我底母親	執鐘	
		白馬讀書錄（二）	子愷	
		白馬讀書錄（三、四）	叔琴	
		半月來的本校		
一九	23·11·16	由仰山樓：初中國語科兼教文言文的商榷	丏尊	丏尊之答問是針對第一七期之有關課外讀書問題引起的討論而寫。
		從旅行底感想推論到公民教育	叔琴	
		答問	丏尊	
		曲院文藝：普陀遊記	顯吾	
		半月來的本校		
		白馬讀書錄：人身犧牲	叔琴	
		白馬讀書錄：五倫	MT	

二〇	23．12．2	春暉底使命 一年來學生知識的考驗學生對於 本校一年來的感想： 一、入了春暉中學以後 二、這一年來 三、一年來的我 四、入春暉一年 一年來的本校大事記 一年來的課外講演 本年度農民夜校概況 一年來的本刊	夏丏尊 劉薰宇 先吾 許弢 孫立源 王執鐘 劉叔琴 劉叔琴 徐于良等 丏尊	本期為學校成立周年專號。
二一	23．12．16	由仰山樓：訓練問題 本年度小學部底訓育方針 怎樣求健康？ 五夜講話：人類在自然界中底位 置 曲院文藝： 一、母親的愛 二、麵店學徒 半月來的本校 白馬讀書錄：崑崙奴	薰宇 子梁 趙益謙 盧綬青 斯爾螽 斯爾螽 叔琴	

二二	24・1・1	由仰山樓：一年間教育界的回顧和將來的希望 英語教授我觀 五夜講話：人人必須的科學知識 半月來的本校 課餘	丏尊 子愷 育文 MT	
二三	24・1・16	由仰山樓：上虞縣屬後期小學底測驗 五夜講話：人人必須的科學知識（續） 半月來的本校	薰宇 育文 	
二四	24・3・1	由仰山樓：贈我們底協治會全體會員 讀了這次浙江教育行政會議議決案以後 本學期的體育 五夜講話：作文的基本的態度 半月來的本校 白馬讀書錄	叔琴 薰宇 趙益謙 丏尊 子愷	
二五	24・3・16	由仰山樓：此次測驗所得到的教		本期起新增「他山之

		訓	子梁	石」專欄，內容為邀請外賓蒞校演講之紀錄或供稿。
		評中國現有的三部混合算學教科書	互生	
		他山之石：詩的方便	平伯	
		白馬讀書錄（續）	子愷	
		半月來的本校		
二六	24.4.1	由仰山樓：學潮評議	薰宇	
		五夜講話：個人主義的社會及社會主義的社會中經濟原則上根本的不同點	叔琴	
		科學常識	育文	
		半月來的本校		
		白馬讀書錄（續）	子愷	
		課餘	叔琴	
二七	24.4.16	由仰山樓：學潮評議（續）	薰宇	
		春暉的一月	佩弦	
		半月來的本校		
		課餘（續）	叔琴	
		我們和商務書館交涉的一幕	互生、心如	
二八	24.5.1	由仰山樓：近事雜感	丏尊	

		解決一件偶發事項的經過	薰宇	
		五夜講話：學說思想與階級	丏尊	
		半月來的本校		
		白馬讀書錄	子愷	
		課餘	叔琴	
二九	24·5·16	由仰山樓：後期小學本國歷史教材的我見	宿雲	
		他山之石：吳稚暉先生在校的講演	協治會學術股記載組記錄	
		半月來的本校		
		課餘（續）	叔琴	
三〇	24·6·1	由仰山樓：我在國文科教授上最近的一信念	丏尊	
		五夜講話：剎那	佩弦	
		半月來的本校		
		白馬讀書錄	佩弦舊稿	
		課餘	叔琴	
三一	24·6·16	由仰山樓：十二年度中學部教務		刊出啟事說明自七月一

		上的一個報告 五夜講話：藝術底創作與鑑賞 科學常識（續第二六期） 半月來的本校 專件：本校招生簡章	薰宇 子愷 育文	日至八月三十一日暑假期間本刊暫停。
三二	24·9·16	由仰山樓：勗白馬湖生涯的春暉學生 本年度的本校（始業式演稿） 我所希望於你們的（開學日演辭） 半月來的本校 白馬讀書錄：漢民族西來說	經亨頤 育文 倪文宙 叔琴	
三三	24·10·1	由仰山樓：我最近的感觸和教育方針 五夜講話：人人必需的科學知識（第二講） 半月來的本校 白馬讀書錄：《愛的教育》與作者 水上	經亨頤 育文 丏尊 佩弦	

三四	24.10.16	由仰山樓：教育的信仰 本校後期小學裏最近的兩個國文測驗 半月來的本校 白馬讀書錄：拉斯欽底經濟思想	佩弦 徐子梁 叔琴	
三五	24.11.1	由仰山樓：實行學年制後的體育教授概況 五夜講話：無言之美 半月來的本校 課餘	趙益謙 朱光潛 佩弦	
三六	24.11.16	由仰山樓：團體生活 半月來的本校 白馬讀書錄：文學的美——讀puffer的《美之心理學》 課餘二則	佩弦 佩弦 丏尊	夏丏尊稿後加上題目「無奈」「徹底」。原無題。
三七	25.10.1	由仰山樓：本刊復活小言	育文	因氈帽事件，匡互生、夏丏尊等人離校，致本刊暫停近一年。

		本年度的本校	軼塵	軼塵木名趙廷為。
		五夜講話：論小品文	三昧	三昧即馮三昧。
		曲院文藝：野草	未署名	
		校聞		
三八	25．10．16	由仰山樓：春暉與上虞	徐子梁	
		說抒情詩	三昧	
		真理的發見	芙蓉	
		曲院文藝：傍晚	蔣徑詡	
		白馬讀書錄：驛亭	同光	
		校聞		
		課餘	三昧	
三九	25．11．1	由仰山樓：人生訓練之必要	經子淵先生講，蔣徑詡記	
		本校組織學生軍的旨趣	軼塵、敏行	
		童子軍的宣言	王兆炫	王兆炫為後期小學二年級生
		戲劇在教育上的價值	張柳生	
		五夜講話：白馬湖的秋色	綬青	
		校聞		
		課餘	三昧	

四〇	25．11．16	由仰山樓：課外活動 五夜講話：點金術 白馬讀書錄 曲院文藝：被考問的一夜 校聞	軼塵 敏行 未署名 章德榮	
四一	25．12．1	由仰山樓：師生 課餘：小說的ＡＢＣ 曲院文藝： 一、母親的心 二、填自省表時的感想 校聞	徐子榮 三昧 王兆炫 鍾遠初	王、鍾二人為小學六年級生
四二	25．12．16	由仰山樓：十二、十三兩年度本校事務上的一個報告 曲院文藝：我的學校生活 校聞	章育文 鍾康周	
四三	26．6．16	春暉中學校第七屆招生簡章 本校添設特別班旨趣 春暉中學校暨附設小學校一覽表		本期起即未見原有之各專欄。
四四				散佚未見。時間不明。
四五	28．1．5	革命之我見	維祺	本期起在刊頭下不再註

		文藝： 一、銅錢與枷 二、白馬湖的秋晚 三、悔恨 四、懷母校 五、人體各部爭功記 六、再過兩年我也屬羊了 七、小詩 童話： 一、指南針與時辰鐘 二、我們一齊去吧 校聞	 朱煥彩 徐翠文 錢延春 經娟文 黃世密 張梁津 龔鏡華 文鄭 文鄭	明「每月一日十六日出版」。 本期多為學生作品。
四六				散佚未見。出刊時間不明。
四七				散佚未見。出刊時間不明。
四八	28．5．31	多難的五月 演講錄	張明鎬 經子淵先生演講，徐蓀定先生	

	校聞	本校第一屆畢業生狀況表	記錄

貳、《春暉的學生》（一九二四年三月—一九二四年十二月）

*說明

一、本刊目前所見有九期，其中二、七期散佚未見。原件為八開、黑白印刷。由於也是影印存檔，故有些字跡不甚清晰，總共發行期數仍待查考。

二、本刊的創辦時間，正是白馬湖作家群齊聚春暉的鼎盛時期，因此，和《春暉半月刊》上以師長作品為主的內容走向相輔助，而創辦這份以學生作品為主體的刊物。相信這是在師長們的支持、鼓勵之下誕生的學生刊物。雖然沒有註明是何單位編輯、出版，但以每期中均刊登春暉學生協治會相關消息來看，這份刊物應是由協治會所編辦。

三、本刊的版面、專欄、編排設計，與《春暉半月刊》類似，可說是姐妹刊物。發表了不少學生創作作品，師長、教職員的作品以評論為主。白馬湖核心作家群的作品因以《春暉半月刊》為主要園地，本刊未見他們的作品。

期別	出刊時間	篇目	作者	備註
一	24．3．1	評論： 一、創作與生活 二、我底理想的教師底條件 文藝： 一、曲院之部：狗的家族 二、矩堂之部： 元旦的早晨 放假歸家的途中 讀書錄：中國紙幣的源流 記載：春暉協治會的成立	 顯謨 福茂 張貞黻 曹煥 夏蕊華 王傳紳 未署名	
二				散佚未見。時間不明。
三	24．4．1	評論： 一、文學的性質及其價值 二、團體的意義與價值 三、中學生有讀古書的必要嗎？ 四、園藝的趣味 五、我希望我將來做怎樣的一個人？	 徐伯雲 虞中廷 王傳紳 包壽彭 章小英（小	

期數	出版日期	篇目	作者	備註
		文藝：		學）
		一、曲院之部：		
		鑼聲	執鐘	
		初冬的早晨	王福茂	
		倦（詩）	顯謨	
		別（詩）	顯謨	
		掃墓（詩）	執鐘	
		小詩（詩）		
		冷的心（詩）		
		悵惘（詩）	馬元慶	
		二、矩堂之部：春夜	吳宗憲	
		記載：協治會進行狀況		
四	24·5·1	評論：		本期起於刊末附有「氣象記錄報告」。
		一、讀TC君的信之後	許弢	
		二、文學與人生	劉家均	
		講演：現代青年課外必修的一種科目	沈仲九先生講演，章育武、王傳紳筆記	

		文藝：	
		一、曲院之部：	
		老先生	執鐘
		游子的心	孫立源
		春夜獨步	王傳紳
		二、矩堂之部：	
		蛛網和蚊蠅	王傳維
		怨聲	章雲漢
		記載：迎春音樂會等	
五	24·6·1	評論：	
		一、革命論	郭肇唐
		二、參觀兵營的感言	曹煥（小學）
		師友印象：	
		一、我所見到的夏先生	斯爾螽
		二、冷靜的匡先生	呂襄寶
		三、可笑的朱先生	王福茂
		四、鍾顯謨君的輪廓	俞觀國
		五、孤獨者朱丕一君	陸靈祺
		六、陳德民君給我的印象	胡連奎
		七、學友郭秋水君	張貞黻

期數	出版日期	篇目	作者	備註
		文藝：一、曲院之部 搖船	沈壽春	□字存檔模糊難辨。
		白馬湖的春日	呂襄寶	
		皈依（詩）	王執鐘	
		小詩（詩）	王執鐘	
		恨（詩）	顯謨	
		憶TY（詩）	斯爾螽	
		微聲（詩）	潘彥彬譯	
		二、矩堂之部：蘭芎山上	周□藻	
		記載：協治會各股細則		
六	24．7．1	評論：課內作業與課外活動	虞中廷	
		譯述：拜輪底葬儀	英文選科二十一人合譯	
		文藝：一、曲院之部：淚	立源	
		狀元糕	張貞黻	
		寄媽媽（詩）	章育武	

		二、矩堂之部：晚餐後	夏蕊華	
		記載：舒新城先生來校考察等		
七				散佚未見。時間不明。
八	24.11.1	評論：青年的危機	王文□	□字存檔模糊難辨。本期起將原本的「文藝」專欄一分為二。
		曲院文藝：一、今年的雙十節	馬元慶	
		二、復活	張水蕩	
		三、小貓	張水蕩	
		四、秋的回憶	郭秋水	
		矩堂小品：舟中	章雲漢	
九	24.12.1	評論：我在白馬湖上所感到的	包壽彭	
		讀書錄：一、老子底人生哲學	章志青	
		二、孟子的人性觀	顯謨	
		曲院文藝：一、眼痛	貞瓛	
		二、兔	貞瓛	
		三、雪的記憶	徐伯雲	
		四、詩六首	執鐘	

	矩堂小品： 一、早晨的湖邊路 二、傍晚歸棹	何慶蕃 夏蕊華

參、《白馬嘶》（一九二五年六月——一九二五年七月）

*說明

一、本刊由春暉中學內的學生社團「白馬嘶社」所創辦，內容上也以評論、文藝創作及讀書心得為主。八開、黑白印刷，與前兩份刊物相同。撰稿者多為學生。在〈創刊話〉中，編者指出，因為白馬湖的山水風光，讓學生容易產生怠惰、無聊、頹唐，因此，「白馬的嘶聲，就是我們從頹唐中自醒的話」，「我們並不來宣傳什麼主義，也並不來講什麼宏論大道，我們也只是來說些我們所要說的話」，具有積極、自省的高度期許。

二、本刊共發行多少期無法查明，僅見兩期。但從這段時期校內同時存在三種（甚至三種以上）刊物，可知春暉中學師生對文藝創作、思想啟蒙極具熱誠。從這些篇目中，也可看出當時學校自由討論之風盛行，而這正是經亨頤及白馬湖作家群等人在春暉所致力建立的自由學風。

期別	出刊時間	篇目	作者	備註
一	25.6.23	創刊話		刊頭下註明為白馬嘶社發行，且為定期刊物。
		評論：我們的責任	包壽彭	
		文藝：		
		一、她的名字	鄭建	
		二、將來	壽綏	
		三、故鄉（詩）	樓景芳	
		四、簫聲（詩）		
		課餘：假說的價值	復心	
		雜感：		
		一、後盾是什麼？	傳紳	
		二、何謂公務？	天知	
二	25.7.8	評論：		本期後附有長達四頁的「春暉中學學生會成立紀念號」，刊載三篇文章及本會記事、簡章等。
		一、悲哀的偉大	先吾	
		二、愛即上帝	碧雲譯	
		三、將來	伯雲	
		四、讀「愛情與麵包」	嚴沖	
		五、我對於現在的青年兩個疑問	庸民	
		文藝：		
		一、前途	王文濱	

二、蛙聲	赫勃
讀書錄：關於婦女職業問題的學說	山悟

肆、《春暉學生》（一九三〇年六月—一九三三年六月）

*說明

一、本刊為十六開、黑白印刷之校內刊物。內容的設計仍是以評論、文藝創作、學校活動記事為主。撰稿者師生皆有，但以學生為主體。和《春暉的學生》、《白馬嘶》相比，呈現出較高的質量。每一期多達百餘頁，有版權頁、徵稿啟事、封面設計等，是完整而豐富的學校期刊。

二、本刊已知有六期，但第二、五期散佚不見。創辦者為春暉中學學生會。時間較晚，為抗戰時期。因此，在創刊號的〈卷頭的話〉中，編者就再三強調，不要遺忘在白馬湖的山光水色中，由陳春瀾、經亨頤等人建立起的「天下為公」的精神，而且，不僅是求現在的中華民國的「和平」和「有真理」，還要更進一步求全世界的「和平」和「有真理」，其關懷家國的情緒充塞於全刊的字裏行間。

三、春暉學生辦刊物的精神可說是前仆後繼，即使是在一九四一年，因日軍進犯，學校當局決定遷至泰岳寺做臨時校址，雖然僅到校二百七十餘位學生，這些學生仍在教師們的教導、鼓舞下，在漫天烽火的氣氛中，自行油印出版校刊。筆者也影印了目前僅存的幾張，均為十六開、手寫。在〈發刊詞〉中，全體師生仍堅毅地表示，春暉已「替祖國孕育了盈千的青年，成為浙東、敵後一支偉大的文化勁旅」，而他們也希望這份刊物能由一個「新生的嬰孩」，成為一個「健全的青年」。可惜戰火中多所遺佚，共有幾期已無法查考。

期別	出刊時間	篇目	作者	備註
一	30·6·15	卷頭的話 論說： 一、我國學術界和出版界之現況 二、孔子大同思想之產生 三、迷途中的新女性 四、我底文學觀 五、印度資本主義素描 六、擇業問題 七、論今日青年學生之病象 文藝：收小說、散文、詩、翻譯	海帆 范壽康先生講，朱勝愉記 羅志倫 朱煥彩 沙士芳 上田貞次良著，羊海帆譯 戴承熹 陶思麒	封面題字為經亨頤。 版權頁註明為春暉中學學生會出版，春暉中學學生會出版股編輯。

	二	三
		30．12
作品十八篇 記事： 一、會聞 二、學生會簡章 三、本屆學生會職員表 本屆運動會附刊： 一、秋季運動會開會辭　經亨頤 二、我對於這一次秋季運動會的感想　壽康 三、本校第一次秋季運動會記事　何毓瑾 四、本屆運動會成績記錄表 編者的園地　編者		論著： 一、經濟思想史上中古階段的一個研究　金乃武 二、怎樣發展春暉？　張世駿 三、青年消極和悲觀的我見　呂誠偕 四、怎樣改良現有一夫一妻制？　錦心
	散佚未見。時間不明。	版權頁註明本期的編輯者有六人：張權、陳樹滋、趙世康、金乃武、邵循、俞通香。發行則由春暉中學學生會改為漁浦鄉自治會出版組。

		五、人類的生存競爭	日本丘淺次郎著，舜儔譯	
		小說：共有谷斯範、魏風江、四郎鄧人的作品七篇		
		詩詞：共有古典詩、詞、新詩等創作十一篇		
		雜俎：共有敬禹等人作品五篇		
		校聞： 一、漁浦鄉組織大綱 二、本屆漁浦鄉職員錄 三、指導委員會職員表 四、鄉委員會職員表		
		編後	張權	
四	31．10	論著： 一、中學畢業後應向那裏去？	陶敬禹	本期編者有張權、陳樹滋、金乃武、俞通香四人。發行所改為漁浦鄉學藝股出版組。
		二、過去世界文藝思潮之唯物史觀的總檢討	金乃武	
		三、現代社會變遷中的中國婦女運動	陶敬禹	
		四、「小品文」研究	侯起志	

期	出刊日期	篇目	作者	備註
		五、談談我們的生活	莫如志	
		六、近年來東方被壓迫民族的「民族革命運動」的進展	LCC	
		七、談談「新詩」	江雯	
		八、歌謠的特性與其分類	楊超侯	
		九、從進校門講到出校門	熹	
		小說：共有張權等人作品十篇		
		詩詞：共有胡道淵等人作品六篇		
		戲劇：共有張權、侯起志兩篇創作		
		雜俎：共有四篇創作		
		附錄： 一、鄉委員會職員表 二、指導委員會職員表		
		編者的話		
五				散佚未見。出刊時間不明。
六	33.6	論著： 一、談談東北的富源 二、蘇聯石油事業一瞥 三、我們的教育	 忻鼎列 上青 周宗剛	封面題字改為何香凝。 本期編輯者有忻鼎列、胡學恕、王一鳴等八

		四、女子問題雜論	世超	人。發行所為春暉學生會出版股。
		五、站在昏天黑地中的我們應有的認識與準備	雪之	
		六、敬告青年	逸民	
		文藝：共有秦祿、了九等人的創作十九篇。		
		雜俎：有施調男等三人作品。		
		附錄：		
		一、校聞及會聞		
		二、本屆學生會職員一覽		
		三、本屆春季田徑運動會成績記錄表		
		編後零談	忻鼎列	

附錄三　「白馬湖作家群」小傳（依生年序）

經亨頤（一八七七—一九三八年）

字子淵，號石禪，晚署頤淵，浙江上虞人。日本東京高等師範學校物理科畢業。一九〇七年返國受聘擔任浙江兩級師範學堂教務長，從此獻身教育事業。一九一三年出任改制後的浙江省立第一師範學校校長，兼省教育會會長。五四時期，順應新潮，學風大振，但因被地方官吏所忌恨而免職。此後，他受上虞陳春瀾的資助，創辦春暉中學，一九二三年又受命到寧波任浙江四中校長，浙江教育界人士多出其門下。一九二五年，在保守勢力的圍攻下，他辭去四中校長一職，不久又將春暉中學校務委託他人，離開浙江參加國民革命。

一九二四年加入中國國民黨。曾代理中山大學校長。一九二六年當選中央執行委員，後曾任國民政府委員，一度兼任全國教育委員會委員長。一九三八年九月十五日在上海廣慈醫院病逝，享年六十二歲。死後歸葬白馬湖畔，長伴他一手創辦的春暉中學。他在浙江近二十年的教育實踐，成果斐然，尤以浙江第一師範學校及春暉中學的教育改革，至今令人感念。

經亨頤同時也是書法、繪畫、金石兼擅的藝術家，曾在上海結合同道，成立「寒之友社」，風雨潑墨，詩酒聯歡，寄託對時局的不滿情緒。一九三七年，經亨頤為慶六十壽辰，影印篆刻及詩書畫墨蹟成一函三冊，題名《經頤淵金石詩書畫合集》行世。一九八四年一月，浙江古籍出版社出版《經亨頤日記》一冊，內收一九一七年初至一九一九年底的日記。一九八四年十月，浙江古籍出版社又出版《頤淵詩集》，係根據其六十歲時印行的自選詩集，集中有多首詠白馬湖風光之作。于右任在序中稱譽其詩作「渾穆蒼勁，真氣橫溢」，「使人發思古之情，興樂生之趣。」

劉大白（一八八〇—一九三二年）

浙江紹興人。原名金慶棪，後改名劉靖裔，字大白。一九一三年，因其主編的《紹興公報》主張浙江獨立討袁，加上他因發表過反對袁世凱的文章，為避免迫害，東渡日本。後加入同盟會。一九一五年赴新加坡等地教授國文。次年回國編《杭州報》，並出任浙江省議會秘書長。一九一八年去浙江第一師範學校教國文。一九一九年任浙江教育會總幹事，與會長經亨頤合作推行新教育。五四期間，他與經亨頤、夏丏尊、陳望道參加示威遊行，被稱為「五四浙江四傑」，而他與一師同事夏丏尊、陳望道、李次九也因積極鼓吹白話文，被稱為「四大金剛」，可見其政治立場與文學思想。

為響應新文學運動，他努力創作新詩，發表〈田主來〉、〈賣布謠〉、〈紅色的新年〉等詩篇，反映農民的生活疾苦。他的早期作品後來於一九二四年結集為《舊夢》，由上海商務印書館出版，內收新詩五百九十七首，以後經過修訂增補，編為《叮嚀》、《再造》、《秋之淚》、《賣布謠》四冊出版。一九二六年，第二部詩集《郵吻》由上海開明書店出版。除創作新詩外，他也寫了很多談詩論文的短文，後來陸續結集的有《白屋說詩》、《白屋文話》、《舊詩新話》等。

一九二〇年因浙江一師學潮辭去教職後，他還曾任教於上海復旦大學、上海大學。一九二八年，他應浙江省教育廳長蔣夢麟之邀，辭去復旦大學教職，出任教育廳秘書，不久又兼浙江大學中文系主任，次年還赴南京任教育部常務次長、政務次長，極為忙碌。一九三〇年十二月，蔣夢麟辭教育部長職，劉大白曾代理兩個月。結束代理後回杭州，被聘為中央政治會議教育組特別秘書。然而，積勞成疾，一九三二年病逝於杭州，時年五十二歲。

劉大白一生文學創作以新詩成就較高，作品可分三類：一是反映民生疾苦的社會詩，現實感較強；二是謳歌自然、謳歌愛情的抒情詩，富深摯委婉的韻致；三是探索人生意義的哲理詩，多採小詩的形式呈現。這三類詩作幾乎是同時發展，數量也接近。由於他的古典詩詞素養深厚，創作及評論古典文學的活動也不曾間斷，陸續出版了《白屋遺詩》、《舊詩新話》、《中國詩外形律評說》等書，在五四新詩草創時期中，他算是一位承先啟後的詩人。

至於他與白馬湖的因緣，主要集中於一九二二年，曾三度造訪，一度還住了兩個多月，期間寫了不少詩，對白馬湖風光也有一些描繪。當時春暉中學已經開學，他和夏丏尊、經亨頤等人時相往來。但因未在春暉任教，且在後來立達學園、開明書店的創辦過程中，因其本身編務教學繁忙，很少直接參與，因此列於次要作家群中。

夏丏尊（一八八六—一九四六年）

原名鑄，字勉旃，別號丏尊。一九〇四年入宏文書院，未畢業，轉入東京高等工業學堂，一九〇七年因學費無著回國。一九〇九年應聘為浙江省兩級師範學堂通譯助教，與經亨頤等進行教育改革。一九二〇年「一師學潮」後與經亨頤等一起離校，應湖南一師之聘在長沙任教。一九二一年返回故鄉浙江上虞協助創辦春暉中學。這群作家的齊聚白馬湖，與夏丏尊的人格感召有極大關係，他可以稱得上是這群作家的「核心」。他原有意在白馬湖畔長住，因此蓋了「平屋」，但是一九二四年底發生的「氈帽事件」，使他離開春暉中學。此後，他曾在立達學園、上海暨南大學任教。一九二六年開明書店成立，出任編輯所所長。一九三〇年起創辦《中學生雜誌》，任社長。抗戰期間，曾被日本憲兵司令部逮捕，經日本友人內山完造等奔走營救才獲釋。一九四六年四月二十三日在上海病逝，享年六十歲。死後歸葬於白馬湖畔。

夏丏尊一生著述甚多，可分成三類：一是翻譯，有義大利亞米契斯的《愛的教育》和《近代日本小說集》等；二是語文教材，如《文章作法》（與劉薰宇合著）、《文心》（與葉聖陶合著）、

《國文百八課》（與葉聖陶合編）等；三是小說、散文創作，數量不多，僅結集成《平屋雜文》一書，但其中〈白馬湖之冬〉一文，膾炙人口，楊牧稱其以此一文「樹立了白話記述文的模範」，並指出其散文特徵是「清澈通明，樸實無華，不做作矯揉，也不諱言傷感。」這正是「白馬湖風格」的最佳註腳。葉聖陶說：「讀他的作品就像聽一位密友傾吐他的肺腑之言」，《平屋雜文》全書充滿的就是這種平實雋永的文風。終其一生，他都在追求這種文風的落實。因此，楊牧在歸納現代散文的品類典型時，就將夏丏尊的記述文歸成一派，給予甚高的評價。

匡互生（一八九一—一九三三年）

湖南邵陽人。十二歲時受鄉人賀金聲因提倡民族革命失敗而犧牲的義舉所感動，而有志於革命。十四歲時一方面在蕭氏家祠讀書，一方面從賀金聲部屬學習國術。一九一〇年赴長沙，入邵陽駐省中學預科。翌年，革命軍起義，湖南首先響應，他曾加入學生軍。一九一六年，入北京高等師範數理部本科。一九一八年，馮國璋與日本密訂軍事協定，多賣國條件，匡互生頗憤慨，與同學數人組織同言社，以練習辯論為藉口，暗中醞釀學生運動。一九一九年，同言社擴大為健社，繼而分化組織工學社，志在提倡工學合一的主張。五月三日，工學會決議參加五月七日國恥紀念之市民會，實行暴動。五月四日，北京各校學生集會於天安門，並遊行示威，當隊伍行至趙家樓曹汝霖宅時，匡互生首先攀牆破窗而入，開門後群眾擁入，揭開了五四運動的序幕。這段經歷，令人津津樂道，也使他在學生心目中有種獨特的魅力。

一九一九年夏，畢業於北京高等師範，任長沙楚怡小學教師。翌年任湖南第一師範教務主任，並與同事夏丏尊建立了情誼。一九二一年時創辦生社，並在杭州、宜興兩地試驗新村運動，都因困於經濟而中止。次年任教於吳淞中國公學，不久辭去。一九二四年，他應夏丏尊之邀到春暉中學任訓育主任。年底因氈帽事件離校，到上海江灣籌辦立達中學（後改名立達學園），此後，他為立達的建設與發展盡心盡力，直到一九三三年因腸癌病逝，時年四十三歲，遺體則葬於立達學園農場，可說是為立達鞠躬盡瘁。

在這群作家中，匡互生的文章最少，因為他幾乎將所有的心力都投注於教育事業中，不過，他偶有文章發表，內容都很充實，而且許多是用他的血與淚寫成的，如〈五四運動紀實〉、〈立達的五年〉、〈學園遭劫的前後〉、〈立達師生避難的經過〉、〈立達學園恢復的經過〉等，都是言之有物，情理兼具。他還曾翻譯過一部《通俗天文學》，可惜沒有出版。在《一般月刊》上有他的一篇〈秋的天象〉，趣味盎然，內容豐富，顯現出他對天文科學的深厚涵養。

葉聖陶（一八九四─一九八八年）

原名葉紹鈞，江蘇蘇州人。一九一二年畢業於蘇州公立第一中學，後在蘇州、上海、杭州等地任小學、中學教師。一九一四年開始文學創作，在《禮拜六》、《小說海》等刊物發表文言小說。一九一九年參加新潮社，陸續發表新詩、小說、劇本等。一九二一年與鄭振鐸等發起成立文學研究會，次年與朱自清、俞平伯等創辦《詩月刊》，並任北京大學預科講師。一九二二年出版第一部短篇小說集《隔膜》，此後小說創作不輟，陸續出版了短篇小說集《火災》、《線下》、《城中》、《未厭集》、《四三集》等，童話集《稻草人》、《當代英雄的石像》、《小白船》等，以及長篇小說《倪煥之》等。他的小說以冷靜、凝練、真實著稱，且因語言運用出色，被譽為「優秀的語言藝術家」。一九二三年出版的《稻草人》是我國第一部童話集。

一九二三－一九三〇年，他在上海商務印書館任編輯。一九二七年開始主編《小說月報》，一九三〇年轉到開明書店任編輯，負責主編《中學生雜誌》及中學語文課本。曾編寫《開明國語課本》、《開明國文講義》，也和夏丏尊合寫《文心》、《國文百八課》、《初中國文課本》，影響深遠。另外，他與夏丏尊等於一九三三年創辦開明函授學校，也產生極大的作用。這些教材、雜誌與函授教學，使開明書店迅速崛起，業績卓著，葉聖陶與夏丏尊兩人可謂功不可沒。

九一八事變後，他參加發起成立文藝界抗敵後援會。後在重慶中央國立戲劇學校、武漢大學等校任教，並在成都繼續主持開明書店的編務。一九三九年，《中學生雜誌》改名為《中學生戰時月刊》，葉聖陶任社長兼主編。次年創辦並主編《國文月刊》。一九四五年創辦並主編《開明少年》。一九四七年創辦並主編《中國作家》，表現出旺盛的編輯才幹。一九四九年後歷任出版總署副署長、教育部副部長、中央文史館館長等職。一九八八年在北京逝世，享年九十四歲。

葉聖陶的創作面向甚廣，小說、童話、文學評論、散文都有一定的成績。散文代表作有一九二四年與俞平伯合著的《劍鞘》、一九三一年《腳步集》、一九三五年《三種船》、《未厭居習作》、一九四五年《西川集》等，不論抒情狀物，議事說理，都具有豐富的社會現實內容和清談雋永的情趣，風格純淨。郁達夫曾如此評論他的散文說：「葉紹鈞風格謹嚴，思想每把握得住現實，所以他所寫的，不問是小說，是散文，都令人有腳踏實地，造次不苟的感觸。所作的散文雖則不多，而他所特有的風致，卻早在短短的幾篇文字裏具備了。」大致來看，葉聖陶的散文如〈沒有秋蟲的地方〉、〈藕與蓴菜〉、〈牽牛花〉等，都是託物言志，借景抒情，語言流暢，質樸有味，這和「白馬湖風格」是貼近的。他雖不在春暉教書，但他與這群作家關係密切，也到過白馬湖，而且對白馬湖的風光人情十分嚮往，他曾有一詩贈夏丏尊表示，待「清霜上鬢鬚」後，他將「遷地何妨白馬湖」，再加上他的整體散文風格與這群作家很接近，因此列為次要作家群的一員。

朱光潛（一八九七—一九八六年）

筆名孟實，安徽桐城人。一九一八至一九二二年在香港大學文學院學習教育、文學和英語，畢業後曾在上海中國公學中學部教英文。一九二四年應夏丏尊之邀來春暉中學任教，在朱自清等人的啟發下，寫下了第一篇美學文章〈無言之美〉。「氈帽事件」後與匡互生等人到上海創辦立達學園，並參與創辦開明書店和《一般月刊》（後改名《中學生》）。一九二五年赴歐洲留學，曾在英國愛丁堡大學、倫敦大學學習英國文學、心理學、哲學和藝術史；在法國巴黎大學、斯特拉斯堡大學學習法國文學，並以論文《悲劇心理學》獲博士學位。

一九三三年，朱光潛自歐返國，任北京大學西語系教授。曾主編《文學雜誌》。抗戰爆發後，任四川大學文學院院長。一九三八年底去武漢大學任教，並任教務長。一九四六年重返北京大學執教，直到一九八六年逝世，享年九十歲。曾任中國美學學會會長、外國文學學會委員等職。

朱光潛是著名的美學專家。一九三六年出版的《文藝心理學》是我國現代第一部較系統地從心理學觀點研究文藝的理論著作，論點新穎，體例完備。一九六三年出版的《西方美學史》是我國研究西方美學史的重大成果。至於一九二七年出版的《給青年的十二封信》、一九三二年出版的《談美》二書，在青年中風行一時，產生過廣泛影響。除了潛心著述，他還翻譯了大量美學方面的經典著作，如黑格爾的《美學》、萊辛的《拉奧孔》等，為文藝理論的發展提供了寶貴的借鑒。

朱光潛一生寫了不少美學論文，使他成為一代美學大師，而他開始寫作白話文，就是在白馬湖朋友們的鼓勵下進行的。他自己就說過，在白馬湖寫作、發表於《春暉》的〈無言之美〉一文，就是他的「處女作」。而他與這群朋友在白馬湖建立的深厚友誼，使他晚年還偶有文章談起這段日子的美好回憶。他在「處女作」中所表現出的思路清晰，哲思深邃，文筆流暢，真誠懇切的風格，則在他往後的哲理文章中處處可見，形成朱光潛個人寫作的鮮明特色。

豐子愷（一八九八—一九七五年）

原名豐潤，又名豐仁，浙江崇德人。一九一四年入浙江省第一師範學校，從李叔同學習音樂和繪畫。一九一八年秋，李叔同在杭州虎跑寺出家，對他的思想影響甚大。一九一九年畢業後，與同學數人在上海創辦上海專科師範學校。一九二一年東渡日本學習繪畫、音樂和外語。一九二二年回國後在春暉中學教授圖畫和音樂，並在白馬湖畔築「小楊柳屋」而居。一九二四年賣掉小楊柳屋籌款創辦立達中學。一九二九年受聘為開明書店編輯。一九三三年移居杭州，專事繪畫和譯著。抗戰爆發後，曾在宜山浙江大學、重慶國立藝術專科學校任教，並熱情編寫抗日歌曲，創作抗日宣傳漫畫。一九四九年後，歷任中國美術家協會常務理事、上海市美術家協會主席、上海國畫院院長等職。一九七五年九月十五日病逝，享年七十七歲。

豐子愷在散文與漫畫上的成就，至今為人稱道。他開始畫漫畫，是在白馬湖，並得到朱自清、夏丏尊等人的鼓勵。一九二四年，朱自清與俞平伯等主編的文藝刊物《我們的七月》上首次發表了他的畫作〈人散後，一鉤新月天如水〉，其後，在鄭振鐸的賞識下，畫作在《文學週報》上陸續發表，並冠以「漫畫」專欄名稱，自此中國才開始有「漫畫」一名。一九二五年，他出版第一本畫冊《子愷漫畫》，深受歡迎，從此不斷有漫畫作品問世，結集出版的就有五十餘種，這在中國現代漫畫藝術家中是少見的。

一九三一年，豐子愷的第一本散文集《緣緣堂隨筆》由開明書店出版，此後，他別具一格的散文隨筆，就和他的漫畫一般，廣為讀者喜愛。《緣緣堂再筆》、《子愷小品集》、《隨筆十二篇》、《車廂社會》、《教師日記》、《率真集》等，都曾風行一時。早期的散文多歌頌童心的天真，悵歎宇宙的無窮和時光的流逝，反對社會風氣的虛假驕矜，三〇年代以後，他的注意力則轉向刻劃種種的「世間相」，具有較多的社會寫實色彩。但其文字樸實平淡，感情率真，狀物敘事耐人尋味的風格，則頗為一貫，形成個人甚具魅力的散文特色。

除了漫畫與散文創作，豐子愷也有不少譯作出版。從一九二五年翻譯出版廚川白村原著的《苦悶的象徵》開始，他陸續出版了《現代藝術十二講》、《初戀》、《石川啄木小說集》、《夏目漱石選集》、《源氏物語》等譯作，對文學、藝術的推廣、提昇，產生一定的作用。

豐子愷在白馬湖教書、寫作二年餘，發表於《春暉》中的〈青年與自然〉、〈山水間的生活〉等散文，已經顯現出韻味深長、親切平易的文風。學者陳星甚至認為豐子愷「正式從事散文創作是從白馬湖起步的」，再加上他是從白馬湖走上漫畫創作之路，由此看來，白馬湖對他藝術生命的養成、啟發，確實有著不可抹滅的重要意義。

朱自清（一八九八—一九四八年）

原名自華，號秋實，後改名自清，字佩弦。原籍浙江紹興，生於江蘇東海，後隨祖父、父親定居揚州，自稱「我是揚州人」。一九一九年二月寫的〈睡罷，小小的人〉是他的新詩處女作。一九二〇年畢業於北京大學哲學系，在大學求學期間除了開始新詩創作外，也參加了新潮社、文學研究會。一九二二年與葉聖陶等創辦《詩月刊》，是新文學初期最早的詩刊。同年上海商務印書館出版文學研究會叢書《雪朝》，內收朱自清詩十七首。一九二三年與俞平伯等組織ＯＭ社，主編《我們的七月》、《我們的六月》雜誌陸續出刊。同年發表長詩〈毀滅〉，反映出正視現實、面向人生的態度，在當時詩壇有很大影響。此外，也發表〈槳聲燈影裏的秦淮河〉等優美散文。

一九二四年十月到春暉中學任教，同時也在浙江省立第四中學教國文，往來寧波與白馬湖之間。十二月，上海亞東圖書館出版其詩與散文合集《蹤跡》。在白馬湖時期，他的詩作漸少，散文則增多，有〈剎那〉、〈春暉的一月〉、〈團體生活〉、〈教育的信仰〉等。一九二五年任清華大學國文系教授，創作以散文為主，並開始研究中國古典文學。散文作品以兩類題材為主：一是現實性較強的〈執政府大屠殺記〉、〈白種人——上帝的驕子〉等；一是藝術成就較高的抒情散文〈背影〉、〈荷塘月色〉等。脫離了新詩的影響，他的散文不論寫景抒情，都能委婉細緻，意境清新幽雅，語言質樸親切，這種風格的生成，在白馬湖時期即開始蛻變，至北上清華後逐漸完成，也成為他散文藝術的獨特風貌。

一九三一年赴英國倫敦留學，漫遊歐洲。次年返國，繼續在清華大學執教。抗戰爆發後隨校南遷，任西南聯大教授，並從事學術研究，著有《詩言志辨》、《經典常談》、《古詩十九首釋》等。勝利後，因目睹時局敗壞，作品多為針對社會現實、偏於說理的雜文。一九四六年由昆明返回北京，任清大中文系主任。一九四八年因患胃疾辭世，時年五十。

朱自清一生創作以散文為主，抒情、敘事、論理兼有。早期文字較華麗，富有詩意。北上清華之後，漸趨平淡質樸。抗戰爆發後，說理雜文較多，表現出一個知識分子關懷國是的使命感。可以說，他的創作生涯歷經了詩歌時代、散文時代與雜文時代。整體來說，他遵循的是文學研究會主張的寫實主義創作法則，常在平實中寓憤意，樸素中含激情，有令人深思的思想剖析，也有耐人尋味的真情流露。在白馬湖作家中，他的散文創作質量較高，影響也較大。

俞平伯（一九〇〇—一九九〇年）

原名俞銘衡，浙江德清人。一九一五年考入北京大學。一九一八年五月，第一首新詩〈春水〉發表於《新青年月刊》，不久加入新潮社。一九一九年積極參加五四運動，畢業後到杭州第一師範任教，與志趣相投的朱自清結識。一九二一年加入文學研究會，並開始與顧頡剛通信討論《紅樓夢》。一九二二年與朱自清、劉延陵、葉聖陶一起創辦五四以來最早的詩歌刊物《詩月刊》，提倡詩的平民化，對新詩的發展產生過積極影響。三月，他的第一部新詩集《冬夜》出版。六月，又和朱自清、周作人、葉聖陶等八人編輯出版了新詩合集《雪朝》。一九二四年，出版第二部詩集《西還》，一九二五年又出版詩集《憶》，這些詩作以描寫自然風光，追憶往事為主調，抒情真摯，格調清新。可以說，他一開始進入文壇是以詩人的身份，後來才擴大到散文創作、紅樓夢研究等領域。

一九二三年起，先後在上海大學、燕京大學、清華大學、北京大學等校任教。一九四九年後，曾任北大教授、中國社會科學院文學研究所研究員。一九九〇年逝世，享年九十一歲。

一九二三年出版的《紅樓夢辨》是他一生研究紅學的最初成果。一九五四年圍繞著紅學研究問題遭到批判，下放勞改。一九八〇年被聘為中國紅樓夢學會顧問。一九八六年文研所慶祝他從事學術活動六十五周年，會中對他的紅學研究貢獻加以肯定與讚揚。

至於散文創作，俞平伯也有豐碩的成果。一九二四年，和葉聖陶的散文合集《劍鞘》出版。一九二八年出版散文集《雜拌兒》。一九三〇年再出版詩文集《燕知草》。至於一九三三年由開明書店出版的散文集《雜拌兒之二》，他在書末附錄中聲明不再出詩集，更是決定將心力放在散文寫作及古典文學的研究上。一九三六年他就出版了《古槐夢遇》、《燕郊集》兩本散文集，也在日後陸續完成評論集《讀詩札記》、《讀詞偶得》、《論詩詞曲雜著》、《唐宋詞選釋》等，一生筆耕不輟，成就斐然。

整體而言，俞平伯的散文創作歷程可以分成早期（一九一八—一九二二年）、中期（一九二三—一九二八年）和後期（一九二九年以後）三個階段。早期散文以議論說理為主，反映出五四的時代精神；中期則以抒情散文為主，並逐漸以美文取代新詩，美文多講究趣味，崇尚雅致，追求灑脫，有著中國傳統名士氣派；後期則美文愈寫愈少，抗戰爆發後更是潛心於學問的研治，使他從原來「作家/學者」兩棲型作家逐漸轉為純粹的學者型作家。他到白馬湖是一九二四年，正是積極創作美文的階段，與朱自清友誼深厚的他，不僅到春暉中學來探訪朱自清，而且也走著相似的文學道路：由詩轉向散文，從絢麗歸於平淡。他主要的散文作品充滿了質樸自然的白馬湖味，也與這群作家交誼匪淺，但因他在白馬湖的時間極短，因此也只能將他列入次要作家群中。

劉薰宇（生卒年不詳）

正如朱自清、朱光潛二人在這群作家中被稱為「二朱」一樣，劉薰宇與劉叔琴則被稱為「二劉」。他們都在春暉中學任教，與這群作家情誼深篤，也都在立達學園、開明書店的創辦上付出過心力。但是，關於他們的生平資料卻是一鱗半爪，難窺全貌。劉薰宇畢業於北京高等師範學校數理部，以教育為職志，春暉中學剛創辦時，他就應夏丏尊之邀，擔任教務主任兼數學教員。一九二四年氈帽事件發生，他與匡互生等人到上海創辦立達學園，也參與創辦開明書店，是其股東之一。對數理專精的他，曾為開明書店編寫《開明中學數學教本》、《馬先生談算學》等書，銷路甚廣。此外，他也和夏丏尊合著《文章作法》一書，顯然對寫作有其一套見解。

在《春暉半月刊》與《一般月刊》中，經常可見他的作品，或針對教育問題提出看法，或表達生活感觸。一九二六年十二月，他曾由上海乘船出發，旅遊香港、西貢、新加坡、馬來西亞等地，長達四個多月，後來在《一般》發表長篇遊記〈南遊〉。他還到過法國、義大利等地，曾有〈歐行隨筆〉發表。總之，他的關懷層面頗廣，從數理、教育、政治，到社會、文學等不同領域，都可以看到他思路綿密、筆力遒勁的學者雜文。在白馬湖作家群中，他不以散文名世，事實上，至今也不見有人以他為研究對象，因而資料闕如，但是他充滿教育理想的諸多雜文，還是自成一格，產生一定影響的。

劉叔琴（生卒年不詳）

日本東京高等師範學校畢業，主修歷史。因和經亨頤的校友淵源，春暉中學創辦後，他就應聘來此教授歷史。他和劉薰宇一樣，資料不多，從他的一些文章看來，他是位興趣廣泛、熱心教育、富有見解的踏實學者。在《春暉半月刊》中，他有〈崑崙奴〉、〈漢民族西來說〉等歷史考證的文章。在《一般月刊》中則較多長文，如〈印度的古代文化〉、〈談談現代的進化論〉等。上海開明書店曾出版過他編寫的《民眾世界史要》一書，打破古代的歷史編輯法，而以民眾為本位，頗能看出他不隨流俗、自闢蹊徑的學術研究態度。

氈帽事件發生後，《春暉》中即未再見到他的文章，應是與劉薰宇等一起辭職離校。他曾在立達學園任教，也是立達學會的成員，立達學會的同仁刊物《一般》，他和夏丏尊、方光燾、劉薰宇等都曾先後負責編輯。一九二八年，開明書店改組為股份有限公司，他也列名發起人之一。換言之，從春暉、立達到開明三個階段，他都是不可忽視的參與者。至於進一步的生平事蹟則仍待考。

圖面平園校學中暉春 四錄附

1999. 1

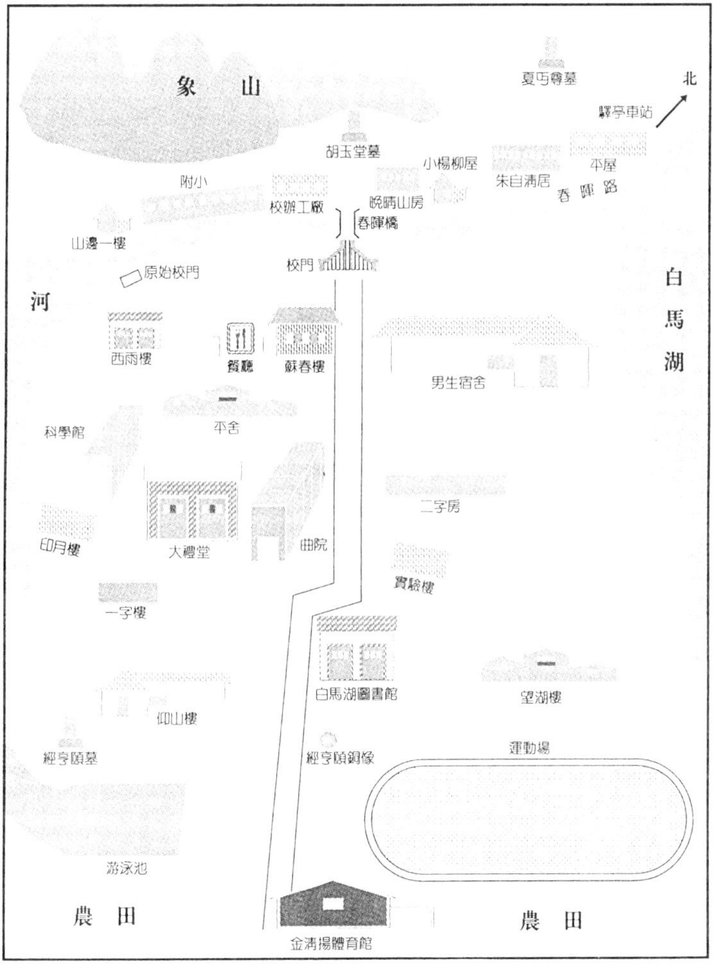

附錄五　春暉中學及白馬湖現況照片

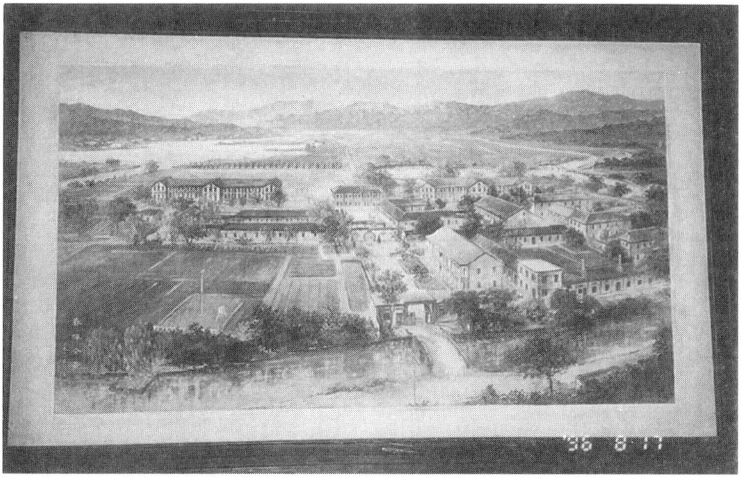

春暉中學全景。此圖繪於1981年，掛於校長室内。

校門及春暉橋。過橋右轉即豐子愷等人住處。

右起：潘守理（校長）、陳星、陳信元、作者、劉克蔚（退休教師）。

春暉園

自一九八九年後，春暉中學被列為浙江省重點文物保護單位。

白馬湖圖書館。葉聖陶題字。

望湖樓與操場

西雨樓（即女生宿舍）旁湖水緩緩流過，圓拱門前本有木橋，為春暉創辦時之原始校門，今已拆除，另建新校門。

宛如世外桃源的白馬湖。

晚晴山房。今已闢為弘一大師紀念館，時正整建。

小楊柳屋。豐子愷當年即在此窗前作畫、寫文章。

朱自清在春暉任教時的住處

夏丏尊「平屋」

夏丏尊「平屋」中的書齋，當年他即在此「工作至夜深」，「作種種幽邈的遐想」。

春暉中學四周碧綠的農田，後方即象山。

春暉路。盡頭即驛亭火車站，當年這群作家即由此走向春暉。
原本路旁一株楊柳、一株桃花相間迤邐的盛景，今已不見。

滄海叢刊書目（一）

國學類

中國學術思想史論叢（一）～（八）	錢　穆　著
現代中國學術論衡	錢　穆　著
兩漢經學今古文平議	錢　穆　著
宋代理學三書隨劄	錢　穆　著
論戴震與章學誠 ——清代中期學術思想史研究	余英時　著
論語體認	姚式川　著
論語新注	陳冠學　著
西漢經學源流	王葆玹　著
文字聲韻論叢	陳新雄　著
入聲字箋論	陳慧劍　著
楚辭綜論	徐志嘯　著

哲學類

國父道德言論類輯	陳立夫　著
文化哲學講錄（一）～（六）	鄔昆如　著
哲學：理性與信仰	金春峰　著
哲學與思想	王曉波　著
哲學與思想 ——胡秋原選集第二卷	胡秋原　著
內心悅樂之源泉	吳經熊　著
知識・理性與生命	孫寶琛　著
語言哲學	劉福增　著
哲學演講錄	吳　怡　著
日本近代哲學思想史	江日新　譯
比較哲學與文化（一）、（二）	吳　森　著
從西方哲學到禪佛教 ——哲學與宗教一集	傅偉勳　著
批判的繼承與創造的發展 ——哲學與宗教二集	傅偉勳　著

「文化中國」與中國文化 ——哲學與宗教三集	傅偉勳 著
從創造的詮釋學到大乘佛學 ——哲學與宗教四集	傅偉勳 著
佛教思想的現代探索 ——哲學與宗教五集	傅偉勳 著
中國哲學與懷德海	東海大學哲學研究所主編
人生十論	錢 穆 著
湖上閒思錄	錢 穆 著
晚學盲言（上）、（下）	錢 穆 著
愛的哲學	蘇昌美 著
邁向未來的哲學思考	項退結 著
逍遙的莊子	吳 怡 著
莊子新注（內篇）	陳冠學 著
莊子的生命哲學	葉海煙 著
墨家的哲學方法	鍾友聯 著
韓非子通論	姚蒸民 著
韓非子析論	謝雲飛 著
韓非子的哲學	王邦雄 著
法家哲學	姚蒸民 著
中國法家哲學	王讚源 著
二程學管見	張永儁 著
王陽明 ——中國十六世紀的唯心主義哲學家	張君勱 著 江日新 譯
王船山人性史哲學之研究	林安梧 著
西洋百位哲學家	鄔昆如 著
西洋哲學十二講	鄔昆如 著
希臘哲學趣談	鄔昆如 著
中世哲學趣談	鄔昆如 著
近代哲學趣談	鄔昆如 著
現代哲學趣談	鄔昆如 著
思辯錄 ——思光近作集	勞思光 著
中國十九世紀思想史（上）、（下）	韋政通 著
存有・意識與實踐 ——熊十力體用哲學之詮釋與重建	林安梧 著

先秦諸子論叢　唐端正 著
先秦諸子論叢（續編）　唐端正 著
周易與儒道墨　張立文 著
孔學漫談　余家莉 著
中國近代新學的展開　張立文 著
從哲學的觀點看　關子尹 著
中國死亡智慧　鄭曉江 著
後設倫理學之基本問題　黃慧英 著
道德之關懷　黃慧英 著
異時空裡的知識追逐——科學史與科學哲學論文集　傅大為 著

宗教類

天人之際　李杏邨 著
佛學研究　周中一 著
佛學思想新論　楊惠南 著
現代佛學原理　鄭金德 著
絕對與圓融——佛教思想論集　霍韜晦 著
佛學研究指南　關世謙 譯
當代學人談佛教　楊惠南編著
從傳統到現代——佛教倫理與現代社會　傅偉勳主編
簡明佛學概論　于凌波 著
修多羅頌歌　陳慧劍譯註
禪　話　周中一 著
佛家哲理通析　陳沛然 著
唯識三論今詮　于凌波 著

應用科學類

壽而康講座　胡佩鏘 著

社會科學類

憲法論叢　鄭彥棻 著
憲法論集　林紀東 著
憲法論衡　荊知仁 著

國家論	薩孟武 譯
中國歷代政治得失	錢 穆 著
先秦政治思想史	梁啟超原著 賈馥茗標點
當代中國與民主	周陽山 著
我見我思	洪文湘 著
釣魚政治學	鄭赤琰 著
政治與文化	吳俊才 著
中華國協與俠客清流	陶百川 著
世界局勢與中國文化	錢 穆 著
海峽兩岸社會之比較	蔡文輝 著
印度文化十八篇	糜文開 著
美國社會與美國華僑	蔡文輝 著
日本社會的結構	福武直原 著 王世雄 譯
文化與教育	錢 穆 著
開放社會的教育	葉學志 著
從通識教育的觀點看 ——文明教育和人性教育的反思	何秀煌 著
大眾傳播的挑戰	石永貴 著
傳播研究補白	彭家發 著
「時代」的經驗	汪 琪、彭家發 著
新聞與我	楚崧秋 著
書法心理學	高尚仁 著
書法與認知	高尚仁、管慶慧 著
清代科舉	劉兆璸 著
排外與中國政治	廖光生 著
中國文化路向問題的新檢討	勞思光 著
擺盪在兩岸之間： 戰後日本對華政策（1945～1997）	何思慎 著
立足臺灣，關懷大陸	韋政通 著
開放的多元社會	楊國樞 著
現代與多元 ——跨學科的思考	周英雄主編
臺灣人口與社會發展	李文朗 著
財經文存	王作榮 著

財經時論	楊道淮 著
經營力的時代	青龍豐作 著 白龍芽 譯
宗教與社會	宋光宇 著
唐宋時期的公園文化	侯迺慧 著
中國古代游藝史 ——樂舞百戲與社會生活之研究	李建民 著

史地類

古史地理論叢	錢穆 著
歷史與文化論叢	錢穆 著
中國史學發微	錢穆 著
中國歷史研究法	錢穆 著
中國歷史精神	錢穆 著
中華郵政史	張翊 著
憂患與史學	杜維運 著
與西方史家論中國史學	杜維運 著
清代史學與史家	杜維運 著
中西古代史學比較	杜維運 著
歷史與人物	吳相湘 著
歷史人物與文化危機	余英時 著
共產國際與中國革命	郭恒鈺 著
共產世界的變遷 ——四個共黨政權的比較	吳玉山 著
俄共中國革命祕檔（一九二〇～一九二五）	郭恒鈺 著
俄共中國革命祕檔（一九二六）	郭恒鈺 著
聯共、共產國際與中國（1920～1925） 第一卷	李玉貞 譯
民族主義與近代中國思想	羅志田 著
抗日戰史論集	劉鳳翰 著
盧溝橋事變	李雲漢 著
歷史講演集	張玉法 著
老臺灣	陳冠學 著
臺灣史與臺灣人	王曉波 著
清史論集	陳捷先 著
黃　帝	錢穆 著
孔子傳	錢穆 著

宋儒風範	董金裕 著
弘一大師新譜	林子青 著
勤工儉學的發展	陳三井 著
精忠岳飛傳	李　安 著
鄭彥棻傳	馮成榮 著
張公難先之生平	李飛鵬 著
唐玄奘三藏傳史彙編	釋光中 編
一顆永不隕落的巨星	釋光中 著
新亞遺鐸	錢　穆 著
困勉強狷八十年	陶百川 著
困強回憶又十年	陶百川 著
我的創造・倡建與服務	陳立夫 著
我生之旅	方　治 著
逝者如斯	李孝定 著
結網編	黃清連 著

語文類

文學與音律	謝雲飛 著
中國文字學	潘重規 著
中國聲韻學	潘重規、陳紹棠 著
魏晉南北朝韻部之演變	周祖謨 著
詩經研讀指導	裴普賢 著
莊子及其文學	黃錦鋐 著
管子述評	湯孝純 著
離騷九歌九章淺釋	繆天華 著
北朝民歌	譚潤生 著
陶淵明評論	李辰冬 著
鍾嶸詩歌美學	羅立乾 著
杜甫作品繫年	李辰冬 著
唐宋詩詞選——詩選之部	巴壺天 編
唐宋詩詞選——詞選之部	巴壺天 編
清真詞研究	王支洪 著
苕華詞與人間詞話述評	王宗樂 著
優游詞曲天地	王熙元 著

月華清	樸　月　著
梅花引	樸　月　著
元曲六大家	應裕康、王忠林　著
四說論叢	羅　盤　著
紅樓夢的文學價值	羅德湛　著
紅樓夢與中華文化	周汝昌　著
紅樓夢研究	王關仕　著
紅樓血淚史	潘重規　著
微觀紅樓夢	王關仕　著
中國文學論叢	錢　穆　著
牛李黨爭與唐代文學	傅錫壬　著
迦陵談詩二集	葉嘉瑩　著
西洋兒童文學史	葉詠琍　著
一九八四	George Orwell原著 劉紹銘　譯
文學原理	趙滋蕃　著
文學新論	李辰冬　著
文學圖繪	周慶華　著
分析文學	陳啟佑　著
學林尋幽 ——見南山居論學集	黃慶萱　著
與君細論文	黃慶萱　著
中西文學關係研究	王潤華　著
魯迅小說新論	王潤華　著
比較文學的墾拓在臺灣	古添洪、陳慧樺編著
從比較神話到文學	古添洪、陳慧樺主編
現代文學評論	亞　菁　著
現代散文新風貌（修訂新版）	楊昌年　著
現代散文欣賞	鄭明娳　著
葫蘆・再見	鄭明娳　著
實用文纂	姜超嶽　著
增訂江皋集	吳俊升　著
孟武自選文集	薩孟武　著
藍天白雲集	梁容若　著
野草詞	韋瀚章　著
野草詞總集	韋瀚章　著

李韶歌詞集	李　韶　著
石頭的研究	戴　天　著
寫作是藝術	張秀亞　著
讀書與生活	琦　君　著
文開隨筆	糜文開　著
文開隨筆續編	糜文開　著
印度文學歷代名著選（上）、（下）	糜文開編譯
城市筆記	也　斯　著
留不住的航渡	葉維廉　著
三十年詩	葉維廉　著
歐羅巴的蘆笛	葉維廉　著
移向成熟的年齡 ——1987～1992詩	葉維廉　著
一個中國的海	葉維廉　著
尋索：藝術與人生	葉維廉　著
從現象到表現 ——葉維廉早期文集	葉維廉　著
解讀現代、後現代 ——文化空間與生活空間的思索	葉維廉　著
紅葉的追尋	葉維廉　著
山外有山	李英豪　著
知識之劍	陳鼎環　著
還鄉夢的幻滅	賴景瑚　著
大地之歌	大地詩社　編
往日旋律	幼　柏　著
鼓瑟集	幼　柏　著
耕心散文集	耕　心　著
詩與禪	孫昌武　著
禪境與詩情	李杏邨　著
文學與史地	任遵時　著
女兵自傳	謝冰瑩　著
抗戰日記	謝冰瑩　著
給青年朋友的信（上）、（下）	謝冰瑩　著
冰瑩書柬	謝冰瑩　著
我在日本	謝冰瑩　著
大漢心聲	張起鈞　著

人生小語（一）～（九）	何秀煌 著
人生小語（一）（彩色版）	何秀煌 著
記憶裡有一個小窗	何秀煌 著
回首叫雲飛起	羊令野 著
康莊有待	向 陽 著
湍流偶拾	繆天華 著
文學之旅	蕭傳文 著
文學邊緣	周玉山 著
文學徘徊	周玉山 著
無聲的臺灣	周玉山 著
種子落地	葉海煙 著
向未來交卷	葉海煙 著
不拿耳朵當眼睛	王讚源 著
古厝懷思	張文貫 著
材與不材之間	王邦雄 著
劫餘低吟	法 天 著
忘機隨筆——卷一・卷二・卷三・卷四	王覺源 著
過 客	莊 因 著
詩情畫意——明代題畫詩的詩畫對應內涵	鄭文惠 著
文學與政治之間——魯迅・新月・文學史	王宏志 著
洛夫與中國現代詩	費 勇 著
老舍小說新論	王潤華 著
交織的邊緣——政治和性別	康正果 著
還原民間——文學的省思	陳思和 著
窗外有棵相思	逯耀東 著
出門訪古早	逯耀東 著

藝術類

音樂人生	黃友棣 著
樂圃長春	黃友棣 著
樂苑春回	黃友棣 著

者